ROI BLANC

Reine rouge, Fleuve Éditions, 2022 ; Pocket, 2023.
Louve noire, Fleuve Éditions, 2023 ; Pocket, 2024.

JUAN GÓMEZ-JURADO

ROI BLANC

Traduit de l'espagnol
par Judith Vernant

Titre original :
Rey Blanco
Éditeur original :
Penguin Random House Grupo Editorial, S. A. U.

Ouvrage publié avec le concours de

Dépôt légal : mars 2024

À Babs,
parce que je l'aime

À Carmen,
pour sa fidélité

À Antonia,
pour m'avoir prêté son nom

Précédemment,
dans *Reine rouge* et *Louve noire*...

Antonia Scott est la Reine rouge, pièce maîtresse d'une organisation européenne ultrasecrète visant à résoudre les crimes les plus retors, des crimes face auxquels les forces de police conventionnelles sont impuissantes.

Surdouée quelque peu asociale, aux prises avec ses démons, Antonia trouve un semblant d'équilibre auprès de son équipier, Jon Gutiérrez, ex-flic au grand cœur adepte des boîtes de nuit gay et des *kokotxas* de sa maman. Ensemble, ils ont mis hors d'état de nuire bon nombre de criminels endurcis, mais la lutte est loin d'être terminée. Des dangers autrement plus redoutables les guettent, qui mettent en péril l'existence même du projet Reine rouge, dont plusieurs membres ont été brutalement assassinés.

Cependant, dans l'immédiat, Antonia et Jon ont d'autres chats à fouetter. D'abord, parce que celui-ci a été kidnappé en plein cœur de Madrid par une femme au visage aimable que le duo ne connaît que trop bien. Ensuite, parce qu'à l'instant où il disparaît dans une camionnette blanche, Antonia reçoit un message d'une vieille connaissance : l'insaisissable M. White, son ennemi juré. « J'espère que tu ne m'as pas oublié. On joue ? »

Reine rouge et Roi blanc face à face, l'ultime partie peut commencer.

Une fin

Antonia Scott n'a même pas trois minutes.

Pour la plupart des gens, trois minutes représenteraient un infime intervalle de temps.

Mais pas pour Antonia. On pourrait dire que son esprit est capable d'emmagasiner d'invraisemblables quantités de données, mais la tête d'Antonia n'est pas un disque dur. On pourrait dire qu'elle est capable de visualiser avec précision le plan complet des rues de Madrid, mais le cerveau d'Antonia n'est pas un GPS.

L'esprit d'Antonia s'apparenterait plutôt à une jungle, une jungle grouillant de singes, qui bondissent à toute allure de liane en liane en transportant des choses. Énormément de singes portant énormément de choses, qui se croisent dans les airs en montrant les crocs.

Sauf qu'Antonia a appris à les apprivoiser.

Ça tombe bien. Parce qu'Antonia Scott n'a pas trois minutes. Deux hommes encagoulés – et une femme au visage aimable – viennent d'embarquer son équipier, l'inspecteur de police Jon Gutiérrez.

Antonia Scott ne court pas après la fourgonnette. Elle ne hurle pas à l'aide. Elle n'appelle pas la police, désespérée.

11

Antonia Scott ne fait rien de tout cela, car Antonia Scott n'est pas comme tout le monde.

Elle se contente de s'arrêter.

Dix secondes. C'est tout le temps qu'elle s'accorde.

En dix secondes – les yeux fermés, les mains appuyées au mur d'un immeuble pour dominer son angoisse –, Antonia est capable :

– d'estimer les trois itinéraires de sortie du centre-ville les plus probables ;

– de rassembler mentalement toutes les informations concernant la fourgonnette et les ravisseurs ;

– d'imaginer un plan d'action pour sauver la vie de Jon.

Elle rouvre les yeux.

Elle compose un numéro de téléphone spécial. Un numéro qui fait savoir à Mentor qu'il doit décrocher sans rien dire, se borner à écouter et obéir.

Antonia lui dicte le contenu du message d'alerte (10-00 Inspecteur Gutiérrez, 10-37 Mercedes Vito, priorité maximum), le numéro d'immatriculation du véhicule (9344 FSY), et la couleur (blanche, forcément). Puis elle choisit l'un des trois itinéraires possibles. Une seule sortie où toutes les voitures de patrouille auront l'ordre de converger.

Pirámides, Madrid Río, Legazpi.

Des trois, Madrid Río est la plus compliquée, la plus lente, la plus improbable. Le Paseo de Santa María de la Cabeza est toujours encombré. Et il y a un commissariat de Police municipale près de la sortie.

Antonia l'élimine aussitôt.

Restent Legazpi et Pirámides.

Elle choisit Pirámides. L'itinéraire le plus court, le plus rapide, le plus évident.

Ce n'est pas un choix facile. La vie de l'inspecteur Gutiérrez est en jeu. Quand le sort d'une des trois personnes auxquelles vous tenez le plus au monde est entre vos mains, vous devriez pouvoir prendre une décision rationnelle.

Celle-ci ne l'est pas. C'est un tir à pile ou face.

Et ça ne lui plaît pas du tout.

Une alerte

Ruano met le clignotant au dernier moment. Au lieu de tourner vers le commissariat, il prend la direction opposée.

— Encore un tour, d'accord ?

Son collègue regarde sa montre, agacé. Il est tard, son service est fini depuis onze minutes, et il veut rentrer chez lui retrouver sa bourgeoise. Mais Osorio est compréhensif avec le nouveau. C'est la fin du mois. Non pas que Ruano soit à la bourre sur les contredanses. Le coup du quota de PV imposé aux flics municipaux n'est qu'une légende urbaine, évidemment.

— Il t'en manque combien ?

— Quinze.

— C'est pas énorme. On les fera demain rien qu'avec les cons garés en double file sur Carlos V, mon pote.

Ce n'est pas une bonne idée de se garer « juste une petite minute » devant le bar El Brillante. Pour les policiers municipaux en retard sur leur quota, c'est comme pêcher dans un aquarium. Faites deux tours de rond-point, identifiez la voiture abandonnée, puis attendez le retour de l'imprudent affamé. Qui porte toujours au poignet un sac en plastique blanc contenant un sandwich aux calamars soigneusement enveloppé dans du papier alu. L'odeur inimitable qui s'en échappe fait rugir l'estomac de tout Madrilène qui se respecte. Mais quand le flic lui tend la contredanse, l'imprudent a l'appétit coupé. L'odeur, soudain, se révèle pour ce qu'elle est : un relent de friture et de graillon qui vient de lui coûter deux cents euros.

En une bête soirée, tout flic un peu malin peut remplir son quota.

Mais Ruano n'aime pas ça. Le gosse est un idéaliste. Un rêveur. Un con, quoi. Peut-être que c'est lié à son ancien boulot. Ou bien c'est juste parce qu'il est jeune. Ça lui passera quand il prendra du gras au bide et du plomb dans le ciboulot.

Ruano, ce qu'il veut, c'est mériter son salaire. Faire des rondes et choper de *vrais* délinquants. Ceux qui roulent à toute blinde dans les ruelles, ceux qui vendent du shit sous les portes cochères. « Si j'avais voulu choper de *vrais* délinquants, j'aurais choisi de faire *vrai* flic », lui dit Osorio.

Chaque fois qu'il entend ça, Ruano le regarde et se marre. Un rire indulgent, de millénial qui croit tout savoir. Ruano s'amuse d'un rien.

— Tu verras, quand tu auras mon âge. Tu verras.

— Tu as trente-sept ans, Osorio.

— Et je continue de tourner en bagnole avec les nouveaux.

— Peut-être que si tu ne faisais pas juste le minimum syndical…

— Peut-être que si tu allais de faire foutre…

Ruano roule en direction du nord-est. Il tourne en pilotage automatique. Il connaît ce triangle par cœur. Ils doivent le parcourir une dizaine de fois par jour. Par an, un nombre incalculable. Et ils le parcourraient plus souvent encore si Santa María de la Cabeza n'était pas si encombré. Quelle que soit l'heure, et encore plus à celle-ci.

À la hauteur de la rue Arquitectura, ils entendent l'alerte sur la radio. Osorio arque un sourcil ; le visage de Ruano s'assombrit. Un inspecteur de police. Séquestré. À bord d'une fourgonnette blanche. Il ouvre la bouche pour dire quelque chose, mais un son insistant l'interrompt.

Bip-bip bip-bip bip-bip.

L'écran du tableau de bord émet un éclat couleur orange bagnard. Au centre, des chiffres et des lettres clignotent : 9344 FSY.

La voiture de patrouille est équipée d'un système de reconnaissance optique de caractères. Plusieurs caméras disposées sur le toit, le tableau de bord et le garde-boue scannent les plaques minéralogiques des véhicules qu'ils croisent et les comparent avec celles des bases de données de la police. Au cas où. Sait-on jamais.

Le système est imparfait, mais parfois, une alarme se déclenche. Un numéro d'immatriculation, et un motif pour contrôler le véhicule. Parce qu'il a été volé, ou parce qu'il a mille euros d'amendes impayées, ou parce qu'à l'intérieur il y a un inspecteur de police séquestré.

— J'y comprends rien, s'étonne Osorio. L'OCR dit « Megane jaune ». Mais c'est pour l'alerte 10-00 de tout à l'heure.

— C'était pas une fourgonnette blanche ? dit Ruano, les yeux rivés sur le rétroviseur.

Osorio se retourne sur son siège. Deux rues plus haut, ils ont croisé une Mercedes Vito. Il l'aperçoit parmi les voitures arrêtées au feu rouge de Peñuelas. Depuis leur position, ils ne distinguent pas la plaque d'immatriculation.

— Préviens la radio, dit Ruano.

Pendant qu'Osorio parle, la circulation reprend. Mais le nouveau ne démarre pas. Un conducteur klaxonne, mais la voiture de patrouille ne bouge pas.

— Je la suis.

— Tu ne peux pas traverser le terre-plein. Il est trop haut.

Ruano tambourine des doigts sur le volant. La prochaine ouverture dans le terre-plein est à plus de cent mètres. Trop loin.

« Unité M58, confirmez le contact visuel avec le véhicule suspect. À vous », demande l'opératrice par radio.

— Ils s'en vont.

La fourgonnette disparaît dans le rétroviseur, et Ruano n'hésite pas une seconde. Il manœuvre et enfile le terre-plein central, pied au plancher. Le parechoc de la Nissan Leaf se détache, parsemant le parterre de morceaux de plastique blanc, et entraînant davantage de coups de klaxon ulcérés de la part des véhicules qui les suivent, mais il parvient à franchir l'obstacle et à atteindre la voie opposée.

— Unité M58, en direction sud-ouest sur Santa María de la Cabeza. Nous suivons la Mercedes Vito impliquée dans l'alerte 10-00, dit Osorio. (Il relâche le bouton de la radio et regarde Ruano, inquiet.) T'es complètement taré, mon pote.

— Ils s'en allaient, dit Ruano, tendant le cou.

Celui-ci enclenche le gyrophare, sans la sirène. Ça suffit pour que les voitures devant eux s'écartent, leur laissant suffisamment d'espace pour passer. La circulation est dense, mais les deux voies aident. La peur de l'amende aussi. Le Madrilène moyen se range deux fois plus vite quand il voit les carreaux bleus et blancs des flics municipaux que devant une ambulance ou la Police nationale. Quelques secondes plus tard, le toit blanc de la fourgonnette revient dans leur champ de vision.

— S'ils prennent le tunnel d'Acacias, ils sont cuits. On prévient, et *basta*. Les collègues les choperont de l'autre côté.

— S'ils traversent le pont, on est baisés, dit Ruano en se mordant la lèvre inférieure.

Osorio pousse un soupir. Le nouveau a raison. De l'autre côté du pont, les options se multiplient pour la fourgonnette. Elle peut se fondre dans les rues d'Usera ou d'Opañel. Un dédale infini de ruelles des deux côtés, et un tas de routes pour quitter Madrid. Trop.

« Unité M58, n'intervenez pas, je répète, n'intervenez pas. Nous envoyons des voitures depuis Pirámides. Arrivée estimée, quatre minutes. »

— C'est un peu tard, central, dit Osorio à la radio d'un ton lointain, presque comme s'il se parlait à lui-même.

À l'intersection d'Esperanza et de Santa María de la Cabeza, le dernier feu vient de passer au rouge. La fourgonnette est le troisième véhicule en attente dans la file.

« Unité M58, je répète, n'intervenez pas. Ne révélez pas votre position aux suspects. »

Pour ça aussi, c'est un peu tard. Le gyrophare de la voiture de patrouille, qui leur a ouvert la voie jusqu'à la fourgonnette, projette des reflets bleus sur la carrosserie de la Mercedes. Seule une voiture sépare cette dernière des policiers municipaux.

Les signaux sonores du feu rouge s'espacent, prévenant qu'il va passer au vert. Le dernier piéton pose le pied sur le trottoir d'en face. La première voiture démarre.

La fourgonnette ne bouge pas.

Le conducteur de la voiture devant Ruano et Osorio klaxonne, et finit par donner un coup de volant pour s'engager sur la voie d'à côté. Les autres véhicules poursuivent leur chemin, certains klaxonnant, d'autres baissant leur vitre pour gueuler contre la fourgonnette, toujours immobile.

Ruano regarde Osorio et serre les dents.

— Qu'est-ce qu'on fait ?

— Envoie la sirène, on verra comment ils réagissent.

Ruano presse et relâche le bouton de la sirène. Le hurlement, bref et sec, meurt sans obtenir de réponse.

— Bon sang, c'est quoi, ce bordel ? lance Osorio en ouvrant la portière du passager.

— Où tu vas ?

Ruano se penche sur le siège et le retient par la veste.

— Nulle part, si tu ne me lâches pas.

Le nouveau regarde son collègue, surpris. Celui-ci ne l'a pas habitué à ce genre d'attitude. Mais ce n'est pas non plus un contrôle ordinaire. Ruano jette un coup d'œil à la fourgonnette immobile. À l'intérieur, il y a peut-être un inspecteur de police retenu contre son gré.

19

— Ils nous ont dit de ne pas intervenir.

Osorio fait claquer sa langue, agacé.

— Je n'ai pas l'intention d'intervenir, ils ne me paient pas assez pour ça. Je vais simplement m'assurer qu'ils ne bougent pas jusqu'à l'arrivée des...

Ruano relâche les doigts, juste un peu. Assez pour qu'Osorio pose un pied sur la chaussée. Sa semelle émet un couinement en entrant en contact avec l'asphalte. Un son qui devrait être pratiquement imperceptible, mais qui retentit dans les oreilles de Ruano, et se démultiplie en un écho persistant et cinglant. Et parvient à étouffer le ronflement métallique de la portière latérale de la Vito, qui s'ouvre. Et résonne encore dans sa tête quand les premiers coups de feu éclatent.

Ruano ne les entend pas.

Il sent le plomb s'abattre sur la carrosserie, l'odeur de l'huile et de la graisse du moteur, criblé de balles, qui le protège des projectiles.

Il sent l'air qui entre par la portière ouverte côté passager et crée un courant avec celui qui pénètre par le pare-brise détruit.

Il sent des fragments de verre tomber sur sa tête et s'insinuer dans son uniforme, éraflant sa peau.

D'Osorio, de son collègue, de l'homme qui, il y a quelques mois, l'a invité à fêter Noël avec lui – « tu vas quand même pas rester tout seul, enfin, mon gars, quand y en a pour quatre... » –, du tire-au-flanc ronchon et sympathique qui passe le plus clair de son temps à lui casser les couilles, il ne voit presque rien. Juste une épaule, tordue sur un angle de la portière arrachée.

Ruano n'entend pas les coups de feu, ni les cris de terreur des gens, ni les hurlements des pneus de la fourgonnette qui s'éloigne à toute vitesse. L'écho de la semelle d'Osorio posant un pied sur le sol s'éteint après Osorio lui-même, qui meurt sans avoir fini sa phrase.

PREMIÈRE PARTIE

ANTONIA

Qui me gardera de mes gardiens ?

Juvénal

1

Un avion

Ce n'est rien de plus qu'un point dans le ciel du matin.

Le jour n'est pas encore levé quand le Bombardier Global Express 7000 amorce sa descente par l'ouest, sans devoir attendre son tour pour recevoir le vecteur d'approche. À Madrid, l'aérodrome de Cuatro Vientos a été fermé au trafic, à l'exception de cet appareil.

Pendant l'atterrissage, Antonia Scott ne le quitte pas des yeux. Elle patiente, assise sur le capot de la voiture, insensible à la fraîcheur matinale, jusqu'à ce que l'avion s'immobilise près d'eux.

La porte du Bombardier s'ouvre, et une silhouette familière se découpe dans le rectangle de lumière. Antonia descend du capot et avance vers elle, une main dans le dos, ignorant les crampes dans ses jambes engourdies.

— Tu es en retard, dit-elle.

— On a eu des problèmes au départ de Gloucester, répond l'ombre figée dans son rectangle de lumière.

Antonia ne retire pas la main de son dos tandis qu'elle monte, lentement, les huit marches. Quand elle est certaine que la femme est bien celle qu'elle attendait, elle relâche ses doigts de la culasse du Sig Sauer P290 qu'elle porte à la ceinture.

— Tu as teint tes cheveux.

— C'est ma couleur naturelle. J'en avais marre du blond.

Carla Ortiz sourit chaleureusement, malgré la fatigue et la peur qui affleurent dans ses grands yeux marron. Elle tend une main pour la saluer, mais la retire au dernier moment.

— Je… je n'aime pas le contact physique, se justifie Antonia.

— Je sais. Ils m'en ont parlé. De ça, et d'autres choses.

— Embarrassantes, je suppose.

— Tu supposes bien, ma fille, dit une voix en anglais de l'intérieur de l'appareil.

Antonia entre et s'agenouille près du premier siège. Des mains noueuses et couvertes de bijoux, glacées comme des draps en hiver, lui ébouriffent tendrement les cheveux.

— Tu as une mine affreuse, dit grand-maman Scott, désignant les cernes violacés sous les yeux de sa petite-fille.

— Et toi, tu es… répond Antonia, essayant de contenir l'émotion que la caresse suscite en elle.

Sa grand-mère et Marcos sont les deux seules personnes dont Antonia ait jamais désiré le contact. Son mari est mort il y a quelques heures, débranché des machines qui le maintenaient en vie, par décision d'Antonia, après des années d'espérance absurde. Et grand-maman Scott n'en a plus pour longtemps. Ce voyage surprise en pleine nuit n'arrange rien.

Antonia contemple le sac d'os recouvert d'une robe à pois. La main qui ne caresse pas sa petite-fille tient un verre contenant un fond de whisky.

Antonia remarque aussitôt l'absence de traces de lèvres au bord du verre, l'absence d'odeur dans son haleine, et comprend que sa grand-mère ne peut plus bouger le bras gauche. Elle ouvre la bouche pour poser la question, mais une pensée lui traverse l'esprit. Une pensée avec un accent basque et une voix forte. Mais pas grosse.

Elle s'est donné un mal de chien pour te le cacher. Laisse-la croire que ça a marché.

26

— … plus belle que jamais, conclut-elle, avec un effort.

— J'approche le siècle, ma fille. Ça fait des décennies que ce n'est plus vrai.

Antonia contemple les yeux bleu délavé de sa grand-mère et sent son cœur se serrer. C'est peut-être la dernière fois qu'elles se voient. Elle veut se pencher vers elle et la prendre dans ses bras, elle le veut de toutes ses forces, mais elle en est incapable.

— Vas-y, ma fille, déclare sa grand-mère avec une ultime caresse d'au revoir. Fais ce que tu as à faire. Tu me raconteras.

Antonia hoche la tête et se relève. Elle inspecte la cabine de l'avion pendant de longues minutes, ignorant les tentatives de Carla d'engager la conversation et percevant son anxiété croissante. Enfin, elle considère que son examen est terminé, aussi superficiel soit-il.

Le temps presse.

Elle s'approche de Carla.

— Des nouvelles de l'inspecteur Gutiérrez ? demande la femme d'affaires.

— La fourgonnette a disparu. Pour le moment, on ne sait rien.

Carla hésite, effrayée, mais finit par se lancer.

— Elle… elle était là, n'est-ce pas ?

Antonia acquiesce. Il y a un silence gêné. L'un de ces silences que, dans le passé, elle se sentait obligée de remplir de promesses. De grandes promesses, rassurantes. Vides, pour la plupart des gens.

Pour la plupart des gens, une promesse faite dans un moment comme celui-ci n'est guère plus que des mots.

Pas pour Antonia Scott.

Pour Antonia Scott, une promesse est un contrat. Un contrat qu'elle paiera, même si elle ne l'honore pas. Sous forme de sentiment de culpabilité et de remords, une monnaie pour le moins inflationniste.

C'est pourquoi, à cet instant, Antonia ne remplit pas le silence de mots tels que « je retrouverai l'inspecteur Gutiérrez » ou « je capturerai la femme qui t'a séquestrée et torturée ». Non, Antonia a appris quelque chose, ces derniers mois, à propos des promesses.

C'est pourquoi, ce qu'elle dit à Carla est :

— Je suis désolée pour ton père.

Une ombre traverse le visage de la jeune femme, qui détourne le regard.

— Il était très âgé.

— Tu as pu lui parler ? Avant que...

Ces points de suspension recouvrent un monde à eux seuls.

— Je ne voulais pas, et il ne pouvait pas, répond Carla, haussant les épaules.

Carla

L'accident vasculaire cérébral qui a frappé Ramón Ortiz quelques mois plus tôt l'avait réduit à une carcasse baveuse. La mort n'exclut personne de sa liste, pas même l'homme le plus riche du monde. Le pouvoir et la fortune du chef d'entreprise avaient amélioré les conditions matérielles de son décès, mais n'avaient pas empêché celui-ci.

Pendant la période où elle avait été séquestrée par Ezequiel, la riche héritière s'était métamorphosée.

Elle avait émergé du tunnel différente. Tout ce qui restait de ses velléités et de ses caprices s'était consumé dans l'obscurité de sa réclusion. L'égoïsme et le besoin de reconnaissance d'autrefois avaient laissé place à une générosité et une confiance en soi déconcertantes. Elle souriait moins, mais quand elle le faisait, c'était pour de vrai.

Et non, elle ne s'était jamais réconciliée avec son père. Il l'attendait, au bord de la bouche d'égout, dans la rue Jorge Juan, au milieu d'une nuée de photographes et de journalistes. Elle avait repoussé la main qu'il lui avait tendue et choisi de s'appuyer sur l'inspecteur Gutiérrez, l'homme qui avait affronté un tunnel bourré d'explosifs et s'était pris une balle pour la sauver. Elle n'avait pas rendu son étreinte à Ramón, ni souri, ni versé une seule larme. Puis elle s'était adressée aux journalistes. D'une voix étonnamment claire, elle les avait remerciés de l'intérêt qu'ils lui avaient porté et déclaré se sentir parfaitement bien, prête à reprendre le travail. Le monde entier avait entendu ses mots sereins aux informations du matin, et les actions de l'entreprise avaient grimpé de six pour cent.

Elle n'avait plus adressé la parole à Ramón en privé, malgré quelques tentatives. Elle avait voulu lui demander une centaine de fois pourquoi il l'avait abandonnée à son sort. Pourquoi il n'avait pas cédé au chantage d'Ezequiel, comme elle-même l'aurait fait sans un instant d'hésitation si la vie de son fils avait été en jeu.

Son fils, actuellement endormi sur l'un des canapés de la partie centrale du Jet privé, sous une couverture, était tout ce qui comptait. Rien d'autre. Pouvoir l'embrasser à nouveau était la seule chose qu'elle avait désirée pendant sa séquestration. Pour lui, elle aurait tout donné. Jusqu'au dernier centime des milliards qu'elle possédait, et même ses fonds de poche, si on le lui avait demandé.

Ce n'est que quand Ramón était mort – à 15 heures, un samedi, pendant les titres du journal télévisé – qu'elle avait tout compris. Il était sur son lit d'hôpital, devant la télévision, dodelinant de la tête, comme s'il s'endormait. Et soudain, il était mort. Sans faire de bruit, il était simplement parti. C'est l'infirmière privée qui le lui avait raconté, l'une des quatre qui veillaient sur lui jour et nuit. À 15 h 08, Carla avait décroché son téléphone, sachant à l'avance – on sait toujours ces choses-là – que son père venait de mourir. Et après avoir raccroché, elle avait regardé le journal à son tour, sans prêter attention au défilé d'événements banals ni à cette cruelle ironie : ils avaient vu exactement la même chose à huit kilomètres l'un de l'autre.

Elle venait d'hériter d'un empire à douze chiffres. Un un, suivi de onze zéros. Une somme impossible, absurde, à laquelle Ramón Ortiz avait prêté aussi peu d'attention de son vivant qu'au journal télévisé à présent. Tout comme ces images, c'était simplement quelque chose qui était là. Indépendamment de sa responsabilité et de son influence.

Oui, elle s'était donnée corps et âme à l'entreprise, sans compter ses heures. Mais elle l'avait fait pour gagner la seule chose qu'elle ne pouvait pas posséder : le respect de son père.

Elle avait presque pu voir, sur l'énorme téléviseur de cent pouces, les images du lendemain. Presque, parce que la télé était moderne, mais pas à ce point. Elle s'était vue elle-même, vêtue de noir, recevant les condoléances des grands de ce monde. Les rois, certainement, le chef du gouvernement, un quelconque ministre. Et aussi des gens importants, comme Laura Trueba ou Bill Gates. Soudain, elle était devenue quelque chose d'autre. Des tonnes de responsabilités lui étaient tombées dessus. La vie de centaines de milliers d'employés et les investissements de millions de personnes dépendaient, à partir de cet instant, de chacun de ses gestes. Une mauvaise inflexion, une syllabe à contretemps pouvaient tout foutre en l'air.

C'est alors qu'elle avait compris la trahison de son père. C'est alors qu'elle avait voulu l'appeler, lui dire qu'elle comprenait. Qu'elle ne lui pardonnait pas – c'était impossible –, mais qu'elle comprenait.

Parce que, avec cette somme exorbitante, avec ces onze zéros, elle avait hérité d'une vérité, tranchante et lumineuse, qui tenait en cinq petits mots.

Elle ne les méritait pas.

2

Un cube

— On va répéter le plan, dit Antonia, se dirigeant à l'arrière de l'avion.

En regardant cette femme menue, de presque une tête de moins qu'elle, Carla Ortiz éprouve une étrange jalousie. Antonia Scott n'est pas vilaine, mais ce n'est pas non plus une beauté. Ce n'est pas cela, ni même son intellect, que Carla lui envie. C'est sa détermination inébranlable. Antonia lui a sauvé la vie dans les tunnels de la station Goya Bis, Carla lui est donc éternellement redevable.

Quand Antonia l'a appelée quelques semaines plus tôt, Carla s'attendait à une demande. Une forme de dédommagement quelconque. Elle était prête à le lui donner, évidemment. Désireuse, même.

Les services les moins coûteux sont ceux que l'argent peut acheter.

Au lieu de cela, Antonia Scott lui a raconté une histoire. Une histoire qui lui a retourné l'estomac et l'a privée de sommeil. Une femme inconnue – que nous appellerons Sandra Fajardo, faute de mieux – a manipulé un homme souffrant de troubles mentaux en lui faisant croire qu'elle était sa fille. Ce duo a enlevé Carla pour, prétendument, faire chanter

32

son père. Et le cadavre de la soi-disant Sandra Fajardo qui n'a jamais été retrouvé.

Tout ce qu'ils croyaient savoir n'était donc qu'un mensonge.

— Je ne comprends pas. Ils n'ont pas vraiment fait chanter mon père ?

— C'était juste une mascarade, a répondu Antonia. Pour une raison qui m'échappe, tout ça a à voir avec moi.

Elle lui a alors parlé de l'insaisissable et mystérieux M. White. L'homme qui tirait les ficelles de Sandra Fajardo.

— Je n'arrive pas à le croire. Tous ces flics qui sont morts en tentant de me sauver. La femme à l'école de ton fils. Combien de vies perdues pour cette mascarade, comme tu dis ?

— Huit, à notre connaissance.

— Je pensais… que c'était terminé, a dit Carla, la voix submergée par la peur.

Elle a attendu une réponse rassurante d'Antonia. Qui n'est pas venue.

Alors la mémoire lui est revenue.

La déviation.

L'homme au couteau.

La poursuite dans les bois.

La piqûre dans le cou après avoir abdiqué.

Puis la bataille désespérée avec l'obscurité. La voix aimable qui s'était révélée être celle de sa tortionnaire.

— Tu sais… Tu sais ce qu'elle veut ?

— Je ne sais pas. Mais je vais le découvrir.

Avant de raccrocher, Antonia a donné à Carla des instructions très précises sur ce qu'elle devait faire si son pire cauchemar devenait réalité.

Dix heures plus tôt, c'est arrivé.

Le message d'Antonia disait juste :

Elle est revenue.

33

Mais Carla n'avait pas besoin de plus. Elle s'est levée au milieu d'un dîner avec des partenaires commerciaux, marmonnant une excuse, et a pris sa voiture en appelant la nourrice pour lui dire de tirer son fils du lit.

Le vol de La Corogne jusqu'à Gloucester pour aller chercher grand-maman Scott leur a pris deux heures. Pour repartir, quatre de plus. Mais ils étaient là, enfin.

Conformément au plan.

— Pas de téléphone portable. Aucun dispositif électronique. Pas de recherches sur Internet. Pas d'accès à mes mails, aucun contact avec qui que ce soit, récite Carla.

— Donne-moi ton portefeuille, demande Antonia.

Carla fouille dans son sac à main et le lui tend avec une moue contrariée. Antonia en sort ses cartes de crédit, sa carte d'identité et même sa carte de fidélité Sephora, balance le tout dans un sac à vomi, lequel finit dans une poubelle. De sa besace, elle sort un briquet et un bidon de liquide, et, en quelques secondes, transforme la vie de Carla en une flaque puante. Elle ne récupère qu'un rectangle noir métallique qu'elle glisse dans sa poche.

— Attention avec cette carte, Antonia. Elle n'a pas de plafond de dépenses.

— Je ne suis pas un panier percé. Et tu auras besoin d'argent.

— Cette valise est prête depuis des semaines, dit Carla en désignant une énorme Samsonite.

Antonia ne prend pas la peine de l'ouvrir. Elle sait ce qu'elle contient.

— En dollars ?

— En yens, euros et livres.

Antonia fait un hochement de tête approbateur.

— Où est-ce qu'on doit aller ?

— Si je le savais, je vous mettrais en danger. Tu ne dois prendre aucune décision basée sur la logique. Je vais te donner quelque chose qui va t'aider.

Antonia dépose dans la main de Carla un petit cube en plastique de vingt millimètres de côté. Des points sont gravés sur chacune de ses faces, de telle façon que la somme des faces opposées est égale à sept.

Carla observe le dé pendant un instant, perplexe, jusqu'à ce qu'elle comprenne ce que veut Antonia.

— Chaque fois que tu devras prendre une décision, tu lances le dé. Changez d'avion à votre prochaine destination. Faites pareil à la suivante. Ensuite, déplacez-vous par voie terrestre sur au moins six cents kilomètres et prenez un vol commercial. Puis un nouveau déplacement par voie terrestre en sens inverse. Ça va être éprouvant, conclut Antonia en se penchant par-dessus l'épaule de Carla.

Cette dernière suit son regard jusqu'à grand-maman Scott, qui semble s'être endormie.

— Pas d'inquiétude. Elle nous enterrera tous, dit Carla.

— Je ne vois pas en quoi ça devrait me rassurer. C'est une possibilité très réelle.

À l'expression horrifiée de Carla, Antonia comprend qu'elle est retombée dans les pièges du langage figuré. Si Jon était là, il ferait un commentaire qui rendrait la situation plus supportable, mais il n'est pas là. Antonia ne s'excuse pas pour autant. Primo, parce qu'elle ne sait pas mettre de l'eau dans son vin ; elle ne connaît même pas le sens de l'expression. Et secundo, parce que le danger est effectivement bien réel.

Maintenant que Sandra est revenue, plus personne n'est en sécurité. Et Carla, l'un de ses trophées qui lui a glissé entre les doigts, moins que quiconque.

— On doit y aller, dit la femme d'affaires, se tordant les mains avec inquiétude.

Antonia comprend qu'elle ne peut plus reculer.

3

Un paquet

Antonia se penche à la porte de l'avion et fait un signe. De la voiture – une Rolls-Royce Phantom fraîchement restaurée – descend un homme grand, mince, aux joues creusées. Élégamment vêtu, la cravate impeccablement nouée malgré les heures d'attente sur la banquette arrière. Dans les bras, il porte un paquet d'une valeur inestimable. L'autre trophée qui a glissé entre les doigts de Sandra Fajardo.

— Ça va durer encore longtemps ? demande le nouveau venu en montant dans l'avion.

En tant que diplomate, il n'a jamais été très enclin à la souplesse. D'un autre côté, sir Peter Scott, ambassadeur du Royaume-Uni en Espagne, est un riche Anglais d'âge mûr. L'arrogance est donc presque une obligation.

La fraîcheur matinale et le fait d'avoir passé la nuit dans une voiture ne contribuent pas non plus à améliorer son humeur. Il lève le menton et jette un regard inquisiteur à Carla Ortiz.

— Excusez-moi, je ne crois pas que nous ayons été présentés, dit Carla.

— Vous savez parfaitement qui je suis, et je sais parfaitement qui vous êtes. Et maintenant, si vous permettez, j'aimerais avoir une réponse à ma question.

Antonia secoue la tête. Carla ne dit rien.

— Ça durera le temps que ça durera, intervient une voix rauque derrière lui.

L'ambassadeur se retourne et se retrouve face au regard sévère de grand-maman Scott. Il n'est pas impossible qu'il déglutisse discrètement.

— Pardon, mère. Je ne t'avais pas vue.

— Bien sûr que non. Tu étais trop occupé à te comporter comme un malotru. Quand est-ce que tu m'as appelée, la dernière fois ?

— Les responsabilités liées à ma fonction…

— Sont plus importantes que ta mère. Au moins, ça a le mérite d'être clair. Maintenant, approche et laisse-moi voir mon arrière-petit-fils.

Jorge Losada Scott ronfle depuis des heures, ignorant le drame qui se joue autour de lui. Enveloppé dans une couverture à carreaux et en pyjama Bébé Yoda, il ne se réveille même pas quand grand-maman Scott lui découvre le visage. Il a les joues en feu et les lèvres entrouvertes.

— Il a ton nez, Peter.

— C'est vrai, dit l'ambassadeur avec un sourire.

— Heureusement, il tient d'Antonia pour le reste. Et maintenant, couche-le sur le canapé avant d'attraper une autre hernie, mon garçon.

Sir Peter Scott obéit. Le siège en cuir de poulain crisse quand il dépose Jorge près du fils de Carla Ortiz. Les paquets sont pratiquement de la même taille, puisqu'ils n'ont que quelques mois d'écart.

— Tout ira bien, dit Carla.

— Vous ne pouvez pas le garantir.

— Pour l'amour du ciel, Peter, le réprimande grand-maman Scott. Cette femme est en train de te dire qu'elle fera tout ce qui est en son pouvoir. Si tu veux une garantie, achète-toi un grille-pain.

37

L'ambassadeur se dandine d'un pied sur l'autre, observant tour à tour son petit-fils et sa mère. Finalement, il incline la tête en direction de la vieille dame et quitte l'avion à grandes enjambées, sans regarder en arrière.

Après un au revoir et quelques instructions de dernière minute, Antonia se dirige vers la voiture. Avant qu'elle n'atteigne son père, l'avion commence à rouler sur la piste.

— Tu ne m'avais pas dit que ta grand-mère serait là, dit sir Peter.

— Elle est aussi une cible.

— J'aurais aimé savoir qu'elle était là, Antonia.

— Tu aurais dû partir avec eux.

— Ta grand-mère et moi dans un espace réduit pendant plusieurs heures ? Quelle idée pittoresque. Nous n'aurions pas besoin d'un tueur psychopathe pour nous assassiner.

— Ce serait plus sûr pour toi.

— Plus sûr d'être ballotté Dieu sait où qu'à l'ambassade, protégé par un détachement de SAS ? Je ne sais pas pourquoi j'ai donné mon accord pour que Jorge…

— Sandra Fajardo l'a déjà enlevé une fois, en pleine journée et dans un lieu qu'on croyait sûr. Tu veux vraiment prendre le risque ?

L'ambassadeur fait claquer ses lèvres de frustration. Il y a quelques heures seulement, sa fille l'a appelé pour qu'il l'assiste dans la tâche difficile de faire ses adieux à son mari. Il a immédiatement accouru, honorant son devoir. Ce qui se passait représentait un pas dans la bonne direction, vers la réconciliation tant espérée avec sa fille. Dire adieu à Marcos était une première étape pour qu'Antonia recouvre une part de son humanité perdue. Durant un fugace instant, près du moniteur cardiaque qui émettait des bips de plus en plus espacés, sir Peter avait vu le reflet de la fillette souriante et heureuse qui cavalait dans les couloirs du consulat à

Barcelone quand elle n'était pas tellement plus haute que Jorge. De la fillette souriante et heureuse qu'elle aurait pu être, si elle avait mené une autre vie.

Il ne reste rien de cette fillette chez la femme menue debout près de lui sur le tarmac. Ses yeux sont deux obsidiennes.

Et, plus terrifiant encore, pense l'ambassadeur, *ce qu'elle vient de me dire est vrai.*

— J'imagine que je ne veux pas prendre ce risque, admet-il.

— Tu aurais dû partir avec eux, insiste Antonia.

— L'avion a décollé.

— On peut les faire revenir.

— C'est toi qui aurais dû monter dans cet appareil.

— Je sais me débrouiller toute seule.

De l'ombre où il patientait surgit l'un des gardes du corps de son père. Antonia se souvient très bien de lui. C'est lui qui l'a traînée hors de la chambre de Marcos après que le moniteur s'est arrêté. Un mètre quatre-vingt-dix, quatre-vingt-sept kilos, et une sympathie modérée pour elle. Un mur de briques en costume-cravate, entraînement d'élite, officier du SAS.

L'ambassadeur désigne à Antonia le colosse, quand celui-ci ouvre la portière de la Rolls à son patron.

— Merci, Noah.

Puis il la désigne, elle. Si petite, si seule.

— J'ai quelqu'un qui me protège, Antonia. Jour et nuit. Pas toi.

4

Un comptoir

Seule au milieu de la piste d'atterrissage, tandis que la voiture de son père s'éloigne, Antonia repense à la dernière phrase qu'il lui a dite.

« J'ai quelqu'un qui me protège, Antonia. Jour et nuit. Pas toi. »

Qu'Antonia traduit par :

Rakṣakuḍuha.

En télougou, langue dravidienne parlée par soixante-quatorze millions de personnes, « le protecteur sans armure ». Celui qui saute, nu, sur la trajectoire de la flèche.

Antonia avait une personne comme celle-là. Mais elle ne l'a plus. White la lui a enlevée, sans aucune explication. Hormis un message qui disait :

J'espère que tu ne m'as pas oublié.
On joue ? W.

Une Audi A8 noire aux vitres teintées s'approche d'elle. La portière du passager s'ouvre, l'invitant à monter. L'espace d'un instant, Antonia – contre toute logique, ce qui est extrêmement inusité chez elle – s'attend à voir l'inspecteur Jon Gutiérrez au volant. Quelques brefs instants de pensée magique, à croiser fort les doigts et souhaiter, souhaiter,

souhaiter que cela arrive. L'univers envoie à Antonia la réponse habituelle. À ceci près que, dans le cas d'Antonia, elle s'accompagne d'un supplément de honte pour avoir cédé à une superstition aussi vulgaire.

Avec un geste de lassitude, elle ouvre la portière arrière et s'effondre sur la banquette.

— Je suis ton chauffeur, maintenant, Scott ?

— J'ai besoin de fermer les yeux quelques minutes.

— Le siège avant est entièrement inclinable.

— Oui, mais derrière, je suis seule.

L'homme au volant se retourne. Brun, un début de calvitie, une fine moustache et des yeux qui semblent peints sur son visage, comme ceux d'un pantin. Manteau trois quarts, beige. Cher.

— Fais attention où tu mets les pieds. Il y a un Tchekhov à l'arrière, dit Mentor.

Tout comme Antonia, il a passé de nombreuses heures à sécuriser l'accès à la piste d'atterrissage.

— Ce n'est pas un Tchekhov. C'est un Remington 870, dit Antonia, ouvrant un œil et touchant la crosse du bout de ses baskets blanches.

— C'est un fusil chargé, prévient Mentor, nerveux, se retournant sur son siège pour atteindre l'arme et l'éloigner des pieds d'Antonia. Et tu sais ce que disait Tchekhov à propos des fusils ?

— Aucune idée.

— Que si au premier acte tu montres un fusil, tu devras l'utiliser au troisième.

— On est au troisième acte.

— C'est là que je voulais en venir, Scott.

Après une brève lutte avec la ceinture de sécurité, Mentor parvient à saisir l'arme et la dépose sur le siège passager.

— Comment ça s'est passé avec ton père ?

— Aussi bien qu'il fallait s'y attendre.

— À ce point-là ?

Antonia ne répond pas et se contente de fixer la vitre. Le tonnerre gronde au loin, couvrant le ronronnement de l'Audi qui démarre. Les gouttes de pluie se changent en petites comètes éphémères qui se poursuivent sur la vitre.

Sur la M40, à la hauteur du centre commercial Plenilunio, la circulation les contraint à ralentir. Antonia remarque le véhicule sur la voie d'à côté. Une fourgonnette blanche de la même marque que celle qui a emmené Jon. D'un modèle différent. Sur le siège du milieu, deux petits enfants s'amusent à se lancer un jouet. Autrefois, ç'aurait été un dinosaure ; aujourd'hui, c'est une masse verte informe couverte de morsures. La mère se retourne et leur dit quelque chose, d'un ton sévère si l'on en croit son expression, mais elle n'est pas vraiment fâchée.

Une famille ordinaire, en route pour passer une journée banale au centre commercial, avec d'autres familles ordinaires. Antonia se demande ce qu'ils ont fait pour mériter cette vie et ce qu'elle a fait, elle, pour mériter la sienne. Bien entendu, elle ne trouve pas la réponse. Juste…

Pothos.

En grec, « le désir inaccessible ».

Antonia souhaite, pas pour la première fois, avoir une famille auprès de qui se réfugier, un lieu où s'abriter. Mais il n'y a rien, hormis le hurlement féroce des singes dans les profondeurs de son esprit. Bercée par ce désagréable gazouillis, elle s'endort.

Lorsqu'elle s'éveille, le soleil est haut dans le ciel.

Elle descend de voiture en se frottant les yeux, la vessie pleine et la bouche pâteuse. Ils sont sur le parking d'un bâtiment industriel anonyme au milieu d'un quartier anonyme. Rejas, au sud de l'aéroport Adolfo Suarez Madrid Barajas, est un rectangle inconnu, la dernière verrue urbaine que voient les voyageurs avant que le chauffeur de taxi leur annonce que ce sera trente euros, merci beaucoup. Certes, cinq millions de personnes fréquentent chaque année Plenilunio, le plus grand centre commercial de la capitale, mais aucune ne s'aventure au-delà du parking. Aux environs se trouve un quartier relativement urbanisé. Mais dans la partie ouest, le paysage change. Les bâtiments à peu près alignés laissent place au chaos. Des entrepôts abandonnés à côté de logements délabrés, des champs avec des chevaux, des immeubles de bureaux en construction. Des terrains vagues aux grilles surmontées de panneaux « À vendre » dont le soleil a délavé les couleurs autrefois vives. Des panneaux sur lesquels le numéro de téléphone est illisible. Mais dont on pourrait voir, s'il était encore lisible, qu'il ne comporte que sept chiffres au lieu des neuf désormais établis.

Un lieu oublié de Dieu et de ses supérieurs directs, les adjoints à l'urbanisme.

Une poignée de rues portant des noms de mois, où août ressemble à décembre.

Il n'y a pas de route qui mène jusque-là puis qui en reparte, c'est pourquoi Mentor a choisi cet endroit pour édifier le quartier général du projet Reine rouge en Espagne.

De l'extérieur, ce n'est qu'un entrepôt anonyme, avec un parking clôturé, un nom respectable d'entreprise de fabrication de granulats, un bâtiment d'aluminium en haut et de béton en bas.

Mentor est assis sur l'escalier en ciment, grillant une cigarette. À en juger par la montagne de mégots entre ses pieds, il n'a pas bougé de là depuis plusieurs heures.

— Tu fumes trop, dit Antonia, en parcourant la distance entre la voiture qui lui a servi de lit et les marches qui ont servi à Mentor de salle d'attente.

— Ma femme pense pareil. Mais ce n'est jamais le bon moment pour arrêter.

— Pourquoi tu ne m'as pas réveillée ?

— Tu sais pourquoi. Tu viens de rentrer d'une longue mission. Et tu as passé une nuit blanche.

— On n'a pas de temps à perdre.

— Quand tu ne dors pas, tu deviens irritable et tu te comportes comme une enfant gâtée.

Antonia aurait bien protesté et trépigné, mais elle a pu dormir suffisamment longtemps pour se contenter de soupirer et de grimper les marches en deux enjambées.

De l'autre côté d'une porte vitrée – dépourvue de serrure –, il y a un comptoir en mélaminé dont le vernis a disparu, un sol en linoléum, un espace d'attente avec deux fauteuils usés jusqu'à la trame et quelques brochures sur les granulats, dont les derniers numéros d'*ANEFA*, la revue officielle de la branche. Dans le numéro du mois, « Tout sur les sables siliceux ! ».

— Identification, je vous prie, dit un jeune homme derrière le comptoir.

Antonia regarde Mentor d'un air las. Mentor hausse les épaules.

— Il est nouveau.

— Il est obéissant, dit le nouveau.

— Je ne peux pas assouplir la procédure. Et puis ça fait une éternité que tu n'es pas venue ici. Il doit vérifier que c'est bien toi.

Antonia abdique et s'approche de ce qui ressemble à la carcasse crasseuse et rafistolée avec de la cellophane d'une webcam qui était déjà vieille avant que Zuckerberg ne fonde Facebook.

À l'intérieur, bien entendu, se cache un scanner rétinien dernier cri, qui déclenche un signal sur l'écran dissimulé derrière le comptoir.

— C'est bon, monsieur.

— Merci. Allons-y, Scott, dit Mentor en désignant la porte.

Elle le regarde sans bouger.

— C'est fini, ce cirque ?

— Je ne sais pas de quoi tu parles.

Avec une grimace d'agacement, Antonia suit Mentor jusqu'à une porte métallique qui se déverrouille avec un bourdonnement. Mentor tire la poignée, mais Antonia retient la porte, l'empêchant de l'ouvrir.

— Tu m'as laissée dormir quatre heures dans la voiture. Et maintenant, ton petit numéro à l'entrée. Tu essaies de me dire quelque chose, je te connais.

— Scott, tu nous as manqué, vraiment.

— On gagnerait du temps si tu me disais directement ce qu'il y a.

Mentor se mord la lèvre, s'armant de patience.

— Le message, c'est que tu n'es pas seule dans cette histoire et que nous devons être plus prudents que jamais.

— Message reçu. Et maintenant, si tu veux bien, on doit se mettre à la recherche de Jon Gutiérrez.

— Qu'est-ce que tu crois qu'on faisait pendant que tu dormais ? objecte Mentor, ouvrant enfin la porte.

En entrant, Antonia retient son souffle. Elle avait presque oublié combien l'endroit était impressionnant.

Presque, parce qu'Antonia n'oublie rien.

5

Un quartier général

La réception cradingue avec ses meubles des années quatre-vingt-dix laisse place à un espace ouvert et lumineux de six mètres de haut. Au plafond, de puissants projecteurs de mille deux cent cinquante watts éclairent une série de structures interconnectées, fabriquées en béton et fixées au sol par des poutres en acier – un village miniature. À l'entrée, une zone sert de parking aux Audi A8 modifiées. Sur les quatre places, une seule est occupée. Sur les trois autres, quelqu'un a collé au sol des photos au format A3 des voitures accidentées.

En voyant les images, Antonia s'autorise un demi-sourire qui n'échappe pas à Mentor.

— Ça n'a rien de drôle. Vous avez envoyé trois cent mille euros à la casse en moins d'un an.

— Seulement cent mille pour ce qui me concerne. Pour le reste, adresse-toi à Jon.

— Je commence à me demander s'il faut vraiment le sauver.

Le premier module en béton qu'ils traversent est une structure cubique percée d'une immense fenêtre sur un côté. L'intérieur est plongé dans le noir, mais Antonia n'a pas besoin de lumière pour savoir ce qu'il contient. Elle se rappelle chaque centimètre de la salle d'entraînement. Et ce ne sont pas des souvenirs heureux.

Elle détourne le regard et presse le pas. Le MobLab est garé devant le laboratoire du Dr Aguado, et un peu plus loin se trouve le bloc qui abrite la salle de réunion. Un espace ouvert, avec une grande table au centre et une dizaine de moniteurs de trente pouces fixés au mur.

Personne n'a consacré une minute ni une goutte de peinture à embellir le quartier général du projet Reine rouge. Il n'y a rien dans cet endroit qui ne soit pas fonctionnel ou qui n'ait pas l'air de sortir de la quincaillerie de *Blade Runner*. C'est peut-être pour cela qu'Antonia s'y plaît tant.

Malgré tout, elle n'a pas pénétré dans cette salle de réunion depuis près de quatre ans.

Mentor s'écarte pour la laisser passer. Mais en voyant son regard et ses poings serrés, il change d'avis.

— Quand tu seras prête, Scott.

Le cœur d'Antonia bat plus vite, sa respiration est entrecoupée. Maintenant que le destin de Jon dépend d'elle, la panique l'envahit. Ou peut-être – plutôt – est-ce elle qui s'autorise à paniquer, car elle n'a plus d'excuses.

Après tout ce temps à fuir ce qu'elle est, ce qu'elle est capable de faire, la réalité a fini par la rattraper. Antonia est experte dans l'art de se mentir à elle-même, mais elle n'en est pas moins capable d'admettre que son envie de franchir cette porte pour pénétrer à nouveau dans cette pièce est aussi forte que sa peur.

Même si c'est une mauvaise idée.

Même si l'homme à qui elle a juré de ne pas y retourner se trouve actuellement dans une chambre mortuaire, sans personne pour le veiller.

Même si ce poids au creux de l'estomac exige qu'elle fasse demi-tour et s'échappe de cette cage en béton. Du lieu qui l'a transformée pour toujours en quelque chose d'infiniment meilleur, d'infiniment plus odieux.

Alors, elle regarde par l'entrebâillement de la porte et voit que tous les écrans se sont réunis pour lui offrir une unique image fragmentée. Le visage de l'inspecteur Jon Gutiérrez. Avec ses cheveux ondulés, tirant sur le roux, et sa barbe épaisse, tirant sur le blanc. Avec cette mâchoire carrée de la taille d'un dictionnaire. Les yeux éblouis par l'éclat du flash.

Malgré son état second, Antonia voit clair dans le jeu de Mentor. Sa capacité à la manipuler la rend folle.

— Prends ton temps, murmure la voix de Mentor à son oreille.

Antonia ouvre la bouche pour parler, mais il l'interrompt, d'encore plus près. Ses lèvres touchent presque son lobe. Son haleine chaude et âcre de fumeur lui hérisse la peau.

— Si c'est pour me dire que tu ne peux pas, épargne-moi ça. Quoi qu'il se passe dans ta tête, surmonte-le. Je t'ai laissé une nuit pour mettre ta famille à l'abri et une matinée pour te reposer. Ça s'arrête là. Parce que cet homme dont tu regardes le visage t'a sauvé la vie plus de fois que tu ne peux les compter.

En entendant cela, une soudaine certitude envahit Antonia.

Le poids sur sa poitrine s'allège, sa respiration ralentit. Les singes dans sa tête crient un peu moins fort. C'est ce qui est beau dans les certitudes. Elles nous emplissent d'un certain soulagement.

Antonia exhale l'air qu'elle retenait et se tourne vers Mentor.

— Si, je peux.

— Ça, c'est ma fille.

— Tu n'as pas compris. Si, je peux les compter. Sept fois, dit Antonia en entrant dans la salle.

6

Une question

Le Dr Aguado se lève en voyant entrer Antonia. La quarantaine, longs cils, maquillage discret, piercing dans le nez, une langueur espiègle dans le regard. Avec désormais, en plus, une étincelle de peur.

— Vous ne savez pas combien je suis désolée pour…

Aguado s'interrompt, car en réalité, elle ne sait même pas par où commencer. Antonia hoche la tête, avec respect. Elle se réjouit de la voir ici.

— Mettons-nous au travail.

— Bien sûr. Ah, j'allais oublier, dit la légiste en lui tendant un verre d'eau et un petit gobelet en plastique contenant une gélule rouge.

Antonia secoue la tête, prenant sur elle pour ne pas laisser traîner ses yeux sur le gobelet.

Surprise, la légiste regarde Mentor, qui lui fait signe de retirer la gélule. Alors, seulement, Antonia s'assied à sa place habituelle, face aux écrans. Les roulettes de la chaise, une Herman Miller Aeron (le plus petit modèle, pour que ses pieds touchent le sol), émettent un son métallique caractéristique lorsqu'elle s'approche de la table.

— Qu'est-ce qu'on a ?

— Tout ça, dit Mentor, tendant le doigt devant elle.

La table en verre est couverte de dizaines de dossiers et de photographies. Antonia se penche légèrement, pose les coudes sur la table et parcourt chaque document des yeux. Cinquante secondes plus tard, elle relève la tête.

— Autrement dit, rien.

— La plaque d'immatriculation de la fourgonnette était fausse, mais ça, tu le sais déjà.

— Le numéro était le même que celui de la voiture dans laquelle la vraie Sandra Fajardo s'est suicidée, intervient Aguado.

— Une plaisanterie macabre, Scott ?

— Elle nous laisse sa signature. Comme si elle n'était pas déjà partout.

Antonia se rappelle encore la façon dont elle a pris le temps de la saluer avant de monter dans la fourgonnette où ils emmenaient Jon. Une femme élégante, au visage aimable.

Un visage aimable que personne n'a vu à part Antonia.

— Une caméra de surveillance ? Une webcam d'autoroute ? Quelque chose ?

Mentor secoue la tête. Antonia aurait dû s'en douter. S'il y avait eu des images, elles seraient en évidence sur la table.

— On peut établir un portrait-robot à partir de ta description. Dans une demi-heure, il pourrait être sur toutes les chaînes d'info. Mais…

— Mais… dit Antonia en martelant la table, irritée.

Tant que Jon Gutiérrez est entre les mains de Sandra, ils ne peuvent tenter aucune action de ce genre. Ils sont pratiquement impuissants.

— J'ai mis tout le staff sur la piste de la fourgonnette, à Usera. Les six hommes que la Police nationale a mis à notre disposition, l'équipe informatique…

— Et même mon assistante, intervient Aguado.

— Ils sont tous dans leur voiture personnelle, à demander partout si quelqu'un a vu la fourgonnette.

— Les chances sont plutôt minces.

— On ne peut rien faire d'autre, Scott. Il n'y a pas de photos de Fajardo, il n'y a pas de pistes, on n'a rien. Hormis un flic municipal sur le carreau et un autre sous calmants à l'hôpital.

Les deux hommes qui ont tenté d'arrêter la Mercedes avant qu'elle ne traverse le Manzanares. On leur avait dit de ne pas intervenir. Ils cherchaient une médaille et ils ont reçu une volée de plomb en guise de récompense.

— Vous avez vu le rapport balistique ? s'enquiert Aguado, désignant une feuille devant Antonia.

— Munition 5,56 x 45 OTAN, répond Antonia sans regarder. Extrêmement commun. Pratiquement tous les soldats de l'Union européenne l'ont utilisée au moins une fois au cours des dernières décennies. Et des milliers de policiers.

Un bruissement rompt le silence qui s'ensuit. Aguado et Mentor observent la main gauche d'Antonia qui tremble à nouveau, agitant les papiers.

Aguado cherche dans la poche de sa blouse la boîte qui contient la gélule rouge. Mentor hausse légèrement les sourcils et remue tout doucement la tête.

Antonia semble enfin s'apercevoir de son tremblement et saisit le poignet de sa main droite. Ses lèvres dessinent un mensonge inaudible.

— Je vais bien.

En réponse à une question que personne n'a formulée.

Puis, plus fort :

— On perd du temps. Ce n'est pas avec ça qu'on va retrouver Jon, dit-elle, repoussant les papiers vers le centre de la table, hors de portée de ses mains tremblantes.

— Tu as une meilleure idée ? demande Mentor.

— On doit comprendre ce qui s'est passé. Raconte-moi pourquoi tu es allé à Bruxelles.

Ce qui s'est passé à Bruxelles

Mentor cède à la demande d'Antonia et regarde Aguado, qui envoie un signal aux moniteurs avec son ordinateur portable.

— Ça s'est passé il y a neuf jours. Quand vous étiez à Malaga pour retrouver Lola Moreno.

Les images montrent une chambre d'hôtel. Luxueuse. Un homme, nu, sur un lit large de deux mètres. Les draps sont défaits. Il a le corps lardé de coups de couteau. Sur la photo, on voit quatre pieds. Deux sur le lit, appartenant à l'homme poignardé, et deux suspendus quatre-vingts centimètres au-dessus de ce dernier. La photo suivante montre le propriétaire de la seconde paire de pieds, pendu au ventilateur. Yeux exorbités, visage décomposé, langue coincée entre les dents.

— C'est Angleterre.

— Comment tu l'as reconnu ? Même sa propre mère ne pourrait pas l'identifier.

— Je ne l'ai pas reconnu, lui. Mais la marque du ventilateur si, dit Antonia, désignant un minuscule logo à la base de l'appareil. C'est un modèle qu'on ne trouve qu'au Royaume-Uni.

— Callum Davis, Reine rouge d'Angleterre, confirme Mentor en montrant le pendu. Et Rhys Byrne, son écuyer.

— Amants ?

— C'est interdit, Scott.

— Tu n'as pas...

— Si, j'ai répondu. Oui, ils étaient amants. Pas ouvertement, mais il y a peu de secrets dans nos équipes, dit Mentor en la fixant du regard.

Antonia déploie d'énormes et infructueux efforts pour ne pas contempler la bosse que forme la boîte de gélules rouges dans la blouse d'Aguado.

— Davis et Byrne étaient sur une mission assez risquée. Des trafiquants de diamants à Glasgow, des gens dangereux, liés à la mafia. Au départ, nous avons pensé que c'étaient eux, les tueurs.

— L'équipe médico-légale a examiné la scène de crime, intervient Aguado, et a découvert que la vérité était bien pire.

Antonia se lève et s'approche de l'image de son homologue anglais, plissant les yeux. Elle fait un mouvement ascendant et répétitif du bras, quelques calculs mentaux, puis regarde à nouveau.

— Davis l'a tué, puis il s'est pendu.

— Comment... ?

— Les éclaboussures de sang sur sa chemise. Ce demi-cercle presque parfait, qui entoure d'autres taches plus petites. Ça n'a pu se produire que si Davis tenait le couteau.

Aguado s'éclaircit la gorge, mal à l'aise, et regarde Mentor.

— C'est vrai, confirme celui-ci. Ça nous a pris un peu plus de temps qu'à toi, Scott. Le couteau n'était pas sur la scène de crime. On l'a retrouvé plusieurs heures plus tard dans le jardin de l'hôtel. Mais à ce moment-là, la situation était déjà hors de contrôle.

De nouvelles photos apparaissent sur les moniteurs. Elles montrent une Audi A8 garée sur le trottoir d'un quartier résidentiel. Cette fois, Antonia n'a pas besoin de chercher où ça se passe. La bande rouge et blanc avec l'inscription « POLITIE, NIET BETREDEN » lui épargne cet effort.

Une vidéo démarre sur l'un des moniteurs, filmée par un téléphone portable. Sur le siège passager de l'Audi, ils voient le cadavre d'une femme vêtue d'une veste grise et d'une jupe crayon assortie. L'orifice d'entrée de la balle est petit, de la taille d'une pièce de monnaie. Le contraste avec les dégâts qu'elle a faits en ressortant est énorme. La vitre est un tableau abstrait. Une composition en rouge avec une crevasse au milieu, l'endroit où la tête a fissuré le verre sans parvenir à le briser.

— Lotte Janssen, Reine rouge des Pays-Bas. Sa voiture a été retrouvée devant son domicile de Rotterdam. Son écuyer a été arrêté à moins de deux cents mètres de là. Il errait dans la rue, son pistolet à la main, dans un état catatonique.

— C'est là que vous avez compris que quelque chose n'allait pas.

— Une reine qui tue un écuyer, un écuyer qui tue une reine. Le tout en l'espace de quelques heures. Oui, même les simples mortels que nous sommes avons réussi à additionner deux plus deux, Scott.

— Ne fais pas ça.

— Quoi ?

— Le rôle de Jon. Ça ne te va pas.

Mentor sort une cigarette de sa poche et l'allume.

— Moi aussi, il me manque, Scott. Mais on doit se préparer au pire.

Antonia médite ces paroles quelques secondes. Puis elle donne la seule réponse possible.

— Non.

— Les chances… commence Aguado.

— Que s'est-il passé quand vous avez découvert Hollande ? l'interrompt Antonia.

— Nous avons réuni les chefs d'équipe à Bruxelles. Nous savions qu'il se passait quelque chose, mais nous n'avions aucune information. Il y a eu des cris, beaucoup de tension. Personne ne savait quoi faire. Nous avions l'écuyer de Hollande en détention, mais il ne parlait pas. Et alors…

Mentor se tait et baisse la tête. Aguado détourne le regard.

— Et alors il y en a eu un autre, murmure Antonia.

Une photo s'affiche sur l'écran. Parmi la fumée et les décombres, Antonia parvient à distinguer des stalles élaborées, des images de saints sculptées dans la pierre et une porte en bronze embossée. Elle met un peu de temps à l'identifier. L'art n'est pas son fort, le gothique encore moins. Mais elle finit par raccorder ce qu'elle voit à un lointain souvenir de lycée. Un cours assommant, un vendredi après-midi, les stores de la salle baissés, la torpeur et la chaleur d'une fin de printemps à Barcelone. Et, diffusé sur le mur, par le rétro-projecteur de la classe, l'image d'une cathédrale allemande vieille de sept siècles.

— Cologne.

— Il y a eu une explosion, dit Mentor. Six blessés graves. Deux morts.

S'ensuit un silence, que rompt la légiste.

— Les morts étaient…

— Je sais qui c'était, docteur.

Antonia semble près de fondre en larmes. Ou peut-être de frapper quelqu'un. Il n'y a guère moyen de faire la différence.

— Il nous traque, déclare-t-elle d'une voix pleine de colère. Un par un. Tous les membres du projet Reine rouge. Cinq morts en seulement deux jours. Angleterre, Hollande, Allemagne. Et les autres ?

— L'écuyer de Hollande est toujours en détention. Isabelle Bourdeau, en France, a disparu avec sa reine. Paola Dicanti et sa reine allaient se mettre en lieu sûr à Florence, mais nous avons perdu le contact hier soir, probablement à leur initiative.

Il fait une pause. Plutôt longue. Il se masse le front du bout des doigts, comme s'il voulait invoquer la raison, ou peut-être chasser le désespoir. Ça ne semble pas très efficace.

— C'est tout ce que je sais, conclut-il.

— Non, ce n'est pas vrai.

Mentor se redresse un peu, pris de court.

— Je t'ai dit tout ce que…

Antonia lève un doigt pour le faire taire.

— Hier soir, quand tu m'as appelée, tu m'as dit que tu savais ce qui était arrivé en Angleterre et aux Pays-Bas. Que mon fantôme était bien réel.

Mentor soutient son regard, sans ciller.

— Avec ce que tu m'as montré, poursuit Antonia, tu n'as pas pu parvenir à cette conclusion.

— Je ne suis pas sûr d'apprécier ce ton-là, Scott.

— Quatre ans. Quatre ans depuis que ce monstre a fait irruption chez moi, quatre ans que je te parle de lui. Quatre ans pendant lesquels je n'ai reçu que des sourires condescendants de ta part, quand tu n'insinuais pas carrément que j'avais perdu la tête.

— Après l'histoire de Marcos…

— « Apporte-moi une preuve. Une preuve, et je croirai que ton tueur existe. » Combien de fois j'ai entendu ça ?

— Tu n'avais que des rumeurs, des bruits de couloir, Scott.

— Et qu'est-ce que tu as, cette fois ?

— Le *modus operandi*…

— Il n'y a pas de *modus operandi*, sur ces photos. Il n'y a que de la violence et des morts aléatoires.

Il est faux que, dans un duel de regards, le premier qui détourne les yeux a perdu. Le perdant est celui qui, face à l'imminence de sa propre défaite, se détourne pour empêcher son adversaire de la voir se refléter dans ses yeux.

— Docteur, ça vous ennuierait de nous laisser quelques minutes ? demande Mentor.

Antonia adresse un signe d'assentiment à la légiste quand celle-ci passe derrière sa chaise. Elle attend d'entendre la porte se refermer derrière elle.

— Et maintenant… tu vas me dire ce qui s'est vraiment passé à Bruxelles ?

Ce qui s'est vraiment passé à Bruxelles

Mentor desserre sa cravate, tend la main vers son ordinateur portable, allume une autre cigarette, lentement, essayant de gagner du temps. Quand il recrache la fumée de sa première bouffée, il n'a plus aucune excuse pour garder le silence.

— L'écuyer de Hollande... il a parlé.

— Tu as dit qu'il était en état de choc.

— Pendant quelques heures. Il a fini par reprendre ses esprits. Mais il ne voulait toujours pas parler.

Mentor appuie sur une touche de l'ordinateur et une image remplace celle de l'attentat en Allemagne. Un homme à la peau sombre et aux traits marqués. La cinquantaine bien sonnée, mais toujours bon pied bon œil.

— Michael Seedorf. Né au Suriname. Ex-policier militaire, réserviste. Nous l'avons recruté à un moment particulièrement difficile de sa vie.

— La procédure habituelle.

— Il venait de perdre sa fille. Elle était généticienne, avec un brillant parcours et un avenir formidable. Une voiture l'a renversée.

— Et c'est là que vous êtes entrés en scène.

— Je n'y suis pour rien. Mais mon homologue néerlandaise a fait un excellent travail. Elle a modelé une relation parfaite entre Seedorf et sa reine. Il l'aimait comme sa fille. Ils travaillaient ensemble depuis le début. Ils ont résolu quelques affaires particulièrement corsées.

— J'ai entendu dire qu'elle était très douée.

— Pas autant que toi. Mais oui. Elle était douée.

Antonia attend en se mordant les lèvres que Mentor poursuive. Il touche un bouton et l'écran des moniteurs devient noir.

— Il faut que tu comprennes que nous avions besoin qu'il parle, Scott.

Antonia respire profondément et ferme les yeux.

— Qu'est-ce que vous avez fait ?

— Il y a eu de longues discussions entre les chefs d'équipe. La décision devait être unanime.

— Qu'est-ce que vous avez fait ?

— La décision...

Antonia formule la question une troisième fois.

Mentor se lève, se frotte les mains, s'appuie contre le mur en béton.

— Interrogatoire extrême, répond-il enfin.

Antonia ouvre les yeux.

Ce qu'ils expriment est exactement ce que Mentor redoutait d'y trouver. Il s'est retranché derrière un euphémisme, mais ça ne sert à rien face à quelqu'un qui n'aime rien tant que la précision du langage.

— Tu as torturé l'un des nôtres, dit Antonia, incrédule.

— Nous avons fait ce qu'il fallait, Scott. Nous sommes attaqués.

— Ce qu'il fallait, répète Antonia, avec un éclat de rire sec, sans une trace d'humour.

Elle marque l'une de ses fameuses pauses.

— Juste avant de rentrer de Malaga, Jon m'a dit quelque chose qui m'a fait réfléchir. À propos de notre travail. À propos de ce que nous faisons. Sur les détours que nous avions pris en essayant de faire ce qu'il fallait. Devine ce que je lui ai dit.

Mentor ne répond pas.

— « Avancer en ligne droite ne mène jamais bien loin. » Voilà ce que je lui ai dit. Tu sais de qui c'est ?

Bien sûr qu'il le sait. Mais il ne l'admettra pas.

— De toi, Mentor. Cette phrase est de toi. L'une de celles avec lesquelles nous justifions des actes dont nous ne sommes pas particulièrement fiers. Nos mensonges, nos tromperies, nos raccourcis.

— Tu ne crois pas que Jon... ?

Antonia lève un doigt.

— N'y pense même pas. Ne t'avise pas d'utiliser le nom de la personne la plus honnête et la plus humaine que j'aie jamais rencontrée pour justifier ce que tu as fait.

— On devait vérifier ce qui s'était passé, Antonia. Il avait tué son équipière. Ça ne vient pas de nulle part.

— Très bien. Raconte-moi tout.

— Je ne peux pas t'en dire plus, Scott.

— Tu ne peux pas ou tu ne veux pas ?

Mentor croise les bras. Il ne compte pas épuiser le peu de dignité qu'il lui reste en une seule fois. Il voudrait s'en garder pour plus tard.

— Je ne peux pas, et je ne veux pas.

Mais Antonia n'a pas l'intention de rester sur sa faim.

— Alors, laisse-moi te raconter ce qui s'est passé, voyons si j'en suis capable. Contente-toi de hocher la tête si j'ai raison. D'accord ?

Mentor hésite, mais il sait qu'il est acculé et que l'unique manière de sortir de l'impasse dans laquelle il s'est mis tout seul est d'avancer.

Il hoche donc la tête.

— Après l'attentat de Cologne, toi et les autres chefs d'équipe avez convenu qu'il y avait une menace extérieure justifiant la torture d'un membre du projet Reine rouge qui refusait de coopérer.

Hochement de tête.

— Aucun de vous n'oserait faire une chose pareille, poursuit Antonia, parlant lentement, déguisant l'interrogatoire en réflexions à voix haute. Vous avez peut-être chargé quelqu'un de s'en occuper.

Pas de hochement de tête.

— Peut-être que quelqu'un t'en a chargé, toi.

La tête de Mentor ne bouge pas.

— Ça s'est passé, point. Peu importe, ment Antonia – pas très bien. Quelqu'un l'a fait. Rien de trop brutal, j'imagine. On n'est quand même pas des sauvages. Rien de trop lent, non plus, on est pressés. Pas de thérapie de privation sensorielle, de privation de sommeil… Hollandais volant ? Suspension tête en bas ? *Waterboarding* ?

Antonia énumère les méthodes de torture jusqu'à ce qu'un mot provoque une réaction imperceptible dans les pupilles de Mentor.

— *Waterboarding*. Un classique, pratiquement infaillible. Dis-moi une chose, tu y as assisté ?

Pas de hochement de tête.

— Non, bien sûr que non. Ce n'est pas ton style. Déléguer et attendre des résultats, ça, c'est ton style. Bien, alors laisse-moi te rafraîchir la mémoire. On plonge le sujet dans une baignoire remplie jusqu'au menton. On lui place une serviette sur la tête. Puis on verse de l'eau sur la serviette.

Mentor allume une autre cigarette, feignant l'indifférence, ou peut-être la distance. Antonia n'oublie pas que c'est lui qui lui a appris les techniques de base de l'interrogatoire.

Mais elle, de son côté, n'a pas été en reste.

— À travers le tissu, le liquide commence à inonder le nez et la trachée du sujet. Le cerveau croit qu'il est entièrement immergé dans l'eau, ce qui provoque des spasmes incontrôlables, des vomissements. La souffrance est atroce, parce que le sujet est au seuil de la mort, mais il ne le franchit à aucun moment. Une minute entière à mourir. Soixante secondes complètes.

Mentor a toujours sa cigarette à la main, mais sa main ne monte pas vers sa bouche. La combustion transforme le papier et le tabac en un cylindre de cendre irrégulier qui menace de finir par terre.

— Le sujet s'effondre en moins d'une minute. Personne ne résiste plus longtemps. La plupart se font dessus. Quand on leur enlève la serviette, ils racontent tout ce qu'ils savent, quelles que soient les conséquences.

— On ne peut pas mentir à l'eau, dit Mentor, d'un air absent, sans s'apercevoir que la braise de la cigarette est près de brûler la phalange de son doigt.

— On ne peut pas. Donc, Seedorf a parlé. Voyons si je peux deviner ce qu'il a dit : un homme avait pris contact avec lui. Peut-être d'abord par SMS, puis par téléphone. Le premier contact a probablement été accompagné d'une démonstration de force. Une photo, un doigt coupé.

— Un foulard taché de sang, admet Mentor, sentant enfin la brûlure.

Il écrase le mégot sans regarder.

— D'un membre de la famille de Seedorf. Sa femme ?

— Sa mère.

— Et des instructions claires. Il devait tuer sa Reine rouge, la femme qu'il avait juré de protéger, pour sauver celle qui l'avait mis au monde.

Hochement de tête.

— Et il ne pouvait rien vous dire. Ensuite, il était censé se suicider. C'était la seule façon de la sauver.

Hochement de tête.

— Vous lui avez même volé cette consolation. Il est toujours en vie ?

Hochement de tête.

— Et sa mère ?

La tête de Mentor ne bouge pas.

Celle d'Antonia gamberge.

Elle prend quelques secondes pour digérer tout ça. Pas trop. Elle ne peut pas se le permettre, sauf à laisser la fureur et l'indignation l'envahir. À cet instant, pour elle, les sentiments sont un luxe inaccessible.

— Je présume qu'avant que tu obtiennes cette information, White n'était pas un suspect.

Hochement de tête.

— Parce que personne n'irait soupçonner un fantôme. Une invention de la zinzin espagnole. La foldingue instable qui a perdu pied avec la réalité. Tes collègues ont bien dû me coller un surnom quelconque, non ?

Il n'y a pas de hochement de tête. Il n'y a rien. Ce qui achève de confirmer les soupçons d'Antonia.

— Dis-moi une chose… Est-ce que tu as mentionné White devant les autres chefs d'équipe une seule fois ? Ne serait-ce que pour te payer ma tête ?

Mentor, qui a réussi à retrouver un peu de son amour-propre, dit une vérité, pour changer.

— Non, reconnaît-il.

Antonia secoue la tête. Ce qu'elle ressent n'est pas de la tristesse. Ni même de la déception.

Ce qu'elle ressent est *åselichibå*. En oromo, langue parlée par quarante millions de personnes dans la corne de l'Afrique, « l'incommensurable ennui qu'inspire la stupidité d'autrui ».

Une immense, angoissante lassitude. Un océan de ras-le-bol où se noyer, où se laisser aller. Quand la noblesse d'âme ne consiste pas à lever les bras, mais à les baisser.

Peut-être que dans d'autres circonstances Antonia se serait contentée de s'en aller. De se lever de sa chaise et de partir sans un regard en arrière.

Mais elle ne peut pas faire ça à Jon.

Ni à Marcos. Ni à Carla.

Ni à elle-même.

Si bien qu'elle respire profondément, se lève de son siège et s'approche de Mentor.

— Tu as torturé un homme pour qu'il t'apprenne quelque chose que tu savais déjà. Je te l'ai dit, il y a des années. Si à l'époque tu m'avais soutenue, si tu m'avais aidée à retrouver White, toi et moi, on n'en serait pas là aujourd'hui.

Antonia lui arrache l'ordinateur des mains et rallume les écrans.

Elle tape sur le clavier à toute vitesse, récupérant les images de la base de données, les accumulant sur les moniteurs, mettant peu à peu Mentor au pied du mur.

Les photos de la scène de crime de La Finca. Un gosse vidé de son sang, le premier meurtre de Sandra Fajardo.

— Il n'y aurait pas eu de victimes innocentes…

L'intervention désastreuse de l'USE[1] chez Nicolás Fajardo, quand Sandra a fait exploser deux bombes l'une après l'autre.

— Aucun policier ne serait mort.

Les exécutions récentes de Hollande, d'Angleterre, d'Allemagne.

— Nos collègues seraient encore en vie.

Antonia referme l'ordinateur portable, les mains tremblantes. Les écrans sont inondés des péchés de Mentor, des péchés par omission, dont elle se sent évidemment tout autant responsable.

---

1. *Unidad de Secuestros et Extorsiones* : l'Unité des enlèvements et extorsions. *(Toutes les notes sont de la traductrice.)*

— Ça suffit, Scott, fait Mentor, la voix brisée.

— Non. Il manque l'essentiel. Il faut encore que tu me dises comment, si j'arrive à retrouver Jon, je pourrai lui demander de revenir. En sachant qu'un jour, tu pourrais justifier qu'on le torture.

Mentor ouvre la bouche, mais n'a pas le temps de répondre. Parce que le téléphone portable d'Antonia sonne à cet instant.

Deux bips, une vibration.

Elle le sort de son sac.

Elle lit le message.

Elle s'enfuit en courant.

7

Une porte de garage

Elle fait la sourde oreille aux cris de Mentor derrière elle. Elle ignore le visage stupéfait d'Aguado quand elle passe en courant devant elle. Elle n'a pas le temps.

La portière de l'Audi A8 est ouverte, la clé sur le contact. Elle n'attache pas sa ceinture et n'ajuste pas la position du siège, réglé pour une personne de trente-cinq centimètres de plus qu'elle. Elle n'a pas le temps pour ça non plus.

Le message ne lui laisse que peu de marge. Il contient des coordonnées et quatre mots.

Huit minutes.
Venez seule.

Antonia met donc le moteur en marche et se dirige vers la porte du parking, qui reste obstinément fermée. Elle fouille dans la voiture, mais ne trouve pas la télécommande. Et les secondes s'écoulent.

Entre-temps, le téléphone d'Antonia s'est apparié automatiquement avec le kit mains libres de l'Audi et la voix de Mentor résonne dans les enceintes.

— J'espère que tu as une bonne explication.

— Évidemment.

Le silence qui suit lui indique clairement qu'elle ne compte pas la lui donner.

— Il t'a appelée, c'est ça ? Donne-moi l'adresse, je peux monter une opération.

Antonia se mord la lèvre en considérant les possibilités. Le lieu du rendez-vous est immense ; le temps dont ils disposent est minime. C'est une mauvaise idée.

— C'est une mauvaise idée, dit-elle, en une démonstration de cohérence. Ouvre la porte.

— Scott...

— Il a dû penser à tout. Et c'est la vie de Jon qui est en jeu. Laisse-moi faire les choses à ma façon, pour une fois.

— C'est l'inverse qui serait l'exception, objecte Mentor.

— Sans protester, précise Antonia.

Sa précision vient trop tard, car Mentor a déjà raccroché. La tonalité de fin d'appel coïncide avec le bourdonnement métallique de la porte du garage qui s'ouvre devant elle.

Antonia écrase l'accélérateur et le châssis de la voiture émet des étincelles quand il frôle la rampe en sortant.

8

Une exception

Mentor réfléchit quelques instants à la situation, le poing appuyé au mur, le front contre le poing, les yeux fermés. Son corps forme un jeu de contrepoids.

L'enjeu est trop important, conclut-il, *pour laisser Antonia Scott faire les choses à sa façon.*

Suite à cette décision, son anatomie semble retrouver son équilibre.

— Envoyez un message aux autres. Qu'ils reviennent immédiatement. Et ne la perdez pas de vue, ordonne-t-il au Dr Aguado, qui est de retour dans la salle de réunion, assise devant l'ordinateur portable.

Sur les écrans s'affiche une carte où la position de l'Audi est représentée par un point rouge en mouvement.

9

Un rendez-vous

Le point rouge en mouvement avance à soixante-dix kilomètres-heure, enfilant des rues portant des noms de mois. Elle traverse Février, Mars et Décembre, parcourt un pâté de maisons à contresens et klaxonne plusieurs fois quand quelqu'un a la mauvaise idée de croiser son chemin. Pour Antonia Scott, les règles de circulation sont plutôt des suggestions, des rappels bien intentionnés auxquels on peut éventuellement prêter attention quand on n'a rien de mieux à faire, un peu comme une notification d'anniversaire sur Facebook.

Elle débouche sur l'avenue Hiver, limitée à trente, à la vitesse considérable de quatre-vingts kilomètres-heure. Il y a plusieurs bus à l'arrêt, mais les choses se compliquent quand elle arrive dans la rue Samaniego. Qui est à double sens, et complètement embouteillée.

Antonia manœuvre, fait monter les roues de droite sur le trottoir. Elle conduit ainsi sur cinq cents mètres encore, au milieu des coups de klaxon furieux – et des regards envieux des pères de famille qui attendent pour entrer dans le parking du centre commercial dans des voitures remplies de gosses à la vessie pleine.

Antonia n'a pas le temps d'attendre et ne veut pas abandonner la voiture au milieu de la rue, car elle pourrait en avoir besoin plus tard. Elle donne donc un coup de volant et pénètre dans le parking de l'Aldi qui fait face au centre commercial. Il y a une barrière levante avec un distributeur de tickets, mais Antonia l'ignore (son infraction grave numéro trente et un au cours de ces six dernières minutes) et se contente d'appuyer sur l'accélérateur. La barrière métallique laisse une magnifique triple rayure sur le capot avant de se fracasser contre le pare-brise.

Par chance, la place handicapé près de l'entrée n'a pas été indûment occupée par un abruti quelconque, c'est donc Antonia qui s'y gare.

Lorsqu'elle franchit les portes du centre commercial, onze secondes plus tard, elle a près d'une minute de retard. Les escaliers mécaniques qui mènent au deuxième étage sont bourrés de gens de la pire espèce – celle qui oublie que l'escalator est une aide et non un prétexte pour s'avachir sur la rampe jusqu'à ce que leur carcasse émerge au sommet. Antonia joue des coudes et des genoux pour se frayer un chemin parmi la masse amorphe.

Le Moran Café se trouve au bout d'un long couloir, dans un coin un peu moins fréquenté. La plupart des franchises du deuxième étage ont dû fermer après la crise de l'année précédente. Les squelettes abandonnés de fast-foods et de pizzerias, affublés de noms étrangers, gisent, inertes, comme de vieux glaçons au fond d'un verre. Les clients déjeunent dans les snacks bon marché du premier étage, près des boutiques de vêtements et des immondes piscines à balles.

Le Moran Café, cependant, est plein. Six tables, avec la clientèle habituelle de ce genre d'établissement. Antonia la catalogue en un dixième de seconde, tandis qu'elle tente de reprendre son souffle avant d'entrer.

70

Trois couples qui font mine de s'intéresser à ce que dit l'autre tout en scrollant sur Instagram, deux hipsters feignant d'écrire un roman sur leur MacBook, un tueur psychopathe. Ce dernier est facile à reconnaître : c'est le seul qui, au lieu d'un appareil électronique, a un livre à la main.

Quand il lève la tête et que leurs regards se croisent, l'estomac d'Antonia se noue. Elle a vu de nombreux morts, de nombreux cadavres. Sur des scènes de crime ou sur la table d'acier d'une salle d'autopsie. Dans chacun de ces yeux éteints, il y avait plus de vie que dans les deux pierres bleues, froides et brillantes qui la guettent du fond de la salle.

C'est un piège, évidemment. Mais elle n'a pas le choix. Et le fait qu'elle se trouve dans un lieu public lui offre une certaine protection. C'est en tout cas ce qu'Antonia conclut en faisant un pas à l'intérieur du café, en direction de l'homme le plus dangereux que la Terre ait jamais porté.

Celui-ci se lève quand Antonia s'approche, mais ne fait pas mine de lui serrer la main. Au lieu de cela, il désigne avec une élégante affectation la chaise vide face à lui.

— Je vous en prie, asseyez-vous, madame Scott, lui dit-il en anglais. J'espère que vous n'avez pas eu trop de mal à trouver.

Antonia s'assied, lentement. Tous deux prennent quelques secondes pour se scruter mutuellement en silence.

L'homme doit avoir environ quatre ans de plus qu'elle. Il a les cheveux blonds ondulés et la peau blanche et lisse. Les traits de son visage semblent ciselés dans le marbre et sa mâchoire pourrait briser des noix. Il porte un costume trois-pièces bleu marine avec une chemise blanche, sans cravate, dans lequel il paraît aussi à l'aise que s'il était en pyjama. À la façon dont le costume tombe sur ses épaules, il a dû être fait sur mesure et coûter l'équivalent d'une petite voiture.

— J'avais les coordonnées. Le délai a un peu compliqué les choses.

— Ah, oui. L'inévitable course contre la montre. Malheureusement, c'était une mesure indispensable. À l'heure qu'il est, pendant que nous parlons, vos collègues préparent une opération pour me capturer.

— J'ai donné des instructions pour qu'ils ne le fassent pas, dit Antonia, levant un sourcil.

— Des instructions que votre employeur, votre Mentor, a totalement ignorées. Je dirais que nous avons...

Il plie le bras pour consulter sa montre. Quand Antonia voit le tissu onduler et entend le doux murmure de la chemise, elle change d'avis sur son prix. Il y a des 4 x 4 moins chers que ce costume. Il contraste avec la laideur de la montre, au bracelet en plastique transparent.

— ... dix-sept minutes avant qu'ils ne parviennent à s'organiser efficacement pour cerner un endroit aux dimensions aussi considérables que celui-ci.

Son accent d'Oxford et sa grammaire sont impeccables. Antonia a du mal à croire que cet homme soit le même que celui qui lui a tiré dessus, qui a mis Marcos dans le coma, qui a enlevé Jon. L'homme qu'elle cherche depuis des années et qui s'est soudain matérialisé devant elle.

Elle a répété mentalement ce qu'elle lui dirait, et ce qu'elle lui ferait, quand ce moment viendrait. Elle l'a répété inlassablement, durant tant de nuits. Des dizaines de lignes de dialogue, des centaines de variantes.

Et maintenant que le moment est venu ?

Le trou noir.

Elle est désorientée, mais elle est aussi furieuse. Elle éprouve l'envie irrésistible de toucher sa cicatrice à l'épaule droite. Une étoile irrégulière à cinq branches, tordues là où la balle de White a quitté son corps.

Elle ne le fait pas, pour ne pas montrer de faiblesse.

Elle serre les poings avec force sous la table.

— J'ai pris la liberté de commander pour vous, dit l'homme lorsque le serveur s'approche avec les consommations.

Il écarte le livre pour faire de la place à son thé vert. C'est un ouvrage ancien, du XIXe siècle, relié en cuir. Son titre, embossé en lettres d'or, est *La Dynamique d'un astéroïde*. Le nom de l'auteur est illisible.

Une tasse de café surgit devant Antonia.

Elle l'observe avec suspicion un instant, mais conclut que le risque que le café soit empoisonné est nul. Elle en prend une gorgée, tentant de mettre de l'ordre dans ses pensées, de calmer les singes, de contenir sa rage, de choisir une stratégie.

— Beaucoup de lait, peu de café, comme vous l'aimez, dit l'homme.

— Vous semblez savoir beaucoup de choses à mon sujet.

— Nous nous étudions silencieusement depuis de nombreuses années, madame Scott.

— Avec des résultats inégaux.

— Ne soyez pas si modeste, ma chère. Le simple fait d'avoir prouvé mon existence est une victoire en soi.

Pour l'heure, l'unique stratégie qui vient à l'esprit d'Antonia consiste à :

a) fracasser la soucoupe de son café contre le bord de la table ;

b) saisir l'un des éclats pointus de céramique résultant de l'opération précédente ;

c) et trancher la gorge de cet imbécile arrogant et condescendant.

D'après ses calculs, les chances que Jon Gutiérrez survive à ce plan d'action sont de zéro pour cent. Si bien qu'elle préfère se retenir d'agir.

— Victoire, c'est beaucoup dire. Je ne connais même pas votre nom.

— Appelez-moi simplement « monsieur White », dit-il en balayant l'air de sa main.

— Adepte de l'anonymat.

— Adepte de la liberté.

— Trois cent onze secondes ont passé depuis que j'ai franchi cette porte. Si vous voulez conserver cette liberté, je vous suggère d'en venir au fait.

White hausse les sourcils devant cette précision. Il vérifie l'information sur sa montre et esquisse un sourire étrange, aux dents très blanches parfaitement alignées. Ce n'est pas un vrai sourire. Il n'exprime aucune émotion. Ce n'est que l'effet du mouvement de ses muscles faciaux.

— Ce que l'on dit de vous est vrai. Vous êtes réellement extraordinaire.

À certains égards, le compliment de ce monstre apparaît plus effrayant que tout ce qu'il a pu dire auparavant. Antonia frissonne et jette instinctivement un regard furtif aux alentours.

— Ah, vous avez raison. Il y a trop de monde, n'est-ce pas ? juge White.

Il lève sa cuillère, l'agite brièvement en l'air, comme un chef d'orchestre, et la fait tinter quatre fois contre la tasse. Lentement.

Cling.

Cling.

Cling.

Cling.

Avant que le dernier son ne cesse, tous les occupants du café, serveur compris, se sont levés et se dirigent vers la sortie, laissant leurs possessions derrière eux. Le mouvement est si soudain, si bref, si fantasmagorique et irréel que quand ils sont partis, c'est comme s'ils n'avaient jamais été là.

En contemplant l'établissement désert, Antonia ressent simultanément de la peur et une autre sensation.

Une pointe d'admiration, s'il faut la définir.

Elle surgit de la part la plus rationnelle de son cerveau, la part la plus vaste et la plus présente. La part qui comprend l'immense énergie et les compétences que requiert un tour comme celui auquel elle vient d'assister. Et dans cette pointe d'admiration s'insinue une lueur de reconnaissance.

Mieux vaut que cet homme croie qu'elle le craint. Laisser la part atavique de son cerveau, la plus petite et la plus secrète, passer au premier plan, poindre à ses yeux et teinter sa voix d'angoisse.

Ça n'est pas trop difficile.

— Très bien, White. C'était parfaitement clair. Vous avez le contrôle.

Le sourire de l'homme s'élargit d'une dent, une dent plus cruelle. C'est un sourire bien plus laid, mais infiniment plus authentique que le précédent.

— Vous avez enfin compris.

Antonia tente de se reprendre, de gagner du temps.

— Je ne tuerai pas pour vous.

— Vous ai-je demandé cela ?

— Alors qu'est-ce que vous voulez ?

— C'est très simple. Je veux que vous fassiez ce que vous faites le mieux. Je veux que vous résolviez trois crimes et que vous fassiez justice.

10

Une mission

Antonia en reste pétrifiée. Cette requête est bien la dernière chose à laquelle elle s'attendait.

— Pourquoi voulez-vous que je résolve des crimes ?

— Ce n'est pas ce que vous faites ?

— Si. Et c'est le contraire de ce que vous faites, vous.

White semble réfléchir pendant quelques secondes, observant ses ongles manucurés au bout de ses longs doigts délicats.

Elle ne peut s'empêcher de penser aux mains de Marcos, qu'elle a tenues entre les siennes pour la dernière fois il y a seulement quelques heures. Doigts noueux, paumes carrées. Des mains d'homme, des mains de sculpteur. Des mains qui avaient perdu leur force et leur vitalité par la faute de celles qu'elle a sous les yeux.

S'il existait au monde des mains plus différentes de celles de Marcos, ce seraient celles-là, pense Antonia, écœurée.

— Je crains que vous n'ayez une fausse opinion de moi, madame Scott.

— Vous êtes un tueur à gages qui fait chanter des innocents pour qu'ils fassent le sale boulot à votre place.

White secoue la tête et fait claquer ses lèvres, comme s'il trouvait le qualificatif offensant.

— Vous confondez les moyens et la fin.

— Eh bien, détrompez-moi.

— Vous comprendrez par vous-même, très bientôt. Pour l'instant, j'ai bien peur que notre temps ne soit écoulé, dit-il en consultant de nouveau sa montre. Ce soir, vous recevrez un message avec les instructions pour votre première mission.

— Je suppose que maintenant vous allez me dire que si je fais tout ce que vous me demandez, vous me rendrez mon collègue en un seul morceau.

— J'ai l'impression que vous ne me faites pas confiance.

— Vous auriez confiance, vous ?

White fixe Antonia du regard, intensément. Ses pupilles minuscules, comme deux têtes d'épingle, ont un effet hypnotique. Antonia expérimente dans sa chair ce que doit éprouver une souris devant une vipère.

Jusqu'à ce qu'elle perçoive le canon du pistolet entre ses omoplates, et un souffle chaud et sec dans son cou. Elle entend une inspiration lente, prolongée.

— Tu n'as pas la même odeur quand tu dors, susurre Sandra tout près de son oreille.

Antonia sent un poids au ventre, une boule glaciale formée de dégoût et de haine. Ce qu'elle éprouve à l'égard de White n'est rien face à la réaction primaire que provoque chez elle la femme qui a enlevé son fils. Elle reste immobile, très droite, pendant que Sandra fait le tour de la table avec grâce et vient se placer près de White, qui s'est levé.

De près, à la lumière des spots du café, le visage de Sandra ne paraît plus si aimable.

Ses cheveux ternes, striés de gris, sont rassemblés en un chignon aussi serré que les fers d'un bagnard.

L'arme est toujours braquée sur elle.

— C'est l'heure, dit-elle à White, qui lui adresse un regard exaspéré avant de se tourner vers Antonia.

— Chère madame, vous recevrez bientôt un message avec mes instructions. Je me permets de vous avertir que vous ne devez évidemment pas tenter de nous suivre ni appeler qui que ce soit pour indiquer notre position. Dans dix minutes, vous pourrez quitter l'établissement. Pas une seconde plus tôt.

White fait mine de partir, mais ajoute alors, comme s'il venait d'y penser :

— Encore une chose. Pour m'assurer que vous accomplirez votre mission dans les meilleures conditions, j'aimerais vous offrir un cadeau d'adieu.

Antonia se tourne dans la direction qu'indique le doigt de White.

Elle ne peut croire ce qu'elle voit.

Avachie sur un fauteuil roulant, c'est une silhouette qu'elle identifie instantanément. Malgré le sac qui dissimule son visage, le volume thoracique de son propriétaire est reconnaissable entre mille. Non pas qu'il soit gros.

Sa surprise est telle qu'elle entend à peine ce que dit White avant de disparaître dans l'arrière-salle.

— Parce que... que serait Antonia Scott sans Jon Gutiérrez ?

DEUXIÈME PARTIE

JON

— Au moins il est mort en faisant ce qu'il aimait.
— Je préférerais mourir en faisant quelque chose que je déteste.

Jerry Seinfeld

1
Un fauteuil

Jon Gutiérrez n'aime pas les enlèvements.

Ce n'est pas une question d'esthétique. En règle générale, les enlèvements comportent moins de sang et de violence que les meurtres, au moins dans leur phase initiale. Un enlèvement est une absence, pour l'essentiel.

Il y a, bien entendu, la violence que subit la victime, retenue contre sa volonté dans un lieu sombre et étroit. Et le chagrin qu'éprouvent les proches. Chaque instant d'attente, chaque seconde qui passe concentre leur angoisse et leur peur, au point de les changer en un unique point brûlant. Un trou noir d'angoisse et de désespoir, qui dévore tout.

Rien de tout cela ne dérange particulièrement Jon dans les enlèvements, pour la bonne raison qu'il a l'habitude des absences (son père l'a abandonné quand il était enfant), des lieux sombres (il est gay) et du chagrin des proches (il est inspecteur de police).

Non, ce qui dérange Jon dans les enlèvements, c'est qu'on l'enlève, lui.

On ne peut plus se promener dans la rue sans qu'on nous balance dans une bagnole avec un sac sur la tête, pense Jon. *Jamais on verrait ça à Bilbao.*

Il le pense au ralenti, car il est encore en train d'émerger. Son corps met du temps à éliminer le produit anesthésiant. Il entend des voix à trois millions d'années-lumière – l'obscurité, tout autour, comme un tunnel –, tente de se lever, mais aucun muscle ne répond. Il a peur, mais c'est une peur étrangère, qui semble appartenir à quelqu'un d'autre. Tout comme il a l'impression d'habiter un corps qui n'est pas le sien. La gorge asséchée, comme un lendemain de soirée, la vessie près d'éclater.

Soudain, le tissu qui recouvre sa tête disparaît. La toile de jute est remplacée par un visage flou mais relativement familier.

— Je t'ai manqué ?

— Inutile de répondre, dit Jon entre deux quintes de toux, tentant de remplir d'air ses poumons.

Même dans les brumes de sa gueule de bois au propofol et au fentanyl, l'inspecteur Gutiérrez relève un fait incontestable et limpide : jamais de sa vie il n'a été aussi heureux d'entendre une voix connue.

Antonia observe Jon avec inquiétude. Sa désorientation, ses pupilles contractées et son ataxie peuvent être causées par une intoxication aux anesthésiques, mais aussi une commotion cérébrale et deux ou trois autres choses potentiellement mortelles.

— J'ai combien de doigts ? demande-t-elle en levant la main.

— Quinze ou vingt.

Antonia replie trois doigts et conclut que la marge d'erreur de treize à dix-sept est trop importante pour être imputable à des dommages neuronaux. Elle en déduit qu'il s'agit d'une boutade, signe que son collègue va suffisamment bien et qu'elle peut se remettre au travail.

Elle porte la main à sa poche, à la recherche de son téléphone.

— Il faut que je prévienne Mentor. On a encore le temps de choper ce...

Jon se penche vers elle. Il essaie de la saisir par l'avant-bras, mais échoue à la première tentative. À la deuxième, il parvient à y poser une main aussi ronde, grande et lourde qu'une poêle remplie de cailloux.

— Ne... n'appelle pas.

Antonia le regarde sans comprendre.

— C'est une blague ?

L'inspecteur Gutiérrez secoue la tête.

— Tu as intérêt à me donner une bonne raison.

Jon ouvre la bouche, au prix d'un effort surhumain. Il a l'impression que son cou est en pâte à modeler et ne peut soutenir une tête qui, déjà en temps normal, a une densité considérable.

— Bombe, parvient-il à articuler.

Elle cligne cinq fois des yeux, à toute vitesse.

— C'est effectivement une bonne raison, dit-elle.

Mais Jon ne peut l'entendre. Il s'est évanoui.

Antonia se penche sous le fauteuil roulant. C'est un modèle courant, pliable, en toile, que l'on peut acheter en pharmacie ou dans n'importe quel magasin de matériel orthopédique pour moins de cent euros, ou encore subtiliser dans n'importe quel couloir d'hôpital à un coût encore moindre.

Il n'y a rien sous l'assise ni de collé au dossier.

Les tubes d'aluminium sont trop étroits pour qu'on puisse y cacher quoi que ce soit.

Elle tourne donc son attention vers l'inspecteur Gutiérrez lui-même. Son costume Tom Ford préféré – revers en pointe, poche poitrine à liseré, poche à rabat à l'avant, coupe droite, noir, en laine vierge – est sale et froissé. Sa chemise en coton égyptien, naguère blanche, est maintenant d'un gris fané. Antonia palpe sa poitrine, mais ne sent rien d'autre à travers le tissu que la dureté de ses énormes muscles, sous une couche extérieure plutôt molle.

C'est comme toucher de l'acier recouvert de néoprène, pense Antonia en une analogie peu convaincante.

Elle se penche sur lui, poursuivant son examen, l'entourant de ses bras, poussant sur ses jambes pour pouvoir déplacer son poids mort et atteindre son dos et sa nuque. C'est alors que ses doigts perçoivent l'humidité, poisseuse et chaude. Et en dessous, quelque chose qui ne devrait pas être là.

C'est comme toucher un torchon imbibé d'huile, pense Antonia, en une analogie plus judicieuse. Son bras est coincé, mais elle sait ce qu'elle va y trouver quand elle parviendra à le dégager.

Une seconde plus tard, après un dernier coup sec, elle constate que ses doigts sont couverts d'un liquide rouge sombre.

Avec une grimace horrifiée, Antonia comprend ce que ces monstres ont fait à son équipier.

Malgré tout, son débat intérieur n'est pas terminé. Elle regarde son téléphone portable. En prévenant Mentor maintenant, il aura encore le temps d'essayer de les localiser.

Puis elle regarde une nouvelle fois ses doigts tachés de sang.

Elle remet le téléphone dans sa poche, lentement, comme si cela lui demandait un effort au-delà du raisonnable.

Et c'est en partie le cas.

2

Une visite

L'inspecteur Gutiérrez est allongé sur le ventre, sur la table du module médical du quartier général. Nu comme un ver. Antonia et Mentor ont eu la délicatesse de lui laisser un peu d'espace et sont sortis de la pièce. À présent, ils observent tout de l'autre côté de l'immense baie vitrée percée dans le béton. Le fait que la face interne de la fenêtre soit un miroir n'arrange rien à l'affaire. Cela donne juste à Jon une idée très concrète de ce qu'ils voient de l'extérieur.

— Vous savez que je sais que vous êtes là, hein ? Je vous signale que j'ai les fesses à l'air, dit la voix de Jon dans l'interphone.

Antonia, un peu gênée, ne sait que répondre. Elle n'a jamais été très douée pour gérer certaines situations sociales qui demandent un tact particulier, telles que céder sa place dans le bus, faire la queue dans des toilettes publiques ou discuter avec un collègue nu pendant qu'on l'examine parce qu'il a une bombe cousue sous la peau.

Les premières années de sa vie ont été un désert aride. Quand elle a rencontré Marcos, il est devenu son pilier, sa force, une sorte de traducteur humain-Antonia. Même lorsqu'il était dans le coma, elle lui parlait – tout bas, lentement, quand les infirmières n'étaient pas là –, elle lui racontait ses problèmes d'interactions. Le simple fait de les mentionner à voix haute constituait un point de départ pour trouver une solution.

Jon a peu à peu repris ce rôle, mais à cet instant, il ne lui est pas d'un grand secours. C'est pourquoi Antonia se tourne vers Mentor.

— Qu'est-ce qu'on dit dans ces cas-là ?

Mentor, parfaitement sérieux, lui donne des instructions précises.

— Mais c'est faux, dit Antonia.

Pourquoi tu me demandes ce que je ferais si c'est pour ne pas m'écouter, lui répond le haussement d'épaules de Mentor, si bien qu'Antonia appuie sur le bouton de l'interphone et répète les instructions.

— Tu as de très belles fesses.

Jon éclate d'un rire surpris.

Bref, sec.

Presque un hurlement de douleur.

Qui devient réalité quand son diaphragme, ses muscles dentelés antérieurs et ses intercostaux font bouger la peau de son dos au niveau des plaies.

Il n'y a pas une, mais deux blessures sur l'épiderme de l'inspecteur Gutiérrez. Une au cou, dans le bas de la nuque. L'autre au dos, sept centimètres au-dessus de sa ceinture.

Quatre incisions droites et précises, en forme de croix. La première d'environ huit centimètres, un peu plus pour la seconde. Les entailles ont été suturées au fil noir, dont plusieurs points ont sauté. Les extrémités du fil dépassent des plaies comme des vers sortant de terre.

Au-dessus plane un bras articulé muni d'un tube à rayons X. Il se déplace et bourdonne autour des blessures de l'inspecteur Gutiérrez, qui s'agite, mal à l'aise.

— Si vous n'arrêtez pas de bouger, ce sera plus long.

Aguado termine l'examen radiologique à l'aide d'un équipement mobile utilisant des nanotubes de carbone.

« Ça coûte plus de cent mille euros », avait dit Mentor quand Aguado lui avait réclamé l'appareil.

« Si Scott se casse quelque chose, on l'envoie aux urgences du coin ? »

Mentor n'avait pas répondu. En bon fonctionnaire, il s'était borné à acheter l'engin. En guise de petite vengeance mesquine, il a choisi la version pédiatrique, identique en tout point au modèle normal, hormis un sticker orné d'animaux colorés à la base de l'appareil. Aguado, qui est d'une sobriété pathologique, a un peu fait la grimace en le découvrant, mais n'a rien dit.

Jusqu'à maintenant, personne ne s'était cassé quoi que ce soit, mais la dépense semble enfin commencer à se justifier.

L'examen terminé, Aguado asperge le dos de l'inspecteur de chlorhexidine alcoolique, puis utilise une aiguille très fine pour lui injecter un antibiotique.

— J'ai de mauvaises nouvelles, dit-elle, lui tendant une chemise pour qu'il se couvre.

Elle fait un signe en direction du miroir. Un instant plus tard, Antonia et Mentor les rejoignent.

Jon attend, assis sur la table d'examen.

— Comment va-t-il, docteur ? demande Mentor.

— Physiquement, très bien, étant donné les circonstances. Pas de commotion ni de perte de sang significative.

— Et les mauvaises nouvelles ?

Aguado projette les radios qu'elle vient de réaliser sur un moniteur mural.

— Le champ de vision de cet appareil est plus restreint que celui d'une radiographie conventionnelle, mais je pense que nous pourrons quand même nous faire une idée.

L'image montre la partie supérieure de la colonne vertébrale de l'inspecteur. La puissante structure osseuse du Basque ressort, après avoir heurté les photons produits durant le freinage des électrons libres, comme sur un négatif photographique. Les os paraissent délicats, presque fantomatiques. Un souffle de vent pourrait les réduire à néant.

Par contraste, la structure métallique fixée à ses cervicales semble nette, ferme, menaçante.

— Comme vous le voyez, dit Aguado, désignant l'écran avec son stylo, il y a deux pièces de fixation visibles et quatre vis, entre la C3 et la C6. La colonne et les nerfs n'ont pas l'air d'avoir subi de dommages. C'est un travail grossier mais propre.

Le problème, ce ne sont pas les vis, tout le monde le sait. Fixée par les vis, il y a une structure métallique, plate, pas très grande. Soudée de façon irrégulière, avec de petits panneaux saillants. Sur l'une des images, on peut deviner un câble qui passe par-dessous et rejoint la partie inférieure du dispositif.

— Les rayons X ne nous montrent pas grand-chose. La surface est petite, et les éléments sont pratiquement tous encastrés dans un panneau. Des vis et quelques pièces en acier ordinaire. Pas de titane ou de matériau chirurgical. Ces pièces sont traçables.

— Que pouvez-vous nous dire, docteur ? demande Mentor, qui passe d'un pied sur l'autre, sous l'effet de la tension.

— Je ne suis pas experte en engins explosifs. Mais je suis capable de reconnaître, ou de deviner, différentes choses. Ici, ça pourrait être une antenne GPS, dit-elle, indiquant le câble visible qui mène à un carré à l'extérieur. L'extrémité est caractéristique. De plus, il a laissé le modèle bien en vue, ajoute-t-elle en désignant des numéros gravés.

— Autrement dit, où qu'il soit, White peut accéder à l'appareil, commente Mentor.

— Et il tenait à nous le faire savoir, fait remarquer Antonia en montrant les numéros. Sans quoi il les aurait cachés.

— On peut tirer quelque chose du modèle ?

— Il coûte quatre-vingts centimes sur AliExpress, dit Antonia, qui vient de vérifier sur son iPad. Et il y a des centaines de fournisseurs.

— Je n'arrive pas à croire que...

— Avant que tu continues, l'interrompt-elle, il faut que tu saches que cette pièce est exactement la même que celle qu'on trouve dans les modèles haut de gamme de téléphones portables. Sur le Net, ils la vendent juste à son prix.

Mentor se tait. Aguado, avec un grand sérieux, confirme les dires d'Antonia, et reprend son explication.

— Vous voyez cette partie plus opaque et plus dense, ici ? C'est sûrement la charge explosive. Elle est connectée à quelque chose que je ne peux pas voir, qui doit faire office de détonateur.

— Qu'en est-il de la... puissance ?

Mentor ne dit rien, ce n'est pas nécessaire. Il garde une distance prudente avec Jon. Assez prudente.

— Vu sa taille, pas bien grande. Celui qui a conçu cet engin a fait en sorte que, s'il explose, il n'y ait qu'une seule victime.

Antonia reste silencieuse, mais pense à la manière dont les systèmes complexes s'ajustent. L'escalade. La police achète des armes semi-automatiques, les criminels investissent dans des automatiques. Les uns portent des gilets pare-balles, les autres utilisent des balles perforantes. Vous mettez votre famille et vos proches à l'abri, ils en font quand même des bombes humaines.

— Est-ce qu'on peut la désactiver ?

La légiste regarde l'inspecteur, qui n'a pas dit un mot depuis que les autres sont entrés dans la pièce. Il se borne à fixer l'écran, le visage impassible.

— Il vaudrait peut-être mieux que…

— Parlez, dit-il.

Aguado se tourne vers Mentor, et Jon la prend par le bras.

— Je veux savoir quelles sont mes chances.

D'un geste, Mentor lui donne l'autorisation. Elle leur montre l'image du second dispositif, celui que Jon a dans le bas du dos.

— Ils ont l'air identiques, mais il y a des différences. Je suis certaine que ceci est un senseur photoélectrique, déclare Aguado en désignant l'une des pièces apparentes. Et ça, c'est un module Bluetooth.

— En termes simples, docteur ? demande Mentor.

— Ce qu'elle dit, répond Antonia, incapable de s'empêcher d'intervenir, c'est que si on tente de l'opérer pour extraire l'un des deux dispositifs, le senseur photoélectrique pourrait s'activer. Et le Bluetooth fonctionne en émettant un signal radio à courte distance. Avec une portée d'environ quinze mètres.

— Je pense qu'ils sont jumelés, avance Aguado. Si on en touche un, l'autre, ou peut-être même les deux, s'activeront.

À cet instant, Jon se lève. Ses pieds nus produisent un bruit sec contre le sol en béton. Sans dire un mot, il sort de la pièce.

Antonia s'apprête à le suivre, mais Mentor s'interpose.

— Laisse-lui deux minutes, Scott.

Elle le regarde sans comprendre. Il est évident que Jon est très angoissé, et elle veut seulement lui apporter son soutien. Elle tente de contourner Mentor, mais celui-ci lui bloque toujours le passage.

— Ce qu'il doit faire maintenant, il doit le faire seul.

3

Une douche

Ce que doit faire l'inspecteur Gutiérrez, c'est pleurer.

Jon est peut-être tendre et sensible à l'intérieur, tapissé d'un duvet moelleux à imprimé petits poneys, mais à l'extérieur, il reste un flic basque. Et les flics basques ne pleurent pas devant les inconnus. Ni devant leurs proches, d'ailleurs.

C'est pourquoi Jon se réfugie dans les vestiaires déserts et se dirige directement vers les douches du fond. L'opération de déshabillage consiste à laisser tomber la chemise d'hôpital qu'Aguado lui a prêtée. Laisser tomber la menace sous sa peau est plus difficile, alors Jon se contente de faire couler l'eau chaude, au maximum, de poser les mains contre le mur, puis de laisser sortir ses larmes. Les pleurs sont un chien immense qui mord lorsqu'on le muselle et ne laisse derrière lui que des abîmes d'incertitude.

Des mois s'écoulent – ou peut-être une demi-heure –, tandis que le jet brûlant martèle sa nuque et son dos, frappant les points de suture là où la mort est tapie. Jon comprend qu'il a pleuré toutes ses larmes quand celles-ci laissent place à la colère, et qu'il se retrouve en train de défoncer la cabine de douche à coups de poing. Heureusement pour ses jointures, les équerres de fixation de la paroi cèdent dès le troisième assaut.

La colère passée – ou du moins le besoin de l'exprimer –, reste la stupeur. Jon est nu, trempé, les mains en sang et le nez plein de morve. Il frotte les zones critiques sous le jet, tentant de limiter les dégâts.

Lorsqu'il se retourne après avoir coupé l'eau, il voit Antonia.

Elle est assise sur le banc du vestiaire, de biais, les yeux fixés sur les casiers. Dans l'attitude du curé pendant la quête ou du serveur qui vous tend le terminal de carte bancaire pour que vous composiez votre code secret. L'attitude qu'on adopte quand on tient à faire savoir qu'on ne regarde pas.

Jon s'enveloppe dans une serviette et s'approche d'elle.

Quelques minutes s'écoulent pendant lesquelles aucun des deux ne dit rien. La lumière des vestiaires se reflète sur les épaules de Jon, blanches et couvertes de taches de rousseur. Antonia regarde ailleurs, réprimant l'envie d'arracher du corps de son collègue les deux excroissances dans son dos.

— Aguado m'a donné ça pour toi, dit-elle, lui montrant un téléphone portable. Et je suis allée chercher ça chez toi.

Jon étouffe un soupir de gratitude puis, plus difficilement, un soupir de dépit en sortant le costume. Il le tient sous la lumière.

— Mon Dolce & Gabbana bleu canard, dit-il de sa voix la plus neutre.

— Je ne l'avais jamais vu.

— C'est parce que ce n'est pas un costume de travail, trésor.

Antonia le regarde bizarrement.

— Pourquoi tu as un costume qui n'est pas pour le travail ?

Jon lève les yeux au ciel, se rappelant combien il est important d'être patient avec Antonia, qui s'habille comme si elle faisait son shopping dans une benne à ordures. Puis il bataille avec son costume. Arrivé à la chemise, il parvient à passer un bras dans une manche, avant de se retrouver en difficulté. La manœuvre pour introduire l'autre se révèle complexe. Les points de suture tirent, mais la douleur n'est rien comparée à la peur.

Antonia, qui continue de l'observer avec son air de ne pas y toucher, comprend enfin la situation. Elle se lève et grimpe sur le banc.

— Fais gaffe, ma grande. Ce n'est pas le moment de te blesser.

Sans l'écouter, elle lui tient la manche pour qu'il puisse l'enfiler. Ils répètent l'opération avec le gilet, constatent qu'il est impossible de nouer la cravate avec sa protubérance à la nuque, et terminent par la veste. Antonia, en pensant à la dernière fois qu'elle a fait ça – avec son fils, il y a quelques semaines. Jon, en pensant à tout autre chose.

— Je fais un sacré écuyer.

— Je n'en voudrais pas d'autre, répond-elle, en ajustant le revers de sa veste.

— On ne peut pas dire non plus qu'ils se bousculent devant ta porte, chérie.

— C'est incompréhensible.

— Question d'affinités, peut-être.

— Je ne suis pas si terrible que ça, dit-elle.

Jon pense, très, très lentement, que ce n'est pas elle, le problème, que le problème est ce qu'elle fait. Et le chaos qu'elle déclenche autour d'elle. Les scientifiques disent que sur Terre, quelqu'un est frappé par la foudre toutes les dix-neuf minutes. Jon soupçonne que cette personne doit probablement se trouver à moins de dix mètres d'Antonia Scott.

Il pense tout cela, mais en réalité, il réplique :

— Non, tu n'es pas si terrible.

Ce qui résume toute la gratitude ou le réconfort qu'il est en mesure d'offrir, du moins pour le moment. Pour le sauvetage, et pour le reste.

— Comment tu te sens ?

L'inspecteur Gutiérrez fait l'inventaire : fortes nausées ; douleur sourde et persistante au dos malgré le cocktail d'anti-inflammatoires et d'antalgiques que lui a injecté la légiste ; jambes branlantes comme un meuble Ikea.

— Pas au mieux de ma forme, résume-t-il.

— C'est à cause de ton taux de glucose dans le sang. Quand est-ce que tu as mangé pour la dernière fois ?

Jon s'en souvient parfaitement. Il sortait de chez lui, en direction du *wok* de la rue de l'Olivar. Ç'allait être son dernier dîner à Madrid.

Et finalement, non.

4

Un kebab

Même si le monde était devenu un désert postapocalyptique où toutes les vaches avaient disparu et que les cuistots du grill Etxebarri avaient transformé leurs broches en épées, Jon Gutiérrez y aurait regardé à deux fois avant d'entrer dans l'établissement devant lequel Antonia vient de garer l'Audi A8.

— Un kebab ? Comme si j'allais bouffer un kebab, putain.

— C'est l'endroit le plus proche. Descends de cette voiture, c'est un ordre.

— Tu n'es pas ma boss. J'ai démissionné.

— Descends, j'ai dit.

Jon est à bout de forces. Il n'a même plus l'énergie de protester. Il entre donc, en se jurant de ne pas toucher à la nourriture. Depuis son adolescence et l'ouverture du Turkistan II – sans qu'on n'ait jamais entendu parler du I – à Santutxu, Jon éprouve une répulsion viscérale envers cette masse informe de viande tournante à moitié cuite. Avec sa bande de potes, c'était une source inépuisable de plaisanteries. Ça faisait du bien d'avoir quelque chose dont se moquer, parce que, habituellement, la cible des vannes, c'était lui. Le pédé baraqué. Cela dit, ça n'a pas duré bien longtemps. Dès que ses copains ont été en âge de se bourrer la gueule, le kebab est devenu l'oasis salvatrice du petit matin. Qui épongeait les litres d'alcool absorbés, ou qui aidait à les évacuer.

Pour Jon, donc, le kebab était un truc qu'on regardait de loin ou qu'on vomissait entre deux poubelles. Jusqu'à ce qu'Antonia pose sur la table – en alu à carreaux, forcément bancale – deux assiettes en carton et deux Coca-Cola. La canette, il n'y touche même pas – il y a des limites à tout. Mais le sandwich à la viande avec salade et sauce d'une couleur indéterminée dégage un parfum qui contredit son aspect, et Jon se surprend à tenter une première bouchée. Trente secondes plus tard, le kebab a disparu à l'intérieur de l'inspecteur Guttiérez.

— Tu avais faim, se réjouit Antonia, qui continue de picorer le sien comme un oiseau.

— C'était quoi, cette merveille ?

— Un mélange d'agneau, de poulet et de sauce au yaourt, je crois.

Jon fronce les sourcils, histoire de.

— Il faut qu'on parle de ton alimentation.

— C'est juste de la nourriture.

— Si ma mère t'entendait, tu ferais moins la maligne, trésor. Bon Dieu, d'ailleurs je dois l'appeler et lui expliquer...

Un peu. Pas trop. Juste ce qu'il faut. Ou plutôt rien, pense Jon.

— Tu ne peux pas lui parler.

— Tu as raison. Elle ferait une crise de nerfs, la pauvre.

Antonia boit une gorgée de son soda.

— Non, je veux dire que tu ne peux pas lui parler, littéralement. On l'a mise en lieu sûr.

— Qu'est-ce que tu dis ?

— Un contact de Mentor est passé la chercher il y a quelques minutes. Ils sont montés en voiture et ils seront hors de la circulation pendant quelques jours, jusqu'à ce que ça se tasse.

Jon ne l'écoute déjà plus. Il se lève, bouleversé – et toujours plutôt malhabile – et sort le portable flambant neuf que lui a donné Aguado pour appeler sa mère. Naturellement, il n'y a personne au bout du fil.

Quand il revient à leur table, elle doit déployer toute sa capacité de persuasion pour empêcher Jon de lui arracher les clés de l'Audi et de foncer à Bilbao.

— Calme-toi, dit-elle. C'était nécessaire. Moi aussi, je l'ai fait avec ma famille.

À ces mots, sa colère redescend un peu.

Antonia lui explique comment elle a mis grand-maman Scott et le petit Jorge à l'abri. Jon ne suit qu'à moitié, comme si quelqu'un lui racontait des événements fictifs survenus dans une galaxie très, très lointaine.

— Tu n'as pas peur de ne pas savoir où ils sont, ou qu'ils ne puissent pas te joindre ?

Antonia réfléchit à la réponse tout en terminant son kebab. Parce que la question doit être pesée, mesurée, passée au carbone 14 et millimétrée.

— Bien sûr que si. Mais j'aurais bien plus peur s'ils étaient ici, à la merci de ce psychopathe. Sandra a déjà enlevé Jorge, et elle n'hésiterait pas à recommencer.

— J'arrive toujours pas à croire qu'elle s'en soit pris au gosse, dit Jon en secouant la tête.

Des visions très sombres de la station désaffectée Goya Bis lui reviennent en mémoire. Des visions de lui-même tâchant de ne pas sauter sur une mine, dans un tunnel bourré de pièges, en tentant de sauver le fils d'Antonia. Il les chasse avec un soupir. En ce moment, il y a d'autres explosifs dont il doit s'inquiéter, beaucoup plus proches.

— C'est son système. Il trouve le point faible d'une personne et il l'exploite à son profit.

— Un peu comme un vulgaire racketteur, alors. À Otxarkoaga, il y a un type que les flics connaissent bien.

On l'appelle le Bananier. Ce connard a une méthode. Il te vole ta voiture, et ensuite il te téléphone. Si tu ne te pointes pas à tel endroit dans l'heure avec cinq cents euros, il crame ta bagnole.

Antonia a un demi-sourire.

— Quel est ton plat préféré, Jon ?

— Facile. Les *kokotxas* de ma mère.

— Ton Bananier ressemble à White comme ce kebab à des *kokotxas*.

Jon se nettoie – façon de parler – la commissure des lèvres avec une serviette sur laquelle on peut lire « Merci de votre visite ». Il n'aime pas du tout l'éclat dans les yeux d'Antonia. Il choisit donc ses mots avec le plus grand soin :

— Cette merde a dû me rester sur l'estomac. J'ai cru déceler une pointe d'admiration dans ta voix.

— C'est l'esprit le plus brillant qu'on ait jamais rencontré, Jon. Il est bien plus intelligent que moi.

— C'est aussi un tueur. C'est l'homme qui a mis ton mari dans le coma, et qui m'a fait ça, ajoute Jon, désignant son dos.

— Ce qui a plus de mérite que de brûler des voitures.

Jon se passe la main dans les cheveux – ondulés, tirant sur le roux, disions-nous – et inspire profondément. Pour remplir cette énorme cage thoracique, il faut plusieurs secondes et pas mal de litres d'oxygène. En l'occurrence parfumé aux épices et au graillon.

— De mérite ? Je te jure, parfois je ne te comprends pas, chérie.

Antonia croise les bras.

— Ses méthodes sont plus complexes que celles du Bananier, c'est tout. Ça explique qu'il soit en activité depuis si longtemps sans que personne ne l'ait repéré. Ça explique aussi qu'on ne m'écoute pas quand je dis qu'il existe, dit-elle en détournant le regard.

Dire que Jon est fier est un euphémisme. Jon a littéralement élevé la fierté au rang d'art.

— Tu admettras que ton histoire de tueur à gages fantôme était un peu difficile à avaler.

— J'imagine que, maintenant, ça te pose moins de problèmes, non ?

Jon encaisse le coup bas comme un boxeur, à l'ancienne. La tête légèrement rentrée dans les épaules, prêt à riposter. Il ouvre la bouche, prépare son venin, mais ne parvient pas à le cracher. Ni à le ravaler. Le poison stagne, lui rongeant la langue.

Antonia et Jon gardent le silence pendant quelques minutes, sans se regarder, avec pour seule compagnie le son abrutissant de la télévision. À l'écran, des gens se font cocus sur une île quelconque, ce qui n'incite pas l'œil à s'y poser. Quand il se lasse de contempler la masse informe de viande tournante à moitié cuite, Jon se lève et quitte le restaurant.

Ce serait le moment idéal pour se mettre à fumer, pense-t-il en se retrouvant les bras ballants. Sans argent, sans téléphone, sans portefeuille, et devant une voiture dont il n'a pas les clés. *C'est pas comme si c'était la clope qui allait me tuer.*

5

Un compromis

Antonia sort au bout d'un moment, non sans avoir salué le patron en turc. Elle s'approche lentement de la voiture, de sa démarche particulière, solitaire. Comme si elle flottait dans son propre espace. Jon l'a vue marcher ainsi, évitant le moindre contact, au milieu d'une Gran Vía bondée. La voir agir de la même façon dans cette petite rue à sens unique d'une zone industrielle de banlieue inspire à Jon une tendresse et une tristesse infinies, même dans sa situation.

— Écoute... dit-elle.

— Je sais.

Elle le regarde, sceptique.

— Qu'est-ce que tu sais ?

— Qu'on n'a pas d'autre choix que de faire équipe. Moi, parce qu'autrement je suis mort. Et toi... parce que seule, tu tiendrais moins longtemps qu'un *dantzari*[1] dans un magasin de porcelaine.

— C'est un euphémisme ? demande Antonia, un peu déroutée.

— Je t'enverrai une vidéo. Dès que j'aurai appris à me servir de ce nouveau bidule.

— Qu'est-ce qui est arrivé à ton portable, au fait ?

---

1. Danseur folklorique basque.

— Ils l'ont gardé.

Antonia incline la tête.

— De quoi est-ce que tu te souviens ?

— De ce que j'ai dit au Dr Aguado pendant que vous regardiez mes fesses. Quelqu'un m'a abordé dans la rue, et ça a été le noir complet. J'ai entendu des gens parler, mais c'étaient des voix lointaines. Ensuite j'ai entendu la tienne. Et c'est tout.

— C'est peu. Tu ne te rappelles rien d'autre ?

Bien sûr que si.

Il y avait aussi la trouille.

La peur. La peur atroce, intolérable.

Parce que pendant l'opération, Jon était ensuqué, mais pas totalement inconscient. Il ne voyait rien, et n'entendait presque rien. Mais il était éveillé, du moins suffisamment pour savoir que quelque chose de grave se passait. Quelque chose de grave, dont il était l'objet. Il se rappelle avoir tenté de bouger les bras et les jambes, avoir envoyé l'ordre à son cerveau, sans recevoir de réponse. Il se rappelle s'être senti vulnérable, violé. Il se rappelle le bruit de la perceuse pénétrant dans sa colonne vertébrale. La sensation du métal contre son corps, contre les fondements de son existence. Un sentiment indescriptible.

Indolore, mais terrifiant.

Jon ne va pas en parler, parce que ça lui est impossible.

Et parce que, contre la peur, le déni est la meilleure solution.

— Non, rien d'autre, ment Jon, presque convaincant.

Antonia s'assied près de lui sur le capot de l'Audi. Ils regardent au loin, admirant le coucher de soleil sur le toit de l'entrepôt de Ferrallas Domínguez. Les dernières lueurs du soir dessinent des présages incertains sur la tôle ondulée, découpant une immense ombre hérissée de dents qui avance vers eux, menaçant de les dévorer.

— Le soleil va se coucher, dit Antonia. Il ne va pas tarder à nous contacter et à nous demander quelque chose.

Jon ne répond pas.

— Il fait toujours pareil. Il demande quelque chose. Et ce qu'il demande te détruit.

— Comment tu en sais autant sur lui ?

— Je n'en *sais* pas autant. J'ai rassemblé des bribes d'informations sur lui. Certaines sont de simples intuitions. D'autres, des hypothèses plus solides. Rien de vraiment utile. Pas une seule preuve de son existence. Jusqu'à aujourd'hui.

Jon porte ses doigts à sa nuque, où se trouve une preuve plutôt tangible.

— Quelque chose a bien dû te mettre sur la piste. Comment tu as découvert son existence ?

Antonia marque une longue pause.

— Je ne veux pas en parler maintenant, dit-elle finalement.

Pas de problème, quand tu le sentiras, pense Jon, sentant le venin affluer de nouveau à ses lèvres. Il fait un effort pour se maîtriser.

— Alors qu'est-ce qu'on a ?

— Du vent. On ne sait pas où il est, on n'a aucune idée de ses intentions.

— Et sur Sandra ?

— Encore moins. Si ce n'est que, dans son cas, on dirait qu'il y a une autre motivation. Une motivation très personnelle.

— Si tu veux dire par là qu'elle a les fils qui se touchent, je suis d'accord.

— Il y a un élément que tu ignores. Il semble qu'ils planifient tout ça ensemble depuis longtemps, très longtemps.

Elle lui raconte encore comment la toile s'est tissée autour d'eux à leur insu. Elle explique à Jon ce qui s'est passé en Angleterre et aux Pays-Bas. Lentement, sans lui épargner aucun détail. Quand Jon entend que l'écuyer hollandais a tué sa propre reine de sang-froid, son cœur manque un battement.

— Antonia, jamais je…

— Ne dis rien, Jon, l'avertit-elle. Tu as pensé à ce qui se passerait s'il enlevait ta mère ? Jusqu'où tu pourrais aller ?

— Jamais je… répète Jon un peu plus doucement.

— Tu ne céderais jamais au chantage ? Si tu es ici, c'est précisément parce que tu as cédé à un chantage. Ou bien tu as oublié comment Mentor t'a manipulé pour que je reprenne du service ? Une certaine vidéo d'un certain coffre de voiture ?

L'inspecteur Gutiérrez descend du capot comme s'il était chauffé à blanc.

— Ça n'a rien à voir, dit-il, pointant un doigt accusateur en direction d'Antonia, raide comme une trique, avant de réfléchir à ce qu'il vient de dire.

Ce faisant, son doigt perd de sa fermeté et se recroqueville pour revenir, humilié, auprès de ses quatre frères.

De loin, Antonia regarde le soufflé retomber. Puis elle dit :

— On serait tous capables de faire n'importe quoi, même le pire, par amour. L'amour est le moteur le plus puissant qui soit.

Il s'épargne le « jamais je », parce qu'il a compris. Son corps, cependant, suit son propre rythme.

— Il n'y a pas de manière simple de sortir de cette situation, Jon. Tant que tu auras cette chose sous la peau, on sera forcés de jouer son jeu.

Jon tourne en rond, nerveux, avec l'envie de shooter dans n'importe quoi. Les seules cibles autour de lui sont un vieil emballage de préservatif ouvert, une canette de Mahou froissée, la voiture et Antonia.

Après avoir soupesé les possibilités, il opte pour la deuxième cible la plus attrayante. La canette résonne en terminant son parcours à l'autre bout de la rue.

— On ne peut pas céder, Antonia. Quoi qu'il nous demande, on ne peut pas céder.

— Et qu'est-ce que tu proposes ?

— Tu pourrais disparaître, répond-il. Aller chercher ton fils, sans regarder en arrière.

— Tu resterais en arrière ? La réponse est non.

Jon fait oui de la tête, dans la mesure où les points de suture le lui permettent.

— Ce machin-là fonctionne avec deux piles. Sans elles, c'est juste une prothèse plutôt moche.

— Les piles ne sont pas éternelles, objecte-t-il, commençant à comprendre.

— En effet. Donc on va jouer son jeu et gagner du temps. En espérant qu'il commette une erreur.

L'inspecteur Gutiérrez se demande quel genre de stratégie consiste à attendre qu'une personne qui a élaboré son plan depuis longtemps, très longtemps, commette une erreur. Il ouvre la bouche pour l'exprimer à voix haute, mais ce que l'on entend est :

Deux bips, une vibration.

Antonia sort son portable de sa poche.

Elle n'a pas besoin de le dire, mais elle le fait quand même.

— C'est lui.

6

Une visite

Antonia montre le portable à Jon. Quatre mots, un numéro.

Santa Cruz de Marcenado, 3.

— C'est censé vouloir dire quoi ?
— Il m'a dit qu'il voulait qu'on enquête sur trois crimes. Ça doit être le premier.
— Il ne nous a pas non plus donné des masses d'indices.

Le portable sonne de nouveau ; elle le déverrouille pour lire le message. L'écran éclaire totalement son visage. Antonia est l'un de ces détestables personnages qui mettent toujours la luminosité au maximum, un défaut impardonnable que Jon est contraint de lui pardonner chaque fois qu'il fait nuit et qu'elle lui bousille la rétine. Mais grâce à cette pénible lumière, Jon peut constater qu'Antonia est très mécontente. Quand elle lui montre ce qu'elle vient de recevoir, il l'est encore plus.

Vous avez six heures.
W.

— Putain, c'est une blague ?

Antonia active un compte à rebours sur son téléphone, avec la limite de temps que White leur a donnée.

— On va à cette adresse.

— Comme ça ? Juste parce que tu as reçu un message ?

— Comme ça.

— On pourrait chercher la provenance du message. Les indices qu'il a peut-être laissés. Quand il m'a enlevé, il y avait deux personnes avec lui. Il a bien dû les recruter quelque part...

— Tu penses comme un flic, l'interrompt Antonia. Et là, on n'a pas besoin d'un flic.

Jon fait la grimace, mais ne dit rien. Il se borne à poser le bras sur la porte du conducteur quand elle essaie de l'ouvrir.

— Qu'est-ce que tu fais ?

— Je nous garde en vie. En vie et motorisés. C'est la dernière voiture qui nous reste. Mentor me l'a dit.

— On n'en a pas non plus esquinté tant que ça, dit-elle en lui tendant les clés avec un soupir.

— Mon Dieu... tout est relatif quand ça nous arrange, hein, trésor ?

Même s'il n'a pas à payer la facture, le quasi-demi-million d'euros en Audi démolies lui paraît beaucoup. Surtout quand il faut se farcir Mentor en prime. L'indifférence d'Antonia envers les mathématiques et les moyens de locomotion l'étonnera toujours. Presque autant que son mépris pour le code de la route.

Antonia s'installe sur le siège du passager et appelle Mentor par FaceTime pendant qu'ils démarrent. Elle pose l'iPad sur le tableau de bord pour que Jon puisse le voir aussi.

— Comment va l'inspecteur ? demande-t-il en décrochant.

— Assez bien pour conduire, apparemment, répond Antonia en haussant les épaules.

— Soyons clairs, Scott. Si à un moment tu dois accompagner l'inspecteur aux urgences parce qu'il s'est fait tirer dessus, même dans ce cas-là, je préfère que tu sois sur le siège passager.

L'inspecteur Gutiérrez essaie vainement de réprimer un sourire.

— Techniquement, il en a cassé plus que moi.

— Techniquement, je m'en fous. Qu'est-ce qu'on sait de ce fils de pute ?

— Il nous a contactés, dit Antonia, lui montrant les messages de White.

Mentor leur demande de rester en ligne pendant qu'il va aux nouvelles. Jon s'attend presque à ce qu'il mette une petite musique d'attente atroce. Mais ça n'arrive pas, et Mentor les reprend en moins d'une minute.

— Il y a eu un seul crime à cette adresse dans les trente-cinq dernières années. À part ceci, rien n'a été numérisé.

Une photo apparaît sur l'écran. Une femme jeune, aux cheveux bouclés et au sourire timide.

— Elle s'appelle Raquel Planas Mengual. Décoratrice d'intérieur.

Il montre maintenant la photo d'une scène de crime. On discerne mal les détails. Il y a un corps, recouvert par une gabardine. Et beaucoup de sang.

— Elle a été poignardée à mort rue Santa Cruz de Marcenado il y a quatre ans.

Jon fronce les sourcils à ces mots.

Une fois, il a participé à une enquête sur un « *cold case* », comme on dit. De nouveaux indices étaient apparus concernant le meurtre d'un adolescent à Getxo, dans la banlieue de Bilbao. Un tee-shirt taché de sang. Son propriétaire s'était révélé être assez célèbre, et l'histoire avait fait la une des journaux. L'opération avait mobilisé huit enquêteurs de l'Ertzaintza[1], trois hommes de la Police nationale, deux

---

1. Police de la communauté autonome basque espagnole.

légistes, un laboratoire indépendant et des dizaines de milliers d'euros.

Le meurtre avait eu lieu seulement deux ans et demi plus tôt. Mais quand les enquêteurs sont retournés aux endroits liés à la victime, d'innombrables détails avaient changé. Les témoins ne se souvenaient plus de rien, ou leur souvenir différait totalement de ce qu'ils avaient initialement déclaré à la police.

Il n'y a rien qu'un policier redoute davantage qu'une affaire non résolue.

— Des suspects ?

— Un coupable.

Une nouvelle photo apparaît à l'écran. La trentaine, cheveux longs, menton fuyant et yeux plus fuyants encore. Au-dessus du cou, il n'a absolument rien de beau, et a donc tenté de compenser en dessous : des muscles de salle de sport, des injections de stéroïdes dans le cul, et une Rolex dorée qui proclame haut et fort : « Il faut que je compense. »

Il manque juste la voiture de sport, pense Jon qui n'est pas très charitable avec les tueurs de femmes.

— Son mari ?

— Son petit ami, Víctor Blázquez. Propriétaire d'une salle de sport. Antécédents de violences conjugales.

— Où est-il ?

— À Soto del Real. Il a pris vingt-trois ans. Il en purgera six, c'est un prisonnier modèle.

Antonia regarde la photo, regarde la route, regarde son collègue et prend une décision.

— Fais demi-tour.

— Quoi ?

— Fais demi-tour. On va à Soto del Real.

— Mais on n'allait pas à Santa Cruz de Marcenado ?

Elle lui adresse l'un de ces regards contre lesquels il vaut mieux ne pas lutter. Jon fait donc une manœuvre globalement

110

interdite et repart dans l'autre sens. Il cherche l'adresse de la prison sur le GPS de l'Audi pendant qu'Antonia se charge de gérer l'insatisfaction de Mentor.

— Qu'est-ce que tu fais, Scott ?

Antonia n'en a pas une idée très claire. Mais un mot lui est venu à l'esprit.

Katsrauvsaali.

En khmer, langue parlée par vingt millions de Cambodgiens et qui possède le plus long alphabet du monde, « celui qui coupe le blé quand il faut couper le blé ». Le meilleur défenseur possible d'une cause.

— Pour bien faire, il faudrait qu'on décortique la liste des témoins et le dossier de l'instruction, qu'on se rende sur la scène de crime, qu'on parle au procureur, au juge et aux policiers chargés de l'affaire. Ça nous prendrait combien de temps ?

— Trop, admet Mentor.

— Il fait déjà nuit. Même si on mobilisait une armée, qu'on les tirait tous du lit et qu'on les mettait en file, ça nous prendrait plusieurs jours, reconnaît Jon.

— Et ça nous mènerait où, d'après vous ?

Jon connaît la réponse. M-609, kilomètre 35. L'adresse qu'il vient d'entrer dans le GPS.

— White nous a ordonné de résoudre ce meurtre, dit Antonia. Si Blázquez n'est pas le coupable, c'est à lui qu'il faut le demander.

— Demander à un prisonnier s'il est innocent… Qu'est-ce qui pourrait mal tourner ? dit Jon en mettant le clignotant.

— Je suis d'accord avec l'inspecteur Guttiérez. Vous êtes peut-être en train de perdre un temps précieux, Scott.

Antonia ne répond pas. C'est l'une de ses tactiques habituelles pour faire savoir qu'elle se moque de l'opinion des autres quand elle estime avoir raison. Mentor la connaît par cœur, alors il utilise la plus vieille ruse managériale du monde : prétendre que l'idée vient de lui.

— Vous feriez mieux de vous dépêcher. J'essaierai de vous faciliter l'entrée quand vous arriverez. À quelle distance êtes-vous de la prison, inspecteur ?

— Vingt-huit minutes. J'y serai en quinze, je suis un conducteur modèle.

Mentor ignore la perfidie et se tourne vers Antonia.

— Scott, prends le téléphone, dit-il avant de couper l'appel FaceTime sur l'iPad.

Antonia s'exécute, perplexe.

— Ne mets pas le haut-parleur, prévient-il. Je dois te parler en privé.

— D'accord, répond-elle, plus perplexe encore.

7

Un aparté

Ce n'est pas le style de Mentor de confier des informations à Antonia plutôt qu'à son collègue. Bien au contraire.

— J'ai besoin de savoir que tu es en condition, Scott.

— Pourquoi je ne le serais pas ?

— Ne fais pas l'idiote. Depuis combien de temps tu n'as pas pris de gélule rouge ?

Antonia le sait parfaitement. Elle pourrait lui dire le nombre d'heures, de minutes et même de secondes, quoique cela lui demanderait quelques instants de réflexion.

Un jour, lorsqu'elle était enfant, Antonia avait innocemment passé la main dans l'interstice entre le cadre et la porte du garage. Elle avait vu son père le faire plus d'une fois. Une astuce d'adulte, pour s'épargner quelques pas jusqu'à l'entrée réservée aux piétons : profiter qu'une voiture vient de sortir pour accéder au garage par le chemin le plus court. Dès que son père passait le bras, la porte s'arrêtait et remontait.

Le seul problème, c'est qu'elle avait fait ce geste hors du champ de la cellule photoélectrique.

La porte avait continué de descendre inexorablement, emprisonnant sa chair. Son père était arrivé à temps pour empêcher le lourd cadre en acier rouge de lui sectionner le bras, mais pas assez vite pour éviter la douleur. Il avait roulé comme un fou jusqu'à l'hôpital le plus proche, où on avait administré à Antonia un sédatif léger, et tout s'était terminé avec une grosse frayeur et un mois sans pouvoir bouger la main droite. Elle en a gardé une cicatrice blanchâtre de trois centimètres à l'avant-bras et un muscle légèrement enfoncé, qui ne s'est jamais complètement développé.

Autre chose : depuis, chaque fois qu'elle entend le bruit d'une porte de garage ou qu'elle regarde sa cicatrice, le souvenir de la douleur lui revient clairement en mémoire. Une décharge électrique parcourt son bras jusqu'à son cerveau, et son corps se raidit imperceptiblement.

Le souvenir de Jon balançant ses gélules à l'égout – et d'elle-même, se débattant entre ses bras pour tenter d'atteindre l'évier où celles-ci se dissolvaient peu à peu dans l'eau sale – produit la même sensation chez Antonia. L'événement ne remonte qu'à quelques jours, pas à trois décennies. Pourtant, les deux souvenirs ont laissé une empreinte presque identique. Un acte impulsif, un résultat inattendu et une énorme masse se refermant inexorablement sur elle pour la piéger. Ou la libérer, en l'occurrence. La douleur n'en est pas moins la même.

— Je vais très bien, répond-elle à la question de Mentor. Je n'en ai plus besoin.

Son second mensonge est presque aussi gros que le premier.

— Antonia, dit Mentor (ce qui est encore plus curieux, car il ne l'appelle jamais par son prénom). Ça fait des années que je te le dis. Alors, pourquoi précisément maintenant ?

— J'essaie de céder au courant, de ne pas dompter le fleuve. Ce n'est pas la citation littérale, mais j'imagine que tu vois de quoi je parle.

— C'est une excellente philosophie. Le vol des gélules dans la chambre froide en faisait partie ?

Antonia ferme les yeux et serre les lèvres. Elle se réjouit que la conversation se déroule par téléphone, et non en visio ou en face à face, car elle ment atrocement mal.

Elle ne peut pas non plus lui dire la vérité. Surtout pas. Elle choisit donc de gagner du temps et de détourner son attention. En la matière, elle est imbattable.

— Quelqu'un s'est trompé en faisant l'inventaire ?

— Il manque cinquante gélules rouges et dix bleues, Scott.

— L'écart est important.

— Je suis le seul à avoir accès à la chambre froide.

— Au moins on tient le coupable. Affaire classée.

— La seule personne capable de craquer la sécurité, c'est toi.

Antonia n'a pas besoin de trop réfléchir à sa réponse. Comme si elle n'avait pas fantasmé là-dessus des dizaines de fois ces derniers jours. Piller cette foutue chambre froide et se fourrer des gélules dans la bouche par poignées.

— J'imagine que je pourrais deviner le code à dix chiffres du pavé numérique. Ou obtenir un double de la clé. Et même contourner les dispositifs biométriques, y compris ton empreinte digitale. Ce serait de la blague. Mais la caméra de surveillance fonctionne avec une bande magnétique, si je me souviens bien. Tu as pu regarder ?

Avec la bande magnétique Serfram Cobalt à deux pistes que Mentor a fait installer, impossible de tricher. Vous pouvez l'endommager ou la démolir, vous pouvez couvrir l'objectif, vous pouvez faire n'importe quoi, hormis modifier son contenu.

Mentor le sait.

Antonia le sait.

Et il sait qu'ils le savent tous les deux.

C'est donc un match nul. Mentor pourrait jeter l'éponge, ce que, dans des circonstances ordinaires, il ferait sans doute. La compétition avec Antonia Scott n'est pas une course de vitesse, mais le Tour de France. Il s'agit d'atteindre la ligne d'arrivée en économisant ses forces. Mais quelque chose en lui s'agite – le stress, qui diminue ses défenses. Et il ne peut se taire.

— Il n'y a rien sur cette bande. Mais je pense qu'il n'y a qu'une seule suspecte. Peut-être que tu as chargé la mule à Malaga, Scott. Peut-être que tu es devenue toxico. Et en ce moment, l'inspecteur n'a pas besoin de ça.

— Peut-être que tu n'aurais pas dû m'injecter ce que tu m'as injecté à l'époque, pour commencer. Peut-être que tu n'aurais pas dû me rendre accro à cette merde.

Puis, se rappelant une certaine sagesse ancestrale que lui a transmise Jon il n'y a pas si longtemps, elle décide d'exprimer sans équivoque ses sentiments à Mentor. Elle prend une profonde inspiration.

— Peut-être que tu devrais arrêter de me casser les ovaires.

8

Une voiture électrique

Mentor raccroche, sentant l'irritation, la culpabilité et la honte lui monter au visage et parcourir ses mains comme un courant électrique. Quand il a passé quelques coups de fil pour ouvrir la voie à Antonia et Jon, la fatigue lui tombe dessus comme une enclume.

Il se tourne vers le Dr Aguado, qui a toujours le nez sur l'ordinateur, les yeux rouges et secs, les cheveux en bataille. On ne peut pas dire qu'il ait meilleure allure. Sa chemise lui colle à la peau ; il pue la sueur et le tabac froid. Il tient debout grâce à sa volonté, aux Marlboro Lights et aux sachets de Conguitos du distributeur. Le chocolat fourré à la cacahuète le répugne, mais c'est ça ou un sandwich suintant.

— Allez vous reposer un peu, dit-il à Aguado, comptant en profiter pour faire un petit somme, lui aussi.

Mentor a bien des défauts, mais en tant que patron, il est toujours le premier arrivé et le dernier parti, habitude qu'il a adoptée hors de nos frontières.

— Pas tout de suite. J'y suis presque, répond la légiste.

— Mince, réplique-t-il, cherchant de la monnaie dans sa poche. Je vous prends quelque chose au distributeur ?

Ignorant sa proposition, Aguado lui fait signe d'approcher.

— Je l'ai.

Mentor se penche par-dessus son épaule et reconnaît l'interface utilisateur d'Heimdall, le programme-espion du projet Reine rouge. Aguado l'utilise pour s'introduire dans un système extérieur.

— Qu'est-ce qu'on regarde ?

— Les caméras de surveillance du centre commercial. Observez bien, explique la légiste.

Mentor n'observe rien, parce que l'écran est noir. On ne voit que le code temporel, qui avance dans le néant.

— C'est comme s'il y avait eu une coupure d'électricité.

— Effectivement, confirme Aguado. Sauf que c'est intentionnel. Quelqu'un a piraté les caméras pour qu'elles s'éteignent une heure avant l'arrivée d'Antonia et une heure après son départ.

— On ne va pas avoir une seconde de répit, hein ? en déduit Mentor en se frottant les yeux pour se réveiller.

Son estomac rugit. Il envisage sérieusement d'aller manger un morceau au kebab situé à deux pâtés de maisons, c'est dire à quel point il a faim.

— Attendez… Il y a un détail qu'ils n'ont pas pris en compte.

Quand l'image revient, Aguado désigne une place de parking un peu à l'écart. Une voiture y est garée, reliée au mur par un gros câble.

C'est l'une de ces berlines électriques hors de prix que seuls les riches peuvent s'offrir. *En s'achetant une vertu au passage*, pense Mentor, qui se fait régulièrement toiser par ce genre de sauveur de la planète aux feux rouges.

— Que voulez-vous dire ?

— Ces voitures… Pendant qu'elles se rechargent, elles sont très vulnérables. Un choc au mauvais moment pourrait endommager irrémédiablement leur batterie, qui vaut une fortune.

— Mais encore ? demande Mentor, un peu mal à l'aise, car son estomac continue de gronder, cette fois à moins de quinze centimètres de l'oreille d'Aguado.

Mais la légiste ne semble pas s'en être aperçue, car elle pianote toujours sur le clavier comme une forcenée.

— Une seconde… dit-elle, ouvrant de nouvelles fenêtres dans le système – des sous-programmes, croit se rappeler Mentor.

Finalement, le logo d'une célèbre marque de voitures électriques s'affiche sur l'écran. À côté, une série d'instructions en coréen. Ce qui constitue un problème, car les génies qui ont conçu les terminaux Heimdall ont oublié d'inclure un traducteur automatique.

Un programme à un demi-milliard d'euros, pour finir par demander à Google, pense Mentor.

— Si seulement Scott était là… lance Aguado qui doit utiliser son portable pour traduire les caractères hangeuls.

— Scott ne parle pas le coréen.

— Ça ne figure pas dans sa fiche de compétences, non. Mais elle a appris les rudiments.

— Quand ?

— Il y a trois semaines. On a fait un pari.

— Qui a gagné ?

— À votre avis ?

L'un des effets secondaires de la fréquentation assidue d'un esprit extraordinairement brillant est de vous faire prendre conscience de vos capacités véritables.

La vie est bien plus facile pour les cons, car ils ont l'avantage de ne pas savoir qu'ils le sont.

Mentor secoue la tête, tentant de feindre l'aplomb.

— Avec un petit effort, on peut tous faire ce qu'elle fait.

— Pas vraiment, non, riposte Aguado, reposant son portable sur la table et désignant l'écran. Ça, c'est le système d'administration de la voiture. Et ce bouton-là active…

Un fichier vidéo apparaît devant eux.

— Les caméras de la voiture.

— Je ne comprends pas. C'est en temps réel ?

— Comme je vous l'ai dit, la voiture est très vulnérable pendant la charge. Donc elle active toutes ses caméras au cas où un véhicule approcherait à grande vitesse. Ce que nous voyons, c'est l'enregistrement de ce matin, quand la voiture était en charge.

— Dieu bénisse les bobos. Et la voiture conserve le fichier vidéo ?

— Officiellement, non. Officieusement, c'est une information précieuse. Et vous connaissez le principe de base de tout bon développeur. Ce que l'utilisateur ne sait pas ne nuit pas à l'utilisateur.

Je ne connaissais pas, mais c'est le même principe de base que celui des gouvernements, pense Mentor en se penchant sur l'écran pour tenter de décrypter ce qu'il a devant lui.

Quelques minutes plus tard, il décrète que c'est le film le plus chiant qu'il ait jamais vu, après un Tarkovski.

Quatre carrés, sur les côtés et à l'avant du véhicule. Deux d'entre eux montrent les voitures garées de part et d'autre. Sur le troisième, cependant, on peut voir un peu de mouvement, quand, de temps à autre, quelqu'un ouvre une porte à proximité. À la tenue des gens qui entrent et sortent, Mentor conclut qu'il s'agit de l'accès réservé au personnel du centre commercial.

Aguado fait avancer le film, de plus en plus vite, jusqu'au moment du rendez-vous entre Antonia et White. Ils observent attentivement, mais la porte ne bouge pas. Personne ne la franchit. Le *timecode* dépasse l'heure de la fin du rendez-vous.

Rien.

— On perd notre temps, dit Mentor.

— Ça valait le coup d'ess... Attendez.

La porte s'ouvre, mais à cet instant, une masse sombre occupe fugitivement l'écran et se place face à la portière.

— J'y crois pas. Un truc nous bouche la vue.

Mentor, habituellement peu sujet aux coups de sang ou à la grossièreté en général, s'en donne à cœur joie dans ce cas précis.

— C'est… On dirait une fourgonnette, dit Aguado, désignant l'un des coins de l'image.

Quand la fourgonnette disparaît, il ne reste rien. Juste une porte, de la même couleur que le mur de béton, avec la même ligne peinte en rouge.

— Rembobinez. Avant l'arrivée de la fourgonnette.

Aguado revient onze secondes en arrière.

— Maintenant, avancez image par image.

La légiste zoome sur la *timeline* jusqu'à ce que chaque image apparaisse sous la forme d'une petite photo en bas de l'écran. Elle commence à appuyer, lentement, sur le bouton droit. Une image, deux.

Rien.

— Qu'est-ce que c'est que ça ?

Mentor désigne une zone plus claire dans l'encadrement de la porte.

— Attendez…

Aguado agrandit la zone en question, et se remet à avancer. La zone reste plus lumineuse sur plusieurs images, et quelque chose apparaît dans l'entrebâillement.

— Vous pouvez augmenter la netteté, ou ça ne marche que dans les mauvais films ?

Aguado esquisse un sourire las devant la blague éculée de son patron. Ça doit être la dixième fois qu'elle l'entend. C'est Mentor lui-même qui lui a donné le budget pour le programme FACDC, un « filtre d'amélioration des contours par déplacement et convolution », ils ne se sont pas trop foulés pour le nom. Mais ça le fait toujours rire qu'au tournant du siècle, alors que la technologie était encore balbutiante, *Les Experts* l'aient utilisée toutes les semaines.

Tandis que le filtre se met à travailler sur la zone claire, le visage qui est en dessous se révèle peu à peu.

On reconnaît d'abord les yeux et la bouche.

Ce ne sont que des taches, placées au bon endroit.

Puis les traits commencent à affleurer, de plus en plus précis, à chaque passage du filtre. Un demi-sourire, ou peut-être une expression d'urgence. Un regard un peu en biais. Des sourcils légèrement arqués, sur un visage féminin que d'aucuns pourraient, à première vue, qualifier d'aimable.

Mentor ne détourne pas les yeux tant que le filtre n'a pas fini de traiter l'image. Le résultat s'affiche en négatif – la meilleure façon de faire ressortir les contours d'un visage –, mais même ainsi, la réaction qu'il lui provoque est aussi étrange que radicale.

Il tend le bras, tape sur le clavier le raccourci ouvrant le tableau de bord du logiciel, et efface toute l'activité du terminal de l'heure précédente. Le fichier vidéo enregistré par la voiture disparaît.

La légiste le regarde, stupéfaite. Mentor s'approche d'elle aussi près que s'il voulait lui retirer un cil d'un œil. Aguado, mal à l'aise, tente de reculer sur sa chaise, mais la posture de son chef ne le lui permet pas.

— Vous n'avez pas vu ce visage. Vous m'avez compris, docteur ?

Son ton, tout comme son attitude, n'admet aucune réplique.

— Mais...

Elle se retourne, mais Mentor n'est plus là. Il se dirige vers la porte, attrapant au passage sa veste froissée sur la chaise où il l'avait laissée. Avant de sortir, il la regarde et lui dit, impassible :

— **Pas un mot à Scott.**

9

Une étape

Jon est un homme du monde, doté d'un indéniable talent relationnel, qui sait prendre une situation en main. Des mains capables, par ailleurs, de freiner un funiculaire. Mais bon, c'est un garçon subtil et diplomate. C'est pourquoi, quand Antonia conclut la conversation, il ne dit pas : « Je vais lui péter les dents sur le trottoir. »

Non, Jon a désormais suffisamment d'expérience avec sa coéquipière pour se contenter de serrer le volant au point d'y imprimer la marque de ses doigts et de lancer le lecteur de CD. *Física y química*, de Sabina, piste 9. Jon monte le son pour ne pas entendre Antonia pleurer. Et pour qu'elle ne l'entende pas jurer dans sa barbe. Parce que, parfois, seul le silence répare ce que les mots abîment.

Il laisse filer les minutes et les kilomètres, tandis qu'elle se plonge dans le dossier. Quelques larmes tombent sur l'écran de l'iPad, transformant le blanc éblouissant en un arc-en-ciel pixélisé, mais elle se limite à les chasser du pouce, car elles entravent son travail.

Jon laisse passer le temps, parce qu'il a entendu toute la conversation. Oui, du côté de Mentor aussi. Antonia sait quelque chose qu'elle n'a pas voulu lui dire quand il s'est débarrassé de ses gélules, l'invitant cordialement à une cure de désintoxication forcée, pendant qu'elle criait « non, non, non », à la Amy Winehouse.

Il avait espéré qu'après cette mission, elle pourrait se reposer. Il avait espéré qu'elle pourrait récupérer, décrocher, au lieu de se lancer dans une course contre la montre au rythme imposé par un psychopathe.

Il avait espéré pouvoir s'installer avec sa maman sur le canapé, à digérer sa morue au pil-pil, au lieu de rouler vers une prison en essayant d'étouffer des relents de kebab.

Il avait espéré un tas de choses, évidemment. Mais le monde n'est pas une usine à exaucer les souhaits. Tous ses plans, toutes ses vieilles aspirations sont devenues obsolètes à cause du tiraillement qu'il sent dans sa nuque au moindre mouvement de tête. Désormais, ses désirs lui paraissent futiles et immatures, minables. Grandir, c'est peut-être ça : se rendre compte à quel point on a pu être con.

En parlant de grandir : Antonia Scott, douze points, pense Jon, en fan impénitent de l'Eurovision. La façon dont elle a affronté Mentor a été spectaculaire. Du moins selon ses critères.

Il aimerait lui en parler. La complimenter, en quelque sorte. Bien qu'il doute qu'elle le laisse approcher pour l'instant. Après son coup de gueule, elle a dû remonter le pont-levis et lâcher les piranhas.

Il y a ça, et il y a quelque chose de bien plus urgent.

— Antonia, dit-il d'une voix douce.

Elle lève la tête de la tablette. Elle n'arrive pas à le regarder, elle fixe la route, mais Jon voit bien qu'elle a les yeux rouges et gonflés.

— Quoi ? dit-elle en reniflant.

— Enquêter sur un *cold case*, c'est comme manger de la soupe avec une machette.

— C'est une de tes métaphores ?

— Fastidieux, frustrant, avec points de suture garantis.

— Je sais.

— Ça demande beaucoup de moyens, d'hommes, de temps.

— Je le sais aussi.

— C'est impossible à faire en six heures.

— Tu vas continuer à énoncer des évidences ?

— Je voulais seulement m'assurer qu'on était sur la même longueur d'onde.

— Tant que tu as ce truc dans le cou, on n'a pas le choix.

— Si ça se trouve, c'est bidon. Si ça se trouve, c'est juste un bout de métal qu'il m'a mis sous la peau pour nous faire peur et nous contrôler.

Antonia marque l'une de ses fameuses pauses évaluatives de trente secondes exactement. Jon attend une longue explication sur les caractéristiques techniques de la bombe. Mais Antonia Scott ne cessera jamais de le surprendre.

— Tu connais les étapes du deuil du Dr Kübler-Ross ?

— Les étapes du... qui ?

— Colère, déni, peur, marchandage, acceptation, à peu près dans cet ordre.

L'image d'un médecin noir parlant à un type en slip à la peau jaune lui vient à l'esprit. Le type traverse les cinq phases à toute vitesse. Lui-même est passé presque aussi vite du saccage de la douche au déni de ce qu'il a dans la nuque.

— Je l'ai vu dans *Les Simpson*, admet-il.

— Où ça ?

Jon lève le pied de l'accélérateur, incrédule.

— Depuis combien de temps tu vis dans une grotte ?

Elle marque une pause. Jon regarde la route. Il ne veut pas rater la sortie. Mais il peut presque l'entendre sourire.

— Je te fais marcher.

— Tu es hilarante, dit Jon en mettant le clignotant.

Son ton est sarcastique, mais il se sent soudain mieux. Inexplicablement.

Ou peut-être pas tant que ça.

10

Un autre comptoir

La nuit est avancée quand il arrive sur le parking de la clinique psychiatrique López Ibor.

Mentor a une bonne connaissance de l'histoire de Madrid.

Pas au niveau déconcertant d'Antonia Scott, naturellement. Elle lit la ville comme un traumatologue étudie un corps humain : une série de couches superposées, où les os, les muscles, les organes et la peau ne sont que des parties d'un tout qui bouge et respire.

Comparé à Antonia, Mentor n'est qu'un amateur, mais il sait quand même certaines choses.

Comment ce bâtiment a été financé, par exemple. Avec l'argent que le bon Dr Ibor a gagné en « soignant » des homosexuels pendant la période franquiste. Les thérapies comprenaient des lobotomies et des électrochocs. Effectués sans le consentement des patients. Et plutôt lucratifs.

Mentor n'est pas franchement de gauche. Son costume fabriqué sur mesure laisse peu de doute sur ses idées politiques. Ce qui ne l'empêche pas de savoir faire la différence entre le bien et le mal, ou de reconnaître un lieu bâti sur du sang et des larmes.

Même s'il ne croit pas aux fantômes.

Même s'il a contribué à augmenter leur nombre.

Nous sommes pétris de contradictions, et c'est notre capacité à vivre avec cette matière instable qui nous permet de nous épanouir. Ces contradictions, sans doute, ont permis à Mentor d'être ce qu'il est aujourd'hui.

En fermant la portière de sa voiture, il se demande si le moment n'est pas venu pour lui d'en payer le prix. En matière de factures, il s'y connaît.

Il presse le pas jusqu'à l'entrée. Il s'est mis à pleuvoir soudainement, comme cela arrive parfois à Madrid. De grosses gouttes clairsemées, qui s'abattent sur la première caisse de résonance qu'elles trouvent – un capot, une gouttière, un panneau. Ou qui s'insinuent dans le minuscule interstice entre le cou et le col de chemise avec une précision calculée, diabolique.

La première goutte est de celles-ci. Puis toutes les autres suivent, conformément au scénario.

Mentor atteint l'entrée, qui promet abri, lumière et chaleur, mais ne tient pas sa promesse, car la porte vitrée refuse de s'ouvrir. Il tambourine jusqu'à ce que l'hôtesse d'accueil lève les yeux et bouge la main comme si elle chassait une mouche. Le geste universel pour signifier « on-est-fermés-revenez-demain ».

Mentor brandit son insigne d'inspecteur de police. Il en a toujours un dans sa poche, on ne sait jamais. Au cas où il grille un feu rouge. Elle est impossible à distinguer d'une vraie, parce que c'est une vraie, à part qu'elle est fausse.

La femme, cependant, semble suffisamment impressionnée pour s'empresser de lui ouvrir.

— Nous n'avons pas appelé la police, dit-elle quand il s'approche du comptoir.

C'est une femme d'âge moyen, aux cheveux prématurément gris. Le fait qu'elle ait choisi de ne pas les teindre plaît à Mentor, qui lui adresse un sourire sincère, malgré sa tension.

— Parfois nous venons sans être appelés.

— L'horaire des visites est passé.

— Je sais, mais c'est une affaire urgente, madame.

Elle ferme le livre dans lequel elle était plongée. *Guerre et Paix*.

— S'il s'agit de l'un de nos patients, vous devrez attendre demain, quand le personnel administratif sera là.

— J'adore ce livre, dit Mentor en désignant le volume.

Elle lui lance un regard soupçonneux.

— Vous l'avez lu ?

— Plusieurs fois.

— Voyons voir… De quoi ça parle ?

— De presque tout, en réalité.

S'il avait dit « de la guerre » ou « d'amour », elle aurait sûrement réagi autrement. Mais cette réponse semble lui plaire. Ses épaules se détendent un peu et les rides sur son visage s'estompent.

— C'est un cadeau de mon père, dit-elle après un silence. C'est mon livre de chevet.

— Vous avez de la chance. Mon père se méfiait des livres. Il disait qu'il y avait trop de savoir dans le monde, et très peu de place pour le conserver.

— Qu'est-ce que ça veut dire ?

— Je n'en ai aucune idée, dit Mentor.

En réalité, il en a une petite.

Elle hausse les épaules.

— Que puis-je faire pour vous ?

— Je suis venu voir une patiente.

Il lui donne son nom. La femme incline la tête avec étonnement.

— Ça ne me dit rien.

— Ça vous ennuierait de vérifier dans votre base de données ?

— Vous êtes de la famille ?

Mentor sort sa carte d'identité. La vraie. Elle est au fond de son portefeuille, enfouie sous d'autres documents plus utiles. Il ne se rappelle plus la dernière fois qu'il l'a utilisée.

— Je suis la personne à prévenir.

Elle vérifie les deux noms dans la base.

— D'après sa fiche, elle a été autorisée à sortir, monsieur.

Si nous avions été dans un film noir, le réalisateur aurait choisi le silence tendu qui suit la réponse de la standardiste avant de faire retentir un coup de tonnerre inquiétant. La vraie vie, hélas, ne suit pas des rythmes aussi précis. Le tonnerre éclate quelques instants plus tard, coïncidant avec la réponse balbutiante de Mentor.

— Autorisée à sortir... ? Mais... quand ?

— Il y a plus de quatre ans.

— C'est impossible, dit-il, tendant la tête pour voir l'écran.

Elle le pivote hors de sa vue.

— Je suis désolée, mais c'est inscrit en toutes lettres sur sa fiche.

— Et pourquoi est-ce que je continue à payer trois mille huit cent quarante-cinq euros par mois ? demande Mentor, portant la main à sa poche pour sortir son téléphone.

Il est prêt à lui montrer son relevé de compte, où le montant de la facture est débité chaque mois avec une régularité métronomique. Ou sa boîte mail personnelle – Hotmail, à sa grande honte –, où la clinique lui envoie des rapports d'évaluation psychologique trimestriels en PDF en soulignant les mots « stable » et « pas de changement ».

— Je suis désolée, monsieur. Si c'est un problème de facturation, la comptabilité est joignable à partir de 9 heures.

La femme se rassied au fond de sa chaise, sur la défensive. La tension dans ses épaules est revenue, une ride barre son front.

Mentor comprend qu'il est inutile d'insister. Pourtant, il réessaie, avec un succès mitigé.

La souplesse d'esprit n'est pas la qualité première qu'on demande à l'agent d'accueil d'un asile.

Quand il se lasse, Mentor fait demi-tour. Onze pas jusqu'à la porte, qui se referme derrière lui. Trente pas de plus jusqu'à la voiture, qui attend son propriétaire sous l'averse. Du moins Mentor l'espère. La pluie tombe si dru qu'il voit à peine devant lui. Il bute contre le parechoc d'un autre véhicule avant d'atteindre l'Audi.

Alors qu'il se dirige vers la portière du conducteur, il s'arrête net.

Il y a quelque chose sous l'essuie-glace. Ce n'est pas l'un de ces prospectus vantant des services d'escort girls qui pullulent dans son quartier. Non, ceux-là sont toujours imprimés en quadrichromie sur papier glacé. Le luxe doit être ostentatoire.

Celui-ci est une simple feuille A4 pliée en deux.

Mentor s'approche, lentement. Il soulève l'essuie-glace d'une main et décolle de l'autre le papier détrempé sur le pare-brise.

Lorsqu'il le déplie, non sans difficulté, et lit la première ligne, une boule de glace se forme dans son estomac.

C'est elle.

Le résultat de son PCL-R. L'échelle d'évaluation clinique de la psychopathie de Hare.

La feuille, imbibée d'eau, se désagrège entre ses doigts. Qu'importe.

Mentor connaît son contenu par cœur, comme un condamné à mort connaît sa propre sentence. Il peut le réciter presque jusqu'à la dernière virgule.

Égoïste et cynique, exclusivement préoccupée par ses intérêts. Agit de façon délibérée, sans

130

montrer aucun remords face au mal qu'elle peut
infliger à ses victimes. Aucune crainte ou appré-
hension des éventuelles conséquences de ses actes.

Sphère interpersonnelle : parasite, manipula-
trice, menteuse, égocentrique et dominante.

Terrain affectif : manifeste des émotions fluc-
tuantes et superficielles. Incapable de se lier
aux autres ou d'adhérer à des principes en commun. Absence totale de sentiment de culpabilité,
de remords ou de peur véritables. Capable de les
simuler dans une certaine mesure, lorsqu'elle est
calme. Réagit mal à la pression.

Sphère comportementale : impulsive, besoin de
sensations fortes, instable. Tendance à enfreindre
les règles et à négliger ses responsabilités et
ses obligations.

HOSPITALISATION IMMÉDIATE RECOMMANDÉE.

Mentor laisse tomber la preuve de son aveuglement,
désormais pratiquement illisible, au sol. Il l'écrase du bout
de sa chaussure, l'enfonçant dans la flaque. Il regarde autour
de lui, essayant de scruter au-delà du rideau de pluie.

Il ne voit personne, pourtant il sent qu'il n'est pas seul
sur le parking. Il entend quelque chose bouger derrière lui,
un frôlement sur l'asphalte, peut-être un pas dans l'eau qui
déborde maintenant du caniveau. Il se retourne rapidement,
mais ne trouve rien. Fausse alerte. Si nous étions dans un
film, un chat miaulerait dans une ruelle, mais dans la vraie
vie, les chats de gouttière ne se promènent pas quand il
pleut des cordes.

Mentor frissonne, pas seulement à cause de la pluie. Il
fouille dans sa poche ; ses clés tombent par terre. Il doit s'accroupir et tâtonner dans le ruisseau fangeux à la recherche

131

de son trousseau. Quand il se relève, il sent presque des bras enserrer son cou, une lame s'enfoncer dans son dos.

Presque.

La menace n'est pas faite de chair ni de métal, mais de pure terreur. Il parvient à ouvrir la voiture, ferme la portière et attrape le Remington 870 qu'il avait laissé sur le siège passager des heures plus tôt. Complètement trempé, transi de froid, au bord de l'infarctus, retranché dans sa voiture et agrippé à son fusil, Mentor réfléchit aux erreurs qu'il a commises dans sa vie, à la poussière cachée sous le tapis.

À ce qu'ils ont fait à l'époque.

Il ne réfléchit qu'un instant, pour être honnête, car il démarre aussitôt le moteur et décampe au plus vite.

Sachant parfaitement que ses problèmes savent mieux encore où le trouver.

Et doutant encore moins qu'ils seront bientôt là.

11

Une cour

Jon se gare près de l'entrée, sur une place libre à côté d'une Prius, et se tourne vers Antonia.

— Raconte, trésor.

— Quoi ?

— Le dossier. Il va bien falloir que tu me mettes au parfum pour que je ne débarque pas en touriste.

Antonia ouvre la bouche, forme la première syllabe, puis la referme.

C'est parti, pense Jon.

— Il ne vaut mieux pas.

— Il y a une raison ou c'est juste pour le fun ?

— Si je te disais ce qu'il y a là-dedans, je te donnerais les conclusions de l'enquête. Et on est venus chercher autre chose.

— Chercher quoi ? À disculper un innocent ?

— Non. On cherche toujours la même chose. La vérité. Qui ne correspond pas nécessairement à une sentence. Or toi, Jon, tu n'es pas très objectif avec les auteurs de violences conjugales.

Pas très, non, pense-t-il. *Et je m'en tamponne.*

— Alors ?

— Alors je pose les questions, et toi, tu te contentes d'observer. Je ne veux pas que tu fiches tout en l'air avec tes a priori.

Jon se conforme à la stratégie, sans trop y croire. Lorsqu'ils posent le pied hors de la voiture, il se met à pleuvoir des trombes d'eau. Ils courent jusqu'à l'entrée, au rythme du tam-tam de la pluie sur les capots.

Ils s'identifient. Aujourd'hui, Antonia est inspectrice de police, loin des couvertures compliquées qu'elle adopte habituellement.

Un gardien mal luné leur demande de vider leurs poches dans un bac en plastique d'une propreté douteuse avant de franchir le détecteur de métaux. Jon, qui connaît Antonia, la précède pour déposer un bac devant elle, car, tout comme elle ne supporte pas qu'on la touche, elle déteste toucher ce qui est passé par des milliards de mains avant elle.

— On vous a pourtant prévenu de notre visite, dit Jon.

— Vous devez laisser vos objets personnels dans cette boîte, répond le gardien en désignant deux cartons crasseux.

En comparaison, les bacs en plastique de l'entrée ressemblent à du cristal de Bohême.

— Le pistolet aussi ? demande Jon, plaisantant à moitié.

Le gardien le toise d'un air qui n'invite pas à la rigolade. Un air qui devient franchement mauvais quand le détecteur de métaux se met à sonner dans tous les sens au passage de Jon.

Antonia le regarde, et réciproquement.

— Je viens de me faire opérer. Une prothèse.

Le gardien saisit le détecteur manuel et se lève avec la même énergie que s'il sortait lui-même du bloc.

— Où ?

— À la clavicule, dit Antonia.

— À la colonne vertébrale, dit Jon, en chœur.

— Vous vous mettez d'accord ?

134

Jon baisse légèrement le col de sa chemise, laissant voir le pansement ensanglanté. Le gardien passe le Garrett au-dessus et confirme la présence de la prothèse.

Ils le suivent jusqu'à une cour qui se trouve derrière une porte vitrée fendue de bas en haut. La fissure n'étant pas provoquée par un brutal changement de température, mais plutôt par un brutal changement d'humeur impliquant une semelle de taille quarante-trois.

— Attendez ici, dit l'homme en leur indiquant un banc en bois.

Bien que protégé par un auvent, le banc est trempé, car la pluie s'accompagne maintenant de rafales sifflantes. Ils restent donc debout, contre le mur, les bras croisés et les yeux plissés.

De l'autre côté de la cour, une immense tour de béton surmontée de projecteurs éblouissants domine l'espace. D'énormes lampes stroboscopiques. Trois mille watts, température de couleur de cinq mille sept cents kelvins. Il n'y a ni chaleur ni mensonges possibles sous l'un de ces projecteurs. La pluie ne fait qu'accentuer les contours du faisceau lumineux.

Antonia s'agite, nerveuse.

— Qu'est-ce qui t'arrive ?

— Ce n'est pas un endroit pour moi, Jon.

— Allons bon. Tu as déjà mis les pieds dans une prison, non ?

Elle secoue lentement la tête.

Jon, en revanche, y est allé à plusieurs reprises. Suffisamment pour que ça ne lui fasse plus grand-chose. Il se rappelle cependant sa première fois. Il s'en souvient même très bien. Les bruits, le métal, les odeurs. Le désespoir.

— T'inquiète. Y a pas de quoi en faire une montagne. En fin de compte, c'est un bâtiment comme un autre. Avec quelques serrures et deux ou trois gardiens en plus.

Il omet le reste, pour des raisons évidentes. Mais il se plante lourdement.

— Tu te plantes lourdement, réplique Antonia.

— Éclaire-moi, chérie.

Antonia désigne sa propre tête. L'index, tremblant, perpendiculaire à sa tempe. Tout près, mais sans la toucher. Comme si elle avait peur de ce qu'elle contient.

— Là-dedans. Il y a des singes, là-dedans.

Quelque chose dans le ton de sa voix incite Jon à laisser tomber les vannes, l'ironie, les regards. Il a déjà entendu ce ton-là. Dans une autre cour, également vide. Un endroit gris et déprimant, une école anglaise. Le jour où elle l'a emmené voir son fils, de loin. Le jour où elle s'est ouverte à lui pour la première fois.

Alors il ne dit rien, tandis que les secondes avancent d'un pas martial et que les rafales soufflent la pluie sur leur visage.

Mais elle ne va pas plus loin. Aussi prend-il le relais.

— Ils te font peur ?

Elle secoue de nouveau la tête.

— Ils m'aident. Ils me montrent des choses. Ils attirent mon attention sur des détails. Trop, parfois.

Un autre silence. Ou du moins ce qui s'en rapproche le plus sous l'averse qui se déchaîne.

— Pas de panique, je sais qu'ils ne sont pas réels. Ce sont des projections de mon esprit ; sa façon à lui de traiter l'information pour me la rendre compréhensible. D'habitude, ils sont calmes. Mais...

Elle se tait et regarde au loin. Jon a déjà vu ce regard. Le jour – le même – où il lui a demandé ce qu'on lui avait fait. Sans obtenir de réponse.

— Un endroit pareil, ça les rend nerveux, hasarde Jon.

— C'est... on m'a entraînée pour ça. Une scène de crime, une prison... Ça les réveille.

Jon n'a pas besoin qu'Antonia lui précise qu'elle n'a jamais raconté ça à personne. Un étrange mélange de sentiments l'envahit.

La joie qu'elle parvienne à s'ouvrir.

La haine pour ceux qui lui ont fait du mal.

La fierté d'avoir été le premier.

Et, au-dessus, autre chose.

Comme une sorte de crotte flottant dans une piscine. Le ressentiment qui perdure envers elle, de plus en plus conscient. Car, par sa simple existence, Antonia a rendu celle de Jon complexe à l'extrême.

— Tu ne peux pas contrôler ça ? demande-t-il, essayant de dissimuler son exaspération.

— Difficilement.

— D'où les gélules.

— Mais je ne veux plus en entendre parler.

Elle secoue la tête, croise les bras sur ses épaules, comme pour se protéger. Jon, d'ordinaire toujours prêt à lui tendre la main, ne peut s'y résoudre cette fois-ci.

— Eh bien, comme dirait ma mère, il va bien falloir.

Antonia détourne le regard, désabusée.

Cette confidence a dû lui demander beaucoup de courage. Peut-être s'attendait-elle à un résultat différent, une réponse émotionnelle que Jon ne peut lui offrir pour l'instant. Et qu'il n'est d'ailleurs pas certain de lui donner. Il a vu ce qu'elle était capable de faire par la seule force de sa volonté, en gardant la drogue à distance.

Mais Jon a aussi vu suffisamment de junkies dans sa vie pour savoir que la compassion des autres est le carburant de l'apitoiement sur soi.

Un jour, il est tombé sur un gars qui venait de faire une overdose dans une ruelle du quartier de San Francisco. Le garrot encore au biceps, la face dans une flaque d'eau. Près de sa bouche, un emballage de Phoskitos, où deux cafards avaient élu domicile pour la nuit. Ils sont sortis lorsque la lampe de Jon a éclairé le plastique rouge et bleu.

Quand la mère du type est arrivée, après avoir versé en silence le peu de larmes qui lui restait, elle a posé son bras sur celui du jeune flic et a déclaré :

— Ah, s'il ne m'avait pas fait tant de peine au début...

Jon décide donc de ne rien dire.

Ce qui n'est pas non plus une solution, car Antonia a coutume de se réfugier dans le mutisme, comme des cafards dans un emballage de Phoskitos.

C'est pourquoi ce qui se passe ensuite n'en est que plus surprenant.

— Je vais t'expliquer ce que je ressens. Rentre le ventre, dit-elle, le prenant par le coude et posant la main sur son estomac.

Si elle lui avait balancé un coup de pied dans l'entrejambe, l'inspecteur Gutiérrez aurait peut-être été moins décontenancé. Peut-être.

— Bon, c'est vrai que ce costume ne me va pas parfaitement. C'est pas que je sois gros, mais... parvient-il à dire.

— Ça n'a rien à voir. Écoute-moi.

Jon l'écoute.

— Pas autant, indique-t-elle, poussant le diaphragme de Jon de la paume de la main. Comme s'il te restait assez d'air pour une dizaine de mots.

Jon rentre un peu le ventre. Juste un peu.

— Ne relâche pas.

Au début, c'est simple. Mais au fil des secondes, il saisit ce qu'Antonia cherche à lui faire comprendre. Garder le muscle en tension lui demande un effort croissant. Soudain, l'exercice se met à solliciter toute son attention, au point qu'il lui devient difficile de maintenir le rythme de sa respiration, et il remarque que ses énormes poumons commencent à manquer d'air.

— Tout le temps ?

Elle hoche la tête. Tout le temps. À chaque seconde qu'elle passe éveillée, elle doit rester sur le qui-vive. Ce muscle invisible, tendu à l'intérieur de son cerveau.

Jon ne parvient pas à la plaindre – ça viendra, dans quelques heures, et au moment le moins opportun –, car des pas à l'autre bout de la cour les interrompent.

Madrid, 14 juin 2013

L'homme grand et mince se frotte les yeux de fatigue. La journée touche à sa fin, même si, pour ce qui le concerne, elle était déjà terminée après le deuxième entretien.

Ils se trouvent dans les locaux de la faculté de psychologie de l'université Complutense. L'endroit idéal pour faire passer ces tests en toute discrétion, sans éveiller de soupçons. Une salle aux murs blancs, dénuée de fenêtres, climatisée, avec un miroir sans tain. Une cabine de contrôle et quelques haut-parleurs.

— Je n'en peux plus, dit l'homme grand et mince sans cesser de se frotter les yeux. Je sors fumer une cigarette.

— Tu devrais arrêter.

— Ce n'est jamais le bon moment pour arrêter.

— Il y a une nouvelle méthode, avec l'acupuncture. Ma copine a réussi à arrêter en trois séances.

— Tu ne disais pas qu'il restait une candidate ?

Son assistante fait entrer la dernière participante, non sans lui avoir adressé une moue faussement contrariée.

L'homme l'aime bien. C'est une gentille fille. Une fleur du matin. Du genre à arriver au boulot fraîche comme une rose après avoir couru cinq kilomètres et à voir toujours le bon côté des choses. À partir le soir avec un grand sourire, en pensant déjà au travail qui l'attend le lendemain. Difficile d'imaginer quelqu'un de plus insupportable.

Avec le temps, il a appris à lui trouver quelques qualités. Certains jours, l'idée de les étrangler, elle et la ribambelle de tarés, petits génies et autres phénomènes de foire passés par l'institut, ne lui effleure même plus l'esprit. Plus de sept cents.

Presque huit cents, en fait.

Mais aucun n'est plus prometteur que la deuxième qu'ils ont vue aujourd'hui.

La candidate 794.

Juste à temps, pense l'homme grand et mince.

Il sait bien que les responsables, à Bruxelles, sont près de lui mettre un coup de pied au cul. Et ça ne lui plaît pas. Avant ça, sa vie se résumait à lire des livres. À absorber les idées des autres, surtout. Un bon élève plutôt qu'un créatif. Alors, quand on lui a proposé d'intégrer le projet Reine rouge, il a sauté sur l'occasion. Mais jusqu'il y a quelques heures encore, il se noyait dans son propre échec.

Jusqu'à ce que tout change avec la 794.

Antonia Scott, pense l'homme grand et mince. *Il faut que je commence à m'habituer à son nom.*

C'est peut-être elle. Elle est peut-être la Reine rouge dont l'Espagne a besoin. Il a une intuition, chose qui lui arrive très rarement. Il ne s'est jamais distingué par son imagination fertile. C'est un comptable davantage qu'un artiste. Sur une échelle de un à dix – d'inspecteur des impôts à Julio Iglesias –, l'homme grand et mince serait la calculatrice sur la table.

Les intuitions et le whisky ont un point commun : moins on y est habitué, plus ils font d'effet. Il est donc prêt à arrêter de chercher et à parier sur la candidate 794.

— On ne pourrait pas se débarrasser de la dernière ?

— Ça ne sera pas long. On ne va pas l'avoir fait venir pour rien...

Il répond d'un geste résigné. Quelques minutes de plus, qu'est-ce que ça change ? Ce n'est pas comme si quelqu'un l'attendait à la maison.

— Fais entrer la 798.

La femme est mince. De taille moyenne, élégante. Les doigts parfaitement manucurés. Elle ne doit pas avoir vingt-cinq ans. Il y a une certaine bonté sur son visage.

Non, pas de la bonté, pense-t-il.

De l'amabilité.

— Bonsoir, dit l'homme en appuyant sur le bouton de l'interphone qui fait communiquer la cabine avec la salle d'observation. Je vais vous raconter une histoire. Toutes les réponses que vous donnerez seront prises en compte dans le score que vous obtiendrez. Nous vous demandons de faire de votre mieux, d'accord ?

La femme acquiesce.

— Très bien, commençons, reprend-il en se mettant à lire le texte qui défile sur l'écran, et dont, après une semaine, il connaît le début presque par cœur. Vous êtes le capitaine de la plate-forme pétrolière Kobayashi Maru, située en haute mer. C'est la nuit, vous dormez paisiblement. Soudain, votre adjoint vous réveille. Les lumières d'urgence sont allumées, l'alarme sonne. Il y a une alerte de collision. Un pétrolier se dirige droit vers vous.

La femme garde le silence, les yeux fixés sur le miroir. Elle n'a pas ôté son manteau et reste accrochée à son sac.

— C'est à vous, ajoute l'homme grand et mince.

— Avons-nous un bateau à notre disposition ? s'enquiert la femme.

Elle mange la fin de ses mots, comme si parler était une corvée qu'elle préférait expédier.

La question prend l'homme au dépourvu.

Ils finissent presque tous par la poser, évidemment. Quand ils se rendent compte qu'il n'y a pas moyen de communiquer avec le pétrolier, que celui-ci avance inexorablement, que la collision est inévitable. Lorsqu'ils s'aperçoivent qu'il est impossible de sauver la plate-forme, ils pensent à sauver l'équipage. C'est l'attitude classique face à une situation insoluble : céder peu à peu du terrain, se retrouver à court de possibilités, jusqu'à ce que la raison impose de renoncer.

— Ils ne posent jamais la question au début, s'étonne l'assistante.

— Tant mieux. On sera plus vite chez nous.

Le programme a été conçu pour réagir aux réponses du sujet de l'expérience, en modifiant dynamiquement le scénario de sorte qu'il se complexifie. De plus, il attribue des points en fonction de l'originalité des réponses ou de la capacité d'improvisation.

— En effet, répond l'homme grand et mince, pressant le bouton de l'interphone. Nous disposons d'un canot de sauvetage.

— De quelle taille ?

Le programme ne donne pas la même réponse selon le moment où la question a été posée.

— Trente mètres, fait l'assistante.

— Je ne suis pas experte en navigation, mais ça me semble assez grand. Disposons-nous d'explosifs à bord de la plate-forme ?

Cette question-là est nettement moins habituelle.

De fait, l'homme grand et mince ne l'a pas entendue une seule fois.

Mais le programme a une réponse et la lui livre, un peu surpris.

— Bien, répond-elle après quelques instants de réflexion. Dans ce cas, je place la tonne et demie d'explosifs à l'avant du canot de sauvetage et j'ordonne à un membre de l'équipage de le lancer contre le flanc du pétrolier qui vient vers nous.

Un silence interloqué se fait dans la cabine de contrôle. Quand ils sont un peu remis de leur surprise, l'assistante entre les données dans le programme. Certes, l'exercice est purement théorique. Pourtant, l'un comme l'autre s'y seraient crus.

L'homme grand et mince pose son doigt sur le bouton de l'interphone, mais ne dit rien. Pendant un instant, les haut-parleurs de la salle n'émettent qu'un faible bruit statique.

— Je peux vous demander comment vous êtes arrivée à cette conclusion ? dit-il au bout de quelques très longues secondes.

— C'est simple. Il y a plus de monde sur une plate-forme que sur un pétrolier. C'est le résultat le plus logique, affirme-t-elle sans réfléchir.

Plus tard, bien plus tard, d'innombrables détails de cette scène lui reviendront en mémoire.

L'inflexion de la voix de la femme.

Son hiératisme.

Le fait qu'à aucun moment elle n'ait lâché son sac ni ôté son manteau.

Son regard, fixé sur le miroir.

La plupart de ces détails – presque tous – sont une projection plutôt qu'un véritable souvenir. Une réécriture du passé, avec l'avantage de ce que vous apprend l'avenir. Ou ses inconvénients, comme la culpabilité, le remords et la torture d'avoir tout sous les yeux sans pouvoir rien changer.

Mais, pour l'heure, l'homme grand et mince a une tout autre idée en tête : il se passe quelque chose qui n'est arrivé dans aucun des pays participant au projet.

Il n'écoute même pas son assistante.

— Elle a obtenu le score le plus élevé, précise-t-elle, sidérée. D'après les concepteurs du programme, seule une personne sur vingt-trois millions donnerait une réponse comme celle-ci.

Deux Reines rouges ? Serait-ce possible ?

— J'aimerais vous faire une proposition, annonce-t-il, pressant de nouveau le bouton de l'interphone.

De l'autre côté du miroir, la femme, pour la première fois, sourit. Ce n'est qu'un pli à la commissure de ses lèvres. Calculé, comme toutes ses expressions. Comme si elle avait examiné son budget et considéré qu'elle pouvait se permettre la dépense.

— Je serai ravie de l'entendre, monsieur...

— Appelez-moi Mentor.

12

Un claquement de talons

— Je suis la cheffe de service pénitentiaire, annonce une femme entre deux âges, aux joues creuses et aux yeux enfoncés dans leurs orbites, en arrivant à leur hauteur.

Elle n'a pas l'air ravie. Elle ne donne pas son nom, ne tend pas la main. Sa bouche est une ligne tracée à l'équerre et au compas.

— Merci de nous recevoir à une heure aussi tardive, dit Jon, levant la main en guise de salut.

Quand il se heurte à des individus désobligeants, Jon se limite généralement à ce geste, mais avec son insigne d'inspecteur de police coincée dans la paume. Celui qu'il a dû laisser dans un carton à l'entrée. Il referme tout de go l'étui imaginaire, mettant fin aux présentations.

— Que les choses soient claires, inspecteur. J'étais en train de partir, on m'a contrainte à revenir.

Jon a déjà vécu deux ou trois fois ce genre de situation. Des gens possédant un certain pouvoir, accoutumés à faire la pluie et le beau temps dans leur petit royaume, reçoivent un beau jour un coup de fil. Pas de leur supérieur direct, avec qui ils ont l'habitude de discuter. Qu'ils s'entendent ou qu'il se détestent, ils ont une relation, et le dialogue est toujours possible.

Mentor fait en sorte que l'appel vienne du supérieur du supérieur. Parfois même de plus haut encore.

Jon se demande quelle ficelle il a bien pu tirer cette fois. Le secrétaire d'État, peut-être. Ou la ministre de la Justice. Une conversation brève, courtoise, mais sèche. Une vague promesse de se rappeler le nom de la personne en question. Un au revoir hâtif, sans laisser de place à la négociation ni à aucune objection.

En retour, on gagne une porte ouverte et des emmerdes à foison.

Dans des circonstances similaires, Antonia avait cité un dicton populaire chez les autochtones d'Amazonie : « Quand la rivière grouille de piranhas, le caïman nage sur le dos. »

— D'un point de vue éthologique et anatomique, c'est faux, mais tu vois l'idée.

Jon voyait. En revanche, ce que le dicton ne disait pas, c'est ce que vous étiez censé faire quand un caïman en jupe-culotte et sac à main entrait dans la rivière. Un caïman que vous avez détourné de son dîner et de sa soirée devant MasterChef.

— C'est une affaire urgente, madame. Je vous prie d'excuser les désagréments que nous...

La femme se contente de se retourner, ce que Jon et Antonia interprètent comme une invitation à la suivre.

— Plus vite vous aurez fini, plus tôt vous serez partis. Le détenu vous attend dans la salle 6.

Ils franchissent plusieurs portes grillagées. Derrière l'une d'elles, il y a un poste de contrôle. Les autres s'ouvrent sur leur passage, tandis que la responsable regarde la caméra au-dessus d'elle.

Elle s'arrête à peine devant les portes, comme si elle ne les voyait pas, comme si elles n'étaient tout simplement pas là. Elle se borne à avancer au pas de charge dans les couloirs déserts, interminables. Les semelles en bois de ses souliers résonnent sur le linoléum vert avec la régularité d'un métronome. Un métronome un peu déréglé, car, allez savoir pourquoi, la chaussure droite (*clap*) fait un bruit légèrement différent de la gauche (*clapa*).

Le résultat – *clapclapaclapclapa* – est tellement obsédant que Jon a l'impression de devenir fou. Un coup d'œil à Antonia, qui marche à ses côtés – très droite, bougeant les pieds à la même allure que lui –, lui laisse penser que pour elle, c'est pire.

— Combien de détenus vous avez ici ? demande Jon, tentant de faire taire le claquement des talons.

— Pourquoi ? Vous voulez en profiter pour réveiller quelqu'un d'autre ?

— Comme je vous l'ai dit…

— La vie en prison est une affaire de *rou-ti-ne*. Horaires stricts et discipline d'acier. La punition réside dans la fermeté. Tout changement dans cette *rou-ti-ne*, tout écart, même s'il concerne un codétenu, représente un allègement de cette punition.

— Je croyais que vous étiez là pour réinsérer, dit Antonia d'une voix placide.

La femme parvient à tourner la tête, juste assez pour la regarder par-dessus son épaule sans ralentir le pas.

— Vous êtes flic, épargnez-moi ces conneries, par pitié.

Dans le silence gêné qui suit, les claquements de talon se font plus présents. Jon décide donc de présenter des excuses au nom d'Antonia.

— L'inspectrice a un sens de l'humour particulier.

Antonia ouvre la bouche pour le contredire, mais Jon lui fait signe de la boucler. Ignorant leur échange muet, la chef de service pénitentiaire poursuit son chemin.

— Il y a plus de mille détenus ici. Nous avons trois tueurs en série, onze terroristes, quatre-vingt-quatre violeurs multi-récidivistes et dix-sept pédophiles. Plus les quatre ou cinq politiciens corrompus que vous avez dû voir à la télé. Cet endroit n'est pas une garderie, inspecteur. C'est une prison. S'ils sont là, c'est qu'ils doivent payer pour ce qu'ils ont fait.

Ils atteignent une dernière porte. Celle-ci, à la différence des autres, ne s'ouvre pas avant leur arrivée. Elle reste hermétiquement fermée.

— C'est le quartier F. Le plus pourri de la prison, inspecteur. Là-dedans, il n'y a que de la vermine. La partie la plus difficile de notre travail n'est pas de les garder dans le rang, mais de les empêcher de nous tuer ou de s'entretuer.

Un gardien apparaît de l'autre côté. Il a une clé autour du cou, qu'il utilise pour ouvrir la porte. Après les avoir laissés passer, il retourne s'enfermer dans une cabine, derrière des vitres épaisses.

— Nous avions cru comprendre que Blázquez était un prisonnier modèle.

— C'est une façon de voir les choses, répond la femme avec un sourire en coin, avant d'ouvrir la porte de la salle 6. Trois personnes ont dû faire des heures supplémentaires pour assurer votre sécurité ce soir. Je n'ai pas les moyens de les leur payer. Soyez brefs, s'il vous plaît.

La porte se referme dans leur dos. L'homme qu'ils ont devant eux, menotté à la table d'acier, ne ressemble en rien à celui qu'ils ont vu sur la photo.

Pour commencer, ses cheveux ont disparu. On comprend aussitôt pourquoi il les portait longs : ses oreilles évoquent deux amas de cire molle.

La masse musculaire a fondu, elle aussi. En l'absence de stéroïdes, la peau de ses bras pend, distendue. Son ventre est clairement visible sous son tee-shirt, même en position assise. Cependant, le pire n'est pas là, mais sur son visage. Jon reconnaît cet air-là. Le look du taulard, la cure forcée d'humilité. Le sourcil fendu, les croûtes sur le crâne, le nez aplati. Il a vieilli de dix ans.

Ce n'est pas le visage d'un innocent, pense Jon, qui craint soudain que le coup de poker d'Antonia ne soit qu'une dangereuse perte de temps. Il fait un effort surhumain pour ne pas regarder sa montre, qui semble peser trois kilos à son poignet.

— Monsieur Blázquez, dit Antonia en s'asseyant face à lui. Je suis l'inspectrice Scott et voici l'inspecteur Gutiérrez.

Ce qu'ils ont fait à l'époque

La pièce est noire et gorgée de lumière. Les murs et le plafond sont tapissés d'un matériau isolant, si épais qu'il ne laisse passer aucun son. Quand Mentor parle à travers les haut-parleurs, sa voix semble venir de partout en même temps.

La candidate 798 est assise au centre, en position du lotus, simplement vêtue d'un tee-shirt blanc et d'un pantalon noir. Elle est pieds nus. L'air de la pièce est froid, même si cela peut changer à tout moment. Mentor contrôle la température à sa guise, pour compliquer un peu les choses.

— Tu as oublié ton permis de conduire chez toi. Tu ne t'arrêtes pas à un passage à niveau, tu ne laisses pas la priorité à un cédez-le-passage, tu circules en sens interdit sur sept pâtés de maisons. Un policier te suit, mais il ne fait rien pour t'arrêter. Pourquoi ?

— Parce que je suis à pied, répond la femme du tac au tac.

— Facile. Ouvre les yeux.

La femme observe l'énorme moniteur installé devant elle. Le noir laisse place à un instantané représentant deux groupes de personnes sur le point de traverser à un passage piéton.

— Qu'est-ce que tu vois ?

Les yeux de la femme scannent l'image à toute allure et trouvent aussitôt ce qui cloche.

— D'un côté il n'y a que des hommes, de l'autre que des femmes.

— Trop facile et trop lent.

Sous le moniteur se trouve un chronomètre, qui mesure le temps avec une précision d'un millième de seconde. Les chiffres rouges indiquent 03.138. Trois secondes et cent trente-huit millièmes.

— Il y a cent couples dans un village. Si chaque habitant du village fait deux enfants, mais que vingt-trois meurent, combien y a-t-il d'habitants dans le village ?

La femme est fatiguée, elle n'a presque pas dormi de la nuit. Mentor a exigé qu'elle travaille sa mémoire, résultat, elle a passé presque six heures d'affilée à réciter des nombres premiers. Elle hésite.

— Six... Non. Cinq cent soixante-dix-sept.

Les numéros s'arrêtent sur 04.013.

— Trop lent. Tu ne progresses pas assez vite.

— J'ai besoin de respirer un peu !

Ses paupières sont lourdes, un étau lui enserre le crâne. Mentor joue à nouveau avec la quantité d'oxygène de la pièce. Pour la première fois, elle se demande si elle en fait suffisamment pour atteindre son objectif. Si elle va pouvoir se montrer à la hauteur. Ce n'est pas non plus comme si quelqu'un l'attendait chez elle. Ce n'est pas comme si elle avait mieux à faire.

Elle aime ça. Elle a besoin de ça.

Elle en est sûre. Aussi sûre qu'elle ne l'a jamais été.

Chaque jour, Mentor lui rabâche qu'elle est près d'atteindre son plein potentiel. D'accomplir des prouesses inaccessibles au commun des mortels, d'aller plus loin que quiconque avant elle. Et elle est d'accord, comme si chaque mot qu'il prononce était une pensée surgie de son propre esprit. Elle ferait n'importe quoi pour lui donner satisfaction, pour entendre un éloge de sa bouche, un compliment.

Mais elle est si fatiguée.

— Si seulement je pouvais… commence-t-elle.

Elle ne termine pas sa phrase. La porte s'ouvre sur trois hommes vêtus de combinaisons bleues. La femme se tourne, surprise, mais n'a pas le temps de protester. L'un des hommes lui immobilise les épaules, en la maintenant des deux bras, et la renverse, tandis qu'un autre lui plaque la tête au sol.

Le troisième tient une seringue à la main.

Quand la seringue entre dans le champ de vision de la femme, elle réprime un cri entre le soulagement et le triomphe. Elle savait que ça arriverait. Depuis longtemps, elle le réclame à Mentor. Pourtant, elle résiste, se débat. Parce que c'est ce qu'il attend d'elle.

Dans la cabine d'observation – ils ne se trouvent plus à l'université Complutense, mais dans un lieu moins grand et plus discret –, Mentor converse avec un octogénaire ratatiné, tremblant, chauve et à moitié aveugle, vêtu d'une veste en tissu écossais. Il n'a pas l'air en forme. Ça fait bien longtemps qu'il glisse en slalom sur la pente descendante de la vie.

Mais ne nous arrêtons pas à son âge. Il est peut-être le neurochimiste le plus génial de sa génération. Son nom pourrait figurer sur la liste du Nobel, s'il n'était un tantinet déséquilibré.

— C'est la deuxième fois que vous assistez au processus. Vous devriez être un peu plus détendu, maintenant, dit le Dr Nuno en observant l'inconfort de Mentor.

Mentor pose sur la vitre une main aux doigts jaunis par la nicotine, et regarde l'homme introduire l'aiguille dans le bras de la candidate avant de parler.

— Il y a des choses auxquelles on ne s'habitue pas, docteur.

— Comme se lever tôt, n'est-ce pas ? Avec mon hypotension, je ne m'y ferai jamais.

Mentor s'abstient de souligner la subtile différence entre se lever de bonne heure et assister à l'injection d'une drogue expérimentale dans le cerveau d'un être humain, aussi volontaire soit-il.

— Vous devriez être fier, insiste Nuno. L'Espagne était à la traîne dans le projet Reine rouge. Les responsables étaient, pour ainsi dire, mécontents de votre absence de progrès...

Comme si je ne le savais pas.

— Et soudain, vous parvenez à trouver non pas une, mais deux candidates admissibles. Il y a eu un certain émoi à Bruxelles, vous savez...

Ça, je ne le savais pas.

— « Le Mentor d'Espagne n'est plus fiable », disaient-ils. Ils craignaient que vous ayez décidé de présenter deux candidates pour faire oublier le temps que vous avez mis pour en trouver une.

Ce qui est vrai. En partie.

— Il y a eu des rumeurs. Personne n'avait présenté deux candidates en même temps et avec la même conviction. Un certain nombre de voix se sont élevées pour réclamer un audit, disons, sévère...

En d'autres termes, pour me botter le cul.

— Mais après l'intervention de la semaine dernière sur la 794...

— Scott. Antonia Scott, l'interrompt Mentor.

— Pour moi, ce sont des numéros, dit le médecin en agitant la main comme pour disperser la fumée d'une bougie. Or c'est de chiffres que je veux vous parler. Les premiers résultats sont très prometteurs.

Nuno était resté plus d'une heure enfermé seul à seul avec Antonia, en lui faisant passer toutes sortes de tests. Mentor n'était pas censé écouter, mais il l'a fait, évidemment.

Il n'apprécie pas qu'on s'approche de ses protégés en son absence.

Même si c'est pour se sentir coupable de les voir souffrir.

— Ce que j'essaie de vous dire, c'est que mon rapport à Bruxelles sera extrêmement élogieux. Et plus encore si cette seconde candidate fait ne serait-ce que moitié moins bien que la première. Purement et simplement.

— Purement et simplement, répète Mentor d'une voix lugubre.

Il se retourne. Dans la pièce, les deux hommes ont lâché la femme. Elle ne semble pas tout à fait consciente de ce qui se passe. D'ailleurs, elle se rappellera à peine le déroulement du processus auquel elle voulait tant être soumise. Plus tard, quand lui reviendront des bribes de souvenir, des images, elle oubliera que c'est elle qui a voulu tout cela, et elle ne pensera qu'à la douleur et au ressentiment qui ont suivi. Pour l'instant, elle se contente de rester par terre, les bras repliés sur son torse, le regard perdu, une jambe agitée de spasmes lents.

— Aucune des deux n'est au courant de l'existence de l'autre, n'est-ce pas ?

— Non. Nous avons un protocole pour éviter qu'elles se rencontrent. Elles ne peuvent accéder au complexe qu'accompagnées. On les emmène directement au module d'entraînement, on les y enferme, et elles n'en sortent jamais sans surveillance.

Nuno hoche la tête d'un air approbateur.

— Comme dans les bordels chics de Lisbonne.

— Je ne saurais le dire. En avons-nous terminé ? demande Mentor, pressé de rentrer chez lui.

Nuno rajuste ses lunettes sur le bout de son nez et esquisse un sourire plein de sous-entendus. Il tire de sa mallette une enveloppe kraft, qu'il tend à Mentor.

— J'en ai déjà une, dit Mentor sans tendre la main, comme s'il cherchait à se débarrasser d'un de ces pignoufs qui vous sautent dessus dans la rue en demandant si vous avez une minute pour parler d'une bonne cause.

— Non, pas comme celle-ci.

Mentor ouvre l'enveloppe. À l'intérieur se trouve un classeur. Tandis qu'il en parcourt le contenu, son visage perd ses couleurs.

— C'est… c'est très différent des méthodes que nous employons avec Scott.

— Cette candidate est aussi très différente.

— Qu'est-ce que ça signifie ?

Le Dr Nuno arbore un nouveau sourire, que Mentor voudrait voir disparaître.

— Vous le découvrirez, mon ami. Ce sera indubitablement… intéressant.

13

Un éclat de rire

Jon s'appuie contre le mur, de manière à voir à la fois Antonia et Blázquez. Le prisonnier les regarde alternativement tous les deux, puis s'adresse à Jon.

— Qu'est-ce que vous voulez ?

— Nous sommes venus vous poser quelques questions au sujet de Raquel Planas Mengual, monsieur Blázquez, dit Antonia.

Blázquez ne la regarde pas, son cou reste tourné vers Jon.

— Pourquoi maintenant ? Pourquoi à cette heure-ci ?

Jon ne répond pas. Pas besoin d'être un génie pour comprendre ce qui se passe.

— Regardez-moi, monsieur Blázquez, ordonne Antonia.

Le prisonnier tourne le corps vers Antonia. Pas totalement, juste un peu.

— Je dormais, dit-il au bout d'un moment.

— Nous sommes navrés de vous avoir réveillé, monsieur Blázquez, mais il s'agit d'un problème très urgent.

Blázquez est vêtu d'un jean relativement propre. Il tente de porter la main à sa poche droite, mais la chaîne des menottes l'en empêche. Il doit se lever pour atteindre ses cigarettes. Un paquet de Fortuna froissé, avec le briquet à l'intérieur.

— Raquel est morte, réplique-t-il après avoir soufflé la fumée. Où est l'urgence ?

Antonia choisit ses mots avec le plus grand soin.

La moindre boulette risquerait de mettre Blázquez sur ses gardes. Il pourrait demander un avocat, ou simplement refuser de leur parler. Ils n'ont pas le temps de négocier, ni rien à offrir. Ils ne peuvent pas non plus lui dire la vérité.

Mlakundhog.

En javanais, langue parlée par soixante-quinze millions d'Indonésiens, « l'art délicat de marcher sur des œufs sans faire de bruit ».

— Nous travaillons sur une affaire liée à la vôtre, monsieur Blázquez. Si nos hypothèses se révèlent exactes, cela pourrait vous aider.

— Je ne vois pas comment vous pourriez m'aider.

Ne prononce pas le mot « innocent », pense Jon.

— Je ne peux pas vous le dire, monsieur Blázquez.

L'homme aspire une autre bouffée, songeur. Il se tourne à nouveau vers Jon.

— Vous ne dites rien ?

Jon hausse si haut les épaules qu'il sent la plaie dans sa nuque protester. Il fait une grimace de douleur involontaire, que le détenu prend pour une moquerie.

— Vous vous fichez de moi ? C'est ça, hein ? C'est à cause des plaintes que j'ai déposées. À cause de mes lettres. Eh bien, je n'ai pas l'intention de m'arrêter là. Je compte bien continuer à raconter ce qui m'arrive.

— Qu'est-ce qui vous arrive ?

— Comme si ça ne se voyait pas, dit Blázquez.

Le pouce de la main qui tient la cigarette décrit un demi-cercle, désignant son visage. Les blessures, récentes et anciennes.

Antonia regarde son collègue en silence.

Et Jon comprend.

Il y a un changement de plan. Si les apparences ne trompent pas – et le visage de Blázquez semble le confirmer –, il lui sera difficile d'en parler à une femme. Surtout vu le tempérament de l'animal.

— Víctor, dit Jon en s'asseyant face à lui, vous avez des problèmes ici ?

Le prisonnier gravite aussitôt vers Jon. Il y a quelque chose dans son attitude – ou peut-être dans son apathie – qui supplie à cor et à cri.

Antonia se lève, va vers le mur, leur tourne le dos et fait semblant de murmurer dans son téléphone.

— Je suis le fusible, déclare Blázquez. Voilà ce qui se passe.

Jon n'est pas aussi au fait de l'argot carcéral local que la situation l'exige, et ça se voit dans son regard.

— La pute du quartier F, la tête de Turc, explique le prisonnier. Il y en a toujours un, vous savez ? Il y en a toujours un.

Il sort une autre cigarette, les mains tremblantes. Jon l'aide à l'allumer, lui tendant le briquet.

Maintenant, tout s'éclaire.

Le quartier F est celui où sont enfermés les pires salopards. Si on n'y met pas un élément faible, quelqu'un qui prend les coups, ils se castagnent entre eux. Et s'ils se castagnent entre eux, il y a des morts. Et ça fait tache dans les rapports semestriels. Les morts font perdre énormément de points.

Il a déjà entendu des histoires similaires. Des gens qui ont gagné des séjours *all inclusive* à Basauri, Nanclares, El Dueso. Des histoires qu'aurait pu raconter un gardien de zoo, parce qu'il n'y a pas vraiment de différence. Si vous mettez un loup par enclos, il deviendra le roi et fera de la vie des autres un enfer. Si vous les lâchez tous dans le même enclos, vous passerez vos journées à les empêcher de s'entretuer.

Alors, dans chaque enclos, ils laissent quelques moutons. Pour que les loups puissent assouvir leur soif de sang, mais sans qu'il y ait mort d'homme. Ou pire : que la presse s'en empare.

— En te voyant, n'importe qui dirait que tu fais partie des salopards.

Bien sûr, c'est un mensonge. Mais Jon ne peut s'empêcher de voir, au lieu de la loque humaine qu'il a devant lui, l'image du mâle alpha de la photo. Ou le sang de Raquel Planas Mengual répandu sur le sol.

Si cet enfoiré croit que je vais le protéger, il peut toujours se brosser, pense Jon.

— Inspecteur, je ne suis pas comme ça. Je n'ai rien à faire ici.

— N'en dis pas plus. Tu es un brave garçon qui cherche juste à gagner honnêtement sa vie sans embêter personne. Injustement accusé, c'est pas vrai ?

— Je n'ai pas tué Raquel. Mais ça change quoi ? Tout le monde s'en fout. Tout ce que je veux, c'est purger ma peine et mettre les voiles, vous pigez ? Mais au train où ça va, je ne sortirai pas d'ici vivant. Ils ne peuvent pas me blairer.

— Qui ?

— Tous. Tous. Mais deux, surtout. Cuervajo, un Asturien, une ordure de première. Et Sergei, un copain à lui.

— Russe ?

— Russe, tu parles ! De Moratalaz. Un vrai taré. Qu'est-ce que ça peut foutre, d'où ils viennent ? Ils veulent ma peau.

— Tu as dû leur donner une raison…

— Vous êtes bouché, ou quoi ? Ils n'ont pas besoin de raison. Cette garce, là-bas, elle veut juste un fusible. Au cas où ça péterait à la promenade ou pendant la gamelle.

— Ce ne sont pas des façons de parler de la cheffe de service pénitentiaire, Víctor.

— Cheffe de service pénitentiaire ? Mon cul sur la commode. Je lui ai demandé de l'aide des centaines de fois.

« Madame, ils m'ont cassé le nez. Madame, ils m'ont cassé le bras. Madame, aidez-moi. » C'est une sale garce, point.

Jon regarde Antonia, qui leur tourne toujours le dos. Elle n'a pas l'air disposée à l'aider. Il se demande soudain si elle en est capable. Bien qu'elle enserre sa main droite – vide – de la gauche, comme si elle parlait au téléphone, il remarque le léger tremblement de ses doigts.

— C'est votre cheffe ? chuchote Blázquez.

— Mon équipière.

— Vous pouvez peut-être lui dire qu'il n'y a pas de réseau ici et qu'elle peut arrêter son cirque.

L'inspecteur Gutiérrez reste bouche bée pendant quelques instants. Puis, sans pouvoir s'en empêcher, il éclate de rire. C'est un rire sec, contenu ; un rire involontaire. Son premier éclat de rire depuis qu'il a la mort vissée au squelette. Dans ce puits d'angoisse où ils sont – assorti à son état d'esprit –, ce son pur, transparent, flotte une seconde avant de se dissoudre comme une goutte d'eau dans un seau de goudron. Cependant, il laisse quelque chose derrière lui. Un brin de légèreté.

Jon se promet que jamais – qu'il vive mille ans ou jusqu'à la fin de l'ultimatum de White – il ne répétera à Antonia Scott ce que le détenu vient de lui dire. Jamais.

Ou jusqu'à ce qu'elle ait besoin d'une petite reprise en main, pense Jon, souriant en lui-même.

À cet instant, Antonia interrompt les *aha* et *hum* sporadiques adressés à son téléphone imaginaire. Elle se retourne et se joint à la conversation.

— Voici ce que nous allons faire, Víctor. Vous répondez à nos questions, et je fais en sorte que vous soyez transféré dans un « module de respect ».

Jon regarde Antonia sans en croire ses oreilles. Il aimerait rembobiner la phrase, mais c'est trop tard, les mots se sont déjà imprimés sur le visage de Blázquez. D'abord, ses yeux s'illuminent d'espoir. Le module de respect est l'endroit le plus convoité d'une prison. Sûr, propre, doté de nombreuses cellules individuelles. Les portes de la prison sont ouvertes à ses occupants pendant quelques heures par jour. Tout écart de conduite de la part d'un détenu entraîne son exclusion et sa réintégration dans un quartier classique ; tous se tiennent donc à carreau.

Il y a seulement un petit problème.

Qui fait plisser les yeux de Blázquez, soupçonneux.

— Vous ne pouvez pas faire ça. Je suis accusé de meurtre. Et de violences sexuelles. Ils refuseront.

Jon trouve l'idée épouvantable. Ce type est censé avoir tué sa compagne. Et voilà qu'Antonia se met à lui faire toutes sortes de promesses.

— Vous seriez surpris.

— Je veux que vous me le mettiez noir sur blanc. Je vous parlerai dès que j'aurai été transféré.

— Ce n'est pas si simple, dit Jon en secouant la tête.

Le prisonnier se penche en arrière et croise les bras comme il peut.

— Je le savais…

— Vous allez devoir nous faire confiance.

— Et me laisser porter, c'est ça ? J'ai déjà entendu ce genre de phrases ici une ou deux fois.

Jon se lève et prend Antonia par le bras.

— On peut discuter dehors ?

Antonia repousse Jon avec rudesse, mais l'accompagne dans le couloir. La cheffe de service pénitentiaire les attend, adossée au mur, le visage concentré et le regard fixé sur l'écran de son portable. À en juger par les « *Divine !* » et les « *Sweet !* » qui sortent de ses écouteurs, l'inspecteur Gutiérrez subodore qu'elle n'est pas exactement en train de travailler.

— Vous avez fini ? demande-t-elle sans interrompre sa partie.

— Non. Nous vous avertirons immédiatement, répond Jon.

Puis il s'adresse à Antonia avant qu'elle ait le temps de lui reprocher la manière dont il l'a fait sortir de la salle.

— C'était quoi, le truc de tout à l'heure ?

Antonia est très tendue. Elle a de nouveau ce regard vitreux et hésitant.

— Ne me touche plus jamais sans prévenir, et surtout pas ici. (Elle n'allait pas laisser passer ça, évidemment.) On ne peut pas lui dire la vérité, Jon. Ça lui donnerait un énorme avantage sur nous.

— Et la meilleure manière de le faire parler est de lui offrir ce que tu lui as promis ?

— Pourquoi pas ? On est venus ici en partant du principe qu'il est innocent.

Jon serre les lèvres avec une certaine inquiétude. La situation soulève de nombreuses questions.

— On ne sait pas s'il est innocent. On sait juste ce que White t'a dit. Et si ce type était de mèche avec lui ? Si c'était quelqu'un qu'il veut absolument faire libérer ?

Antonia regarde Jon. Puis la porte métallique. Puis de nouveau Jon.

— Je reconnais que ce mec n'a pas inventé l'eau tiède, admet l'inspecteur Gutiérrez, après une brève introspection.

— Et quand bien même. On n'a pas le temps de s'occuper de ça, Jon. Ce soir, tout ce qui compte, c'est survivre. C'est pour ça que je n'ai rien voulu te dire avant.

C'est moi qui n'ai pas le temps, pense Jon. *C'est moi qui devrais prendre les décisions.*

Mais il ne dit rien, car il sent la brûlure des points de suture.

Antonia s'approche de la femme, toujours absorbée par son jeu.

— Excusez-moi, dit Antonia.

— Un instant, répond-elle. Ça fait une semaine que j'essaie de finir ce niveau.

Antonia lui prend le téléphone des mains avec tant de douceur que la fonctionnaire regarde sa paume vide, avant de se rendre compte qu'il n'est plus là.

— Écoutez... !

Antonia n'écoute pas. Elle est occupée à bouger le doigt à toute vitesse sur l'écran, explosant des bonbons. Cinq secondes plus tard, elle lui rend l'appareil. L'image indique « Niveau terminé ».

Antonia attend que la femme ait remis sa mâchoire en place, puis lui dit :

— Si ça ne vous ennuie pas, nous aimerions vous demander un service.

Víctor

Raquel et moi, on était amoureux. Fous amoureux. OK,
surtout moi. Enfin je suppose. On s'est connus à ma salle,
deux ans avant... avant ce qui s'est passé. Elle vivait chez sa
mère. Une sale bonne femme, du style grenouille de bénitier.
On ne s'est pas installés ensemble, non. Elle passait souvent
la nuit chez moi, bien sûr. Mais on ne pouvait pas vivre
ensemble. Non, c'était surtout à cause de sa mère. Quelle
fréquence ? Deux fois par semaine, je dirais. Chez moi, oui.
Des week-ends, aussi. Beaucoup. Elle aimait voyager, elle
aimait les cadeaux. Son boulot ? Des hauts et des bas. Parfois
elle se faisait pas mal de blé, parfois non. Elle était décoratrice d'intérieur, mais elle n'avait pas toujours du boulot.
Elle passait trop de temps sur chaque projet. Non, c'est pas
ça. C'est... elle y mettait tout son cœur, vous voyez ? Je lui
disais, Raquel, organise-toi un peu, sinon après tu seras dans
la merde. Mais cause toujours. Elle était comme ça. Jaloux ?
Jaloux de quoi ? Moi ? Non, je m'en foutais. Je ne me mêlais
pas de ses affaires. Bon, si elle venait à la salle et que je cho-
pais des clients en train de lui mater le cul quand elle était
sur l'elliptique, oui évidemment, faut pas déconner... C'est
humain, non ? C'est juste que... non, non. C'est pas ça. Sous
ton nez... Mais non, je lui disais rien. On se disputait, oui,

mais j'ai jamais levé la main sur elle. Et non. Non, ce jour-là non plus. Elle était… elle était très bizarre, les derniers temps. On était un peu fâchés, sans raison. Parfois elle se mettait en colère. Les filles, des fois, elles pètent les plombs, mais c'est pas… c'était pas grave… Pas du tout. Parfois vous envoyez des textos qui dépassent peut-être votre pensée. Mais rien de grave. Le jour où ça s'est passé, le 6 juin, on s'était pas vus depuis trois jours. Non, c'était pas inhabituel. C'était déjà… oui, une fois. Ce coup-là, elle avait ses ragnagnas, et les nanas, avec ça… je ne vais pas vous faire un dessin, inspecteur. Un prétexte, oui, je pense aussi, elle avait peut-être juste besoin d'air. Si j'ai envoyé beaucoup de messages ? Je ne sais pas… quelques-uns. Enfin, je suis un mec attentionné. C'est ce qu'elle me disait. Je t'aime, parce que tu es comme Don Quichotte, ha ha ha. Le mec est givré, mais il est attentionné, ha ha ha. Oui, elle était… putain. Pardon. Avec Raquel, je rigolais beaucoup. Et bon, OK, oui, je lui ai envoyé un tas de textos, mais quoi, c'est quand même pas un crime. *(Silence.)* Ah, je savais pas. Enfin bon, elle m'a répondu. Elle m'a envoyé un message le soir même, elle m'a dit : « Viens chez ma mère, il faut que je te parle. » Et j'y suis allé, bien sûr. La salle était à deux pas, sur Alberto Aguilera. Oui, c'est une franchise. Non, on est associés, il y a deux investisseurs. Non, j'ai fait Staps… je fais le taf et ils mettent le pognon, oui. Mais j'étais bon pour fidéliser la clientèle… Les petites bourges, elles kiffent les mecs comme moi, qui ont roulé leur bosse. Je suis d'Estrecho, oui. On est des gars réglos, l'école c'est peut-être pas trop notre truc, mais on a du bagout et ça leur plaît. Draguer ? Non, non. Je veux dire, pas moi. Enfin, vous connaissez la musique, quand le prof de fitness est dans le coin, elles ont toutes tendance à en faire des caisses… Mais non. Oui, elle m'a envoyé ce message et j'y suis allé. Tout de suite ? Évidemment, qu'est-ce que vous croyez ? Je suis un mec attentionné.

14

Une entrée

Antonia interrompt ici le récit du prisonnier. Elle s'est volontairement tue jusque-là pour laisser l'homme parler, le mettre en confiance, avant d'entrer dans le vif du sujet.

— J'aimerais maintenant que vous alliez plus lentement, monsieur Blázquez. En donnant le plus de détails possible.

— Eh bien, je suis arrivé à l'appartement...

— Avant. Avant ça. Vous avez quitté la salle de sport. Vous vous rappelez quelle heure il était ?

— Pas besoin. On a une pointeuse à la sortie. Quand on passe la carte, ça enregistre l'heure.

— D'accord. Maintenant, allez-y pas à pas.

— Je suis sorti dans la rue. Je suis allé à pied jusqu'à l'immeuble de Raquel.

— Vous aviez votre portable à la main ?

— Non, je ne crois pas. Juste... j'avais les mains dans les poches.

— Qu'est-ce que vous avez fait en arrivant ? Vous avez sonné à l'interphone ?

— Pas la peine. Le concierge était en bas et la porte était ouverte, avec la cale en bois.

— À cette heure-là ?

— Il y a toujours un concierge dans son immeuble. Ils font les trois-huit.

— Je comprends. Vous avez salué le concierge.

— Non, enfin je suppose. J'ai dû lui faire un signe de tête.

Il ment, pense Jon. *Sous ses airs de prolo, c'est juste un petit bourgeois pathétique.*

— Et ensuite ?

— Je suis allé directement à l'ascenseur, qu'est-ce que vous vouliez que je fasse d'autre ? J'ai appelé et je suis monté. Quand je suis arrivé à la porte, Raquel m'a ouvert.

— Et vous n'avez croisé personne ?

— Non, personne.

— Vous avez sonné ?

— Non, Raquel a ouvert avant que j'arrive. J'imagine qu'elle m'avait entendu.

— Décrivez-moi Raquel.

— Les cheveux bouclés, plutôt grande, presque ma taille…

— Je veux dire, à ce moment précis. Qu'est-ce que vous avez vu quand elle a ouvert la porte ?

— Elle était très pâle. Ça m'a frappé. Elle avait une sale tête, comme si elle était déprimée.

— Elle est restée dans l'embrasure de la porte ou elle l'a ouverte en grand ?

— Elle l'a ouverte en grand. Elle m'a dit d'entrer, d'aller dans le salon.

— Qu'est-ce que vous avez fait ?

— J'ai essayé de l'embrasser, mais elle s'est dégagée. Donc je suis allé dans le salon. Mais j'ai eu envie de pisser, alors je suis passé aux toilettes.

— Avant ou après être allé dans le salon ?

— Je suis entré dans le salon par une porte et je suis ressorti par une autre.

— Il y avait quelqu'un d'autre dans la maison ?

— Non. C'est un petit appartement. On était seuls.

— Vous êtes passé devant la porte de la chambre de Raquel ?

— Non. Les toilettes sont du côté de la chambre de sa mère.

— Vous avez vu quelque chose en traversant le salon ?

— Je ne comprends pas. Vous voulez dire les canapés, la table, etc. ?

— Quelque chose d'inhabituel. Quelque chose qui aurait attiré votre attention.

Jon ne peut s'empêcher d'admirer l'immense patience dont fait preuve Antonia avec Blázquez. Quant à lui, le peu de patience qui lui reste s'amenuise au fil des minutes. Il regarde sa montre, la boule au ventre. Sur les six heures que White leur a laissées, quatre sont déjà écoulées. Considérant qu'il lui reste cent vingt minutes à vivre, Jon est tenté d'appliquer au détenu une méthode d'interrogatoire plus directe. Une variante de la boxe où l'un des adversaires a les mains menottées.

Comme si elle devinait ce qui lui passe par la tête, Antonia tend les doigts de la main droite – la plus proche de Jon – et la déplace au ralenti, de haut en bas, de quelques centimètres. Jon ne sait pas si elle fait rebondir une balle invisible ou si elle lui demande de garder son calme.

— Non. Je ne sais pas. La télé était allumée.

— Une chaîne en particulier ?

— Telecinco.

— Et c'était inhabituel.

— Raquel n'aime pas la télé.

— Qu'est-ce que vous avez fait en sortant du salon ?

— J'allais aller aux toilettes, mais j'ai entendu Raquel dans sa chambre. Un gémissement. Je lui ai demandé si tout allait bien et je l'ai rejointe par le couloir.

— Celui qui sépare les chambres du salon.

— Comment vous le savez ?

— J'ai vu les photos. Vous avez vu Raquel depuis le couloir ?

— Non, pas avant que j'arrive à sa porte. Alors elle s'est pratiquement jetée sur moi.

— Elle vous a attaqué ?

— Non. Elle s'est agrippée à moi. Elle m'a dit d'appeler une ambulance. C'est là que j'ai vu le sang sur ses mains.

— Seulement sur ses mains ?

— Non. Sur ses vêtements aussi. On l'avait poignardée.

— Vous avez pu voir la chambre de Raquel depuis le couloir ?

— Oui. Il n'y avait personne.

— Qu'est-ce que vous avez fait ?

— J'ai appelé le 112.

— Tout de suite ?

— Immédiatement. J'étais paniqué, mais je m'en souviens.

— Et ensuite ?

— Raquel est tombée à terre. Et moi… je me suis débiné.

Il y a un silence, plutôt long.

Jon essaie de ne pas bouger. Antonia aussi.

— Juste pour que tout soit bien clair, monsieur Blázquez, dit-elle au bout d'une éternité. Vous êtes parti à ce moment-là. Après avoir appelé l'ambulance. En laissant votre compagne sur le sol, et seule.

Le prisonnier réagit à l'exposé cru d'Antonia en se recroquevillant sur sa chaise. On dirait qu'il veut disparaître. Avec les inconvénients que ce genre de souhait comporte.

— Pourquoi ? demande Jon.

Blázquez le regarde, examine ses mains, attrape son paquet de cigarettes, qui est vide, comme les pauvres excuses qui lui viennent à l'esprit. Il l'écrase de toutes ses forces, jusqu'à ce que l'emballage cesse de crisser, et qu'il ne reste plus qu'une boule froissée sur la table d'acier.

— À votre avis ? J'ai eu la trouille.

— C'est curieux. Votre façon de le formuler.

— Qu'est-ce que vous voulez dire ?

— Non-assistance à personne en danger. J'en connais qui auraient plus de scrupules à admettre ce genre de chose.

Qui auraient honte.

— Ça fait des années. Ce que j'ai fait n'a pas changé.

Moi si.

L'inspecteur Gutiérrez s'est souvent interrogé dans le passé sur ce que Víctor Blázquez vient d'exprimer. Est-ce qu'une personne peut changer ? Est-ce que c'est réellement possible ? Et si oui, qu'est-ce qui le motive ? Des barreaux, une dérouillée sous la douche. Ou un véritable repentir.

Ce n'est pas à lui d'en juger, bien sûr ; c'est la malédiction de son métier. Un flic n'est ni un psy ni un curé. Il n'est qu'un balayeur, qui fait place nette pour que la vie continue sans trop d'aspérités.

Au cours de sa première année à l'académie de police, chaque jour, Jon a vu la même phrase écrite en haut du tableau de la salle de classe. Elle était là depuis tant d'années qu'elle était à moitié effacée, malgré d'innombrables retouches. Pourtant, elle est restée gravée dans son cerveau.

« La justice consiste à donner son dû à chacun. »

Au cours de sa première année sur le terrain, Jon a compris que cette phrase n'était guère qu'une succession de mots creux. Personne ne peut rendre à Raquel Planas Mengual ce qu'on lui a pris. Il a compris ce qu'était réellement la justice.

La justice n'offre jamais satisfaction, c'est impossible. La justice est la vérité en mouvement.

— Vous avez bien conscience que ce que vous nous dites vous place dans une situation très compliquée ? dit-il.

— Plus compliquée que tout ça, inspecteur ? répond le prisonnier en désignant ce qui l'entoure.

— Nous sommes venus ici parce qu'une occasion de vous aider s'est présentée. Mais vous ne nous facilitez pas les choses.

— Je ne l'ai pas tuée.

— Mais vous étiez seul avec elle dans l'appartement.

— Je sais. Mais je ne l'ai pas tuée. Je l'ai dit au juge, je l'ai dit aux jurés, et je vous le répète.

— Alors elle s'est poignardée elle-même ?

— Le médecin légiste dit que non.

— Et vous n'avez pas d'explication.

— Non.

— On a trouvé du sang de la victime sur vous.

— Parce qu'elle s'est agrippée à moi. Je vous l'ai dit.

— Que s'est-il passé quand vous êtes parti, Víctor ?

— J'ai couru vers la porte. J'ai dit quelque chose à voix haute, je ne sais plus quoi.

Si, tu le sais.

— J'ai marché jusqu'au couloir, je crois que j'ai trébuché. J'avais la tête qui tournait. Honnêtement, je ne me rappelle pas grand-chose.

— Vous êtes descendu par l'escalier ? demande Antonia.

— Non. C'est au septième. J'ai pris l'ascenseur.

Jon hausse les sourcils en entendant ça. Mais il ne dit rien. C'est Antonia qui pose la question.

— Vous avez appuyé sur le bouton de l'ascenseur ?

— Sur les deux boutons. Celui de l'ascenseur et celui du monte-charge. Pour prendre le premier qui arriverait. C'est là que j'ai croisé la mère de Raquel. Je l'ai reconnue à ses chaussures, des godasses blanches affreuses. Elle m'a tout de suite vu par la vitre de l'ascenseur, mais le monte-charge était arrivé entre-temps. Je suis monté avant qu'elle ait le temps d'ouvrir et je me suis tiré.

Antonia se lève d'un bond. Elle repousse la chaise derrière elle, si soudainement que Jon doit tendre la main pour qu'elle ne se renverse pas.

Elle marche en direction de la porte, mais avant de l'atteindre, elle se retourne dans le plus pur style *Columbo*.

— Juste une dernière chose. Est-ce que Raquel possédait une gabardine ?

Le prisonnier la regarde, surpris à la fois par sa réaction et par sa question.

— Pas que je sache, non... mais ce jour-là elle en portait une.

— Et vous ?

— Non, non plus, fait-il avec davantage de conviction.

— Ce sera tout, monsieur Blázquez, dit-elle en faisant signe à Jon. Merci pour votre aide.

15

Un grognement

Antonia ne parle pas avant d'avoir posé la main sur la poignée de l'Audi.

— On le tient, Jon !

L'intéressé met quelques instants à répondre, le temps de reprendre son souffle. Il a fait tout le chemin, depuis le contrôle de sécurité jusqu'à la voiture, en galopant derrière Antonia, ce qui n'a pas été facile.

C'est qu'elle court vite avec ses petites jambes.

Sa rapidité s'explique d'une part par sa hâte de quitter l'atmosphère toxique de la prison, d'autre part par l'énergie maniaque qui s'empare d'elle lorsqu'elle trouve une pièce du puzzle.

— Le jour où tu me diras le contraire… dit-il, la voix entrecoupée, entrant dans la voiture et tournant le contact.

Antonia, excitée et aux anges, ne l'écoute pas.

— On doit retourner à Madrid au plus vite. On va à Santa Cruz de Marcenado.

— C'est pas trop tôt, dit Jon, qui avait déjà pris cette direction.

— Qui l'aurait cru ? Si elle n'avait pas porté ces…

S'agissant de rééduquer Antonia sur les règles de base des interactions humaines – le fait que les personnes qui vous entourent ne lisent pas dans vos pensées, par exemple –, Jon suit différentes stratégies d'intelligence émotionnelle plus sophistiquées les unes que les autres. Dans le cas présent, il choisit de l'inviter, d'une voix forte, à aller se faire voir.

Dix-huit secondes de réflexion plus tard, Antonia réussit à identifier le problème. Elle respire profondément et parvient à ralentir le flux de ses pensées.

— Je suis désolée, dit-elle, même s'il doute que ce soit vrai.

Elle semble toujours dans ses pensées, bien qu'elle essaie de feindre le contraire.

L'inspecteur Gutiérrez trouve l'effort attendrissant. Suffisamment pour se retenir de l'étrangler sur-le-champ.

— Reprenons depuis le début, propose Jon. Tu avais raison.

— En quoi ? demande-t-elle ingénument, perdant ses points nouvellement acquis.

Bon Dieu, est-ce qu'elle se souvient seulement que je suis littéralement assis sur une bombe ?

— Ce type ne l'a pas tuée, reprend Jon. C'est clair. Ou alors il mérite six Oscars.

— Il est innocent, je te l'avais dit. Mais il se trouvait au mauvais endroit au mauvais moment. Il avait des antécédents de violence. Et il est possible qu'il ait levé la main sur la victime.

— J'ai dit qu'il ne l'avait pas tuée, pas qu'il est innocent. C'est une brute, un macho et un lâche. Et un menteur. Il nous a raconté des salades. Il a tenté de nous manipuler pour faire bonne impression et nous apitoyer.

— Rien de tout ça ne justifie qu'il reste en prison, Jon.

Ce qui agace le plus l'inspecteur Gutiérrez n'est pas qu'Antonia ait raison. C'est qu'il s'est mis en colère contre elle il n'y a pas si longtemps pour le même motif.

Et l'attitude d'Antonia n'a pas changé pour autant.

Jon est favorable à ce que les tueurs chient dans leur froc et que la lâcheté ne soit pas récompensée. Antonia aussi, mais pas à n'importe quel prix. Si des innocents doivent en souffrir, elle préfère laisser tomber.

Mais Jon n'est pas du genre à en démordre.

Alors il insiste.

— Il a eu la trouille, ou bien il avait un truc sur lui qu'il ne voulait pas que la police découvre, et il a laissé mourir la victime.

— Non-assistance à personne en danger, avec circonstances atténuantes. Il a appelé l'ambulance.

— Il l'a laissée mourir toute seule, Antonia. La femme qu'il était censé aimer, fait remarquer Jon.

Doucement, gravement.

Lentement.

Il n'ajoute rien – ce n'est pas nécessaire. C'est le ton qu'il emploierait pour évoquer l'inimaginable, comme croiser un chien à trois têtes ou porter une chemise bleu marine sous un pull noir. Le simple fait de l'énoncer remet les pendules à l'heure.

— C'est vrai. Mais il a tiré quelques années et ce n'est pas une franche réussite.

— Tu l'as fait transférer. Problème réglé.

— Jon, il ne l'a pas tuée.

— Je sais, reconnaît-il.

— On va devoir le sortir d'ici.

— Je le sais aussi.

La justice n'offre jamais satisfaction. La justice est la vérité en mouvement. Et c'est notre putain de boulot.

— Donc retour à la case départ, dit-il après un long soupir. On a éliminé un Madrilène. Il nous en reste trois millions.

— D'après le recensement de l'année dernière, nous sommes 3 397 174, l'informe Antonia, toujours prête à rendre service.

— Je propose qu'on fasse du porte-à-porte. On a une heure et demie pour résoudre le meurtre avant que cet enfoiré ne me tue.

L'inspecteur Gutiérrez conclut par un grognement qui demeure suspendu entre eux. La proverbiale ironie basque vacille un peu quand le nombre de minutes qu'il vous reste passe sous la barre des trois chiffres.

— Jon, dit-elle au bout d'un moment.

— Quoi ?

— Fais-moi confiance.

— Tu sais qui a tué Raquel Planas Mengual ?

— Non, je ne sais pas. Mais je sais qui le sait.

Ce qu'ils ont fait à l'époque

La salle de tests a changé.

À présent, elle est plus vaste. Le siège est fixé au sol par des vis de douze centimètres de long. Des sangles en nylon noir pendent du plafond. La plus large est destinée à enserrer la taille. Les quatre autres, les poignets et les chevilles. Chacune se termine par une électrode, au bout du Velcro de fixation. Cette électrode peut envoyer des décharges de cinquante volts.

Aujourd'hui, c'est le jour des sangles.

La femme n'a que faire des électrodes. Elle est censée ne garder aucun souvenir des séances d'entraînement. Elle commence par s'asseoir à la table. Face à elle se trouvent un verre d'eau et deux gélules. D'abord, elle prend la rouge, avec la moitié du contenu du verre. La bleue est réservée à la fin de la séance. C'est celle qui efface les souvenirs.

Mais pas toujours.

Le souvenir, par exemple, qu'une minute après avoir pris la gélule, deux hommes en combinaison bleue l'attachent par les sangles, la tête en bas.

Ils se mettent à lui hurler dans les oreilles. Un de chaque côté. Ils l'insultent, la rabaissent, lui crachent dessus.

La voix de Mentor résonne dans les haut-parleurs.

178

— Du bruit, l'esprit surgit.

La femme respire profondément et ferme les yeux. Elle tente de préserver son esprit des cris, des menaces. L'un d'eux a sorti un couteau, qu'il appuie contre sa gorge. Peu à peu, à mesure que la drogue produit son effet, le bruit devient sa nourriture. Il la remplit.

Elle se concentre sur le *kōan*. Une question insoluble que les maîtres zen soumettaient à leurs disciples, il y a des siècles, et que Mentor lui pose désormais avant chaque session.

Du bruit, du chaos, de la peur, l'esprit surgit.

Elle ouvre les yeux.

La séance commence.

Une image s'affiche devant elle, sur l'écran. Onze hommes alignés, qui regardent l'appareil. La photo reste moins d'une seconde sur le moniteur.

— Qui a un tatouage au cou ?

— Le numéro trois.

— Qui pourrait constituer une menace ?

— Le numéro huit. Il avait une main dans le dos.

— De quelle couleur sont les bretelles du numéro huit ?

— Verte.

Elle tombe dans le piège, avant de comprendre que le numéro huit ne portait pas de bretelles. La décharge lui paralyse les mains et les pieds et lui retourne l'estomac, presque au point de la faire vomir.

Les sangles s'élèvent, jusqu'à ce que le dos et les talons de la femme frôlent presque le plafond. Les hommes recommencent à crier, à la malmener.

Elle pousse un rugissement furieux, frustré.

— À travers le calme vient la pensée, l'avertit Mentor. Et tu as besoin de penser pour détecter des choses. Tu n'as pas besoin d'une arme. Et tu n'as certainement pas besoin de cette colère. La colère ne résout jamais rien. Le calme, si.

— Arrête de jacasser et continue, l'interrompt-elle.

Une nouvelle image apparaît à l'écran. Cette fois, ce sont des chiffres. Onze lignes de treize chiffres chacune.

Le chronomètre démarre sous le moniteur, au moment où les chiffres disparaissent. La femme commence à les énoncer, le plus vite possible.

Le chronomètre s'arrête.

09.313.

— Aucune erreur. Bien.

Les sangles descendent de vingt centimètres.

Les règles sont claires. Une réponse correcte, vingt centimètres. Quand elle touche le sol, l'entraînement est terminé. Si elle commet une erreur, si elle ne répond pas assez vite, elle reçoit une décharge et remonte au plafond, perdant tout le bénéfice de ses progrès.

Dans la cabine, Mentor comprend soudain quelque chose et frémit.

La femme n'a pas cessé de sourire depuis le début. La sueur qui coule sur son front lui brouille la vue.

Plus que deux mètres et demi avant de toucher le sol.

Elle a le sourire collé au visage, comme un herpès. Et tout aussi avenant.

16

Une mère

Quand ils arrivent rue Santa Cruz de Marcenado, il est presque minuit. Jon gare la voiture en double file et ils se dirigent vers l'entrée.

Antonia a passé les vingt dernières minutes à expliquer à Jon la stratégie qu'elle compte suivre. Elle ne tient, pour ainsi dire, qu'à un fil.

— En supposant que ta théorie soit correcte, on a moins de cinquante-huit minutes pour la faire avouer.

— On doit trouver son talon d'Achille.

— Une suggestion ?

— On n'a rien sur quoi nous appuyer. Il va falloir improviser.

Pour changer, pense Jon.

L'immeuble est impressionnant, même de nuit. Tous les Madrilènes le connaissent, sous différents noms. Le bâtiment Princesa, San Bernardo, la caserne. Lorsqu'on arrive sur le rond-point Ruiz Jiménez, le regard est irrésistiblement attiré par l'imposante structure en béton flanquée de balcons desquels jaillissent d'époustouflantes plantes grimpantes.

Plus d'un demi-siècle après sa conception, le complexe résidentiel – qui n'a pas de nom – reste l'un des bâtiments les plus emblématiques de Madrid. Cependant, peu de gens connaissent son histoire. Son architecte, Fernando Higueras, était un paria pour les franquistes qui le considéraient comme un rouge, et un fasciste pour les républicains, car il avait accepté l'argent des franquistes. Il est mort dans la pauvreté, la solitude et l'oubli, comme bien des talents de ce pays. Ce chef-d'œuvre, dont Antonia et Jon grimpent les marches, a été la dernière pierre de son tombeau.

— Ici se trouvait l'ancien hôpital de la Princesa, explique Antonia, tandis qu'ils approchent de l'entrée. On l'a démoli pour construire des logements pour les officiers de haut rang dans les années soixante-dix.

Jon montre son insigne au concierge, qui les laisse passer sans dire un mot. Pas de « où allez-vous à cette heure-là ? » ni de « que puis-je faire pour vous ? ».

— Les concierges de Madrid ont perdu la main, ou c'est moi ?

— C'est un endroit un peu particulier, dit-elle.

— Tu es déjà venue ici ?

— Une fois. En passant. Un contact de Mentor. Mais c'est vrai, c'est sûrement l'un des derniers endroits où le badge que tu viens de montrer ouvre encore toutes les portes.

La légère satisfaction qu'a ressentie Jon se transforme en méfiance quand il entend cela – s'il y a une personne pleine de contradictions, c'est bien l'inspecteur Gutiérrez. Mais sa méfiance fond rapidement.

Dès qu'il franchit l'entrée et lève les yeux.

Et regarde vers le haut, tout en marchant.

La partie la plus visible – qui surplombe la place et la rue Alberto Aguilera – est, paradoxalement, la plus petite du bâtiment. À l'intérieur, comme Jon le constate, une rue divise le complexe en deux, s'ouvrant sur un immense patio entouré de terrasses végétalisées. Outre le verre, l'unique matériau est le béton, dont sont bâtis les étages circulaires qui descendent jusqu'à la cour, s'élargissant légèrement pour devenir un garage à ciel ouvert. Alors qu'il fait un froid glacial à l'extérieur, la température ici est agréable, supérieure de cinq ou six degrés à celle de la rue. Le bruit des voitures a disparu, et l'on n'entend plus que le doux murmure du lierre.

— Cet endroit est hallucinant, dit Jon.

— Celui qui l'a conçu a été traité de fou, répond Antonia en ouvrant la porte de l'entrée vers laquelle ils se dirigent.

Ces gars-là n'ont jamais mis les pieds ici, pense Jon, pressant le pas.

Il suit Antonia. Au bout d'un petit couloir tapissé de miroirs, il y a deux portes : une en verre et une en métal. Un ascenseur et un monte-charge.

Jon se met aussitôt en alerte.

— C'est ici que ça s'est passé, indique-t-il.

Antonia appuie sur le gros bouton blanc de l'ascenseur, qui émet une lumière ténue. Moderne, il ne doit pas avoir plus de sept ou huit ans. Le bouton du monte-charge est différent, mais l'engin attend déjà en bas.

— Montons séparément, dit Antonia en s'engouffrant dans l'ascenseur.

Jon prend le monte-charge – non pas qu'il soit gros –, et note qu'il est bien moins chic que la cabine qu'a empruntée Antonia. Le sol est en plastique et il n'y a pas de miroir.

Il appuie sur le bouton du septième. Quand il arrive en haut, Antonia l'attend.

— Il a mis bien plus longtemps, lance-t-elle, énigmatique.

Les portes des appartements ne sont pas en face des ascenseurs, mais au bout d'un long couloir. Jon avance en regardant ses pieds.

— Tu as remarqué ?

Jon pousse un grognement d'assentiment.

Blázquez leur a dit que la victime avait ouvert la porte avant son arrivée. Mais qu'il n'avait pas appelé à l'interphone. Ni sonné chez elle.

J'imagine qu'elle m'avait entendu.

Le sol est tapissé d'une épaisse moquette de couleur verte. Les murs sont lambrissés de bois clair.

Les chaussures italiennes de Jon ne font aucun bruit sur la moquette.

Et vraisemblablement, les baskets de Blázquez non plus.

Il y a quatre portes. Deux entrées de service et deux entrées principales. Celle de l'appartement de Raquel Planas Mengual se trouve sur la droite.

La sonnette émet un tintement mélodieux. Désuet. Un son de cloche, avec une subtile pause au milieu. Une sonnette de luxe.

Jon sonne, mais personne n'ouvre.

Il sonne de nouveau, avec patience la première fois. La deuxième, un peu moins. Au bout d'une minute, il se contente de laisser l'index de sa main droite presser le bouton en continu. Au bout de deux minutes, il réaffirme ses intentions en tambourinant du poing gauche. Les voisins ouvrent leur porte, alarmés, mais Antonia les chasse en agitant son insigne. La porte se referme aussitôt.

Au cours de sa longue carrière de policier, Jon a pu observer un phénomène curieux, qui se répète avec une stupéfiante régularité, et que les fumeurs connaissent bien : quand on allume une cigarette à un arrêt de bus, le bus arrive.

De la même façon, à l'instant où l'idée vous traverse l'esprit que la suspecte n'est pas chez elle et qu'il va peut-être falloir défoncer la porte, une voix se fait entendre de l'autre côté :

— Qui est-ce ? Vous avez vu l'heure ?

— Madame Mengual, c'est la police, annonce Jon, posant son insigne contre le judas.

— Comment je peux savoir que vous êtes la police et pas des cambrioleurs ?

— Madame, les cambrioleurs ne frappent pas à la porte et ne réveillent pas tous les voisins.

Conséquence de cette logique indiscutable, la porte s'ouvre de quelques centimètres, autant que le permet la chaîne. Jon s'apprête à s'identifier, mais Antonia le devance.

— Lieutenant Scott, de la police militaire, dit-elle en lui tendant une carte jaune et vert. Je suis ici en tant qu'observatrice, par respect pour le souvenir de votre défunt mari.

Jon se demande combien de cartes de ce genre Antonia trimballe avec elle. Si elle les trie par couleur. La connaissant, elle sait probablement par cœur le numéro de chacune d'elles, même si elles sont fausses.

— Où avez-vous fait vos classes ?

— À Tolède. Puis j'ai été dans les blindés, à Badajoz.

— Mon mari également.

— Je vous présente toutes mes condoléances, madame.

La porte se referme, la chaîne se détache, la porte s'ouvre.

— Il est très tard, proteste la femme.

Grande et maigre, l'air revêche. Elle doit avoir soixante-cinq ans, mais en fait quatre-vingts. Elle porte une robe à pois discrets, boutonnée à la va-vite, remarque Jon. Il en déduit qu'elle devait être endormie, ou en tout cas au lit, en chemise de nuit. Le temps qu'elle a mis à ouvrir est celui qu'elle a pris pour se rendre présentable.

— Nous le savons, madame. Mais il s'agit d'une urgence. C'est une question de vie ou de mort, je vous assure, dit Antonia.

— Entrez donc.

Le vestibule est un petit espace, où il n'y a qu'un guéridon avec des photos de Raquel et d'un homme en uniforme. Jon reconnaît les galons de lieutenant-colonel. Les cadres sont en argent massif et portent encore l'étiquette d'origine.

Dans l'entrée, une porte mène aux chambres et à la cuisine. En regardant autour de lui, Jon comprend ce que Blázquez voulait dire. L'appartement n'est pas grand, mais très bien agencé. Tellement bien qu'il n'y a pratiquement aucun recoin où se cacher.

S'il ne l'a pas tuée, s'ils étaient seuls à la maison, comment ça a bien pu se passer ?

Il se tourne vers Antonia, qui se pose vraisemblablement les mêmes questions. Mais à la vitesse à laquelle bougent ses yeux, à sa respiration accélérée et au tremblement de ses mains, Jon sait que son cerveau tourne de nouveau à plein régime.

— Je suppose que vous ne prendrez pas de thé ou de café à cette heure-ci.

La femme s'adresse à eux poliment, mais indique très clairement la réponse qu'elle attend.

— Deux tasses de thé, merci beaucoup, demande Antonia, tentant de gagner du temps sur le compte à rebours.

L'autre porte mène au salon. C'est un salon typique des années soixante-dix, avec du parquet collé, une fausse cheminée et une table en verre pour recevoir des invités. À en juger par les marques de chaises par terre, c'est arrivé souvent.

De l'autre côté, il y a une télévision cathodique, éteinte. Un combiné DVD et VHS. Un secrétaire ancien, entre deux canapés. Des suppléments dominicaux sur la table basse, sous lesquels émerge un journal de l'époque où Rajoy était encore Premier ministre. Autant d'indices montrant que la vie s'est arrêtée dans cette maison il y a longtemps.

Pendant que la femme s'affaire dans la cuisine, Jon jette un œil dans le couloir. La porte d'une des chambres est entrouverte. L'autre est fermée.

Antonia se glisse entre Jon et le mur. Elle ouvre la porte.

Un lit, encore défait. Un ordinateur. De la poussière accumulée sur les étagères, l'écran, le clavier.

Sur le sol, près de l'entrée, il y a un tapis. L'un de ses coins est plié, le plus proche de la porte. C'est un drôle d'endroit pour mettre un tapis.

Jon n'a pas besoin qu'Antonia le soulève pour savoir ce qu'il dissimule. Les endroits du parquet où le sang de la fille a pénétré et dont il ne ressortira jamais. Quelqu'un a manifestement frotté avec un tampon à récurer ou assimilé, ne réussissant qu'à ôter le vernis et rendre les taches plus visibles, particulièrement au niveau des joints.

Même en le ponçant, ça ne partira pas, pense Jon. *La seule solution, c'est de tout arracher.*

17

Un salon

Antonia laisse retomber le coin du tapis, jette un dernier coup d'œil à la pièce et repart en entendant le sifflement de la théière.

Quand la femme revient dans le salon, plateau à la main, elle les trouve assis sur le canapé. Jon bondit sur ses pieds pour l'aider.

— Vous avez pu fouiner comme vous le vouliez ? dit l'hôtesse.

À ces mots, les tasses de porcelaine à liseré doré tintent différemment entre les mains de Jon. Il pose le plateau sur la table basse avec le plus grand soin. Ils sont prévenus : désormais, la prudence est de mise.

— Madame Mengual…

La femme coupe court juste à temps à la pauvre excuse de Jon.

— Madame de Planas, inspecteur. Dans cette maison, nous gardons le souvenir de ceux qui ne sont plus. Un sucre ou deux ?

— Pas de sucre, merci.

— Et vous, lieutenant ?

— Trois, madame. Merci beaucoup.

La femme les dépose délicatement dans la tasse à l'aide de deux petites cuillères.

— Autrefois j'avais une pince à sucre, mais elle s'est cassée il y a quelques années. Impossible d'en trouver une neuve. J'ai même apporté la mienne au magasin, pour voir s'ils pouvaient... hélas non.

— Limoges ? demande Jon, qui s'y connaît un peu en la matière.

Souvenir des innombrables après-midis de son enfance à prendre le thé chez des dames aux cheveux permanentés, car sa maman aime fréquenter du beau monde.

Mme de Planas fait oui de la tête. Sa coiffure, d'un roux improbable, reste digne, bien qu'un peu aplatie par l'oreiller. Ce qui, vu les circonstances, se comprend parfaitement.

— C'est un cadeau de mon mari, il me l'a offerte pendant notre lune de miel. Toulouse, Poitiers, Nantes, Paris... Nous y sommes allés en voiture, en nous relayant au volant. Le plus beau voyage de notre vie. Raquel est née l'année suivante. À partir de là, bien entendu, les choses se sont compliquées.

— Vous étiez débordée ?

— Mon époux était lieutenant-colonel, lieutenant. Avec des missions d'une certaine importance. Pendant quelques années, il a même été chargé de... vous savez, élude-t-elle, baissant un peu la voix. La partie délicate.

Antonia la regarde avec étonnement. Jon n'a pas tellement de mal à imaginer ce que signifie la « partie délicate » pour un militaire de carrière pendant les années de plomb. Il fait signe à Antonia, qui comprend.

— Votre mari est décédé il y a longtemps ?

— Onze ans. Dans la fleur de l'âge, lieutenant. Du jour au lendemain, il s'est mis à flotter dans ses vêtements. Quand ils ont voulu le soigner, le cancer l'avait déjà rongé, explique-t-elle, levant les mains et les laissant retomber sur son giron. Raquel a été dévastée. Et moi... vous imaginez. Il était toute ma vie. Et ensuite, elle...

Elle se met à pleurer. Si bas, si doucement qu'on le remarque à peine. Les larmes coulent simplement de ses yeux, comme le vin sourd d'une outre usée par le soleil et les ans.

— Pardonnez-moi, dit-elle, tirant un mouchoir froissé de la poche de sa robe pour sécher ses yeux. Vous ne savez pas ce que c'est de perdre un enfant.

Jon ne le sait pas, mais il l'imagine. Sa mère, pour ce qui est de la « partie délicate », a un fils policier. Il est sa seule famille. Jon a passé bien des nuits dans son lit à regarder le plafond. À se demander ce qu'elle deviendrait s'il lui arrivait malheur. Des nuits qui s'éternisent quand la journée a été particulièrement rude. Quand il a traversé un tunnel bourré d'explosifs, qu'on a tenté de l'étrangler ou de lui tirer dessus, par exemple. Ce genre de journées. Les nuits qui suivent ces jours-là n'en finissent pas ; le soleil ne se lève qu'à moitié, sans apporter aucune lumière. Il ne fait que polir légèrement les contours déchiquetés du cauchemar.

Un cauchemar qui ressemble beaucoup au tableau que Jon a devant lui. Une femme seule, pleurant dans un appartement désolé, entourée de vieilles photos poussiéreuses.

— J'ai un petit garçon, madame Mengual.

La femme lève ses yeux rougis et croise ceux d'Antonia.

— Si jeune, dit-elle en un gémissement. Est-ce qu'il vous a déjà brisé le cœur ?

— Pas encore, répond Antonia, alors que défilent dans sa tête des images de tunnels obscurs et de femmes seules dans des chambres vides.

— Ça viendra. Profitez-en tant que c'est possible.

Il y a un silence, rompu uniquement par le tic-tac de l'horloge posée sur la cheminée. Elle fait du bruit, mais ses aiguilles ne bougent pas ; elles se sont arrêtées à 6 heures et demie. Un autre signe que, dans cette maison, le temps a abdiqué.

— Pourquoi êtes-vous là ?

— Je pense que vous le savez, madame, répond Antonia d'une voix douce.

— Non, je ne sais pas, dit la femme.

Elle secoue la tête, mais baisse les yeux.

— Je pense que si. Je pense que vous attendez qu'on frappe à votre porte depuis des années. Nous sommes venus parce qu'à l'époque vous n'avez pas dit la vérité sur la mort de Raquel.

La femme se penche en avant.

— Vous ne pouvez pas nous laisser tranquilles ? Vous ne croyez pas que nous avons suffisamment souffert ?

Jon regarde sa montre. Il ne reste plus que vingt-neuf minutes.

— Vous avez menti. Et aujourd'hui, votre mensonge risque de coûter la vie à un innocent.

À ces mots, le visage de la femme pâlit.

— C'est… c'est impossible.

— Je vous le garantis, madame de Planas.

— Je vous dis que c'est impossible !

— Alors, racontez-nous ce qui s'est passé ce soir-là.

La femme – qui accuse plus encore le poids des années – triture ses doigts sur ses genoux. Elle est assise au bord du canapé, le dos très droit et les jambes très serrées, de trois quarts. « À la française », comme disaient les dames élégantes des années soixante et soixante-dix, sans ironie.

— Si j'accepte, vous me laisserez tranquille ?

— Je ne peux pas vous l'assurer. En revanche, je peux vous promettre que vous vous sentirez mieux si vous nous dites la vérité.

La promesse sonne creux, cependant la femme redresse légèrement le menton et se met à parler.

Jon sait reconnaître l'intonation particulière des victimes, la façon dont elles évoquent leur chagrin. Quelques instants avant de se lancer, elles entrent dans une forme de transe hypnotique, de détachement léthargique et pourtant intranquille. Il n'y a rien de tout cela dans la voix de la femme. Malgré la fatigue, elle avance sur un chemin bien tracé.

— Je revenais de la messe de 8 heures, à Las Comendadoras, tout près d'ici. Dans l'ascenseur, j'ai vu Víctor qui prenait le monte-charge. Nous n'avons pas parlé, il est monté avant que je descende. J'ai continué jusqu'à l'appartement. Quand j'étais à mi-chemin, dans le couloir, je me suis aperçue que la porte était ouverte. Je suis entrée en appelant Raquel, mais elle n'a pas répondu. Alors j'ai vu sa main, dans le couloir.

— Vous avez appelé la police tout de suite ?

— Non. J'ai couru vers ma fille. Vous auriez fait la même chose.

— Et ensuite ?

Elle se recule un peu.

— Ensuite, je ne me souviens plus de rien.

— L'ambulance est arrivée deux ou trois minutes plus tard. Quand ils sont entrés, ils vous ont trouvée en train de comprimer la blessure au flanc de Raquel. Ils ont tenté de la stabiliser sur place avant de la transporter.

La femme acquiesce, sans les regarder. Ses yeux se perdent quelque part sur le mur, en ligne droite vers la chambre de sa fille.

Antonia se lève et adresse une demande muette à son collègue. L'inspecteur Gutiérrez répond d'un hochement de tête.

— Elle est morte sur le chemin de l'hôpital, d'une hémorragie, ajoute-t-il en se tournant vers la maîtresse de maison.

Elle ne répond pas. Sa tête suit maintenant les mouvements d'Antonia, qui a contourné le canapé et se dirige vers le couloir.

Elle s'apprête à dire quelque chose. Ses lèvres s'entrouvrent.

— Et vous avez déclaré à la police que Raquel était seule quand vous êtes partie à la messe, poursuit Jon, tentant d'attirer son attention et de gagner du temps. Vous avez dit qu'elle voulait rompre avec son petit ami, qu'il y avait de l'eau dans le gaz entre eux depuis quelque temps. Que vous vous inquiétiez pour elle. Et que vous aviez vu Víctor quand vous étiez dans l'ascenseur.

— Oui, affirme la femme en un filet de voix. C'est exactement comme ça que ça s'est passé.

Le silence retombe, soulignant le mensonge. Seul le tic-tac monotone de l'horloge apporte un semblant de vie dans la pièce étouffante. Une minute s'écoule, puis deux. Les doigts de la femme se tordent à l'extrême, ses jointures menacent de traverser la peau translucide.

— Non, ce n'est pas comme ça que ça s'est passé, dit Antonia depuis le couloir.

Cent dix-sept secondes plus tôt

Antonia a à peine remarqué la conversation qui se tient derrière elle. Elle est trop occupée à faire en sorte que le monde tourne moins vite.

Les singes dans sa tête s'étaient calmés en sortant de la prison de Soto del Real pour traiter ce que lui avait dit le détenu. Mais en entrant chez la victime, les singes ont fait comprendre à Antonia que c'était juste la pause cigarette.

Sitôt qu'elle voit la chambre propre et rangée de la victime, son cerveau s'emploie à tout mettre sens dessus dessous, salir, saccager. Il s'emploie à la remettre dans son état d'origine.

Dans sa tête,

(les singes exigent. Les singes se battent
pour avoir toute son attention,
hurlant, brandissant des choses bien haut)

la jungle s'obstine à reprendre le contrôle.

Antonia ferme les yeux et, comme elle l'a fait si souvent, puise dans son répertoire spécial d'expressions pour tenter de se calmer. Elle fouille les tiroirs de son esprit, et ce qu'elle trouve n'est pas un mot, mais un dicton.

Kkamagwiga nal ttae baega tteol-eojigo.

En coréen, « quand le corbeau s'envole, une poire tombe ». L'un des *kōan* que Mentor lui a appris. L'expression lui vient à l'esprit, sans qu'elle sache pourquoi. Il n'y a aucun lien avec la réalité. Juste la répétition, obsessionnelle et lancinante, de la phrase.

Pourquoi ça, et pourquoi maintenant ?

Qu'est-ce que je ne vois pas ?

Antonia ouvre les yeux.

Elle reporte son attention sur le couloir. Dans sa tête, elle recrée le moment où Víctor revient dans le salon et entend un gémissement dans la chambre de Raquel. Elle fait deux pas. La victime se trouve à l'endroit précis où elle se tient.

Antonia se remémore les photos de la scène du crime. Elles ne sont pas très bonnes. La moquette du couloir est différente, on a dû la remplacer. Pourtant, il y a quelque chose. Des taches de sang, mais quelque chose ne va pas avec ces taches de sang. Il y a des éclaboussures, mais elles sont intermittentes.

Et puis il y a cette tache, large, circulaire et déplaisante, à deux pas seulement. Loin de l'endroit où le corps est tombé, au milieu du couloir. Qui n'a apparemment rien à voir avec…

Quand le corbeau s'envole, une poire tombe.

Bien sûr. Comment j'ai pu être aussi aveugle ?

Difficile de savoir si la poire est tombée parce que le corbeau s'est envolé, ou si le corbeau s'est envolé parce que la poire est tombée.

Que nous apprend ce kōan, *Antonia ?* insiste Mentor dans sa tête.

Que ce sont nos perceptions qui définissent ce que nous croyons voir.

Que la corrélation n'implique pas la causalité.

Du salon lui parviennent les dernières bribes de la conversation entre Mme de Planas et l'inspecteur Gutiérrez.

— ... vous vous inquiétiez pour elle. Et que vous aviez vu Víctor quand vous étiez dans l'ascenseur.

— Oui, affirme la femme en un filet de voix. C'est exactement comme ça que ça s'est passé.

— Non, ce n'est pas comme ça que ça s'est passé, dit Antonia.

18

Une faille

Il n'est pas simple de déterminer l'instant exact où Mme de Planas s'effondre. Peut-être est-ce en entendant l'intervention d'Antonia depuis le couloir, ou lorsqu'elle la voit revenir avec un aplomb nouveau, le visage rayonnant de certitude. Celle-là même qui a disparu de celui de la maîtresse de maison, qui ne semble plus tenir assise que par la seule force de l'habitude.

Antonia se place face à elle. Si toutes deux étaient debout, Antonia aurait deux têtes de moins qu'elle. À présent, c'est elle qui paraît immense, forçant la femme à lever les yeux.

— Quand les policiers vous ont posé la question, vous n'avez jamais dit que c'était Víctor Blázquez, le coupable. Vous vous êtes bornée à déclarer que vous l'aviez vu quitter l'appartement. Alors qu'il était clair qu'il n'y avait personne d'autre.

— Je n'ai pas menti, murmure la femme.

— Non, pas là-dessus, confirme Antonia. D'ailleurs, ça n'a pas été nécessaire, n'est-ce pas ? Un féminicide, un suspect avec des antécédents de violences conjugales. Les policiers n'ont pas eu à réfléchir bien longtemps. Ils avaient un coupable, et c'est tout ce qui comptait.

Antonia recule un peu et désigne la télécommande sur la table.

— Il y avait des indices, naturellement. La télévision allumée, par exemple.

— Sur Telecinco, précisément, intervient Jon.

Une chaîne que mettent uniquement les personnes âgées pour avoir un peu de compagnie. Pas une jeune femme de vingt-six ans qui n'aime pas la télé.

— Ce qui m'a perturbée, c'est que Raquel ait ouvert la porte à son petit ami. Ça ne concordait pas. Ça signifiait qu'elle était en vie quand il est arrivé, pâle et nerveuse, mais vivante. Le témoignage de Blázquez a fini par le condamner, même s'il a dit la vérité dès le début.

— C'est lui, insiste la femme. Les cris, les coups… Ça devait arriver.

— Mais finalement, j'ai compris la vérité quand Víctor a mentionné vos chaussures. Ce sont toujours les petits détails qui ne concordent pas, madame de Planas.

Arrête de te la jouer et abrège, chérie, il nous reste quatorze minutes, pense Jon en tapotant sa montre du bout de l'ongle.

Antonia le regarde du coin de l'œil, mais maintenant qu'elle tient sa proie entre ses dents, elle n'a pas l'intention de la lâcher. Dans ces moments-là, elle est véritablement terrifiante. Jon ne peut s'empêcher de penser à l'histoire du chien et de l'os de jambon que lui a racontée Mentor.

— Je ne sais pas de quoi vous parlez, dit la femme.

Antonia ignore son intervention.

— Vous n'étiez pas chez vous, bien sûr, mais vous étiez tout près. La solution était sous notre nez depuis le début. Comment se fait-il que Víctor ait vu vos chaussures dans l'ascenseur *avant* de voir votre visage, *avant* que vous n'ouvriez la porte ? Facile. Vous ne montiez pas du rez-de-chaussée. Vous veniez de l'étage supérieur, où vous aviez attendu l'arrivée de Víctor.

La justice, c'est la vérité en mouvement, pense Jon. Et cette vérité-là s'abat sur la femme comme une chape de plomb. Ses épaules s'affaissent, ses lèvres s'inclinent pour former un demi-cercle au-dessus de son menton tremblant.

— Vous voulez parler ou vous préférez que je termine ?

La femme ne répond pas. Jon la soupçonne d'en être physiquement incapable. Elle laisse à Antonia le soin d'enfoncer le clou.

— Ce soir-là, Raquel est rentrée à la maison et vous a demandé de l'aide. Une aide très concrète. Elle vous a dit que Víctor allait arriver d'une minute à l'autre et vous a demandé de rester à proximité et de venir quand ils seraient tous les deux à l'intérieur. Elle avait besoin d'un témoin. Mais quel genre de témoin ?

Bordel de merde, pense Jon, qui soudain comprend tout.

— Vous êtes donc allée à l'étage au-dessus, et vous avez attendu. Votre fille a envoyé un message et s'est postée à la porte. Raquel était très pâle quand elle a ouvert à Víctor. Il croyait à un rabibochage, alors qu'il allait droit dans un guet-apens. Elle l'attendait, vêtue d'une gabardine. Víctor est allé dans le salon, et elle dans sa chambre. En retirant sa gabardine, elle a poussé un gémissement de douleur qui a attiré l'attention de Víctor.

— D'où le sang dans la chambre… dit Jon.

Antonia hoche la tête.

— Quand elle a retiré la gabardine, le sang qui s'était accumulé dans la plaie et dans ce qu'elle avait utilisé comme tampon a jailli d'un coup et laissé une énorme éclaboussure sur le parquet.

Comme quand on croise les bras sous la douche. L'eau s'accumule et tombe en cascade quand on les décroise.

— Raquel n'a pas été poignardée dans cet appartement, madame de Planas. Son assassin l'a blessée, tout près d'ici. Quelqu'un qu'elle connaissait, quelqu'un qu'elle protégeait.

Et elle a eu la présence d'esprit de tenter d'arrêter l'hémorragie, d'enfiler la gabardine et de rentrer chez elle pour faire accuser son petit ami.

— Ce n'est pas comme ça que...

— Raquel a dû croire qu'elle avait le temps. Que l'ambulance arriverait à temps pour la sauver. Mais elle n'a pas pensé à ce qui se passerait quand elle enlèverait la gabardine.

Antonia pose les mains sur son abdomen, les écarte, ouvre largement les doigts. Jon peut presque voir l'entaille. Elle continue de parler, pour elle-même, pour faire toute la lumière. Il y a une férocité – voire une jubilation – dans ses mots, à mesure qu'elle découvre et expose la vérité.

— Qu'est-ce qui recouvrait sa blessure ? Un foulard ? Une serviette ? Je sais que la gabardine n'était pas à elle, parce qu'elle était trop grande ; elle ne pouvait donc qu'appartenir à son assassin. Mais la serviette, le foulard ou ce que vous voudrez... ça a bien dû aller quelque part. Vous avez profité de la confusion ambiante pour le faire disparaître, n'est-ce pas ?

La femme ne répond pas. Mais elle ne quitte pas Antonia des yeux. Dans son regard, il y a autant de peur que de haine.

19

Une étreinte

Antonia sourit sous cape. Elle sait qu'elle a gagné.

Mais elle sait aussi que cette victoire est la fin de la route, et qu'elle ne suffira pas. Elle fait un signe à Jon, qu'il décrypte aussitôt. Elle est arrivée jusqu'ici, mais ne peut guère aller plus loin. À présent, c'est son tour.

Jon s'approche de la femme, s'agenouille devant elle et lui prend les mains, osseuses et longues, qui disparaissent entre les siennes.

— Vous n'aimiez pas beaucoup Víctor, n'est-ce pas ? Il n'était pas assez bien pour votre fille.

Silence.

— Raquel vous a demandé quelque chose, et vous n'avez pas eu le choix. Vous l'avez aidée, poursuit Jon d'une voix douce et rassurante. Vous avez aidé votre propre fille à protéger son assassin.

La femme serre ses mains. C'est tout l'assentiment dont elle est capable après des années à couvrir le mensonge de sa fille, l'ultime requête de Raquel. Même si c'était injuste et immoral, elle s'y est tenue.

Mais ce petit aveu ne leur suffit pas.

Le temps presse. Et il leur manque encore l'essentiel.

Le *qui*.

Mais avant le qui...

— Pourquoi a-t-elle fait ça ?

— Parce qu'il lui avait fait du mal. Il ne l'a peut-être pas tuée, mais il l'a poussée dans les bras de celui qui l'a fait. Et il l'a laissée seule, inspecteur. Seule.

Il y a une lueur de compréhension dans le regard de Jon. Il n'excuse pas, mais il comprend. Suffisamment. Après tout, ça fait partie de son métier. Être flic, c'est aussi savoir faire preuve de compréhension – y compris envers soi, si possible. Ça permet de se mettre à la place du suspect pour gagner sa confiance. Ça permet d'asséner des affirmations comme celle-ci, avec l'intuition d'être dans le vrai, et de mettre l'autre au pied du mur.

— Il a trompé votre fille.

— Avec une cliente de la salle de sport. Raquel l'a su et a rompu avec lui.

— Et elle s'est mise à fréquenter quelqu'un d'autre.

La femme hoche la tête douloureusement.

— Nous avons besoin de connaître son nom.

— Raquel était amoureuse de lui. C'est tout ce que je sais.

— C'est lui qui a poignardé votre fille.

— Raquel a dit que c'était un accident. Qu'il n'avait pas pu faire autrement.

L'inspecteur Gutiérrez sait des choses que Jon rejette. Il sait que quelque part, au fond de l'âme d'un être humain, peuvent germer des mots comme ceux qu'il vient d'entendre.

Et qu'ils seront crus.

Ça fait aussi partie de son métier. Accepter qu'il existe des recoins, des replis, des énergies dans le cerveau des gens, qui leur permettent d'associer, dans une même phrase, des propositions contradictoires. « Je t'aime tellement que si tu me quittes je te tue » et « C'était un accident, il n'a pas pu faire autrement » proviennent du même terreau. Cette faille entre deux plaques tectoniques sur lesquelles l'humanité bâtit

202

ses certitudes. L'amour, la famille, l'amitié... Ce qu'on fait quand ces plaques bougent dans des directions opposées, ça... personne ne le sait à l'avance, et personne n'a le droit de juger trop sévèrement après coup.

Empathie de mes deux, pense Jon, pour clore le sujet.

— Assez tergiversé, madame. Il y a une vie en jeu et notre temps est compté, dit Antonia d'une voix désormais glaciale. Vous devez nous donner son nom. Maintenant.

— Je ne sais pas, répète la femme en secouant la tête. Je ne sais pas.

Antonia regarde sa montre.

Huit minutes.

Elle commence à montrer des signes de nervosité – semblable à ceux des humains –, et tourne en rond dans la pièce, mains sur les hanches, passant mentalement en revue les éléments dont ils disposent.

Soudain, elle se fige.

Elle vient de se rappeler quelque chose.

Quelque chose qui leur manque.

— Son portable. On n'a jamais retrouvé le téléphone portable de Raquel. La police a cru que Víctor l'avait embarqué. Mais ce n'était pas lui, n'est-ce pas ? Elle vous l'a donné, et c'est vous qui avez demandé à Víctor de monter. Qui avez envoyé le SMS.

— Je veux que vous partiez d'ici, dit la femme, lâchant les mains de Jon et se levant. J'appelle mon avocat.

— Bonne idée, madame, commente Jon, avant d'ajouter sournoisement : Vous n'avez qu'à utiliser le portable de votre fille.

C'est le plus vieux truc du monde : mentionner l'objet caché, puis attendre que les yeux du suspect se tournent inévitablement vers lui. Tous les dealers le connaissent : Jon allait donc droit vers l'endroit où ils ne regardaient *pas*.

Malheureusement pour Mme de Planas, elle n'a jamais vendu de drogue.

Elle détourne un instant ses yeux pleins de haine de ceux d'Antonia.

C'est suffisant.

Antonia suit la direction de son regard – la bissectrice entre son corps et celui de Jon – jusqu'au meuble situé derrière elle.

Le secrétaire.

S'il est un objet qui caractérise l'aristocratie madrilène – ou ceux qui aimeraient en faire partie – depuis quatre siècles, c'est le *bargueño*. Un secrétaire en bois avec de nombreux tiroirs, posé sur un piètement amovible, originellement destiné à ranger documents, archives familiales et objets précieux. Ils étaient fabriqués en bois nobles – ébène, acajou, palissandre – et marqueterie d'écaille, d'os ou d'ivoire. Les plus anciens peuvent atteindre des sommes astronomiques aux enchères, au grand dam des héritiers incultes qui ont mis « cette horreur » aux encombrants pour faire place à une étagère Ikea (Kallax, soixante-neuf euros, portes non comprises).

Antonia ignore s'il s'agit d'un original du XVIIe siècle ou d'une mauvaise copie du début du XXe siècle. Elle n'a pas l'œil pour faire la différence, et c'est le cadet de ses soucis.

Ce qui l'intéresse, c'est l'usage occulte du *bargueño*. Usage qui n'a plus cours à l'ère de l'argent dématérialisé, mais qui était essentiel du temps où la monnaie était frappée dans des métaux précieux.

Elle se met à sortir les tiroirs du meuble, un par un, et les pose sur le sol. Elle ne regarde pas leur contenu : vieilles pochettes d'allumettes, petits albums photos, collection de cartes postales. Un dossier contenant la déclaration de revenus pour 1998.

— Attendez ! Qu'est-ce que vous faites ? dit la femme, haussant la voix.

Trop tard. Antonia a trouvé ce qu'elle cherchait en sortant le tiroir du bas à droite. De l'extérieur, les côtés du meuble semblent avoir la même profondeur. Mais un examen plus minutieux révèle qu'il est légèrement plus court du côté gauche.

Antonia introduit les doigts dans l'ouverture et sent une corde. Quand elle tire, un tiroir d'environ quatre centimètres de large sur vingt de long apparaît. L'endroit idéal pour dissimuler des objets de valeur. Un sac de pièces d'or, une liasse de billets…

Un portable avec une coque Hello Kitty.

Antonia brandit le téléphone. Un Samsung Galaxy d'il y a quelques années. L'identité de sa propriétaire ne fait guère de doute.

Il a été soigneusement nettoyé à l'aide d'un chiffon, mais une tache cuivrée est encore bien visible sur le bouton frontal.

— Pas de batterie, constate Antonia en appuyant sur le bouton d'alimentation.

— Il y a des câbles dans la voiture, dit Jon. On y va, vite.

— Vous ne pouvez pas l'emporter, supplie la femme d'une voix étouffée. (Elle s'est interposée entre eux et la porte.) Il y a toutes ses photos dedans…

Jon éprouve une pointe de pitié. Il pense à toutes les fois où la femme a dû allumer le téléphone – au petit jour, tous volets baissés, porte fermée à double tour – pour contempler ces images. Probablement sans savoir comment les télécharger et sans personne à qui le demander.

— Nous vous le rendrons très vite, madame.

Antonia l'esquive et se dirige vers la porte, mais Jon ne la suit pas immédiatement. Il pense à sa mère, Dieu sait où elle est en ce moment, que cette femme représente, comme un sinistre fantôme des Noël à venir. Il décide d'utiliser quelques précieuses secondes pour s'arrêter devant la femme et la prendre dans ses bras. Ce faisant, il peut sentir ses os sous sa peau fine et flasque. Elle ne lui rend pas son étreinte – une vie d'orgueil n'autorise guère de frivolités dans sa dernière ligne droite –, mais Jon sent son corps l'absorber, la recevoir et l'accepter.

Il lui murmure quelque chose à l'oreille, quelques mots de réconfort, qu'elle seule entend.

Puis il court sur les talons d'Antonia.

20

Un téléphone portable

— Six minutes, dit Jon en regardant sa montre.

— Du calme. Ça ne sert à rien de s'énerver, répond Antonia, appuyant une quinzaine fois sur le bouton du rez-de-chaussée.

L'ascenseur est rapide. Mais l'esprit d'Antonia l'est plus encore. Elle a déjà prévu comment accéder au contenu du téléphone si jamais il est protégé par un mot de passe.

— On le branche au chargeur de la voiture. On le connecte à mon iPad et on utilise Heimdall pour craquer la sécurité. On pourra voir les derniers messages de Raquel.

— Tu te rends bien compte que tu dis « on » ?

— Bien sûr, dans un registre familier j'emploie toujours la troisième personne du singulier pour me référer à l'équipe.

Complètement imperméable à l'ironie, pense Jon. Il enfonce à son tour le bouton du bas, au cas où ça ferait avancer l'ascenseur plus vite.

— Comment on va faire savoir à White qu'on a résolu le crime ? Tu as une idée ?

— Il appellera, répond Antonia.

Elle omet d'ajouter « je suppose ». C'est un mot aussi tabou dans le vocabulaire d'Antonia que « sphère » pour un terreplatiste.

— Tout va bien se passer, ajoute-t-elle avec un sourire.

Son fameux sourire. Celui qui creuse des fossettes de part et d'autre de sa bouche, dessinant un triangle parfait avec la pointe du menton. Celui qui se fait rare ces temps-ci.

Jon le rate, malheureusement. Pourtant, il adore les sourires d'Antonia. Ses sourires dix mille watts, capables d'éclairer toute une pièce.

Jon le rate, car il est très occupé à lui sauver la vie.

Voici ce qui se passe en une seconde et onze centièmes : la porte de l'ascenseur ne résiste pas à la première rafale de balles, qui s'abat à une vitesse de neuf cents mètres par seconde et la détruit entièrement avant qu'elle ne touche le sol. La cabine de verre et la porte extérieure forment un bouclier capable de ralentir ou de dévier les balles, et le tireur le sait parfaitement. C'est pourquoi il n'ouvre le feu que très brièvement – une légère pression sur la détente du fusil d'assaut, qui tire un total de cinq projectiles.

Les deux premiers démolissent la porte pendant qu'elle s'ouvre, la réduisant en charpie. Les deux suivants s'écrasent contre le cadre d'acier. Sous l'impact, ils s'aplatissent et ricochent dans la cage d'ascenseur, sans causer de dégâts majeurs.

Le cinquième perce un trou dans la porte où une table de bistrot passerait largement, avant de survoler la tête d'Antonia, puis de s'incruster dans la vitre opposée en formant une énorme toile d'araignée.

Il s'en est fallu de trois centimètres pour que la personne la plus intelligente du monde perde l'organe qui lui confère ce statut.

Ces trois centimètres, Antonia ne les doit pas au hasard, mais à la présence d'esprit de Jon Gutiérrez. Qui, quelques fractions de seconde avant que l'ascenseur n'atteigne le rez-de-chaussée, a aperçu dans le miroir du couloir le reflet d'une silhouette sombre, une arme lourde à la main.

Instinctivement, Jon a tiré sa collègue par la veste pour la placer derrière lui et lui faire un bouclier de son corps. L'angle n'était pas le plus adapté, si bien qu'Antonia échappe à la balle, mais se mange la poignée de l'ascenseur en pleine face. Le choc ne lui brise pas le nez (de peu) ni les incisives supérieures (de justesse), mais il est assez fort pour qu'un flot de sang afflue dans sa bouche.

À ce moment, le bruit de la première détonation les atteint, mais ils n'y prêtent pas attention. Antonia, parce qu'elle se tord de douleur (tous ceux qui ont déjà pris un coup de poing comprendront pourquoi), et Jon, parce qu'il est occupé à dégainer son arme de service d'une main, tout en essayant de pousser Antonia derrière lui de l'autre.

Ainsi s'achève la seconde onze centièmes et débute le cauchemar.

— Derrière moi ! crie Jon en voyant qu'Antonia s'agite.

Jon tente de la plaquer contre la paroi de l'ascenseur, ce qui n'est pas une mince affaire. La cabine offre un refuge exigu et l'angle avec le tireur n'est pas idéal.

Quand vous n'avez rien pour vous couvrir, abritez-vous derrière une balle, se rappelle Jon de son passage à l'académie. Un super conseil dans le cadre d'un cours théorique, moins quand vous êtes en train de faire dans votre froc.

Jon tend le bras et fait feu au hasard dans le trou de la porte. Trois balles, qui ne font qu'aider le tireur à mieux déterminer leur position et à ajuster son angle de tir.

Le couloir n'est pas rectiligne. Avant d'arriver à l'entrée, il fait un léger virage où leur assaillant a pris place. Sur le mur opposé se trouvent les miroirs qui ont sauvé la vie d'Antonia, jusque-là en tout cas.

Il faut souligner le « jusque-là », car Antonia semble décidée à mourir. Du moins à en juger par la façon dont elle se débat.

— Lâche-moi ! crie-t-elle, bien qu'avec le sang qu'elle a dans la bouche, ça ressemble plutôt à « hafmoi ».

Une nouvelle rafale pénètre par le trou. Jon n'a pas entendu le clic, mais il sait que leur agresseur est passé du mode automatique au mode manuel. Les coups de feu – trois, cette fois – se succèdent, mais avec une pause entre deux. Une préméditation.

Bien sûr, Jon ne réfléchit pas à ces subtilités. Il les ressent dans sa chair. C'est le résultat de deux décennies d'entraînement, qui n'ont pas pris fin quand il a rejoint le projet Reine rouge. Un fois par semaine, quatre fois plus qu'avant. Mais lorsque l'entraînement ne suffit plus, alors il faut se fier à son instinct.

Les balles ont touché le coin de l'ascenseur, à une courte distance, couvrant Antonia et Jon d'éclats de verre. Dès que l'écho de la troisième s'estompe, Jon se penche – juste un peu – et riposte. Trois tirs. En visant, cette fois, et en atteignant le coin derrière lequel se cache le tireur. Il arrache de gros morceaux de plâtre, sans trop endommager le béton, mais en gagnant de précieuses secondes.

Il viserait encore mieux s'il ne devait pas immobiliser Antonia.

— Arrête de gigoter ! grogne-t-il, la poussant de toutes ses forces contre la paroi de l'ascenseur.

Antonia prend une inspiration, avale du sang et parvient à se faire comprendre malgré la douleur, l'adrénaline et la peur.

— Le portable, dit-elle.

Jon regarde par terre et se fige. Il comprend maintenant pourquoi sa collègue essaie de se libérer.

Pendant la première rafale, Antonia a laissé tomber le portable de Raquel Planas.

Leur unique espoir de résoudre l'affaire dans le temps imparti – dont Jon pressent qu'il est presque écoulé – gît à présent dans un amas d'éclats de verre et d'acier, à un mètre de ses pieds.

Pourquoi ça peut jamais être simple ? se demande Jon.

— Arrête de gigoter, ordonne-t-il de nouveau.

— Il faut que je le récupère.

Jon fait feu, une fois. La riposte est presque immédiate.

Quatre tirs, coup sur coup, juste au moment où Antonia tente de libérer son bras de l'étreinte de Jon. Une pluie d'étincelles s'abat sur eux alors qu'une balle détruit le plafonnier. Antonia pousse un cri de douleur et retire son bras.

Au loin, on entend une sirène de police. Jon comprend que le temps ne joue pas seulement contre lui, mais aussi en sa faveur. Du moins si Antonia se tient suffisamment tranquille pour qu'il puisse retenir le tireur.

— Je peux l'atteindre. J'y suis presque.

— Antonia… arrête, dit Jon.

Elle le regarde et voit dans ses yeux quelque chose qu'elle n'avait jamais vu auparavant. Ou peut-être que si, mais sans avoir su l'identifier. « Fais-moi confiance. »

Antonia ferme les yeux et cesse de lutter.

Jon hoche la tête avec un sourire mauvais.

Je vais peut-être crever, mais pas avant d'avoir buté ce connard.

Trop long pour un cri de guerre, alors il n'émet qu'un son guttural, âpre et profond, lorsqu'il émerge à moitié de l'ascenseur et vide son chargeur – les cinq balles qu'il lui reste – dans la direction du tireur, à l'instant où celui-ci passe la tête dans le couloir. L'autre tressaille et contre-attaque à l'aveugle, alors que les sirènes se rapprochent.

Jon, qui a reculé pour recharger son pistolet, attend patiemment la riposte du tireur, qui ne vient pas. Il n'entend rien non plus, hormis les voix des policiers de l'autre côté de la cour intérieure.

Il hésite un instant à sortir la tête pour voir ce qui se passe, mais n'a pas le temps de se décider, car à cet instant, il arrive trois choses simultanément.

Un, le téléphone d'Antonia se met à sonner, mais Antonia ne répond pas parce que

Deux, elle est agenouillée, par terre, essayant d'atteindre le portable de Raquel Planas, couvert d'éclats de verre. Lorsqu'elle soulève l'appareil, elle lance à Jon un regard désespéré. L'une des balles a touché le téléphone, dont la moitié lui reste entre les doigts, tandis que l'autre pend, ne tenant que par un câble à moitié rompu. Mais le plus effrayant est que

Trois, Jon entend des bips tout près de son oreille et sent une désagréable vibration sous sa peau, qui se propage dans ses vertèbres et le fait claquer des dents.

Le temps est écoulé.

White vient d'activer la bombe dans la nuque de Jon.

21

Un bip

Non. Non. Non.

Antonia regarde Jon. Elle est encore à genoux, ce qui reste du téléphone de Raquel Planas entre ses doigts ensanglantés. Le câble qui retenait l'autre moitié vient de céder ; elle s'écrase avec un craquement dans les éclats de verre.

La lumière du plafonnier vacille, projetant des ombres spectrales sur la peau moite de l'inspecteur Gutiérrez, qui est pâle comme un vampire en quarantaine.

— Antonia…

Elle le regarde et tente de réfléchir. Ce qui n'est pas facile, entre le téléphone qui n'arrête pas de sonner, et les bips dont la fréquence monte en intensité.

— Du calme. Tout ce que je dois faire, c'est…

Elle ne termine pas sa phrase, car des cris l'interrompent.

— Police, mains en l'air !

Antonia est encore à genoux, quand un agent en uniforme surgit dans le couloir, marchant sur les douilles qu'a laissées le tireur dans sa fuite.

Jon est debout, pistolet à la main, dos au policier.

Pétrifié.

— Je ne le répéterai pas ! crie le flic, avant de le répéter. Mains en l'air !

— Jon, dit Antonia, levant les mains.

Jon ne répond pas. La peur paralyse ses muscles, tandis que les bips dans sa nuque se font de plus en plus rapides. Son visage est tendu, sa mâchoire serrée. La seule chose qui bouge, ce sont ses yeux terrifiés, qui scintillent comme des diamants sous un projecteur.

Antonia se tourne vers le policier. Ce qu'elle voit ne lui plaît pas.

Recrue. Trouillard. Le doigt sur la détente. Une très mauvaise combinaison.

— Inspecteurs Scott et Gutiérrez, Police nationale. Numéros d'identification 27451 et 19323, décline Antonia.

— Jetez votre arme d'abord, ensuite montrez-moi votre insigne, répond l'agent, continuant de les tenir en joue.

— Je peux vous montrer...

— Gardez les mains en l'air !

— Officier, une explosion pourrait se produire à tout moment. Je veux que vous reculiez de trois mètres et que vous établissiez un périmètre de sécurité.

— Lâchez votre arme !

— Officier, dit Antonia. (Elle hésite sur la façon d'affirmer son autorité, et choisit finalement de suivre les conseils du meilleur expert en la matière.) Vous commencez à me les briser. Si vous n'obéissez pas sur-le-champ, demain vous irez faire la circulation à Albacete. Est-ce clair ?

Antonia a dû toucher une corde sensible, car le policier semble réagir. Il pointe l'arme vers le plafond et recule de quelques pas, tout en parlant à la radio.

Le téléphone se remet à sonner.

Antonia plonge la main dans sa poche.

Elle décroche.

— Les délais sont faits pour être respectés, déclare White. Sa voix, métallique et désagréable, est pleine de colère.

— Ç'aurait été plus facile si vous n'aviez pas envoyé l'un de vos sbires pour nous tuer.

Au bout du fil, il y a un silence tendu, teinté de surprise.

— Je crains de ne pas vous suivre, madame Scott.

— Européen, grand, cagoulé. En jean et blouson de cuir. Il avait un fusil d'assaut Colt Canadian. Modèle C7 ou C8, je n'ai pas bien vu : il faisait noir et il nous tirait dessus. Avant l'expiration du délai, soit dit en passant. Vous avez quelqu'un qui ressemble à ça dans votre équipe ?

Nouveau silence. Plus long et plus tendu.

— Non. Pas en ce moment. Même si je dois admettre que je n'excluais pas son intervention.

— Un ancien employé mécontent ?

— Non. Mais j'ai bien peur qu'il ne soit pas de notre côté.

— Vous et moi, nous ne sommes pas du même côté, monsieur White.

— Vraiment, c'est ce que vous pensez ? Eh bien, vous devriez bientôt changer d'avis. Pour l'instant, j'attends toujours le résultat de votre première mission.

— Raquel Planas n'a pas été tuée par son petit ami.

— Facile. Vous l'avez compris depuis des heures. Probablement depuis que vous avez lu le rapport de police, je me trompe ?

— J'avais des soupçons, reconnaît Antonia.

Elle remarque que White joue sur son ego, et elle remarque aussi comment elle réagit, malgré elle. Mais elle ne peut se permettre la moindre erreur. Flairant le piège, elle continue de parler.

— La victime avait une relation avec une tierce personne, quelqu'un qu'elle avait rencontré à la fin de son histoire avec Víctor Blázquez.

— Son nom.

— Quelqu'un dont elle était tombée amoureuse et qui l'a poignardée pour une raison inconnue, poursuit Antonia, de plus en plus vite. Elle a persuadé sa mère de l'aider à couvrir l'auteur de l'agression.

— Son nom, répète White.

— Mais ça a mal tourné, sa blessure était plus grave que ce qu'elle pensait...

— J'en déduis que vous n'avez pas découvert son nom.

Les bips dans la nuque de Jon s'accélèrent, pour devenir un sinistre sifflement continu.

— Ce n'est pas juste, espèce de salopard ! hurle-t-elle.

— Non. Ce n'est pas juste.

Antonia s'efforce de ne pas céder – aux larmes ou à la fureur – et prend la main gauche de Jon. La gauche. Celle qui ne tient pas l'arme à laquelle l'inspecteur Gutiérrez décide de s'accrocher, en un ultime geste de dignité face à l'inéluctable. Les efforts d'Antonia, cependant, ne sont pas suffisants.

— Vous pleurez ? dit White, après un silence.

— Vous le savez très bien, répond-elle.

— L'inspecteur Gutiérrez compte à ce point pour vous ? Ou est-ce que vous pleurez simplement parce que vous avez échoué ? Réfléchissez bien avant de répondre.

Antonia se demande laquelle des deux réponses est la bonne. Elle sait ce qu'elle devrait ressentir, ce qu'elle est censée dire, mais elle ne le dit pas. D'un autre côté, elle ne sait pas très bien ce qu'elle ressent, alors elle cherche dans le prodigieux palais de sa mémoire, jusqu'à trouver le mot juste.

Fa'atanmaile.

En samoan, « le regard du chien dans le miroir ». Le sentiment que l'on éprouve quand on lutte contre son propre reflet, car on ne s'y reconnaît pas.

Elle inspire profondément, et répond :

— Les deux.

White semble évaluer la véracité de sa réponse pendant quelques interminables secondes.

— Je vous crois, dit-il enfin. J'ai donc décidé de suspendre le châtiment.

Pendant un instant, Antonia se demande si elle a bien entendu.

— Pourquoi ?

Nouveau silence. Puis :

— J'ai mes raisons. Maintenant, allez vous reposer. Vous recevrez bientôt votre prochaine mission.

— Merci, dit-elle.

Bêtement, elle s'en rend compte aussitôt. C'est un réflexe de politesse, un vestige de savoir-vivre – ou de syndrome de Stockholm – qui n'a aucune place dans une situation comme celle-ci.

White éclate d'un rire sec, bref, sans une once d'humour.

— Ne me remerciez pas. Vous devez toujours payer le prix de votre échec. Mais maintenant, ce sera en plusieurs fois. Avec les intérêts.

Il raccroche.

Le sifflement s'arrête brusquement.

Antonia et Jon se regardent. Ils ont les larmes aux yeux.

Ils détournent tous les deux le regard, pour ne pas les voir.

TROISIÈME PARTIE

SANDRA

Concevoir une pensée, une seule et unique pensée,
mais qui mettrait l'univers en pièces.

E. M. Cioran

1

Un matelas

Il est presque 3 heures du matin, et Jon se tourne et se retourne dans son lit.

Il n'est pas totalement réveillé, mais ne dort pas non plus. Il est vaguement conscient de la chaleur et du poids de son corps sur le matelas à la technologie dernier cri. Bien meilleur que celui qu'il a chez lui. En caleçon, la couette en boule à ses pieds, il parvient à trouver une position confortable une heure après s'être mis au lit, et somnole. Mais il ne réussit pas à s'endormir complètement.

D'une part, parce qu'il s'est réveillé à 3 heures de l'après-midi, après neuf heures de sommeil. Se lever à des heures indues et se rendormir aussitôt, ce n'est pas son truc.

D'autre part, parce que les images de ces dernières heures ne cessent de hanter son esprit.

La prison.

La femme.

L'ascenseur.

Les bips, qui résonnent encore à ses oreilles.

Et ce qui s'est passé ensuite.

Il y eut beaucoup explications.

Trop.

D'abord, celles qu'ils durent donner à la police à propos de la fusillade. Minimales, mais quelque peu tendues. Les autorités compétentes se montrent extraordinairement curieuses quand se produit un échange de tirs à l'arme lourde dans un immeuble rempli de militaires. Même si neuf sur dix sont à la retraite, et que les autres reçoivent des brochures menaçantes de l'assurance vieillesse, du genre « Vos jours sont comptés » ou « Bienvenue dans la salle d'attente de Dieu ». *Enfin peut-être pas formulé comme ça, mais presque*, avait pensé Jon, qui redoute davantage la vieillesse que les balles – mais moins que les bombes.

Le fait qu'Antonia ait prononcé le mot « explosion » dans ce même immeuble n'avait pas non plus contribué à apaiser la curiosité des policiers. Les démineurs s'étaient présentés, avec moins d'imagination que M. White. Ils fouillèrent partout, hormis sous la peau de l'inspecteur Gutiérrez qui, pendant ce temps, attendait, enveloppé dans une couverture, un assez bon café à la main. Regardant vers l'infini, ou disons sa partie la plus proche, à savoir un massif d'hortensias et de glycine en fleur.

Le concierge de l'immeuble se faisait soigner par les ambulanciers pour le coup sur la tête que l'intrus lui avait asséné, le laissant hors circuit. Les hommes de la Scientifique couraient comme des poulets sans tête, et plusieurs inspecteurs braillaient des ordres confus. Quant à Jon, il restait prostré dans son coin, laissant Antonia se charger des relations publiques. Ce qui n'est pas la chose à faire dans des circonstances normales.

Ni jamais, en fait.

Jon avait écouté la conversation d'une oreille distraite. Ou plutôt, elle lui était parvenue à travers un brouillard, comme quand on est dans son bain et que quelqu'un crie dans la pièce d'à côté. Il en avait saisi des bribes, avec l'indifférence que l'univers vous accorde après que vous avez frôlé la mort.

Qu'elle a débarqué sans frapper, s'est installée, a changé les serrures et vous a fait coucou depuis la fenêtre.

Il y avait eu quelques éclats de voix, des regards sceptiques, et même des commentaires à voix – pas assez – basse, du style « C'est qui ce con ? ».

Puis Mentor était arrivé – et avec lui les appels de gens importants –, et les questions avaient disparu. Avec plus de réticence que de coutume, étant donné le lieu, la situation et la quantité de retraités, habitués à commander à des régiments, qui criaient des instructions contradictoires, en pyjama, de leur balcon.

Enfin, Mentor s'était dirigé vers Jon. Il avait légèrement fait la grimace en voyant son état – et probablement parce qu'il était assez proche pour sentir son odeur. L'inspecteur Gutiérrez était enveloppé d'un nuage de sueur et d'adrénaline brûlante. Une vraie puanteur.

Antonia ne s'en plaindrait jamais, s'était dit Jon, comprenant que son boulot avait aussi ses bons côtés.

Il y eut de nouvelles explications. Plus brèves, plus authentiques. Antonia et Jon accompagnèrent Mentor en voiture au quartier général du projet Reine rouge, où ils se douchèrent avant de se retirer chacun dans une chambre. Le QG dispose d'un module spécial équipé de minuscules dortoirs. Des boîtes de sardines, mais où Jon put se reposer – en partie grâce à l'injection que le Dr Aguado lui avait très judicieusement administrée, en plus des antibiotiques.

Ils émergèrent après l'heure du déjeuner.

Il y eut une réunion.

Quelques mots furent échangés.

Ils mesurèrent à quel point ils étaient dans la merde.

— Pour résumer, commença Mentor après un long silence lugubre. Nous n'avons pas l'identité de l'assassin de

Raquel Planas, parce que son téléphone est mort. Quelque chose dans le *cloud* ?

Aguado fit non de la tête.

— On n'a pas non plus la moindre idée de la raison pour laquelle White vous a demandé de résoudre ce meurtre, poursuivit-il.

Antonia fit non de la tête.

— Nous avons totalement exclu la possibilité que White soit lié à Víctor Blázquez, déclara Mentor. Qui est, pour l'instant, l'unique bénéficiaire de nos efforts.

Jon fit non de la tête.

Ce qui lui causa plus de difficulté.

Après les aveux de Mme de Planas, ils étaient forcés d'agir pour changer la situation de Blázquez. Probablement en passant un coup de fil aux inspecteurs chargés de l'affaire à l'époque. Cela aurait un double effet. Primo, les confronter au fait qu'ils avaient bâclé l'enquête, sans regarder plus loin que le bout de leur nez, et contribué à envoyer un innocent en prison. Secundo, leur donner l'occasion de se racheter, en allant présenter eux-mêmes leurs nouvelles « conclusions » au ministère public. Cela occasionnerait beaucoup d'embarras, encore plus de remous, et presque certainement une condamnation pour Mme de Planas. De deux ans maximum, pour qu'elle ne passe pas un seul jour sous les verrous. Car en Espagne, les peines inférieures à deux ans ne sont presque jamais purgées.

Certes, ils s'étaient attaqués à une affaire non résolue vieille de presque quatre ans. Une tâche qui, dans le meilleur des cas, demanderait des mois, des effectifs, des moyens. Et qui, dans le pire des cas, est impossible.

Ils l'avaient résolue à deux en six heures.

Et pourtant...

Ils étaient loin de crier victoire.

La justice est la vérité en mouvement, se dit Jon. *C'est aussi le seul jeu où tout le monde est perdant.*

— Et ce n'est pas tout, ajouta Mentor. Un nouveau personnage s'est manifesté dans cette histoire. Un mystérieux tireur, expérimenté, armé d'un fusil d'assaut. Dont nous ignorons l'identité, les motivations, les liens avec White et les raisons pour lesquelles il voulait vous éliminer. Et dont nous n'avons qu'une vague description.

— On a aussi les images prises par les portables depuis les balcons, compléta Jon, toujours prêt à se rendre utile.

— Certes, certes. Six vidéos filmées par des septuagénaires qui, vu la qualité des téléphones, les conditions d'éclairage et la sûreté de la main des pépés, ont donné comme résultat une magnifique tache, ironisa Mentor en désignant l'écran où l'on voit, en effet, une tache.

— Vous avez du nouveau, par ici ? demanda Jon.

— Strictement rien, répondit Mentor, très fort et très vite, regardant le Dr Aguado, qui n'ouvrait pas la bouche. Nous ne savons toujours pas par où commencer. Ce qui nous laisse, une fois de plus, à la merci des exigences de White. Avec l'attente comme seule stratégie.

— Neuf fois sur dix, c'est ce qu'il y a de mieux à faire, déclara Antonia, tentant de faire passer pour une statistique des chiffres qu'elle venait manifestement de sortir de son chapeau.

— Donc zéro suspect, zéro nom, zéro piste. C'est bien résumé ou j'oublie quelque chose ?

Antonia, Jon et la légiste firent oui de la tête.

— Bref, on est globalement dans la merde, conclut Mentor.

Jon continue de penser que Mentor a raison.

Au QG, tout a été fait pour que les chambres, bien que spartiates – des cabines de bateau sur un océan de béton –, soient les plus confortables possible. Prenons le matelas, par exemple. En latex et viscoélastique, tout comme l'oreiller où repose sa tête. Le type de literie qui épouse parfaitement la forme de votre corps, et réagit à votre poids et votre température corporelle. Jon se demande si l'oreiller enregistre aussi la zone de sa nuque où la bombe forme un petit renflement. La mousse viscoélastique a une mémoire de forme ; elle conserve l'empreinte de votre corps pendant un certain temps avant de reprendre sa forme initiale.

Jon se demande combien de temps la mousse gardera la mémoire de son corps avant de reprendre sa forme initiale. Supposons, par exemple, que la bombe explose maintenant. Que sa nuque éclate de l'intérieur, que la force de l'explosion envoie des morceaux de métal et d'os dans son bulbe rachidien, le tuant sur le coup. Ce lit gardera-t-il son corps en mémoire après que son cœur aura cessé de battre ? Son empreinte sera-t-elle toujours là quand Antonia entrera dans la pièce ?

Jon imagine deux brancardiers l'emmenant sur une civière. Puis, de façon un peu plus réaliste, il en imagine trois. Ils le soulèvent, chargent son cadavre sur la civière et le conduisent jusqu'au laboratoire d'Aguado. Le trajet est court, une vingtaine de mètres à peine. Là-bas, la légiste disséquera le résultat de l'explosion, fouillant dans son cerveau, cherchant désespérément des indices. Triant les morceaux de ce qui, quelques minutes plus tôt, était encore Jon Gutiérrez. Des morceaux encore chauds.

Antonia pleurerait, bien sûr. Puis elle retrousserait ses manches et chercherait vengeance, sans relâche. Ou bien elle retournerait faire la gueule pendant trois ans dans son grenier.

On ne sait jamais, avec Antonia Scott.

Il faut s'attendre à tout.

Comme l'entendre tambouriner à votre porte à 3 h 26 du matin.

Quand il ouvre, Antonia se tient devant lui, en culotte et soutien-gorge, ses vêtements dans une main, ses baskets dans l'autre, son portable entre les dents.

Jon le lui retire, voyant qu'elle essaie de parler.

— J'ai reçu un message, dit-elle quand il libère ses lèvres. Il y a trente secondes.

Jon regarde l'écran, pendant qu'Antonia s'habille à toute vitesse dans le couloir.

Cisne, 21.

— C'est où, ça ?

— J'en sais rien, dit-elle, bataillant avec un bouton de sa chemise.

Jon s'efforce de mettre dans la phrase qui suit toute la vacherie dont il est capable à cette heure-là et encore à moitié endormi.

— Dois-je comprendre qu'il y a une rue de Madrid que tu ne connais pas, trésor ?

— Il y a 9 187 rues à Madrid, Jon. Je ne peux pas les connaître toutes.

Antonia cligne des yeux – elle a encore la trace de l'oreiller sur la joue et les cheveux en bataille – et marque une pause évaluative en enfilant son pantalon.

— Enfin, je *pourrais*. Mais pas là. Cherche sur Google !

Jon pianote sur l'application.

— Tu l'as dit à Mentor ?

— Je lui ai fait suivre le message.

La carte de l'application s'ouvre, tandis qu'en une fraction de seconde, le signal se connecte au système de localisation par satellite et détermine la position du téléphone d'Antonia, affiche le plan des environs de l'aéroport, avant de faire jaillir l'itinéraire jusqu'au 21 rue du Cisne ; tout cela en moins de temps qu'il n'en faut pour lire, mettons, soixante mots.

— Fais voir, dit-elle en bouclant sa ceinture.

Jon retourne le téléphone et lui indique l'endroit. Elle le regarde attentivement pendant une seconde et demie.

Alors, Jon comprend pourquoi Antonia s'est pointée à moitié nue dans le couloir et lui a donné le téléphone pour qu'il cherche l'adresse. Il comprend son comportement étrange à l'instant où elle dit :

— Habille-toi, je t'attends dans la voiture.

Elle court déjà, pieds nus, mais avec suffisamment d'avance.

La sale petite...

Ce qu'ils ont fait à l'époque

— Elle n'est pas prête, docteur Nuno.

De l'autre côté de la vitre, la femme, qui ignore que son avenir consistera à infliger d'indicibles souffrances à d'innombrables personnes, s'efforce d'ordonner une série de chiffres en séquences logiques. Elle a des électrodes placées sur le crâne et ne porte qu'une chemise d'hôpital.

— Elle s'entraîne depuis combien de temps ? demande le médecin, même s'il ne le sait que trop bien.

— Elle comme Scott ont dépassé la durée conseillée. Mais je ne parviens pas à lui faire contrôler ses émotions. C'est très frustrant.

— Comment a-t-elle réagi à la substance ?

Le médecin lève une main striée d'un réseau de veines variqueuses, qui ressemblent à des éclairs dans un ciel d'orage, et prend la feuille que lui tend Mentor.

— Les données sont excellentes. Encore meilleures que celles de Scott, en fait.

— Et pourtant, je ne parviens pas à la stabiliser. Les gélules se sont révélées inutiles.

Nuno s'éclaircit la gorge, prend une profonde inspiration et Mentor sent venir un discours. Ce n'est pas la première fois qu'il éprouve la forte tentation d'ordonner aux vigiles de le neutraliser, de l'emmener dans une ruelle sombre et de le faire disparaître discrètement. Personne ne protesterait.

Pourtant, Nuno reste silencieux. Comme s'il avait perdu le fil de sa pensée. Ou qu'il se forçait à le garder pour lui de peur de trop en dire.

Quand il rouvre la bouche, quelque chose dans sa voix a changé. Toute trace d'ironie a disparu. Elle a baissé d'une octave. Ses mots semblent plus sincères. Contre toute attente, Mentor trouve cela encore plus inquiétant.

— Il y a quelques années, j'ai participé à une expérience qui a changé ma vision du monde. Ce que je vais vous raconter est de notoriété publique, vous trouverez facilement l'expérience. Mes conclusions personnelles… non.

Nuno s'appuie contre le mur, comme s'il portait tout le poids du monde sur ses épaules.

— Cinquante personnes ont participé à l'expérience, vingt-huit hommes et vingt-deux femmes. Nous les avons attachés à une chaise. Rien de bien méchant, nous devions simplement les forcer à regarder l'écran. Puis nous avons commencé à leur projeter une série d'images. Des gâteaux, des bébés potelés, des chiots mignons. En fond sonore, nous mettions de la musique joyeuse, parfaite. Louis Armstrong, une dénommée Katy Perry, des choses comme ça, de la musique de jeunes. Je peux ?

Mentor lui tend une cigarette. Nuno abrite la flamme avec ses mains, si tremblantes que Mentor craint qu'il ne se brûle. Le médecin exhale la fumée avant de poursuivre.

— Parmi toutes ces images, nous insérions du matériel graphique extrêmement violent. Des corps déchiquetés d'accidentés de la route, des scènes de crime, des plaies purulentes, des difformités faciales. Les pires atrocités qu'on puisse trouver. Et croyez-moi, nous n'y sommes pas allés de main morte.

Quelque chose dans le ton de Nuno fait frissonner Mentor. D'une certaine façon, l'horreur imaginée est toujours pire que la réalité. La suite vient le lui confirmer.

— Les sujets ont manifesté des réactions de stress. Accélération du rythme cardiaque, pression artérielle élevée, mains moites. C'était ce à quoi il fallait s'attendre. Ce que nous n'avions pas prévu, c'est ce qui s'est passé ensuite.

Le médecin contemple le bout de sa cigarette, qui se consume lentement. Il souffle sur la cendre qui finit par terre, dénudant une braise qui colore son visage ridé de nuances orangées, dans la semi-pénombre de la salle de contrôle.

— Les images s'affichaient de manière aléatoire. Une image violente pouvait apparaître après quinze images positives, aussi bien qu'après six ou trente. Il n'y avait pas de schéma établi à l'avance.

— L'algorithme ne tenait pas non plus compte de la réaction du sujet ? demande Mentor.

— Le hasard complet. Du bruit blanc.

Nuno laisse tomber sa cigarette sur le sol en béton et pose le pied dessus. Il ne l'écrase pas, ne la frotte pas par terre. Il pose simplement sa semelle dessus, laissant les lois de la physique faire leur travail.

— Le plus incroyable, c'est qu'après plusieurs heures de visionnage, certains participants ont commencé à manifester des signaux de stress *juste avant* que l'on montre l'image.

— Ça n'a pas de sens, dit Mentor. Vous êtes en train de me dire…

Nuno secoue la tête.

— Ce n'était pas un cas isolé. C'est arrivé à sept des cinquante participants. Deux hommes et cinq femmes. Tous les sept ont manifesté le même comportement. Exactement. La réaction anticipée s'est produite quatre-vingt-quatre pour cent du temps.

— C'est impossible, docteur. Ça reviendrait à pouvoir prédire l'avenir.

— Ceci, cher monsieur, est une ânerie de premier ordre. Vous passez trop de temps devant cette bouillie appelée télévision. Non, ce qui s'est passé dans le cerveau de ces sujets, c'est que leurs capacités cognitives ont été démultipliées. En l'occurrence, leur intuition.

— L'intuition peut fonctionner si je vois une personne chanceler et que je devine qu'elle va tomber dans l'escalier. Mais ça...

— Enfin, pour qui vous prenez-vous ? Vous n'avez pas la moindre idée de ce dont le cerveau est capable, mon cher, dit Nuno. (Son accent portugais se fait plus prononcé et plus chantant lorsqu'il s'énerve, affaiblissant la réprimande.) Moi non plus, d'ailleurs. Personne.

Mentor laisse reposer l'information durant quelques instants.

— Comment s'est terminée l'expérience ?

— Elle a été interrompue.

— Mais...

— Ce que nous faisions a été jugé contraire à l'éthique. On nous a accusés d'avoir traumatisé les participants. De fait, beaucoup d'entre eux ont fait des cauchemars pendant des semaines.

Il y a un silence. Long.

— Nous avons reçu des menaces, avoue Nuno à voix basse. Des termes très durs ont été prononcés.

— Durs comment ?

— Torture. Mengele. De cet acabit.

À raison, pense Mentor, déglutissant.

Les deux hommes se tournent vers la vitre. Dans la salle, la femme a commencé un nouveau cycle de tests. Mais elle ne parvient pas à résoudre les exercices. Elle se lève, arrache ses électrodes et tourne en rond, comme une lionne en cage.

— Celle-ci est très différente de Scott, déclare Nuno. Elles ont toutes les deux des capacités stupéfiantes. Mais elles sont différentes. D'où les méthodes si... particulières que j'ai conçues pour elle.

Mentor comprend enfin ce que lui dit le médecin. La certitude ne le frappe pas aussitôt, comme un coup de couteau dans le dos ou une porte claquée au nez. Non, elle se dévoile peu à peu, comme lorsqu'on palpe un objet dans le noir, tentant pendant des heures de découvrir ce que c'est, avant de comprendre qu'il s'agit littéralement d'un tas de merde.

Tout ce que cet enfoiré veut, c'est les utiliser comme cobayes. Terminer ce qu'il n'a pas pu accomplir des années plus tôt.

— Vous êtes un salopard, Nuno.

— Pour la première fois depuis le début du projet Reine rouge, nous en avions deux. Des pièces de rechange. Ça valait la peine d'essayer, justifie Nuno en haussant les épaules. Lorsque vous arrivez à un âge où même les mouches vous foutent la paix, vous gagnez un certain détachement.

Mentor le regarde, incrédule. À force de le dévisager, il espère susciter ce qui pourrait s'apparenter à une forme de culpabilité.

— Cette femme a quelque chose. Une configuration interne, dont j'ai cru qu'elle pourrait la protéger.

— Que voulez-vous dire ?

— Vous n'avez vraiment rien remarqué ? Observez-la, Mentor. Regardez-la bien. Mais ne la regardez pas comme vous l'avez fait jusqu'à présent, comme un morceau de viande qui assurera votre gloire. Nous nous sommes trompés, vous et moi, chacun à notre façon. Le moment est venu de prendre une décision.

Nuno quitte la pièce.

Mentor reste en arrière, contemplant le mégot de la cigarette du médecin. Un mince filet de fumée malodorante s'échappe encore de l'extrémité noircie.

Décidément, on ne peut faire confiance à personne, pense Mentor.

2

Une adresse

Jon parvient à s'habiller en un temps record et à atteindre la voiture alors qu'Antonia termine juste de nouer ses lacets. Trop tard. Elle est déjà au volant. Et Jon a été assez bête pour laisser la clé sur le contact.

— Je conduirai prudemment, promet Antonia en le voyant planté là, probablement en train d'hésiter à la sortir manu militari.

— En respectant les limitations de vitesse ? précise Jon. Car ce n'est pas tout à fait la même chose.

— En respectant les limitations de vitesse.

Jon la croit. Contre toute logique. Immédiatement. Il se rend compte, d'une manière étrangement lucide – tandis qu'il fait le tour de la voiture, ouvre la portière du passager et boucle sa ceinture de sécurité –, que ses connexions cérébrales se sont recâblées pour faire aveuglément confiance à Antonia Scott. De la même façon que son corps est conditionné pour la protéger. Une part de lui rejette, non sans raison, cette absolue servilité. Non sans raison, mais aussi avec une certaine immaturité. Il y a quelque chose d'enfantin, de mesquin et d'égoïste dans le fait de renoncer à son objectif.

Il claque violemment la portière pour éloigner cette pensée.

— Il n'y a pas eu de deuxième message ? dit Jon, désignant le portable d'Antonia, qu'elle a fixé au tableau de bord.

Question cruciale pour Jon. La première « mission » de White leur était parvenue en deux messages – l'adresse d'abord, le délai ensuite.

Demander s'il y a eu un deuxième message revient à demander combien de temps il lui reste à vivre.

On dit qu'il existe deux types de personnes dans le monde. Celles qui veulent connaître précisément l'heure de leur mort et qui sont aiguillonnées par le besoin de savoir. Avec un bon steak dans l'estomac et quelques bières dans le gosier, l'inspecteur Gutiérrez aurait tapé du poing sur la table et déclaré sans hésiter appartenir à cette catégorie. Sur ses cent kilos, quatre-vingt-dix-huit sont du Basque pur muscle. Du dur à cuire du Nord, capable de se baigner à poil en plein hiver, de soulever des pierres et de péter la gueule au premier qui parle mal de sa maman.

Mais.

Peut-être qu'un petit deux pour cent, blotti dans son lit en état de relaxation post-coïtale, y réfléchirait à deux fois. Peut-être ces deux pour cent jugeraient-ils qu'il vaut mieux ne pas savoir, quitte à contredire le dur à cuire du Nord.

— Non, juste un, répond Antonia en démarrant.

Jon découvre que l'absence de compte à rebours lui procure un soulagement considérable.

Rien de tel qu'une bombe vissée sous la peau pour développer la connaissance de soi, médite Jon, notant mentalement d'exprimer sa gratitude à M. White à la première occasion.

Quoi qu'il en soit – Bilbao reste Bilbao et un flic reste un flic –, c'est le dur à cuire du Nord qui répond, irrité :

— Trop aimable. Est-ce qu'au moins on sait ce qu'on a ?

— Pas encore. Mentor y travaille. Mais je ne compte pas attendre qu'il trouve.

Quelque chose dans la manière dont elle a dit cela fait tiquer Jon.

Ce n'est pas la première fois. Sa voix vibre sur la même fréquence que pendant sa conversation téléphonique avec White. Jon n'avait pas tout compris. Son anglais n'est pas terrible, il regarde les séries en version doublée. Mais il avait capté l'essentiel. Un *both* – tous les deux – qui lui trotte dans la tête depuis la nuit dernière.

— Pour toi, tout ça, c'est juste un jeu, hein ?

— C'est vraiment ce que tu crois ?

— Je crois que tu aimes ça. Même si tu ne voudras jamais l'admettre. Mais je crois que tu aimes ça, oui.

Dit comme ça, de but en blanc, ça paraît presque obscène. Même si Jon a tout fait pour l'éviter. Mais c'est la vérité, un point c'est tout.

J'ai le droit d'être en colère, bordel.

Mais dans ce cas, pourquoi est-ce que je me sens aussi mal ?

Antonia marque une pause évaluative, pendant laquelle ils atteignent l'avenue de Logroño, puis une autre et une autre encore, et quand elle semble enfin prête à parler, le téléphone sonne.

La voix de Mentor s'insinue par les haut-parleurs.

— J'ai l'information. L'adresse correspond à une maison individuelle. D'après les données du cadastre, le terrain a été acheté il y a dix ans par un couple qui s'y est fait construire une villa.

Il n'ajoute rien.

— Et ? demande Jon.

— Et c'est tout, dit Mentor. Je n'ai rien à cette adresse.

— Et dans la rue ?

— J'ai vérifié. Le seul crime notable répertorié dans ce secteur est le meurtre-suicide d'un couple de personnes âgées dans les années quatre-vingt-dix.

— À quelle distance ?

— Six pâtés de maisons.

Jon secoue la tête. Ça paraît trop lointain, dans le temps comme dans l'espace.

Soudain, il comprend, les yeux écarquillés, ce qui est en train de se passer.

Antonia a cette expression que Jon lui a déjà vue et qu'il a appris à reconnaître. Les yeux vitreux, la mâchoire tendue. Cette expression qui indique que son cerveau tourne à plein régime.

Et qu'elle est arrivée à la même conclusion que lui, mais quelques secondes plus tôt. C'est pourquoi elle roule encore à cent vingt kilomètres-heure et le regarde, attendant qu'il la libère de sa promesse.

Car au 21 de la rue du Cisne, aucun crime n'a été commis. Pour le moment.

— Alors ? dit Antonia, posant la main sur le levier de vitesses.

Jon s'agrippe aux poignées d'acier et hoche la tête pour toute réponse.

— Mentor, dis à la police d'envoyer une voiture rue du Cisne, sirène allumée. On est en chemin.

— Pourquoi je dev…

Jon interrompt l'appel pour limiter les distractions inutiles.

Antonia inspire profondément, compte de dix à un. Sa posture est droite, ses épaules plus hautes. Ses yeux vitreux sont devenus deux rayons laser. Elle passe la sixième et écrase l'accélérateur, arrachant un rugissement exalté au moteur V8 qui, comme elle, semblait attendre le moment où il pourrait exprimer tout son potentiel.

À cette heure-là, il y a très peu de circulation sur l'autoroute.

Mais à plus de cent quatre-vingts kilomètres-heure, les rares véhicules semblent être des obstacles immobiles, des murs contre lesquels on ne peut que s'écraser.

— Six minutes.

Jon ne possède pas les prodigieuses capacités arithmétiques d'Antonia, mais il sait que ce n'est pas long.

— On est à vingt et un kilomètres, trésor.

— Exact, dit-elle, donnant un coup de volant pour esquiver un camion qui semble surgi de nulle part (en réalité de la bretelle d'accès) et accélérant légèrement pour dépasser les deux cents kilomètres-heure.

La nuit précédente, Jon n'a pas vu sa vie défiler devant ses yeux. *Dieu merci*, pense-t-il, *c'est déjà assez pénible de mourir sans devoir en plus se farcir un film espagnol*. La terreur causée par l'imminence de la mort avait été différente. Une sorte d'obscurité, de tunnel. Son corps ne répondait pas, ses yeux non plus. Il comprenait à peine ce qui se passait.

La panique qu'il éprouve maintenant, les jointures blanches à force de se cramponner aux poignées et les pieds fermement plantés dans le plancher, est tout autre. À présent, tout ce qu'il voit autour de lui – les réverbères, les autres véhicules, la glissière de sécurité si semblable à celle qu'Antonia a traversée il y a quelques mois – ressemble à une menace.

Reconnaître les différents types de peur. Encore une petite expérience qu'il doit à M. White.

— Je suis dans quelle phase, là ? La peur ?

— De quoi tu parles ? demande Antonia, qui ne quitte pas la route des yeux.

— Le truc du Dr Kubrick, tu sais. Les phases du deuil. Déni, peur et toutes ces conneries.

— Kübler-Ross. Pour ton information, cette théorie est assez controversée.

Jon réprime un gloussement de surprise.

— Peut-être que je vivrai assez longtemps pour que tu me fasses rire, chérie.

Quoique, vu les circonstances, pense-t-il quand la voiture frôle une Golf qui semble clouée à l'asphalte, *j'en doute fortement.*

Neuf minutes plus tôt

Le bonheur est dans les petits riens.

C'est du moins ce que dit le mug, cadeau d'une collègue pour son anniversaire, il y a quelques semaines. Aura y réfléchit en prenant une gorgée de son thé. C'est le sixième qu'elle lui offre. D'après la collègue en question, c'est ironique.

Cette tasse – qu'elle s'obstine à terminer – va sauver la vie d'Aura ce soir, même si elle l'ignore encore.

Aura a tendance à laisser traîner ses mugs partout : près du micro-ondes, sur la table basse et en différents points stratégiques de la maison. Le matin, elle passe généralement quelques minutes à chercher ces témoignages de sa distraction, qu'elle retrouve dans divers états d'abandon. Aux trois quarts vides, à moitié pleins et, très souvent, à sa grande honte, intacts.

Il s'agit de les ramasser et de les vider avant l'arrivée de la femme de ménage, pour ne pas être confrontée à son sourire moqueur et son « Oh là là, madame... » qui met Aura profondément mal à l'aise.

Puis elle les rassemble près de l'évier, formant un petit champ de bataille. Les mugs – leurs messages inspirants couleur pastel partiellement masqués par l'étiquette du sachet de thé – lui évoquent une parade d'identification comme on en voit dans les films, où plusieurs suspects sont alignés les uns à côté des autres et brandissent une pancarte avec un numéro.

Le bonheur est dans les petits riens.

Ce soir, le bonheur est dans un polar qui la maintient éveillée très tard – elle veut absolument savoir la fin – et un rooibos qu'elle est bien décidée à boire, bien qu'il soit froid. Contrairement à elle-même. Comme toujours en période prémenstruelle, son corps manifeste des besoins impérieux. Jaume n'a pas été d'un grand secours ce soir. Il est rentré exténué du boulot et s'est effondré sur le canapé après le dîner. Il a tout juste eu la force d'atteindre la chambre et de se mettre en pyjama avant de s'endormir comme une masse.

Leurs huit années d'écart – elle a quarante-trois ans, lui cinquante et un – commencent à se faire sentir. Tout fonctionne encore là où il faut, mais elle remarque un certain manque d'entrain, un soupçon d'apathie.

Aura se demande combien de temps il faudra avant qu'ils fassent chambre à part. Ils s'aiment toujours – la masse critique des seize ans de mariage, un emprunt, deux superbes petites filles – et sont raisonnablement heureux. Parfois même tout à fait. Aura ne voit aucun motif valable de ne pas passer le restant de ses jours auprès de cet homme qui ronfle à côté d'elle sous la couette. Leur couple n'est pas parfait – quel couple l'est ? – ni à l'abri des menaces extérieures. Le boulot, la famille, ou simplement le monde qui va de travers. Mais ils s'aiment, et c'est déjà plus que ce qu'ont la plupart des gens.

Ce qui ne résout cependant pas le problème immédiat d'Aura, à savoir – pour citer son amie Mónica – qu'elle est chaude comme une baraque à frites. Mónica a trois enfants, pas de mari et une libido des plus saines. C'est aussi elle qui lui a offert le joujou dont elle a besoin à cet instant.

« Ça résout tous tes problèmes. Trente secondes. Bim bam, c'est réglé. »

Au départ, Aura était un peu gênée. Non pas qu'elle soit particulièrement prude. Elle vient d'une famille à tendance conservatrice, mais moderne. De là à recevoir un Satisfyer pour son anniversaire au Rodizio Brazil du coin, il y a un grand pas.

En ouvrant le paquet et en découvrant ce que c'était, elle l'avait aussitôt refermé, rougissant légèrement. Mais les autres invitées – deux collègues, une cousine, la sœur d'Aura – avaient immédiatement vu de quoi il s'agissait et s'étaient mises à vanter les mérites de l'appareil avec un enthousiasme et un naturel déconcertants. L'espace d'un instant, Aura s'était sentie un peu ringarde. Pour sa défense, elle avait prétendu avoir pris la chose pour un aspirateur.

Puis elle l'avait mis dans son sac et l'avait oublié. Jusqu'à ce que, quelques jours plus tard, un samedi matin – les filles à leur cours de tennis, Jaume au golf –, le cadeau lui revienne à l'esprit. Elle avait pris une douche et décidé de donner sa chance au produit. Les vingt premières secondes s'étaient révélées décevantes, puis soudain, *waou* : le feu d'artifice.

Pas de quoi perdre les pédales non plus, mais en tant que gestionnaire de fonds d'investissement dans une banque privée avec un rendement annuel moyen de 8,32 % pour ses clients, Aura sait reconnaître de la valeur ajoutée quand elle en voit.

Ce qui nous amène au problème suivant. À savoir que ce merveilleux engin n'est pas à portée de main. Elle l'a planqué dans son sac de sport, dans la salle de bains du rez-de-chaussée, à l'abri des regards indiscrets.

Pendant un instant, Aura envisage de laisser tomber. Elle est bien dans son lit, sous le charme de Dan Brown – c'est son auteur préféré, parce que ça fait vingt ans qu'il écrit le même livre.

Mais l'urgence finit par s'imposer.

Le bonheur est dans les petits riens, avec une batterie au lithium, se dit-elle pour se motiver.

La meilleure décision qu'elle prendra de sa vie, grâce aux messages positifs imprimés sur son mug. Prends-toi ça, réalité.

Aura glisse un pied hors du lit, en prenant garde de ne pas réveiller son mari. Elle frissonne quand son gros orteil tâtonne pour trouver ses chaussons, le plancher chauffant étant programmé pour baisser sa température la nuit. Elle ne les trouve pas et n'a pas l'énergie de chercher sous le lit ; elle décide donc d'y aller pieds nus.

La deuxième meilleure décision qu'elle prendra de sa vie, grâce à la flemme. Prends-toi ça, volonté.

Aura sort de la chambre, passe devant celles des filles et atteint l'escalier. C'est la fierté de la maison. De splendides marches flottantes en zébrano, un bois exotique spectaculaire qui coûte les yeux de la tête – « un peu moins avec une petite combine », lui avait dit le menuisier. Petite combine consistant à payer en espèces en s'épargnant le tracas des factures. Aura et Jaume, grâce à la petite combine, avaient pu s'offrir un magnifique escalier haut de gamme en bois noble. « Et jamais un grincement », avait ajouté le menuisier.

La troisième meilleure décision de sa vie, grâce à la fraude fiscale. Prends-toi ça, civisme.

Aura se trouve au milieu de l'escalier quand elle se rend compte que quelque chose ne va pas.

Il y a une grande différence entre les gens qui vivent en appartement et ceux qui habitent une maison. Les premiers développent un sentiment de proximité, de familiarité. Ils ont des voisins au-dessus d'eux, en dessous et sur les côtés. En face aussi, généralement. Ça influe sur leurs habitudes, leur comportement. Sur leurs perceptions.

Aura a toujours vécu dans une maison. Celle de ses parents d'abord, puis celle-là. Au bout de seize ans, elle la connaît sur le bout des doigts. L'espace, la température, la lumière, la distance entre les murs sont autant d'extensions d'elle-même.

Elle a beau tendre l'oreille, aucun bruit ne lui parvient. Dans les films, il y a toujours un craquement, un coup sourd à l'étage, le téléphone qui sonne et quelqu'un – à l'intérieur de la maison ! – qui demande si vos enfants vont bien.

Aura sait que quelque chose ne va pas. Elle perçoit sur ses chevilles nues un léger courant d'air qui ne devrait pas être là. Parce qu'il provient de la porte du jardin, qu'elle a pris soin de fermer elle-même. Comme tous les soirs depuis seize ans. Sans quoi elle ne peut pas dormir.

Elle recule, lentement, dans l'escalier. Pas à pas. Sans faire grincer le bois – combine ! – en remontant dans sa chambre.

Une part d'elle-même – l'Aura rationnelle, civilisée, sérieuse – lui dit d'arrêter d'être hystérique, qu'elle a dû oublier de fermer la porte, que l'alarme ne s'est pas déclenchée, qu'elle lit trop de romans policiers, qu'elle ferait mieux de retourner se coucher.

L'autre part d'elle-même secoue l'épaule de Jaume jusqu'à ce qu'il se réveille en sursaut.

— Qu'est-ce qui...

Aura lui met une main sur la bouche en posant un doigt sur ses propres lèvres. Pendant quelques instants, Jaume pense qu'Aura l'a réveillé pour baiser – bien qu'à moitié endormi, il croit voir le désir dans ses yeux. Aura a vaguement conscience d'avoir reçu son message, mais elle est trop effrayée pour le lire. Dans sa boîte de réception mentale, un pop-up affiche en grosses lettres rouges : « IL Y A UN INTRUS CHEZ NOUS. »

Aura reformule le message sur ses lèvres et par gestes, jusqu'à ce que Jaume cligne des yeux et réagisse en bondissant hors du lit. Il fouille dans le dressing et finit par trouver un vieux club de golf qu'il garde là depuis dix ans, au cas où. Pour des moments comme celui-ci.

En pyjama, avec son début de brioche et sa calvitie, son club de golf à la main, il pourrait prêter à sourire. Aura n'est pas de cet avis. Elle éprouve une ardeur très concrète, due à la peur, à l'adrénaline et à son état hormonal. Et elle se dit que dès que cette fausse alerte sera passée, elle se jettera sur son mari comme si c'était la dernière fois.

Jaume avance dans le couloir, brandissant le club comme un gourdin, suivi d'Aura qui, dans un réflexe très XXIe siècle, a attrapé son téléphone portable. Elle a l'intention d'appeler la police au moindre signe de danger. Pas avant. Par-dessus tout, Aura craint le ridicule. Une peur qui vient de loin, de son éducation conservatrice, de sa place de cadette dans la fratrie. Bref.

Si elle avait appelé aussitôt le 112, peut-être les choses auraient-elles tourné autrement.

Hélas nous ne le saurons jamais.

L'intrus, une ombre vêtue de noir, apparaît en haut de l'escalier. Ils ne l'ont pas entendu arriver. C'est le revers de la médaille avec le bois qui ne grince pas : il ne fait pas d'exception pour les hommes armés qui débarquent chez vous.

Jaume réagit de manière purement instinctive, en rugissant et en balançant un coup de club, qui atteint l'intrus à l'épaule. Une fois, deux fois. L'intrus pousse un cri de douleur et de surprise, et lève le bras juste à temps pour parer le troisième coup. Le club se brise en deux près de la tête en métal, qui roule et disparaît dans l'espace entre deux marches.

L'héroïsme ne peut s'exprimer en termes mathématiques. Il n'y a pas d'équation du style « témérité plus audace multipliée par inconscience égale X ». Mais si une telle formule existait, il serait évident qu'une de ses variables vient de changer. Sortir de votre chambre avec un club de golf pour faire fuir un intrus potentiel est une chose. Affronter un type armé d'un couteau de chasse, alors que vous tenez un bout d'aluminium et de plastique à la main, en est une autre.

Jaume recule, poussant Aura, qui est en train d'appeler la police.

— Qu'est-ce que vous voulez ? Foutez le camp ! crie Jaume d'une voix stridente, brisée par la panique.

Derrière lui, il entend Aura donner leur adresse à l'opératrice. Il préférerait qu'elle décampe (et lui avec elle), pour pouvoir foncer s'enfermer dans la salle de bains. Mais pour le moment, leur corps est tout ce qui s'interpose entre l'intrus et les chambres de leurs filles.

— J'ai appelé la police, dit Aura d'un ton triomphal en brandissant son téléphone.

Comme si invoquer le nom de l'Autorité Suprême pouvait les protéger du mal et remettre les méchants à leur place, à savoir ailleurs que chez les Honnêtes Citoyens Qui Paient Presque Toujours Leurs Impôts.

L'incantation ne semble pas faire forte impression sur l'intrus, qui avance vers eux en massant son épaule endolorie de la main droite. La gauche tient le couteau qui est, de loin, la pire vision de leur vie. Un morceau de métal, dentelé près du manche, courbe et pointu à l'autre extrémité.

Jaume est sûr d'avoir déjà vu une lame comme celle-ci. Une image lui traverse l'esprit. Lui-même, assis par terre dans le salon de ses parents avec une tartine de beurre, s'extasiant à la vue d'un héros musclé, torse nu, plantant un couteau identique dans le corps d'un méchant Viêt-Cong. Tous ses copains de l'école rêvaient d'en avoir un, et ses parents avaient fini par céder. Ce couteau-là cependant était une pauvre imitation en plastique qui a vite terminé à la poubelle.

Celui qu'il a en face de lui est réel. C'est le plus réel qu'il ait jamais vu.

L'inconnu ne dit rien, il n'ouvre pas la bouche ; il avance simplement d'un pas, puis d'un autre, jusqu'à ce que son visage soit éclairé par la faible lueur émanant de la lampe de chevet d'Aura, restée allumée.

— Non. Vous... Pourquoi ?

L'intrus ne répond pas. Il se limite à lever le bras en arrière pour prendre de l'élan, et assène un coup que Jaume esquive de justesse. Ce faisant, sa hanche heurte Aura, qui tombe par terre. Son portable lui échappe des mains, mais elle s'en aperçoit à peine. Sa seule préoccupation est de s'éloigner des deux personnages qui se battent au milieu du couloir.

Jaume est grand et plutôt costaud, mais même Aura – qui n'a vu ce genre de scène que dans les films, et encore, d'un œil distrait – se rend compte qu'il ne fait pas le poids face à l'homme au couteau. L'issue est inéluctable, la résistance de son mari ne fera que la retarder.

À cet instant, Aura donnerait tout ce qu'elle possède en échange de quelques secondes. Leur maison, leurs voitures, leurs cartes de crédit. Tout, pour gagner quelques secondes jusqu'à l'arrivée de la police.

Jaume bloque le bras de son adversaire, mais ça ne dure pas bien longtemps. L'homme le frappe à la tête, puis à la nuque, et parvient à dégager le bras qui tient le couteau. Il le lui plante dans le ventre, le sort et l'enfonce à nouveau.

La résistance de Jaume prend fin à cet instant. Aura regarde avec horreur son mari se mettre à vomir du sang. Pas à vomir, non ; le sang se *déverse* par sa bouche, comme s'il débordait. Il tombe à genoux, le corps secoué par des spasmes lorsqu'il heurte le sol. Il y a un bruit d'os brisés qui éveille en elle des images d'hôpital. De béquilles. De plâtre immaculé, que ses filles s'amuseront à couvrir de gribouillis.

Dans une autre vie, un autre univers.

Alors que son mari s'effondre sur le parquet dans un dernier râle d'agonie, Aura ne parvient à penser qu'au peu de temps qu'il a tenu. Au peu de temps qu'il leur a fait gagner, à elle et aux filles.

L'intrus – *le tueur, c'est un tueur*, pense Aura – ne laisse rien au hasard. Il traîne Jaume par les cheveux d'une main gantée et relève sa tête, exposant sa gorge. Il place la lame du couteau sous son oreille droite et trace un demi-cercle jusqu'à la gauche. Il maintient la tête de Jaume jusqu'à la fin de l'opération, puis il ouvre les doigts et le laisse retomber, confiant à la gravité le soin de finir le travail.

Ne crie pas. Ne crie pas. Ne crie pas. Les filles ne doivent pas voir ça, non, elles ne doivent pas voir ça, elles ne doivent pas se réveiller, non. Non.

Aura tente de se relever. Elle a les bras tendus, le dos contre le mur derrière lequel se trouvent les chambres de ses filles. L'espace d'un instant, elle s'imagine entrer dans l'une des deux chambres. Mais cela reviendrait à devoir choisir. À sauver l'une et abandonner l'autre. La tentation est énorme, immense, écrasante.

Aura a connu de nombreuses tentations dans sa vie. Le sexe (sans conséquence), l'argent (sans mauvaise conscience), la drogue (sans excès). Et par-dessus tout, à son grand dam, la nourriture (péché qu'elle partage avec toutes ses copines). Autant de séductions plus ou moins passagères.

Mais elles ne sont rien à côté du désir physique, pressant, impérieux d'ouvrir ces deux portes. Derrière le mur de dix centimètres, ses filles dorment dans leur lit, leur petit corps fragile sous la couette. La veilleuse d'Amanda allumée, celle de Patricia non – c'est une grande, elle n'en a plus besoin. L'odeur du shampooing doit encore imprégner leurs cheveux. Elles respirent paisiblement, la bouche entrouverte et les lèvres brillantes.

Aura voudrait entrer, les protéger, les embrasser. Elle n'a jamais ressenti un besoin aussi puissant de sa vie. Mais elle ne peut pas le faire. C'est impossible, parce qu'il y a deux portes. Elle n'a pas le choix, alors elle reste plantée là, les bras en croix et le dos au mur, poussant sur ses talons pour se relever. Dans une ultime et pathétique tentative de faire un rempart de son corps, de gagner quelques secondes avant l'arrivée de la police.

L'intrus lève la tête et regarde Aura.

Il enjambe le corps de Jaume et s'approche d'elle. Il est à moins de cinquante centimètres. Ses yeux bleus, translucides, se posent sur les portes – avec le nom des filles en lettres adhésives en bois –, puis reviennent vers Aura.

Il lève une main gantée et la colle à ses lèvres, sans parler. Il désigne ensuite une porte, puis l'autre, et enfin ses yeux.

Aura comprend.

Aura acquiesce.

Elle ferme les yeux et serre les dents. Quand le couteau plonge dans son ventre, Aura parvient à ne pas hurler – *necriepasnecriepasnecriepas* – en se disant qu'elle souffre pour sauver ses filles, pour leur bonheur, pour leur avenir, pour que Patricia obtienne son diplôme, pour qu'Amanda décroche le job de ses rêves, et qu'elles vivront heureuses, à condition qu'elle renonce à un ultime câlin, à condition qu'elle quitte cette vie sans un bruit, sans les réveiller, en échange de cette douleur, cette douleur qui est – *intolérable* – la vie même – *tiens bon, tiens bon, tiens bon...*

Puis, juste avant que tout s'obscurcisse, elle entend les sirènes.

3

Un Lego

L'Audi arrive au 21 rue du Cisne, étonnamment indemne. *Un miracle de Noël*, pense Jon, en plein mois de mars.

— Continue comme ça et tu récupéreras des points sur ton permis, chérie.

— Quel permis ?

Jon regarde Antonia, constate qu'elle parle sérieusement et prend une profonde inspiration pour se calmer avant de parler.

Il n'en a pas l'occasion, car Mentor – qui possède ce talent particulier – appelle au même moment.

— Le 112 a reçu un appel depuis votre position, dit-il.

— Tu as envoyé une unité ?

— Quand tu me l'as demandé. Ils ne doivent pas être loin.

— Demande aussi une ambulance, ordonne Antonia d'un ton sinistre avant de raccrocher.

Ils sortent de la voiture. Dehors, tout a l'air calme. C'est une maison contemporaine – murs blancs, acier Corten, toit plat. Une clôture en pierre et aluminium, un portail.

Intacts.

— Qu'est-ce qu'on fait ? demande Antonia.

L'inspecteur Gutiérrez hésite. Ils sont confrontés au dilemme classique des flics dans des cas comme celui-ci :

faut-il annoncer sa présence ou entrer sur la pointe des pieds ? Le suspect est peut-être à l'intérieur ; s'il se sent menacé, il pourrait s'en prendre aux propriétaires.

Et puis on a eu notre dose d'émotions fortes, pense Jon. *La dernière chose dont j'ai envie, c'est de prévenir un type armé de mon arrivée.*

— En douceur.

— À toi l'honneur, lance Antonia, désignant la serrure du portail.

Jon retourne à la voiture et sort de la boîte à gants la trousse contenant les crochets, et autre chose. Il rejoint ensuite sa collègue, qui l'éclaire avec son téléphone portable, pendant que Jon met en pratique les compétences que lui a apprises un petit voyou repenti du nom de Luismi, un soir, huit ou neuf ans plus tôt. « Les serrures des pavillons, c'est de la rigolade, disait Luismi. Une serrure à pêne, je te l'ouvre rien qu'en la regardant. »

C'est une serrure à pêne, mais Jon n'est pas Luismi, il lui faut donc près d'une minute pour la forcer. Son estomac se serre à l'idée que l'alarme se déclenche. Sous l'interphone, il a vu le panneau Securitas Direct.

— C'est bon, dit Jon en jetant un coup d'œil à Antonia, dont les craintes étaient similaires.

— Je ne pense pas que ce panneau soit là pour la déco, répond-elle en fronçant les sourcils.

— Prends ça, fait Jon en lui tendant l'autre objet qu'il a récupéré dans la boîte à gants.

C'est l'étui du Sig Sauer P290 « d'Antonia ». Entre guillemets, parce qu'officiellement, l'arme est à elle, mais elle prétend le contraire. « Cette petite chose n'est pas à moi, chérie, je peux à peine y passer le doigt. » « Non, trésor, je n'y toucherai même pas. » Etc.

— Ce n'est pas indispensable.

— Tu le prends ou tu n'entres pas.

Antonia cède à contrecœur, sachant qu'il va maintenant aller chercher son gilet pare-balles dans le coffre. Pour l'en dissuader, elle presse le pas en direction de la maison, ignorant les jurons étouffés de Jon. Qui doit se contenter de la savoir armée.

Sans autre lumière que celle de la lune et l'éclat distant des réverbères, les dalles de granit blanc se révèlent providentielles, même si elles ne couvrent qu'une vingtaine de mètres.

Jon s'arrête au treizième.

La façade est percée d'immenses verrières de trois mètres de haut, qui offrent une vue sur le jardin depuis le salon. L'une d'elles est une porte.

Ouverte.

Au loin, on entend une sirène de police.

Au diable la discrétion, pense Jon.

— Attendons, murmure-t-il à Antonia.

Antonia hoche la tête.

Dans ce genre de circonstances, si on perd l'effet de surprise, il est préférable d'attendre une minute ou deux l'arrivée des renforts. Tous les manuels le disent : faute d'effet de surprise, compter sur la supériorité numérique.

Puis elle regarde par terre. Près du rail de la baie vitrée, quelque chose attire son attention. Elle se baisse pour le ramasser.

C'est un morceau de plastique, de couleur jaune. Sur l'un des côtés, il y a un autocollant à moitié déchiré. Le dessus est coiffé de quatre plots circulaires. Chacun d'entre eux porte l'inscription Lego.

Quelques mois plus tôt, juste avant Noël, Jon avait accompagné Antonia chez Sarasús, un magasin de jouets près de chez lui, pour acheter un cadeau à Jorge. Le vendeur leur avait expliqué tout ce qu'il y avait à savoir sur les Lego et la gamme Duplo. Des briques deux fois plus grosses que la normale, pour éviter l'étouffement. Âge recommandé : un à cinq ans.

Personne ne les a prévenus de la présence d'enfants en bas âge dans la maison.

Antonia laisse tomber la brique dans l'herbe et fonce tête baissée à l'intérieur.

Au diable le bon sens, pense Jon.

Il ne lui reste plus qu'à la suivre. Elle marche précautionneusement, essayant de ne pas buter sur un objet. Jon sort sa lampe de poche et dirige le faisceau devant eux.

Il y a quelque chose de très déplaisant à entrer dans une maison qui n'est pas la sienne, au milieu de la nuit, qui plus est en présence d'un agresseur potentiel. Chaque ombre est une menace, chaque angle devient une arme brandie contre soi, chaque photo au mur prend le visage d'un cambrioleur, d'un violeur ou d'un monstre. Jon retient son souffle, sans s'en rendre compte. Il marche différemment, en posant l'extérieur du pied au lieu du talon. Il est aussi attentif au moindre murmure, au moindre frôlement.

Un bruit retentit alors à l'étage.

Un coup sourd, du verre brisé.

Jon attrape Antonia par le bras et la tire en arrière, pour se ruer le premier dans l'escalier. Qui, note Jon en passant, est magnifique. De très bon goût. Et il grince à peine, pense-t-il en posant le pied sur la première marche.

Il y en a dix-sept au total.

Le sang apparaît à la quatorzième marche, qu'il recouvre presque entièrement. Il dégouline sur la treizième, avant d'éclabousser légèrement la douzième et de goutter sur le sol du salon.

L'inspecteur Gutiérrez n'a pas d'autre choix que de marcher dedans. Il doit poser le pied sur ces marches, s'y appuyer pour regarder dans le couloir et s'assurer qu'il est désert.

Il ne l'est pas. Le sang sur l'escalier s'échappe du cadavre d'un homme. Un peu plus loin, une femme gît sur le sol avec une blessure au ventre.

Alors il entend le râle.

Antonia passe devant lui comme un éclair. Elle se penche sur la femme, la retourne sur le dos et se met à comprimer la plaie.

— Elle est vivante ? chuchote Jon.

— Tout juste.

Jon continue d'avancer dans le couloir. Une lampe est allumée dans une chambre, découpant un triangle de lumière où l'on aperçoit des empreintes rougeâtres. Il n'a pas besoin d'une experte en morphoanalyse des traces de sang comme Antonia pour déterminer la direction qu'a prise le tueur pour s'enfuir.

Antonia la lui indique malgré tout d'un signe de tête. Puis elle tente tant bien que mal de panser la blessure de la femme, qui semble complètement dans les vapes. Ses yeux sont vides, mais elle respire encore.

Quelques secondes plus tard, Jon revient avec de mauvaises nouvelles.

— Il a cassé une fenêtre et a sauté dans le jardin à l'arrière de la maison. Je dirai aux collègues que…

Antonia secoue la tête et lui fait signe de baisser la voix.

— Certainement pas. Appelle Mentor et dis-lui de donner l'ordre aux policiers de ne pas entrer. On a déjà assez pollué la scène de crime comme ça. Seuls les secours peuvent monter.

Le son de la sirène de police, tout proche, s'est éteint. Dehors, ils entendent des voix, le grésillement de la radio. Et au loin, la sirène de l'ambulance. Plus pressante, autoritaire et plaintive que celle de leurs collègues.

— Tenez bon, dit doucement Antonia.

Jon, pendant ce temps, se charge d'exécuter les ordres d'Antonia. Après quoi il s'assure que les enfants vont bien. Prudemment, il jette un œil à l'intérieur des chambres. Rien à signaler, les fillettes semblent dormir paisiblement, ignorant qu'à leur réveil, le monde ne ressemblera en rien à celui qui était le leur. Qu'elles s'éveilleront dans un cauchemar.

Elles sont très jeunes, pense Jon. *Elles s'en remettront. Mais à quel prix ?*

Quand les secours arrivent, Antonia leur cède la place. Pendant qu'ils tentent de stabiliser la femme, elle s'approche de Jon. Ses mains, sa chemise et même son pantalon sont tachés de sang.

— Il m'a dit que j'allais devoir payer. Avec des intérêts, récite froidement Antonia, le regard glacial.

Un regard effrayant.

— Comment tu sais que… ?

— Il m'a envoyé un message. Quand on entrait. Mon portable était sur silencieux, mais j'ai vu la notification sur ma montre.

Elle retrousse sa manche – de toute façon, sa veste est fichue – et lui montre son poignet.

VOUS AVEZ SIX HEURES.
W.

4

Une phrase

Le reste de la nuit est un chaos sans nom.

Une psychologue et un membre de la famille emmènent les fillettes. Leur départ est un ballet complexe. Plus de dix personnes, dont deux pompiers, travaillent ensemble pour les faire sortir de la maison par la fenêtre de leur chambre. Pour qu'elles ne voient pas le couloir, pour les empêcher d'apercevoir l'horreur, ne serait-ce qu'un instant. Antonia n'assiste pas à l'opération. C'est Jon qui se charge de faire en sorte qu'il ne reste, dans leur esprit, aucune image les forçant à se rappeler un événement qui, de toute façon, constituera une rupture dans leur vie. Elles ne reverront plus leur père. Elles ne reviendront probablement plus jamais dans cette maison.

Au moins elles ne risquent pas d'être à la rue, pense Jon, de retour à l'intérieur, en regardant autour de lui. La cuisine, équipée d'électroménager haut de gamme, la piscine couverte, la maison en général, tout, dans cet endroit, respire l'argent. Ils ne sont pas riches, du moins pas au sens strict. Pas comme les Ortiz ou les Trueba, pour qui l'argent est une idée abstraite et non un combat quotidien. Mais force est de constater que ces petites filles ne manqueront de rien.

Puis il réfléchit et se rend compte qu'il essaie de se convaincre lui-même. Et qu'il se fourre le doigt dans l'œil jusqu'au coude.

Bien sûr qu'il leur manquera quelque chose.

Il leur manquera tout.

Il y aura un vide qu'elles ne pourront jamais combler. Chaque être humain est une histoire, et celle de cette femme et de ses filles ne relève désormais plus que de la tragédie. Elles grandiront et mèneront une vie plutôt heureuse. Avec un peu de chance. Mais il y aura toujours un vide qui absorbera tout, un gouffre sans fond qui engloutira toute joie et toute lumière.

En matière de culpabilité, Jon s'y connaît, mais comparé à Antonia, il n'est guère qu'un débutant. Il trouve cette dernière au pied de l'escalier, attendant patiemment que le Dr Aguado lui donne le feu vert pour monter. Grâce à l'intervention de Mentor, le juge d'instruction leur a accordé quelques heures de répit avant l'arrivée de la Scientifique. La maison est donc maintenant interdite à tout le monde, sauf à eux trois.

— Elles sont en sécurité, annonce Jon, désignant les gyrophares des voitures de police.

Antonia ne répond rien. Elle ne fait pas un geste. Elle reste là, les bras croisés. Toute la rage et la culpabilité du monde concentrées dans un mètre cinquante-cinq.

— Je sais ce que tu penses. Et tu te trompes, lui signale Jon.

— Il était là quand on est arrivés. Si seulement...

— Il a blessé la femme et l'a laissée sur place quand il a entendu les sirènes. Tu sais pourquoi ?

— Il s'est dit qu'elle serait morte avant notre arrivée.

— Et ça ne s'est pas passé comme ça, parce qu'on était déjà à la porte. Tu lui as sauvé la vie. Tu as roulé comme une dingue, tu es entrée dans la maison, tu as stoppé l'hémorragie.

— Qu'est-ce que les ambulanciers ont dit ?

— Ils n'ont rien dit, ment Jon.

En réalité, les ambulanciers ont dit que c'était très mal barré et qu'ils ne miseraient pas un kopeck sur sa survie. Exactement dans ces termes. Mais il est inutile d'attiser un feu qu'Antonia s'emploie elle-même à alimenter.

— Si on était arrivés une minute plus tôt...

— Trésor, objecte Jon, qui commence à en avoir marre. Si ma tante en avait, on l'appellerait mon oncle.

Antonia baisse la tête.

— C'est toujours pareil. Quoi qu'on fasse, quoi qu'on obtienne. Au bout du compte, la nuit, on ne pense qu'à ceux qu'on n'a pas pu sauver.

Jon sait que c'est vrai. Mais il faut faire avec ce qu'on a.

C'est ce que sa maman dirait. Jon n'arrête pas de penser à elle. Il se demande où elle est. Il se demande si elle a bien pensé à prendre sa crème hydratante pour ses jambes, elles sont tellement sèches.

Il se demande comment remonter le moral d'Antonia, mais il ne trouve rien de bien intelligent ni de profond à dire. *Bouge-toi le cul et passe à autre chose* est assez éloigné des maximes inspirantes sur fond de coucher de soleil qu'on voit passer sur Facebook. Mais c'est tout ce qu'il a, et il fait avec.

— On doit juste se bouger le cul, trésor.

Antonia parvient à lever la tête et esquisse un sourire timide.

— Désolée. D'habitude, je parle de ce genre de choses avec ma grand-mère.

— Si tu veux, je peux me mettre des bigoudis, ma grande.

— Ma grand-mère ne met pas de bigoudis, et je ne crois pas que ça t'irait.

Imperméable à l'humour. Totalement imperméable.

Ce qu'ils ont fait à l'époque

Quand le Dr Nuno quitte la pièce, Mentor continue d'observer la femme. Sa chemise d'hôpital est ouverte dans le dos ; elle ne porte qu'une culotte et une brassière de sport noires en dessous. Elle a les cheveux jaune paille, les yeux d'une couleur grisâtre indéfinissable. Sa peau a une carnation étrange, sombre, mais maladive. Elle est sèche, musclée comme une coureuse de fond.

Maintenant qu'il la regarde de près pour la première fois, quelque chose lui apparaît. Son extraordinaire intelligence n'est pas de la même nature que celle d'Antonia. Elle possède la ruse d'un animal captif, du loup qui flaire la brebis la plus lente. Mais paradoxalement, ce n'est pas ce qui l'effraie. Ce qui terrifie Mentor, c'est de percevoir que la différence radicale entre Scott et elle se situe à un niveau plus profond.

C'est une histoire de volonté.

Antonia Scott n'abandonne pas, même quand la route est sans issue. Même quand elle tombe de la falaise. Et même pendant qu'elle tombe, Antonia refuse tout simplement de s'écraser au sol.

Cette femme, par contre…

— Je voudrais te poser une question, dit Mentor par les haut-parleurs de la salle.

Elle continue de faire les cent pas, mais son visage se tourne brusquement vers le miroir. Son corps bouge, mais pas ses yeux. Ils restent fixes, comme ceux d'une mangouste.

— Le premier jour. Tu m'as donné une réponse très inhabituelle. J'aimerais savoir comment tu es arrivée à la conclusion que tu devais prendre cette décision et pas une autre.

— Il y a plus de monde sur une plate-forme que sur un pétrolier. C'est le résultat le plus logique, dit-elle, la respiration saccadée.

— Oui, c'est ce que tu m'as dit à ce moment-là, se souvient Mentor. Maintenant, dis-moi la vérité.

Elle se fige brutalement. Sa respiration s'accélère encore. Elle ne parvient pas à faire entrer assez d'air dans ses poumons. Si le système de surveillance n'avait pas été coupé, Mentor constaterait que sa saturation en oxygène dans le sang a dangereusement chuté. Mais ce n'est pas nécessaire, car il voit bien qu'elle a du mal à tenir debout.

— Tu joues encore avec l'oxygène, Mentor ? demande-t-elle d'une voix rauque.

— Quelle merveilleuse machine, le cerveau. Deux pour cent d'oxygène en moins dans l'hippocampe, et les fonctions exécutives sont perturbées. Entre autres effets, la capacité à mentir diminue.

La femme s'appuie contre le miroir. Son front en sueur est posé sur la surface lisse, qu'elle martèle faiblement du poing gauche. Mentor recule d'un pas. S'il n'y avait pas les douze centimètres de verre entre eux, ils pourraient presque s'embrasser.

Ou elle pourrait me tuer, réfléchit Mentor.

À bien des égards, c'est comme s'il la voyait pour la première fois. Sans le masque derrière lequel elle se cache ni le voile de son propre déni.

— C'était le chemin le plus court vers la victoire, dit la femme entre deux longues inspirations.

— Enfin une vérité, réplique Mentor, pressant le bouton qui libère l'oxygène des murs.

Les tuyaux du plafond émettent un léger sifflement. Il faudra encore quelques secondes pour remplir les trente mètres carrés de la salle de tests.

— Ce n'est pas la réponse que tu voulais, hein ?

— Ni moi, ni les familles des quatre-vingts membres d'équipage du pétrolier.

— C'était juste un exercice théorique !

— Où tu n'as pas eu la moindre hésitation.

— On ne fait pas d'omelette sans casser des œufs. Tu pinailles pour un rien.

— Tu ferais n'importe quoi pour gagner… lance-t-il, un frisson dans le dos.

Mentor réagit à peine quand elle s'effondre, à moitié inconsciente. Il est encore trop ébranlé par son propre échec.

C'est peut-être pour cela qu'il n'entend pas sa dernière phrase. Murmurée, dans un souffle, contre le béton dur et froid.

Je ferais n'importe quoi pour toi.

Deux hommes vêtus de combinaisons bleues entrent dans la pièce et se dirigent vers elle.

Ils vont l'aider à se relever. Ils vont la soutenir. Ils vont l'escorter jusqu'à la sortie.

Elle n'a plus sa place dans le projet Reine rouge.

Rien de tout cela ne se produit.

Elle sait que le masque est tombé. Qu'elle n'a plus à se retenir ni à faire semblant. Maintenant, il l'a vue telle qu'elle est. D'une certaine façon, c'est un soulagement. Une libération.

Le moment est venu de se dévoiler entièrement.

Quand le premier homme lui pose une main sur l'épaule, elle joue les poids morts, pour le forcer à se pencher davantage. À cet instant, elle réagit.

Elle saisit son poignet et l'entraîne vers l'avant, jusqu'à ce que son cou soit à la hauteur de sa bouche. Puis elle se jette sur lui et le mord de toutes ses forces. La peau se déchire sous ses dents. Sa mâchoire ne se referme pas entièrement, mais inflige à la gorge de l'homme des dégâts importants. Il ne crie pas, car son larynx détruit ne le lui permet plus. Il fait des efforts désespérés pour ne pas suffoquer, portant les mains à sa plaie béante qui saigne abondamment.

Le second homme est resté cloué sur place pendant les quelques secondes qu'a duré le carnage.

C'est une chose d'attacher, de bâillonner et d'insulter une femme sans défense pour une expérience scientifique – *et un salaire décent, en pleine crise, qu'est-ce que je pourrais trouver de mieux à mon âge ? Je suis même à la maison à temps pour aider les gosses à faire leurs devoirs* –, c'en est une autre de voir votre collègue se faire mordre à la gorge.

Il ne réagit que quand elle se tourne vers lui. Un filet de sang coule le long de son menton et goutte sur sa chemise d'hôpital. Mais ce qui l'effraie réellement, ce sont ses yeux, aux pupilles minuscules comme des têtes d'épingle.

À ce moment, il décide de se ruer vers la porte. Il a presque atteint la poignée, quand quelque chose l'oblige à reculer. Très peu, de quelques centimètres seulement. Il attrape sa gorge, à l'endroit où la femme l'étrangle avec les câbles des électrodes. Il tombe à la renverse sur elle et tente de se libérer. En vain. L'un des câbles se rompt, les autres lui glissent entre les doigts, lacèrent sa peau. Il essaie de se relever, de s'éloigner d'elle, mais la pression sur sa gorge ne fait qu'augmenter. Dans un ultime éclair de conscience, sa langue violacée pointant entre ses lèvres, il sent les pieds de la femme bloquer ses épaules, pour finir le boulot.

Lorsque trois autres hommes font irruption dans la pièce, elle exerce toujours une pression croissante sur la gorge de l'homme. Elle est épuisée, mais elle n'arrête pas de tirer.

Ni de sourire.

5

Une scène

— Quand vous voudrez, lance Aguado du haut de l'escalier, au bout de quelques minutes.

Toutes les lumières de la maison sont maintenant allumées. L'escalier semble tout droit sorti d'*American Psycho*, avec le sang qui sèche sur le bois en zébrano. Une impression que renforce la combinaison en plastique d'Aguado. La légiste a bâché les marches souillées pour tenter de les préserver.

Dans le couloir, il n'y a pas grand-chose à voir, à en juger par les rares plots qu'Aguado a posés. Les empreintes de l'intrus, les taches de sang, c'est à peu près tout.

Antonia Scott, cependant, a ses propres méthodes. Elle ignore les cônes en plastique orange d'Aguado et se laisse guider par son instinct. Elle absorbe chaque détail de la scène de crime. Son regard parcourt le décor, inlassablement, et s'arrête sur :

La rampe de l'escalier, dont l'un des rivets est légèrement desserré.

La position du corps, face contre terre, les bras repliés sous la poitrine.

En pyjama, la blessure défensive, lesplaiesletraumatismeau visageinfligésdetrèsprèstoutçademandeuneexplicationassezs'ilvous plaît…

266

— Elle va avoir besoin de ça, murmure Aguado à Jon, qui s'est placé près de la légiste, à une distance prudente d'Antonia.

Elle lui montre une petite boîte en métal. Ses doigts sont jaunis par la nicotine. En temps normal, le Dr Aguado sent le tabac, mais depuis quelques jours, l'odeur semble s'être incrustée dans sa peau.

Jon lui prend la boîte des mains et la glisse dans sa poche.

— Je m'en charge, docteur.

— Vous n'allez pas lui en donner une ? demande-t-elle, surprise.

— Non, dans la mesure du possible. Elle a fait une crise à Malaga, et elle s'en est remise.

— Ce n'est pas la première fois. Vous verrez...

Le médecin a l'air de vouloir lui dire quelque chose, mais Jon coupe court à la conversation.

— Elle s'en sortira très bien sans ça.

— Je ne suis pas sûre que ce soit la meilleure solution, étant donné que...

Aguado ne termine pas sa phrase. Mais ce n'est pas nécessaire. Jon sait ce qu'elle veut dire.

Étant donné que ta vie en dépend.

— Je lui fais confiance.

— Je comprends, dit-elle en insistant sur chaque syllabe. C'est votre décision.

Dans le langage policé d'Aguado, ça sonne comme « c'est ton enterrement, abruti ». Malgré tout, Jon n'a aucun doute. Ou très peu. Ou beaucoup, pour être honnête, mais il tient le coup comme un vrai champion.

Il n'a pas la moindre intention de trahir Antonia.

L'essentiel n'est pas de rester en vie, mais de rester humain.

— Je lui fais confiance, répète-t-il – surtout pour lui-même.

6

Deux escaliers

L'objet des préoccupations de Jon n'inspire pas vraiment confiance pour le moment.

Elle titube et s'appuie contre le mur, la tête entre les mains. Elle ne représente pas la quintessence de l'équilibre, extérieurement comme intérieurement. Elle respire fort et vite et semble au bord de la crise d'angoisse.

Elle compte jusqu'à dix, inspire entre chaque chiffre, et descend, une marche après l'autre, vers le lieu où elle doit aller, vers l'obscurité. Qu'elle n'atteint pas.

Les *kōans* ne l'aident guère. Les mots ne la raccrochent plus à rien.

Tu dois trouver ton histoire, lui avait dit Mentor. *Ton histoire. Entre la colère et la sérénité.*

À Malaga, elle n'avait pas descendu un escalier, mais franchi un pont. Elle avait trouvé son histoire dans le souvenir de sa mère. Elle était allée à un lieu en elle où elle ne s'était jamais rendue auparavant. Elle en était revenue blessée, mais plus forte.

Elle ne veut pas y retourner. La douleur est trop grande, trop récente. Depuis que ça a commencé – et Antonia est à peu près sûre que ce commencement coïncide avec le moment où Jon est entré dans sa vie –, ses rituels de paix, ses trois minutes par jour, sont devenus un luxe sporadique qu'elle n'a même pas pu se permettre ces derniers jours. La sérénité n'est pas une option. La culpabilité la suit à la trace. Elle a parfois la sensation que, si elle se retourne assez vite, elle les verra derrière elle. La ribambelle de morts qu'elle a semés par sa maladresse, par son incompétence. Parce qu'elle n'a pas été assez forte.

C'est peut-être ça, le problème, se dit-elle en s'arrêtant au milieu de son escalier mental, à deux petites marches de l'obscurité. *Peut-être que je me trompe. Peut-être que Mentor se trompe.*

Elle fait alors quelque chose qu'elle n'avait jamais fait auparavant.

Elle se retourne.

Derrière elle, il n'y a plus huit marches, comme avant. À présent, il y en a plus, beaucoup plus. Et l'escalier n'est pas droit, mais sinueux. Il tourne sur lui-même en se rétrécissant.

Antonia commence à monter.

Elle ouvre les yeux.

Soudain, le monde devient plus lent, plus réduit. L'électricité qui fourmille dans ses mains, sa poitrine et sa tête se dissipe.

Elle prend une dernière inspiration et constate que les singes dans sa tête sont presque silencieux. Ce n'est pas comme la capsule rouge, rien ne peut faire cet effet-là. Mais elle ne se rappelle pas avoir – *jamais* – éprouvé cette – *lucidité* – sérénité depuis très longtemps.

Elle regarde à nouveau la scène de crime. Et elle commence à voir.

— L'assassin est entré par la porte du jardin. Ils ont un capteur de pression, j'en déduis qu'il a désactivé l'alarme. À moins qu'ils n'aient oublié de l'activer, mais j'en doute. Docteur ?

— Je vérifierai, dit Aguado.

Antonia ne renchérit pas. Toujours dans sa bulle, elle visualise les détails de la scène de crime, un à un, comme si elle pouvait rembobiner le film dans sa tête. Ou plutôt, comme si elle refaisait le film. Car dans son esprit, elle déplace les personnages jusqu'à ce qu'ils cadrent avec les indices.

— Il a monté l'escalier, c'est là qu'il est tombé sur le mari. Comment il s'appelle, déjà ?

— Il s'appelle Jaume Soler. Et elle, Aura Reyes.

— Jaume a attaqué l'intrus avec le club de golf. L'autre a dû se protéger…

Antonia lève le bras, et se déplace de côté. Puis elle se baisse et ramasse le manche du club qu'Aguado a mis dans un sac et étiqueté. Elle l'examine attentivement.

— Le tueur est gaucher. Il a levé le bras pour se protéger. Celui qui tenait le couteau.

— Comment… ?

— Les marques sur le club de golf. En se cassant, il a dû glisser sur la lame. À ce moment-là, Jaume et le tueur se sont battus. L'un d'eux a été poussé contre la rampe.

Elle pointe du doigt l'endroit où les rivets sont légèrement desserrés.

— La lutte a été très courte. Un homme à moitié endormi, sans entraînement, ne peut rien faire contre un tueur expérimenté.

Antonia regarde le cadavre sur le sol, puis le mur, où le sang de la femme a laissé un demi-cercle irrégulier sur la peinture.

— C'était lui, la cible, affirme-t-elle.

— Ç'aurait aussi bien pu être la femme.

— Il l'a poignardé d'abord, avant de s'en prendre à elle.

— Il voulait peut-être éliminer la menace qu'il représentait.

Antonia désigne la blessure au flanc de l'homme. La déchirure dans le pyjama est petite, même s'il a perdu beaucoup de sang.

— Regardez l'incision intercostale. Je parie qu'à l'autopsie, vous verrez qu'il n'a même pas effleuré l'os.

— Je suis d'accord. C'est du travail de professionnel. Un coup d'une précision parfaite.

— La blessure de la femme est... différente. Une plaie abdominale comme blessure primaire ? Un professionnel ne ferait pas ça. C'était lui, la cible. Elle était...

Jon, qui a suivi silencieusement la conversation entre Antonia et la légiste, choisit ce moment pour intervenir.

— Le dessert. Il s'amusait avec elle. Mais on est arrivés...

Il n'ajoute pas « donc tout compte fait, on lui a sauvé la vie », car il n'est pas d'humeur à entendre les protestations d'Antonia. Cependant, il laisse la phrase en suspens pour qu'elle ait quelque chose à quoi se raccrocher.

Antonia hoche gravement la tête.

Ses yeux lancent des flammes.

Si Jon ne savait pas que c'est impossible – parce qu'il ne la quitte pas des yeux –, il jurerait qu'elle a pris une gélule rouge. Mais ce n'est pas le cas. Cette fois, elle semble avoir réussi par ses propres moyens. Ses mains tremblent encore et elle incline la tête, comme si elle tentait d'écouter ses singes, ou de s'en détourner. Mais cette fois, au moins, elle ne s'est pas enfuie et ne se flagelle pas.

Gagné, pense Jon.

— Possible. Mais on n'est pas arrivés assez vite, dit-elle, pointant du doigt le cadavre par terre.

Perdu, pense Jon.

— Pouvons-nous le retourner ?

La légiste hoche la tête et s'accroupit près du corps. Avec adresse – et une grande expérience en la matière –, elle glisse un bras sous la poitrine de la victime, pour faire levier. De l'autre, elle tire sur l'os de son bassin. Le défunt se retourne aussitôt.

Jon se baisse également et contemple, épouvanté, la profonde plaie au cou. Elle bée comme une deuxième bouche, obscène et hideuse.

Difficile de la regarder sans détourner les yeux, ce que finit d'ailleurs par faire Jon. En tournant la tête, il tombe sur Antonia, en position accroupie. Son visage offre une vue en gros plan, au lieu de la perspective en plongée à laquelle il est habitué.

À quelques centimètres de l'horreur, l'inspecteur Gutiérrez est le témoin privilégié de la confusion et de la perplexité dans les yeux d'Antonia, qui ne quittent pas les orbites froides et figées du cadavre.

— Non, dit-elle.

Antonia se lève lentement, sans un mot, et se dirige vers la chambre.

Jon et Aguado échangent un regard. Cette dernière lui fait signe de suivre Antonia, qui s'est postée à la fenêtre.

Même du couloir, il peut la voir trembler.

Jon s'approche, faisant claquer ses pas sur le parquet pour ne pas l'effrayer. Il se tient près d'elle et se penche à la fenêtre. La chambre est orientée à l'est, de sorte que la clarté de l'aube rayonne sur le lit. Une aberration, selon Jon, qui ne tolère pas la moindre lumière pendant son sommeil. Il dormirait dans une mine de charbon s'il le pouvait.

Le soleil n'est pas encore levé, mais dehors, le ciel vire de l'indigo au magenta. En bas, les flics relèvent le col de leur manteau et tapent des pieds pour se réchauffer. Les quelques voisins curieux ont disparu dans leur maison.

À l'intérieur, le souffle d'Antonia se condense sur la vitre en une fine buée, dessinant une forme presque identique à celle de la tache de sang sur le mur, derrière elle. Ce qu'Antonia et Jon ne verront jamais.

— Alors ? Tu vas me dire ce qui a tellement surpris Antonia Scott ? La femme capable de regarder un corps démembré sans sourciller ?

Jon laisse pendre l'hameçon et attend que ça morde.

Une minute passe.

Deux minutes.

— Prends ton temps. C'est pas comme si on était pressés, ironise Jon, qui commence à s'impatienter.

Antonia regarde toujours par la fenêtre, les bras croisés. Lorsqu'elle se décide à parler, c'est avec une lenteur exaspérante, comme si elle déterrait chaque mot, à coups de pelle et de pioche, d'un passé enseveli sous une tonne de rochers.

— Ce qui m'a tellement surprise, c'est que cet homme est mort depuis quatre ans.

Le mort, quatre ans plus tôt

— Tu n'as même pas goûté aux artichauts.

Antonia regarde son mari, puis l'assiette vide, puis de nouveau son mari.

— Il n'y en a plus, dit-elle, sans comprendre.

Marcos sourit. C'est un sourire doux, légèrement narquois. Le genre de sourire qu'on esquisse en voyant un enfant manquer de fourrer ses doigts dans une prise électrique ou un participant d'un jeu télévisé répondre à côté.

— Tu veux que j'en recommande ? propose-t-il, connaissant d'avance la réponse.

— Non. Je n'ai pas très faim.

Marcos regarde sa femme, puis l'assiette – vide – de tripes à la madrilène, puis de nouveau sa femme.

— Je ne sais pas comment tu survis en mangeant si peu.

Antonia soupçonne vaguement que Marcos se moque d'elle, mais elle ne s'en soucie guère. Ces derniers jours, ils n'ont fait que se croiser, alors elle profite du moment. Lorsqu'il lui tend la main par-dessus la table, elle la prend et la serre de toutes ses forces. Elle ne risque pas de lui faire mal. Ses mains aux paumes carrées sont dures, calleuses, comme taillées dans la pierre qu'il travaille tous les jours.

— C'est mon tour, dit-elle, quand le serveur apporte l'addition.

— C'est mon tour, répète-t-il, sortant déjà sa carte.

C'est une vieille habitude.

Depuis qu'ils sont ensemble, ils se battent pour savoir qui paiera l'addition. Au départ, c'était une question de fierté pour Antonia, car Marcos vient d'une famille aisée. Elle aussi, mais ayant coupé les ponts avec son père, elle doit se débrouiller toute seule.

À présent, Antonia gagne un salaire mensuel à cinq chiffres, ce qui la place sur un pied d'égalité avec Marcos dont les parents sont décédés, mais qui lui ont légué l'immeuble qu'ils habitent désormais.

Les loyers lui rapportent une somme rondelette chaque mois, même après déduction de tous les frais. Les locataires sont pour la plupart des hipsters, prêts à payer des fortunes – voire plus – pour vivre le plus près possible du centre, avec ses bars à bières artisanales et ses bistrots visuellement compatibles avec leurs *stories* Instagram.

Marcos peut se consacrer à sa passion : la sculpture. Il y met toute son âme et s'améliore à pas de géant. Il a déjà décroché deux jolies expos, et tout porte à croire que sa carrière est près de décoller. Il s'occupe beaucoup de son fils, ce qui compte d'autant plus qu'Antonia a des horaires irréguliers et s'absente souvent pendant de longues périodes. À cause de son travail de « consultante » auprès de la police. Une activité qui intrigue Marcos, mais sur laquelle il ne pose jamais de questions, car Antonia lui a clairement fait savoir qu'elle n'en dira rien.

La seule explication qu'elle lui a donnée a été : « Je ne veux pas. »

Marcos a appris à respecter cette facette de sa femme. Ça le désespère parfois, mais il sait aussi que c'est ce qui la rend unique. Sa patience tient à la nature de son travail, qui consiste à extraire la beauté du monde, même lorsqu'elle se dissimule à nos yeux.

On raconte que Michel-Ange trouva un jour un énorme bloc de marbre de Carrare sur le chantier de la cathédrale de Florence. Le jeune artiste, alors âgé de vingt-six ans, ne craignait pas les défis. Surnommé « le géant », ce bloc de plus de cinq mètres de haut était réputé impossible à tailler. Plusieurs sculpteurs, dont Agostino di Duccio, avaient tenté de s'y attaquer, avant de renoncer devant la difficulté de la tâche. Depuis, le bloc gisait là, rongé par les mauvaises herbes.

Michel-Ange l'observa des mois durant, en fit le tour, s'assit dessus, colla même son oreille contre sa surface. Les étudiants et les religieux qui passaient le regardaient comme s'il avait perdu la raison.

Un matin, Michel-Ange prit un ciseau et se mit au travail. Il n'avait ni moule ni croquis préparatoires. Il se mit simplement à sculpter. Au bout d'une semaine, il demanda qu'on élève une structure en bois autour du bloc. Ce qu'il s'apprêtait à réaliser exigeait de l'intimité.

Cela lui prit près de quatre ans.

Un beau jour, Michel-Ange annonça que son œuvre était achevée. Le Tout-Florence se pressa à la cathédrale, intrigué et persuadé d'assister à un nouveau fiasco. Les ouvriers abattirent la structure en bois et le monde contempla pour la première fois le *David*. L'œuvre majeure de la Renaissance, peut-être même de toute l'histoire de l'art.

Bouche bée, l'évêque de Florence s'approcha de l'artiste et lui demanda comment il avait pu atteindre une telle perfection. Michel-Ange haussa les épaules et dit : « David était dans le marbre, j'ai seulement ciselé jusqu'à l'en libérer. »

Marcos n'est pas Michel-Ange, mais il exerce le même métier. Et il sait que des blocs de pierre les plus difficiles naissent les plus belles sculptures. Son amour pour Antonia est immense, précisément parce qu'elle n'est pas facile.

Même si parfois, elle le rend fou. Comme c'est le cas maintenant.

Elle n'arrête pas de regarder sa montre, alors qu'ils ont une heure devant eux avant de devoir libérer la baby-sitter.

— Détends-toi. Jorge est entre de bonnes mains. Allons prendre une glace.

Antonia secoue la tête.

— J'ai des coups de fil à passer. Ça t'embête d'y aller ? Je te promets de me rattraper.

Marcos soupire, mais il perçoit un scrupule et en profite pour négocier.

— Ça dépend.

— De quoi ?

— De ce que tu entends par te « rattraper ».

— Eh bien, je voulais dire que…

Antonia s'interrompt en voyant le geste que fait Marcos avec l'index de sa main droite et l'index et le pouce de la main gauche. Elle sourit, proteste un peu et rougit, tout cela en même temps. Le spectacle réchauffe le cœur de Marcos, ainsi que d'autres muscles.

— On discutera polysémie ce soir, concède Antonia. Si tu as un nouveau mot pour notre dictionnaire spécial.

— J'en ai un. En latin. Je te le dirai tout à l'heure.

Marcos l'embrasse et se dirige vers la sortie. Antonia le regarde avec un léger sourire, qui s'efface dès qu'il est parti. Elle sort de sa poche une petite boîte en métal dont elle extrait l'une des gélules rouges qu'elle a toujours sur elle en cas d'urgence. Elle rompt la gélatine avec ses incisives, libérant la poudre amère tant convoitée, et la place sous la langue, laissant la muqueuse absorber le cocktail chimique et le diffuser à toute vitesse dans son système sanguin.

Elle attend quelques secondes, remarque qu'autour d'elle le monde se ralentit, puis se concentre sur la menace dans son dos.

— J'espère que vous savez à qui vous avez affaire, dit-elle d'une voix forte sans se retourner.

L'homme à la table derrière Antonia se lève et prend la place que Marcos vient de quitter.

— Je peux ?

— Vous n'avez pas eu besoin de ma permission pour nous suivre dans toutes les boutiques de la rue Preciados. Ni quand vous avez donné un billet au serveur pour qu'il vous installe à cette table, énumère Antonia.

L'homme a environ quarante-cinq ans. Il est grand, large d'épaules, légèrement voûté. Accent catalan. Il a une petite barbe, des lunettes et le regard de myope de quelqu'un qui travaille devant un écran. Comptable, peut-être. Il ne respire pas la violence. Le niveau d'alerte d'Antonia passe de la menace à l'inquiétude. Elle a bien fait de ne pas avertir Mentor quand elle a remarqué qu'il les suivait. Elle sentait, à son comportement, que l'homme voulait juste lui parler. Mais il n'était pas question de le faire devant Marcos.

— J'aurais juré que vous ne m'aviez pas repéré, dit-il. Vous êtes vraiment aussi impressionnante qu'on le dit.

— Qui le dit ?

— Tout le monde. En tout cas ceux qui savent pour Valence.

Antonia observe son interlocuteur avec plus d'attention.

Aucun doute, ce n'est pas un comptable. Belle chemise, chère. Poignets légèrement brillants autour des boutons. Il travaille devant un ordinateur. Veste confortable, mais il ne la met pas pour aller au bureau. Elle n'a pas la marque du portemanteau

ni le pli du dossier. Il la porte juste pour sortir. Pas de cravate.
Ongles soignés, cheveux bien coupés.

— Je ne sais pas de quoi vous parlez.

— Vous savez parfaitement de quoi je parle.

— Je serais curieuse de connaître votre nom.

— Je suis là pour vous parler de certaines choses que vous devez savoir, pas pour satisfaire votre curiosité.

Puis l'inconnu se met à lui raconter une histoire bizarre et manifestement inventée de toutes pièces. À propos d'un tueur à gages. Un homme extraordinairement dangereux.

— Il est capable de faire passer n'importe quel meurtre pour un accident. Y compris les plus complexes. Il a travaillé en Amérique, au Moyen-Orient, en Asie... Il y a quelques mois, il s'est installé en Europe.

L'homme lui tend une photo. Antonia ne bouge pas. Il la pose devant elle, entre son verre d'eau et le sucrier.

Prise de loin, la photo montre un homme élégant d'environ trente-cinq ans. Cheveux blonds, ondulés. Sur le point de monter dans une voiture. Antonia lui trouve une certaine ressemblance avec l'acteur écossais qui joue dans *Moulin rouge*. Difficile de l'affirmer. L'image est floue.

— C'est l'unique photo que nous avons de lui. D'ailleurs, il n'est pas au courant qu'elle existe. Sans quoi, il aurait remué ciel et terre pour la détruire et éliminer tous ceux qui l'ont vue. Il a un certain goût pour la théâtralité.

— Pourquoi vous me racontez tout ça ?

— Parce que cet individu est un démon, madame Scott. Un être impitoyable, d'une intelligence surhumaine. Et qu'il faut quelqu'un comme vous pour l'arrêter.

— Moi ? Je suis linguiste.

— En tout cas vous n'êtes pas comédienne, dit l'homme en se frottant le ventre.

Il a manifestement faim et soif. Il a passé toute la journée à les suivre et n'a pas eu le temps de commander quoi que ce soit. Ils sont sur le toit-terrasse d'un des meilleurs restaurants de Madrid. Et à 16 heures, en plein mois de juin, la Puerta del Sol porte bien son nom.

Antonia lève la main et l'un des serveurs accourt aussitôt. Il revient quelques minutes plus tard avec une bouteille d'eau pour l'homme et un café pour elle.

— Ça ne me dit toujours pas pourquoi vous m'avez suivie toute la journée. Vous auriez pu aller voir la police.

— Madame Scott, la simple existence de cette… créature, je ne vois pas comment l'appeler autrement, est l'une des raisons pour lesquelles le projet Reine rouge a été créé.

Aucun doute, c'est un informaticien. Ce n'est pas un cadre, plutôt un ingénieur ou un consultant externe. Il a l'accent barcelonais. Peut-être l'un des développeurs de la nouvelle application qu'ils ont commencé à tester avant Valence ? Les serveurs sont à Barcelone.

— Ce n'est pas très malin d'employer ces mots-là en public.

— Vous êtes mon dernier recours. J'ai besoin de votre aide. Et croyez-moi, vous ne pourrez pas refuser. Pas quand je vous dirai ce que je sais.

Antonia se penche par-dessus la table.

— Alors, parlez. Il me reste cinquante minutes. Commencez par me donner votre nom et par me dire en quoi vous êtes lié au projet Reine rouge. Et ne vous avisez pas de mentir. Si vous savez vraiment qui je suis, vous savez aussi que je le découvrirai.

L'homme a un mouvement de recul, comme pour fuir la présence d'Antonia. Il regarde par-dessus son épaule, se retourne. Les tables se vident ; la plupart des clients ont fini de déjeuner. Autour d'eux, il n'y a plus personne.

— Ici… Pas ici, déclare cependant l'homme. Nous en reparlerons. Réfléchissez à ce que je vous ai dit.

Il se lève maladroitement, cognant sa chaise contre celle d'à côté. Puis il s'éloigne sans se retourner.

Antonia s'attarde quelques minutes à table, songeant à l'étrange discussion qui vient d'avoir lieu. Elle ne dit pas un mot, sauf au moment où le serveur s'approche pour récupérer la bouteille d'eau vide. Antonia l'en empêche. Puis elle prend une serviette et saisit la bouteille par le goulot, évitant soigneusement de toucher la partie inférieure, où l'homme a posé ses doigts.

7

Un ticket

— Et c'est tout, dit Antonia, qui n'a pas quitté la fenêtre des yeux pendant tout son récit.

Dehors, le soleil a percé à l'horizon. La matinée promet d'être glaciale. Pas un nuage dans le ciel, pas une once de chaleur. Jon se dit, et il n'est certainement pas le premier, qu'à Madrid, l'hiver, le soleil refroidit l'atmosphère plus qu'il ne la réchauffe.

— Tu ne l'as plus revu ?

— Non. Deux jours plus tard, White est entré chez nous par effraction. Marcos a fini dans le coma, et j'ai failli y laisser ma peau. La suite, tu la connais.

Non, pense Jon. *Je ne connais pas la suite.*

Je ne sais strictement rien de ces trois années. Je ne sais pas ce que tu as fait, jusqu'où tu as sombré.

Je ne sais rien de ta vie d'avant, ni de celle d'aujourd'hui, d'ailleurs. Essayer de te comprendre, c'est comme assembler un foutu puzzle sans avoir de modèle. Dans le noir. Avec les mains liées.

Je ne connais pas la suite, mais je la découvrirai, comme tu dis si bien. Si tu m'en laisses la possibilité. Si seulement tu m'en laissais la possibilité.

Jon a envie de hurler. Il a envie de la prendre dans ses bras. Il voudrait être à mille kilomètres de là, avec une bombe en moins et une bière en plus.

Mais la vie n'est pas une chocolaterie, et le seul ticket que vous êtes sûr de gagner n'est pas en or et ne vous emmène pas dans un endroit magique avec des rivières de chocolat, loin de là.

Et l'heure du départ sur le ticket de Jon se rapproche à grands pas.

— Je comprends pourquoi tu ne m'en as pas parlé plus tôt.

— Deux jours, Jon. J'ai été prévenue deux jours entiers à l'avance. Et pourtant...

— Tu n'as rien fait, parce que tu as cru que le type divaguait. Mais tu as quand même pris ses empreintes, non ?

— Oui. Mais on m'a dit qu'il était mort.

— Ben faut croire que non.

— On verra ça plus tard. Le plus important, c'est de savoir qui l'a tué, dit Antonia en s'éloignant de la fenêtre. Ma relation avec lui est secondaire.

— Tu te trompes.

Antonia se retourne, une expression étrange sur le visage. Plus surprise qu'agacée.

D'aussi loin qu'elle s'en souvienne, Jon ne lui a jamais dit une chose pareille.

— Ton cerveau, reprend Jon. La façon dont il fonctionne... Il est configuré pour analyser les indices et tirer des conclusions. Tout ce qui nous arrive, tout ce bordel, tu essaies de le reconstituer dans ta tête, pièce par pièce, comme un puzzle...

Comme moi avec toi.

— ... mais les *quoi* et les *comment* te détournent de l'essentiel.

Antonia ne dit rien. Elle regarde le sol, comme si la réponse se trouvait quelque part sur ses pieds.

— D'accord. L'essentiel, c'est le *pourquoi*.

— Ça ne peut pas être un hasard si l'homme qui t'a parlé de White il y a quatre ans a été tué aujourd'hui.

— Tu es en train de me dire que c'est White qui l'a tué ?

— C'est absurde. S'il a éliminé Soler, pourquoi nous demander d'enquêter sur sa mort ?

— Il savait ce qui allait se produire. Rappelle-toi qu'il nous a d'abord donné l'adresse. Il n'a envoyé le deuxième message qu'à notre arrivée.

— Je ne vois toujours pas la logique.

— Peut-être que ça fait partie de son jeu ?

— Qu'il joue avec nous, ça ne fait aucun doute. Mais la question demeure : pourquoi ?

Puis Jon pose un doigt sur ses lèvres, comme toujours quand il s'apprête à faire une grande déclaration :

— Ça, j'en sais foutre rien.

Antonia se frotte le visage, se passe la main dans les cheveux – ce qui n'arrange rien –, puis reformule à sa façon la déclaration de l'inspecteur Guttiérez.

— On va travailler sur ce qu'on sait. L'heure tourne.

8

Un casse-noix

Quand ils reviennent près du corps, le Dr Aguado finit de ranger ses instruments. Jon a toujours été fasciné par le bric-à-brac que trimballe la légiste. Règles, balances, cordons, loupes, appareils photo, flacons contenant toutes sortes de poudres, de produits chimiques et de réactifs, sacs et récipients de dimensions variées. Son habileté à manipuler tous ces trucs le fascine, mais un détail apparemment insignifiant l'intrigue encore plus. Quand elle a fini son travail, comme maintenant, elle remet chaque élément à sa place dans ses deux mallettes en acier, sans laisser traîner un trombone.

— Je vais y aller. La scène de crime est gérée, je laisse le reste aux techniciens de la Scientifique, mais je doute qu'ils trouvent grand-chose.

— C'est un travail de professionnel, confirme Antonia.

— Quelque chose a dû mal tourner. Sinon, il les aurait tués dans leur lit.

— La femme pourra peut-être nous éclairer, avance Jon. On va devoir lui parler.

— Elle est à l'hôpital de La Zarzuela, en soins intensifs. J'ai demandé à Mentor de poster un agent à sa porte. Si elle l'a vu, le tueur pourrait vouloir finir le travail.

285

Je retourne au QG et je mets tout le monde dessus. On se tient au courant.

— Merci docteur, dit Antonia.

Après avoir inspecté la maison – d'une normalité assommante – pendant quelques minutes séparément, ils se retrouvent devant le bureau de Jaume Soler.

C'est une pièce remarquablement austère. Une bibliothèque remplie de livres sur les langages de programmation et de manuels de logiciels. Sur l'un d'eux, Jon repère un nom familier.

— On dirait que ce type écrivait aussi des bouquins, remarque-t-il en montrant l'ouvrage à Antonia.

« *Deep Learning and High-Level Programming Languages*, Jaume Soler, Ph. D. » indique la couverture, sobrement illustrée par le dessin d'un cerveau formé de 0 et de 1.

C'est le seul livre de Soler. En revanche, il y a quantité de portraits de famille. Au mur, près du bureau, trône une photo de mariage. Jaume, dans son costume, avec plusieurs années de moins, n'a pas l'air malin. *Tous les jeunes mariés ont l'air con, mais lui, c'est le pompon*, pense Jon.

Il est difficile d'évaluer le bonheur d'un couple à partir de quelques photos, mais Jon a développé une sorte de sixième sens à ce sujet au cours de sa carrière de flic. Un sixième sens qui semble dysfonctionner, car il est incapable de déduire quoi que ce soit de ce qu'il voit. M. Soler a un visage dont on ne sait s'il est intelligent ou sournois, ce qui rend Jon particulièrement nerveux.

Il verra bientôt à quel point il a raison. En attendant, il est préoccupé par un autre problème qui provoque en lui une dissonance cognitive.

— Il y a un truc que je ne pige pas. Si ce mec est un geek, pourquoi il n'y a pas une seule figurine sur ses étagères, genre Ghostbusters ou même un bête Dark Vador ?

— Je croyais que tu n'aimais pas les clichés.

— Comment ça ?

— Les stéréotypes. Par exemple, que les homosexuels s'habillent de manière extravagante.

— Trésor, je porte *littéralement* un costume Dolce & Gabbana bleu canard. Si je meurs dans cette horreur, ce sera ta faute.

Jon se rend compte, trop tard, que sa remarque est à double tranchant. Il regrette aussitôt ses paroles, mais par chance, la proverbiale imperméabilité d'Antonia au sarcasme vient à son secours.

— Je le trouve élégant.

— Pas pour une scène de crime. Encore moins si c'est moi, le mort.

Il pousse un profond soupir et regarde autour de lui.

— Je ne sais pas, trésor... Pour moi, ce mec n'est pas net. Je continue de penser qu'il y a un truc qui cloche ici.

Antonia est occupée à fouiller dans le caisson de rangement, près de la table. Ses mains, gantées de latex, semblent piocher différents objets – fournitures de bureau, pour l'essentiel – au hasard.

— D'un point de vue heuristique, les intuitions sont des informations traitées de manière non rationnelle susceptibles de produire un résultat cognitif qui transcende les processus de pensée logique.

Jon réfléchit attentivement à ce qu'il vient d'entendre.

— J'aimerais pouvoir dire que je comprends.

Antonia réfléchit à son tour à la manière de traduire ses propos à Jon. Elle n'a pas de mot pour cela, dans aucune langue. En revanche, elle a une expérience intime, qu'elle a partagée avec Jon. Personne d'autre ne le sait, hormis sa grand-mère.

— Peut-être, dit-elle doucement, que toi aussi tu as un singe qui essaie de te montrer quelque chose.

Ça, Jon le comprend parfaitement. Le problème, c'est que le singe n'a pas l'air décidé à se manifester, et que, dans la pièce, il ne leur reste plus que le bureau à examiner. Un plateau en acajou reposant sur deux tréteaux d'acier, avec un bouton permettant d'en régler la hauteur. Dessus, il y a un ordinateur portable, deux moniteurs de trente pouces et un clavier.

Antonia allume l'ordinateur et l'écran d'accueil apparaît. Elle l'observe attentivement, puis quitte la pièce à grandes enjambées. Grandes pour elle, évidemment. Jon lui emboîte le pas, perplexe, et la voit s'adresser aux techniciens affairés à hisser un énorme sac noir sur un brancard.

— Attendez un instant, dit-elle.

Elle fonce dans la cuisine, fouille dans les tiroirs et revient aussitôt, un long objet métallique dans chaque main.

— Un casse-noix ? Pourquoi tu as besoin d'un...

Antonia ne répond pas. Elle se contente d'ouvrir la fermeture Éclair du sac et de sortir la main droite du défunt. Le but de la manœuvre devient clair lorsqu'elle maintient l'index du mort en l'air et serre de toutes ses forces à la hauteur de l'articulation interphalangienne proximale. La première tentative ne donne rien. La seconde produit un craquement sourd et désagréable. Comme ouvrir une pistache enveloppée dans du jambon.

— Oh.

C'est tout ce que dit Jon. Une interjection suffisamment ambiguë pour signifier n'importe quoi dans le large spectre sémantique qui va de « Oh, c'était donc pour ça que tu avais besoin du casse-noix » à « Oh, tu es totalement marteau ».

Quand vient le moment d'utiliser le deuxième ustensile (des ciseaux à poisson), Jon n'a plus besoin de regarder. D'ailleurs il ne peut pas, car il est occupé à empêcher les gars de la Scientifique de se jeter sur Antonia. D'une manière assez énergique, impliquant d'en retenir un par le col et l'autre par le bras. Par chance, ils sont plus habitués à manipuler des boîtes de Petri qu'à soulever des pierres de trois cents kilos, de sorte que Jon s'en tire plutôt bien. Du moins jusqu'à ce qu'Antonia coupe le doigt du défunt et regagne le bureau, laissant à Jon la tâche délicate de donner des explications.

— Écoutez, je peux tout...

9

Un doigt

Quand Jon regagne le bureau de Jaume Soler – dix pénibles minutes plus tard –, Antonia est assise devant l'ordinateur, en pleine concentration. Sur la table en acajou, le doigt repose près du lecteur d'empreinte qui protégeait l'ouverture de la session.

— Tu me rendrais un service ?

Antonia grogne ce qui ressemble à un oui.

— Ça t'ennuierait de me prévenir avant de mutiler un cadavre, la prochaine fois ? Si ce n'est pas trop demander.

Un autre vague murmure.

Jon contourne le bureau et se place derrière elle. Une fois passée la tentation de l'étrangler – suffisamment passée, disons, car avec Antonia, c'est un sentiment persistant –, il porte son attention vers l'écran.

Antonia a accédé aux dossiers de l'ordinateur, explorant les documents un à un, à la recherche de quelque chose de compréhensible. Jusque-là, sans succès. Chaque fois qu'elle en ouvre un, elle se retrouve face à un charabia inintelligible.

— Tu y comprends quelque chose ?

— Non. Ce sont des blocs de code, des fichiers de projets, mais je n'y comprends rien. Tu t'y connais un peu en programmation ?

— Une fois, j'ai programmé la VHS de ma mère pour lui enregistrer l'émission « C'est mon choix ». Ça t'aide ?

— Je ne crois pas, non, répond Antonia en se tournant vers l'écran.

— Si c'est le mobile qu'on cherche, autant commencer par l'endroit habituel : son compte en banque. Pourquoi tu ne regardes pas sur ton satellite fasciste magique ? Je m'en tirerai aussi bien que toi sur l'ordi.

À contrecœur, Antonia cède sa place à Jon. Elle sort son iPad et ouvre l'application Heimdall. Quelques minutes plus tard, elle relève la tête et montre à Jon les comptes bancaires du défunt.

— Eh ben, ils n'étaient pas à plaindre, commente Jon en poussant un sifflement admiratif.

Presque deux millions d'euros, à quelques centimes près.

— Pas vraiment, non.

— On sait d'où venait le fric ?

— Il y a des virements mensuels de cinquante mille euros. L'émetteur est une LLC, une société étrangère à responsabilité limitée.

— Toujours la même ?

— Oui. Je vais voir si je peux trouver qui c'est.

Antonia bidouille sur la tablette, tandis que Jon continue de fouiner dans l'ordinateur. La tâche est déjà fastidieuse en temps normal. Avec le compte à rebours au-dessus de leur tête, elle devient franchement insupportable. Toutes les deux minutes, le regard de Jon dérive vers le coin de l'écran où l'heure avance inexorablement.

Difficile de rester concentré avec une telle pression. Un instant, l'esprit de Jon vagabonde et fait germer une curieuse idée : le temps qu'il lui reste à vivre importe moins que les mots qu'il n'a pas prononcés. Tous ceux qu'il a ravalés. Certains, les moins nombreux, seraient l'ultime exutoire pour dire leurs quatre vérités à la poignée d'individus qui le méritent.

Et puis il y a les autres.

Ceux qui soignent, ceux qui sauvent.

Les mots adressés à sa mère.

À Antonia, aussi.

À lui-même, évidemment.

On se dit toujours que demain sera un autre jour, qu'on aura le temps d'arranger les choses. Jusqu'au moment où on ne l'a plus.

Antonia balance l'iPad sur la table. Une manifestation de frustration si inhabituelle chez elle que Jon se retourne, presque effrayé.

— Je n'en peux plus, dit-elle.

— Merde, déconne pas, chérie. Tu peux pas me laisser tomber maintenant.

Antonia secoue la tête et s'appuie contre le bureau.

— Il n'y a rien. La société, elle est basée à Jersey. C'est un paradis fiscal. Ensuite, plus rien. C'est comme si elle n'existait pas.

Jon se gratte la nuque, comme toujours quand il réfléchit. Mais cette fois, ce geste familier ne fait que lui rappeler l'épée de Damoclès qui pèse au-dessus de lui. Il retire aussitôt sa main.

— Je te proposerais bien de laisser reposer tout ça cette nuit et d'en reparler demain, mais on est un peu pressés.

— Je sais. Je sais. Et je sens qu'on est tout près du but. Que la solution est sous notre nez depuis le début. Depuis…

En temps normal, Jon déteste quand elle fait cette tête. La tête de « tu viens de me donner une idée, mais tu ne sais absolument pas laquelle, et maintenant mon cerveau carbure à toute berzingue et je ne vais pas me fatiguer à t'expliquer ». Mais cette fois, il éprouve un soulagement bien compréhensible.

Antonia récupère son iPad et pianote à toute vitesse.

— Les virements ont commencé il y a quatre ans.

— Avant ou après ta rencontre avec lui ?

— Un mois après. Rends-moi service, ouvre le calendrier.

L'icône est bien visible sur la barre d'outils. Un clic, et il s'ouvre, affichant le mois en cours. Chaque jour est rempli de notes et d'indications étranges.

« Assembler bloc 34HCV. »

« Correction erreurs str. substring »

— J'y comprends rien.

— Moi non plus. Regarde il y a quatre ans.

Jon revient en arrière, mois après mois. Jusqu'en juin, où tout a changé.

— C'est le jour où on s'est rencontrés, dit Antonia, désignant le 11.

Pas une note, rien. Une date vierge, alors que toutes les autres sont annotées.

Il n'y a qu'une seule autre date vierge.

La semaine précédente.

— Tu sais quel jour c'est ? murmure Antonia.

Jon est sûr d'avoir entendu mentionner cette date auparavant. Soudain, ce qu'a dit Víctor Blázquez lui revient.

Le jour où ça s'est passé, le 6 juin…

— Sans déconner, dit Jon. Tu crois que… ?

— Regarde dans ses mails.

Jon s'exécute. Ils essaient de toutes les façons possibles, sans résultat. Soler n'a pratiquement conservé aucun mail, à part quelques factures. Le reste est dans les spams. Des pubs ou des propositions mirobolantes de princes nigérians, le bazar classique.

— Non. Il est trop malin pour en avoir gardé une trace ici. Aide-moi. Où est-ce que les hommes cachent les choses qu'ils ne veulent pas que leur femme voie ?

Après quelques instants de réflexion, Jon déclare :

293

— Dans un dossier « Trucs », avec dedans un dossier « Sans intérêt », avec dedans un dossier « Divers non-porno ».

— Essaie dans les photos.

Jon rouvre l'explorateur de l'ordinateur et lance une recherche d'images.

— Il y en a un paquet.

— Affiche les dossiers en mosaïque et fais-les défiler, conseille Antonia, consciente qu'il ne leur reste qu'une heure.

— C'est pas des façons de bosser, râle Jon.

Les dossiers se succèdent sur l'écran, tous apparemment identiques. Jusqu'à ce que l'un d'eux attire l'attention d'Antonia.

— Stop. Ouvre celui-là.

L'icône que désigne Antonia ressemble aux autres en tous points, sauf que celui-ci affiche un petit cadenas dans un coin.

Le dossier s'appelle « Éléments visuels ».

— J'imagine que c'est l'équivalent de « Trucs », dit Jon en double-cliquant dessus.

Le dossier ne s'ouvre pas, mais l'application d'authentification biométrique s'active à nouveau. Antonia prend le doigt du défunt et le pose délicatement sur le lecteur. Une petite lumière rouge clignote sur le dessus de l'appareil.

— Qu'est-ce qui lui arrive, bon sang ?

— Les capteurs capacitifs fonctionnent en détectant l'électricité produite par notre corps. C'est ce qui permet de lire l'empreinte. Quand tu meurs, la quantité d'électricité produite par ton corps diminue.

— C'est comme ça que tu as volé les pilules rouges ? demande Jon en passant.

— Il manque des doigts à Mentor ?

— Je ne m'amuse pas à compter les phalanges des gens.

— Je ne m'amuse pas à voler des pilules. De toute façon je n'en ai pas besoin, rétorque Antonia qui continue de batailler avec le lecteur, sans succès.

— Au QG, quand la machine à café ne veut pas prendre ta pièce, tu la frottes un peu sur le côté du distri et ça marche, suggère Jon, à moitié sérieux.

Antonia le regarde et incline légèrement la tête, comme si elle réfléchissait à sa suggestion. Puis elle approche le bout du doigt de la veste de Jon.

— Hé !

Ignorant ses protestations, Antonia frotte le doigt contre le tissu. Elle l'enlève d'un geste rapide et le pose sur le lecteur, qui s'éclaire aussitôt d'une lumière verte.

— Électricité statique. Bien vu.

Jon ne jure pas bien longtemps, car le dossier s'ouvre et son contenu se révèle à eux.

Exhiber serait le mot juste, pense Jon devant cet étalage de peau, de fesses, d'organes génitaux et de glandes mammaires.

Cinquante-quatre photos.

Toutes de la même femme. Dans des poses qu'on pourrait qualifier de suggestives. Autrement dit des *sextos*. Son visage apparaît sur très peu d'entre elles. Mais une seule leur suffit pour confirmer ce qu'ils savent déjà.

J'avais bien dit qu'il y avait un truc pas net chez ce gars-là.

La femme qui regarde l'objectif d'un œil aguicheur, complètement nue, est bien Raquel Planas.

— On dirait qu'on a trouvé son assassin. Un peu tard, mais tout va bien. Tout va à merveille, putain, dit Jon en tapant du poing sur la table.

Ce qu'ils ont fait à l'époque

Tout compte fait, la vie à l'asile n'est pas si déplaisante. Les nuits existent à peine. Les médicaments qu'on vous fourre dans le gosier – de force au début, un peu moins par la suite, à mesure que votre volonté fléchit – vous dissolvent dans le néant. Les rêves, les cauchemars disparaissent. L'interminable demi-sommeil qui s'écoulait entre le moment où vous fermiez les yeux et celui où votre vessie reprenait le contrôle n'est plus qu'un lointain souvenir. À la place s'abat un épais rideau noir, dont des lambeaux s'accrochent à vos paupières au réveil.

Plongé dans ce sommeil lourd et terreux, vous comprenez ce que signifie mourir. Disparaître. Cesser d'être.

C'est la première fois que la femme dort. Elle ne se rappelle pas, au cours des vingt-trois années précédentes, avoir connu une seule nuit de pur repos, de calme véritable.

Avec la distance et la sérénité que lui procure le traitement, elle commence à se pencher sur sa vie passée. Pas pendant les stupides séances de thérapies imposées par les psychiatres. Là, elle se borne à garder le silence, retranchée dans son monde intérieur. Non, elle le fait quand elle a la paix, sanglée à son fauteuil roulant dans un coin de la salle commune, avec les autres résidents – c'est comme ça qu'on les appelle.

Quelque chose a changé en elle, et elle ne s'en rend compte que maintenant.

Le sommeil masque ses déficiences. La logique de la vie nous impose de dormir. C'est ce que font les gens normaux. Ils peuvent se coucher en larmes, découragés, désespérés, vaincus. Déterminés à rendre au centuple les souffrances qu'on leur a infligées.

Pourtant, au réveil, rien n'est plus comme la veille. La colère s'est évaporée. Elle n'est plus qu'un souvenir. Nous sentons bien qu'il y a quelque chose de trouble dans la réalité, dans ce qui nous entoure – dans le système, chez les autres, en nous-mêmes. Mais la vie nous soudoie et achète notre silence contre une nuit de sommeil.

La femme, en revanche, n'a jamais pu oublier. Sa haine ne s'atténuait pas au matin. Au contraire. Chaque nuit d'insomnie, chaque cauchemar lucide – les yeux entrouverts, consciente du poids des draps sur son corps, de la sueur froide entre sa nuque et l'oreiller – alimentait sa rage.

À l'asile, pour la première fois, elle a découvert la valeur du sommeil. Du *non-être* qui remet les compteurs à zéro et interrompt le processus de la haine.

Jour après jour, elle se transforme. Dans l'ensemble, ça ne change pas grand-chose. Elle voit toujours les autres comme des objets, jetables comme du papier toilette, écrasables comme des cafards. Rien n'existe, à part elle. Ça n'a pas changé. Mais elle éprouve désormais une certaine sérénité face à l'inévitable.

Un jour, l'un des infirmiers – celui qui s'amuse à lui tripoter les seins quand il l'attache au lit pour la nuit – oublie de sangler son bras droit à la chaise. Elle regarde le morceau de chair qui va de son coude jusqu'au bout de ses doigts avec indifférence. Les premiers jours, elle priait constamment pour qu'une occasion comme celle-là se présente.

À présent, les jours sont devenus des mois. Elle a l'estomac plein, le cerveau engourdi. Elle a pris du poids. Sous son affreuse tignasse, sa peau est grasse et grisâtre. Elle ne se reconnaît plus dans le miroir.

Son bras pend mollement. L'espace d'un instant, elle envisage de lui envoyer un ordre, l'ordre de bouger, de détacher l'autre sangle. Des images défilent dans sa tête. Elle se voit se ruer dans le poste de soin, saisir un infirmier par la gorge, utiliser un objet quelconque – un stylo bille ferait l'affaire – pour le menacer et le contraindre à lui ouvrir la porte.

Ce serait facile. Mais elle ne trouve pas la force ni la motivation.

Une nuit, les cauchemars reviennent.

Ce n'est pas progressif. Ils reviennent, c'est tout. Un unique cauchemar, au milieu de la nuit. Et elle n'arrive plus à dormir.

Le lendemain, elle est épuisée, agitée. Les infirmiers la regardent de nouveau avec méfiance. Ils pensaient l'avoir domptée, mais les revoilà sur le qui-vive. Ça fait longtemps qu'elle ne les a pas agressés, cependant, ils ne semblent pas avoir oublié.

Elle en prend note. Fait semblant. Et attend.

La nuit suivante, elle ne peut plus dormir.

Elle prend docilement ses cachets, et ouvre grand la bouche pour montrer qu'elle les a avalés, tandis que l'infirmière en scrute l'intérieur sous tous les angles avec sa lampe de poche.

Elle les sent glisser dans sa gorge, doucement. Parfois, l'un d'eux se coince en cours de route, entraînant une sensation désagréable, collante. Mais ils font toujours de l'effet.

Pas cette fois.

Elle ne bouge pas pendant qu'ils l'attachent au lit – ce soir, l'infirmier peloteur n'est pas là, et elle s'en réjouit, car elle doute qu'elle aurait pu se maîtriser. Ils ferment la porte et elle ferme les yeux.

L'oreille tendue, elle découvre un monde qui lui était inconnu jusque-là. La nuit, l'hôpital psychiatrique se transforme.

Des sanglots étouffés lui parviennent à travers le mur. Des gémissements aussi, de l'autre côté. Elle entend sa voisine se masturber. Bien qu'elle l'ait vue à la lumière du jour – une femme répugnante, qui vomit pendant le dîner –, le son des halètements et des froissements de draps lui procure une légère excitation. Qui s'estompe tout aussi vite, heureusement.

Les minutes passent, les heures peut-être, puis des pas résonnent dans le couloir. Ils s'accompagnent d'une intense odeur de désinfectant et du bruit métallique et syncopé des roues d'un chariot. La roue gauche est manifestement désaxée. Elle se demande comment elle peut en être aussi sûre. Elle croit aussi percevoir une mélodie qui sort d'un casque. Une voix, qu'elle n'a jamais entendue auparavant, fredonne quelque chose.

La chanson est entêtante. Elle se promet de la chercher un jour. Dans sa vie passée, elle aimait beaucoup la musique – son rempart contre la bêtise des autres.

Le refrain dans la tête, elle descend une marche vers le sommeil. Juste une. À mi-chemin entre la rigueur de l'éveil et la paix des ténèbres. Un territoire peuplé de monstres et tapissé de crocs. Elle y passe la nuit, fuyant et titubant, sans pouvoir s'endormir ni se réveiller complètement.

Le lendemain matin, la haine est revenue.
Puis suivront les souvenirs.
Le repas est servi à 12 h 30. Bouillie insipide, riz collant, viande indéfinissable, gelée verte. Selon le menu du jour. Les couverts sont en plastique fin, pour éviter les tentations.

Alors qu'on lui détache un bras, elle fait semblant d'être totalement à la masse, comme ça lui arrive parfois. L'une des aides-soignantes lui donne la becquée de mauvaise grâce et lui essuie le menton quand elle y pense.

Après le déjeuner, elle reste regarder la télévision.

Avec le murmure abrutissant de l'appareil, dont le volume est réglé presque au minimum, la salle commune est un endroit tranquille où les ronflements et les rots des patients sont clairement audibles.

Puis le JT commence. Les dernières nouvelles proviennent de Valence. Des images aériennes de la place de l'Ayuntamiento. Une dense colonne de fumée s'échappe de l'hôtel de ville, masquant presque entièrement les palmiers. La fontaine est arrêtée, la circulation coupée. Le parvis est occupé par les véhicules de la Police nationale. Des voitures de patrouilles, d'énormes camions équipés d'une parabole.

La voix off de la présentatrice parle de miracle. D'héroïsme. D'un membre inconnu des forces de l'ordre qui a sauvé des centaines de vies. Une serveuse blonde, avec un badge à son nom sur son uniforme de couleur claire, s'adresse à la caméra. Elle a les cheveux ébouriffés et le visage noir de suie.

« Elle m'a sauvé la vie. Où qu'elle soit, je veux juste lui dire merci. »

Les images montrent maintenant le cordon de police. Les flics crient, donnent des ordres, courent dans tous les sens. Pendant un instant, quelqu'un apparaît à l'arrière-plan. Ça ne dure qu'une fraction de seconde, mais la femme a été entraînée à reconnaître les visages et à absorber les moindres détails.

Sa réaction est immédiate. Elle se redresse sur sa chaise, écarquille les yeux, laisse échapper un aboiement sec, sauvage. Les infirmiers se tournent vers elle. L'un des surveillants met les mains dans le dos, où il porte sa matraque télescopique. Non, ils n'ont pas oublié. Elle non plus d'ailleurs.

Les bleus qu'a laissés le bâton d'acier et de polypropylène sur ses fesses, ses tibias, son dos, sont restés gravés dans sa mémoire. Parfois, sans provocation préalable. Elle se recroqueville, rentre la tête dans ses épaules, plisse les yeux et ne perd pas une miette du reportage télévisé.

La femme à l'arrière-plan a disparu. Mais elle l'a reconnue. Sa rivale.

Elle a toujours su qu'il y en avait une autre. Leurs efforts pour limiter ses déplacements dans l'enceinte du complexe, l'existence d'une deuxième salle de tests, dans laquelle elle n'allait jamais, mais devant laquelle elle passait chaque jour. Toujours dans le noir, toujours vide. La sienne était plus loin, à l'autre bout du bâtiment.

Malgré leur vigilance constante, elle avait pu un jour se faufiler hors des toilettes, profitant d'un moment de distraction. Elle avait espionné l'autre à travers le hublot de la porte. Menue, les cheveux bruns et raides, les yeux verts. Elle avait éprouvé une étincelle de fascination en la voyant. L'Autre. Quelqu'un comme elle. Une personne spéciale, unique. Dotée d'une intelligence presque surnaturelle, capable – selon les termes de Mentor – de prouesses inaccessibles au commun des mortels.

Quelques secondes plus tard, la fascination s'était changée en haine, quand elle avait compris que deux ne valaient pas nécessairement mieux qu'une.

La haine s'était transformée en dépit – un sentiment bien plus dangereux, car l'Enfer n'est rien comparé à la furie d'une femme humiliée –, quand elle avait entendu Mentor à travers les haut-parleurs.

— Tu ne peux pas dompter un fleuve, Antonia. Tu dois céder au courant et détourner sa force à ton profit.

— Contrôler en cédant le contrôle ? Ça n'a pas de sens.

— Tout n'a pas de sens, tout ne doit pas en avoir un. Cède au fleuve, Antonia.

Antonia. Il s'adressait à l'Autre par son prénom. Avec douceur, avec tendresse.

Aucune trace de la brutalité et du mépris avec lesquels il la traitait.

Elle avait regagné les toilettes, le cœur battant, un goût de rage et de fer dans la bouche. Elle s'était mordu les lèvres sans le vouloir, et griffé les paumes jusqu'au sang. Remarquerait-il quelque chose lorsqu'ils reprendraient l'entraînement ? Elle avait fantasmé pendant des heures sur cette possibilité. Il entrerait dans la salle, la prendrait dans ses bras et la serrerait contre son cœur en lui demandant ce qui s'était passé.

Ce n'était pas arrivé.

Le journal télévisé se termine, l'après-midi s'écoule, la nuit tombe. Encore une fois, ils l'enferment dans sa chambre et l'attachent. Encore une fois, elle ferme les yeux.

— Je dois dire que vous avez une mine épouvantable, ma chère.

La voix résonne près d'elle, à l'intérieur de la chambre. Elle se redresse autant que ses sangles le lui permettent. De quelques petits centimètres.

La lumière qui pénètre par la fenêtre – à barreaux, toujours fermée – n'éclaire pas toute la pièce. Un coin reste toujours dans l'obscurité. Cette nuit, l'ombre est plus dense et ses contours ont changé. C'est de là que vient la voix. Métallique, assurée. Elle s'exprime en anglais, langue qu'elle maîtrise avec une certaine aisance.

— Qui êtes-vous ?

— Grand Dieu, quel accent atroce ! Nous allons aussi devoir travailler cela.

Elle s'agite sur son lit. Elle n'a pas peur – c'est un sentiment qu'elle ne connaît pas – mais elle se sent menacée. Et face aux menaces, elle réagit toujours de la même façon : comme une bête sauvage.

— Qu'est-ce que vous voulez ?

— Cette question n'a pas d'importance, pour l'instant.

Elle cesse de batailler contre les sangles – cuir, acier, solidement fixées, un effort inutile – et réfléchit quelques secondes. Pendant son entraînement, elle a appris une chose. Elle a appris à satisfaire la voix de l'autre côté. La voix qui contrôle son destin. Elle a compris le pouvoir que possède la voix d'un visage inconnu. Plus tard, elle abusera de ce pouvoir pour faire souffrir Carla Ortiz. Pour l'instant, elle s'en sert autrement.

Si la question de savoir qui il est et ce qu'il veut n'a pas d'importance, alors ce qui importe est le peu qu'elle sait de lui : il est dans un endroit où il ne devrait pas être, sans avoir été repéré, ou en ayant veillé à évacuer le problème. Ça, et la coïncidence hautement improbable que ses médicaments aient cessé de faire effet.

— Ce qui compte, c'est ce que vous pouvez faire.

L'homme met une éternité à répondre. Si longtemps qu'elle s'endort presque et en vient à penser qu'elle a rêvé l'étrange présence dans sa chambre. La folie, tapie, prête à bondir.

— Je n'y croyais plus, dit-il enfin. Après toutes ces années de solitude. Nous allons faire de grandes choses ensemble.

Elle ne peut s'empêcher de lâcher un grognement exaspéré.

— J'ai déjà entendu ça.

— Je ne suis pas comme votre ancien mentor.

— On m'a proposé de me battre pour une bonne cause. Ça n'a pas été une réussite, réplique-t-elle, agitant ses sangles qui grincent désagréablement.

— Je vous propose de passer dans le camp adverse, ma chère. N'est-ce pas stimulant ? dit l'homme en se redressant.

Sandra laisse les mots faire leur chemin. En fin de compte, elle décide que l'idée lui plaît bien. Ils ont voulu lui donner le rôle de la méchante ? Alors qu'il en soit ainsi. Les personnages de méchants sont toujours les plus intéressants, de toute façon.

Lorsque l'homme se lève, la lumière éclaire son visage. Il a les cheveux blonds ondulés et la peau blanche et lisse. Il ressemble un peu à l'acteur qui jouait le père dans *The Impossible*.

— Je vous attends dans la voiture, lance-t-il en se dirigeant vers la porte. Dépêchez-vous.

— Une seconde. Vous n'allez pas me détacher ?

L'homme se retourne et lance un stylo sur le lit, qui rebondit sur le drap et roule dans sa direction, presque à portée de sa main droite.

— Si vous êtes qui j'espère que vous êtes, ce ne sera pas nécessaire.

10

Une visite

— Tu as une théorie ? Parce que ça ne nous ferait pas de mal, là.

— Je n'aime pas travailler sur des hypothèses. On finit toujours par déformer les faits pour les adapter à ce qu'on veut démontrer.

L'inspecteur Gutiérrez esquisse une grimace tout en essayant de suivre le rythme d'Antonia dans les couloirs de l'hôpital de La Zarzuela. Maintenant, ce n'est plus une question d'agilité, mais d'épuisement pur et simple. Les antibiotiques et le stress l'ont lessivé, et il n'a pas pris un repas digne de ce nom depuis plusieurs heures. D'un autre côté, ils n'ont plus que cinquante-neuf minutes. Ce n'est donc pas le moment de se laisser aller.

— Visiblement, ça fait un bail que tu n'as pas ouvert un journal. Tu ne sais pas qu'aujourd'hui c'est tendance de dire aux gens ce qu'ils ont envie d'entendre ?

— Je ne comprends pas. Une information est vraie ou fausse, dit Antonia, esquivant une infirmière qui court dans le couloir.

— Ma pauvre, si tu savais… Aujourd'hui, ce que les gens pensent, c'est : « Pourquoi j'aurais tort, puisque j'y crois ? » Si ça se trouve, ton White est comme ça.

— Ce n'est pas *mon* White. Et ça ne colle pas à son profil.

— Très bien. Alors, dis-moi quels faits on a. Je me chargerai des théories.

Il tente de ne pas laisser percer le désespoir dans sa voix. C'est un effort inutile, mais ça ne mange pas de pain.

Antonia paraît distante, comme toujours quand son cerveau enclenche ses engrenages. À contrecœur, elle accède à la demande de Jon.

— On a le meurtre de Raquel Planas, il y a quatre ans. Nous savons, par sa mère, que le tueur était son amant. (Antonia suit les flèches bleues et les panneaux indiquant la direction de l'unité de soins intensifs.) L'amant en question se révèle être un ingénieur en informatique retrouvé mort cette nuit.

— N'oublie pas qu'il t'a suivie.

— Je n'oublie pas. Une semaine après le décès de Raquel Planas, Jaume Soler entre en contact avec moi pour me demander de l'aide. Et je…

Elle omet le reste. Jon n'insiste pas.

— Trois ans plus tard, poursuit Antonia, Mentor te recrute. Il nous demande d'arrêter un tueur qui kidnappe de riches héritiers. On découvre que le tueur en question n'est en fait qu'une marionnette entre les mains de Sandra et de White.

— Une ruse pour te piéger.

— Rétrospectivement, toute la façon d'opérer sentait White à plein nez. De fait, avant de disparaître, Sandra nous laisse entendre qu'il a de grands projets.

— Pour commencer, il s'attaque aux Reines rouges d'Angleterre, de Hollande et d'Allemagne pendant qu'on est occupés à Malaga.

— À notre retour, il t'enlève et te met ce truc dans la nuque. Il nous force à enquêter sur trois meurtres. Raquel Planas. Jaume Soler.

Et c'est tout.

C'est déjà pas mal.

C'est insuffisant.

— On n'est pas très avancés, dit Jon avec un soupir.

— En effet, admet Antonia. Il nous reste cinquante-sept minutes avant l'expiration du deuxième délai et on a toujours un crime à résoudre. Dépêchons-nous.

Là-dessus, Jon est d'accord.

La terreur qu'il a éprouvée dans l'ascenseur ne s'est pas totalement dissipée. Elle s'est simplement déplacée. Du centre de son énorme poitrine, elle est descendue dans son estomac. Oppressante, paralysante, la peur le ronge comme une boule d'acide dont le volume et la densité augmentent à mesure que le temps se réduit.

Pour autant qu'il le sache, Jon n'a jamais fait de crise d'angoisse à proprement parler. Mais si un psychiatre devait qualifier ses symptômes, c'est probablement le terme qu'il emploierait. Avant de lui prescrire une demi-pharmacie. Évidemment, Jon préférerait crever plutôt que d'aller voir un psy.

À l'entrée de l'unité de soins intensifs, ils rencontrent deux obstacles. Le premier a la forme et l'aspect d'un flic, mais il se volatilise dès que Jon montre son insigne.

Le second, plus petit et vêtu d'une blouse, est une infirmière de garde qui n'a aucune intention de les laisser entrer. Jon doit déployer tout son charme et tout son bagout pour l'amadouer. Question de vie ou de mort, vous savez ce que c'est.

L'infirmière ne cède qu'une fois que Jon et Antonia ont accepté d'enfiler surchaussures, charlotte, masque et gants.

— Comment va-t-elle ?

— S'il n'y a pas d'infection, elle s'en sortira. L'estomac est touché, mais les dégâts au foie sont limités.

— Elle est consciente ?

— Elle vient de se réveiller. Elle est encore très faible et sous morphine.

— Mais elle peut parler ?

— Cinq minutes.

Comme si on avait plus de temps.

— Surtout, ne lui parlez pas de son mari, c'est compris ? leur lance l'infirmière avant que les portes pressurisées ne se referment derrière eux.

L'unité de soins intensifs est un lieu déprimant et hostile. Tout ce qui les entoure est stérile (l'atmosphère), bruyant (les machines), mourant (les malades) ou pressé (ceux qui les soignent).

Même à travers son masque, Jon voit qu'Antonia ne va pas bien. Elle regarde nerveusement autour d'elle et passe les bras autour de son ventre.

— Qu'est-ce que...

— Pas maintenant, s'il te plaît. On en parlera plus tard.

L'inspecteur Gutiérrez met ses inquiétudes en sourdine, car ils sont arrivés au chevet d'Aura Reyes. Séparée des autres patients par un paravent d'un mètre cinquante de haut, la victime est reliée à des moniteurs et à une perfusion. Elle cligne des yeux en les voyant approcher.

— Qui êtes-vous ? Où est Jaume ? demande-t-elle d'une voix rauque.

Jon s'assied près du lit pour ne pas l'intimider par sa taille. Antonia prend place à côté de lui.

— Madame Reyes, nous sommes de la police. Inspecteur Gutiérrez, et Antonia Scott, ma collègue.

Le regard de la femme s'égare quelque part au-dessus de la tête de ses visiteurs. Mais quand elle entend le mot *police*, quelque chose en elle se remet en place, tandis que les pièces du puzzle s'imbriquent – l'odeur de désinfectant, la douleur lointaine de la plaie, la désagréable sensation du cathéter dans son bras – et elle se rend compte qu'elle ne s'éveille pas d'un cauchemar qui se dissipera dès qu'elle se lèvera pour préparer le petit déjeuner de ses filles.

— Mes filles. Mes filles, dit-elle, essayant de se redresser.

Jon pose délicatement la main sur son épaule – sans forcer, la femme est faible comme un oiseau – pour l'empêcher de bouger et de se faire mal.

— Vos filles vont très bien. Elles sont en sécurité chez leur grand-mère. Elles n'iront pas en classe aujourd'hui. Elles vont passer la matinée à regarder *La Reine des neiges 2* et *Peppa Pig*.

— Je veux leur parler.

— Plus tard, madame, c'est promis. Nous devons d'abord vous poser quelques questions.

— J'ai dit que je voulais leur parler ! répète Aura, poussant ce qui s'apparente le plus à un cri venant de quelqu'un qui a frôlé la mort.

Jon se voit contraint de gaspiller quelques précieuses secondes pour chercher le numéro de téléphone de la grand-mère. Il parvient finalement à les mettre en communication. La conversation est brève. Les filles ne sont au courant de rien et répondent d'une voix enjouée qui paraît incongrue dans cette situation. Le moment viendra de leur dire la vérité. Mais d'une certaine façon, la joyeuse inconscience de ses filles a un effet apaisant sur Aura Reyes. Son corps se détend, ses yeux se remettent à vagabonder au plafond.

— Madame Reyes, nous devons vous poser quelques questions. C'est important.

— Je veux d'abord parler à Jaume.

Le ton de la femme a complètement changé. L'urgence a laissé place à autre chose. L'expression d'un souhait, peut-être. Jon est vaguement conscient que la femme parle à travers un nuage, un banc de brouillard qui amortit sa voix.

Ne lui parlez pas de son mari, a ordonné l'infirmière.

Mais ils doivent la tirer de la torpeur où elle semble être tombée. Le temps presse. Jon se prépare donc à lui annoncer les mauvaises nouvelles. Ce n'est pas la première fois qu'il fait ça. Avec la paperasse, c'est la partie de leur boulot que les flics détestent le plus. Juste après la possibilité de se prendre une balle.

Jon fouille dans sa mémoire, sans grand succès. Dans ce type d'interaction avec la réalité, l'expérience n'est d'aucun secours. C'est comme quand on prend une douche froide : on peut retarder le moment de tourner le robinet, mais tôt ou tard, l'eau froide entre en contact avec la peau ; tôt ou tard, on finit bien par se les geler.

— Madame Reyes… commence Jon.

— Jaume est mort. Nous n'avons rien pu faire, je suis désolée, lui révèle Antonia avec la délicatesse d'un lance-flammes.

Chacun sa méthode.

La femme ne réagit pas. Son visage est impassible, ses yeux restent immobiles. Seul le bip régulier du moniteur cardiaque indique qu'elle est en vie.

C'est là que l'expérience de l'inspecteur Gutiérrez se révèle d'une certaine utilité. Car Jon a déjà vu ce genre de réaction. Au départ, la personne semble de marbre, puis à mesure que le message pénètre dans sa conscience, son visage se transforme. Comme une feuille de papier qui se consume. Doucement d'abord. Une flamme vacillante, dans un coin, qu'un souffle suffirait à éteindre. Puis le feu progresse inexorablement, réduisant le masque en cendres.

Aura tremble et éclate en sanglots.

— Nous sommes sincèrement désolés, madame Reyes. Mais nous devons absolument retrouver l'assassin, reprend Jon après quelques secondes.

— Que… que voulez-vous savoir ?

310

Le récit d'Aura est très bref, elle ne leur dit rien qu'ils ne sachent déjà. Elle s'était levée, avait senti qu'il y avait quelqu'un dans la maison et prévenu son mari. Les récits de ce genre comportent invariablement un moment effroyable (pour Aura, celui où le tueur tranche la gorge de Jaume) et un regret déchirant (pour Aura, ne pas avoir appelé immédiatement la police).

L'inspecteur Gutiérrez se jure – comme un paralytique qui promet à la Sainte Vierge d'aller à Lourdes sur les genoux si elle fait un miracle –, quand tout sera fini, de rendre visite à cette femme pour l'apaiser, pour l'aider à faire passer cette pilule amère, pour qu'elle comprenne qu'elle n'aurait pas pu changer son destin. Pour Jon, qui n'est qu'à cinquante minutes de la fin, c'est une promesse qui n'engage à rien. Parce que tout le monde sait que les miracles n'existent pas et que personne n'a envie d'aller à Lourdes sur les genoux.

— Quelle était la profession de votre mari ? Vous savez pour qui il travaillait ? demande Antonia quand la femme a terminé son récit.

— Il est consultant. Il est… il conçoit des programmes informatiques. Quelque chose pour le gouvernement, je crois.

— Pour le gouvernement ? Vous en êtes sûre ?

— Il n'aime pas parler de son travail.

La conversation menace de s'enliser. Jon fait signe à Antonia de se dépêcher. Elle décide de revenir sur la nuit précédente.

— Que pouvez-vous nous dire sur votre agresseur ?

— Je ne me rappelle pas grand-chose. Il… il était habillé en noir et portait une sorte de bonnet. Comme un bonnet de ski.

Antonia doit faire l'impasse sur la procédure habituelle. Ils n'ont pas le temps de réaliser un portrait-robot ou de chercher des photos de délinquants fichés.

— Il avait le visage caché ?

— Non. Il était... je ne sais pas, je dirais qu'il était blond. Un peu plus grand que vous, dit Aura en désignant Jon. Mais moins...

— Encore plus mince, précise l'inspecteur.

— Je ne l'ai pas bien vu. Je n'ai pas vu grand-chose, je suis désolée.

— Vous devez partir, intervient l'infirmière, apparaissant derrière le paravent. La patiente est épuisée.

— Une dernière question, supplie Antonia.

— Ne me forcez pas à appeler la sécurité, insiste la femme.

Antonia l'ignore et se tourne vers Aura, qui montre effectivement des signes évidents d'épuisement. Les blessures, la tristesse et la conversation ont eu raison de ses dernières forces. Mais Antonia ne peut pas repartir comme ça. Pas les mains vides.

Elle pose donc sa dernière question.

— Vous n'avez rien remarqué d'inhabituel ? demande-t-elle d'un ton presque implorant.

— J'ai eu l'impression que mon mari le connaissait, répond Aura, après un instant de réflexion.

— Qu'est-ce qui vous fait penser ça ? s'enquiert Antonia en se penchant vers elle.

— Je ne sais pas. Quand l'homme l'a agressé, mon mari a dit quelque chose. Je ne me rappelle pas bien. *Pas vous, attendez*, ou quelque chose comme ça.

11

Une descente

— C'est foutu. On n'y arrivera pas, dit Jon, désespéré.

L'infirmière a fini par les virer du service. Sans trop savoir comment, ils se retrouvent maintenant sur le parking de l'hôpital. Pas plus avancés qu'avant.

Antonia appelle Aguado, qui l'informe qu'il n'y a rien de neuf de leur côté. Ils continuent de creuser les éléments dont ils disposent, sans résultat pour l'instant.

Elle n'a pas besoin de résumer à Jon la conversation, car son visage en dit suffisamment long.

— On ne va pas renoncer, réplique Antonia.

— C'est trop tard.

— Il nous reste trente-sept minutes. Tant qu'elles ne sont pas écoulées, on va continuer d'agir comme d'habitude, tu m'entends ?

Jon ne dit rien.

Il franchit la courte distance qui le sépare de la voiture et s'assied sur le capot. En retrouvant la lumière du jour, l'air frais, le vent léger qui agite les feuilles mortes, il a compris quelque chose.

Il est exténué. Il ne peut penser à rien d'autre qu'à sa fatigue.

Comme tout être humain de quarante-quatre ans, Jon a connu toutes les formes de fatigue possible. La fatigue qui vous épuise au point de vous empêcher de dormir. La fatigue qui donne envie de pleurer. La fatigue qui rend triste, très triste.

Cette fatigue-là est différente.

C'est une lassitude au-delà des larmes, au-delà de la tristesse. Une lassitude paralysante, douloureuse, qui adhère à la peau et aux os.

C'est la fatigue du désespoir.

— Je n'en peux plus, trésor. Comprends-moi.

Antonia le regarde, essayant de le percer à jour. Un mot lui vient à l'esprit.

Karōshi.

En japonais, « la mort par épuisement ».

Le mot est vulgaire. Peu inspiré, trivial. Quand Marcos le lui a proposé, elle l'a rangé au fond d'un tiroir, comme un cadeau bien intentionné, mais raté.

Elle écarte le mot et continue de chercher.

Dharmaniṣṭhuya.

En kannada, langue dravidienne parlée par quarante-quatre millions de personnes en Inde, « la clémence de la descente ». Le sentiment qu'éprouve le marcheur épuisé lorsqu'il rencontre une pente descendante sur son chemin.

Alors que rien ne va plus, Antonia n'a pas grand-chose à offrir à Jon. Tout ce qu'elle peut lui offrir, c'est la possibilité de se battre jusqu'au bout. L'empêcher de trop penser. Le pousser à avancer. Lui offrir la clémence de la descente. Même si c'est peu, ça lui permettra au moins d'attaquer plus sereinement la dernière ligne droite.

Elle prend le téléphone et compose un numéro. Un coup de fil qu'elle n'aurait jamais cru passer. À une vieille connaissance, qui ne s'y attend certainement pas.

Qui s'y attend si peu, à vrai dire, que celle-ci ne répond pas.

Il n'y a plus qu'à y aller, pense Antonia.

— Jon, écoute-moi. Monte dans la voiture. J'ai une idée.

314

L'inspecteur Gutiérrez tourne la tête douloureusement, lentement, et regarde Antonia avec perplexité. Ils ont brûlé toutes leurs cartouches. Ils n'ont aucune piste. Du moins aucune qui puisse les mener quelque part en si peu de temps. Il est si épuisé qu'il veut juste s'allonger par terre et attendre la mort. Ou peut-être se poser devant un comptoir et manger un sandwich au jambon qu'il n'aura même pas le loisir de digérer.

— Si tu ne veux pas m'accompagner, descends au moins du capot.

Jon bouge une jambe, bouge un pied, remplit d'air ses poumons – ce qui prend un certain temps. Puis il se lève, après avoir poussé un énorme soupir qui suffirait à faire changer la direction du vent.

Pourquoi je fais ça ? pense-t-il en regardant sa montre. Pourquoi continuer quand on sait que tout est vain ?

Parce qu'il a peur, et que ça lui fait honte.

Parce qu'Antonia n'a pas lâché l'affaire.

Parce que la valeur d'un homme se mesure aussi à la manière dont il sombre.

Parce qu'il est hors de question que, quand le pire se produira, dans trente-sept minutes, cette arrogante petite Madame-je-sais-tout lui jette encore la pierre. Il ne manquerait plus que ça.

Alors il se lève.

Sans chercher plus loin.

— Trésor, j'espère que tu ne me fais pas perdre mon temps, dit-il en se forçant à sourire. Parce que je profiterais bien de mes trente-sept dernières minutes pour manger un morceau.

12

Une salle de classe

La Direction générale de la police, à Pinar del Rey, se trouve à une quinzaine de minutes en voiture de l'hôpital de La Zarzuela. Antonia étant au volant, ce chiffre se réduit de moitié.

— La seule idée qui me vient, dit Antonia en traversant à toute allure le pont sur l'avenue de Burgos, c'est d'essayer de savoir pourquoi on l'a tué. Ça me permettra peut-être de calmer White.

— Il ne t'est pas venu à l'esprit que ça pourrait être un meurtre sans mobile ?

— Un meurtre sans mobile, ça n'existe pas. On ne le voit pas, c'est tout.

Jon s'enfonce dans son siège et se raidit involontairement quand Antonia double par la droite une voiture elle-même en train d'en doubler une autre par la droite. Les piles du pont de La Paz frôlent le rétroviseur de si près qu'il peut voir les granulats dans le béton.

Ne regarde pas. Ne crie pas. Ne proteste pas, pense Jon.

Si elle te tue, ce sera en essayant de te sauver la vie. Tu n'es pas en position de te plaindre.

— Tu sais ce qui me tracasse le plus ? Qu'il n'y avait presque pas de messages dans sa boîte mail. C'est très bizarre. Qui ne communique pas par mail aujourd'hui ?

— Toi et moi, par exemple, répond Antonia. Les gens avec un boulot qu'ils doivent garder secret.

Jon réfléchit à cette dernière phrase et la met en perspective avec ce qu'ils ont appris.

— Tu es en train de me dire que Soler n'était pas juste au courant pour Reine rouge ? Qu'il a peut-être participé au projet ?

— C'est ce que je soupçonnais à l'époque. Mais quand ils m'ont dit qu'il était mort, ils ont donné un autre nom.

Tourner la tête pour regarder Antonia avec stupéfaction n'est pas une bonne idée quand vous êtes lessivé, le cœur au bord des lèvres, dans une voiture roulant à près de deux cents kilomètres-heure. Jon a du mal à retenir le peu qu'il a dans l'estomac.

— Qu'est-ce que tu sais de mon ancien équipier ? demande Antonia pour le distraire.

— Pas grand-chose. Ce que Mentor m'a raconté.

— Précise.

L'inspecteur Jon Gutiérrez n'est peut-être pas l'homme le plus intelligent du monde, mais il ne voyage pas avec la femme la plus subtile de la planète, si bien qu'il comprend aussitôt ce que fait Antonia. Malgré tout, il décide de jouer le jeu.

— Que c'était un bellâtre imbuvable. Et que vous ne pouviez pas vous blairer.

— C'est assez juste, oui. Il est aussi très intelligent, très habile et très ambitieux.

— Et c'est pour lui que tu as activé le rappel automatique depuis qu'on a quitté l'hôpital ? demande Jon, désignant le portable fixé au tableau de bord qui compose sans arrêt un numéro qui ne répond pas.

— Tu vas le rencontrer dans une minute.

Il est vivement déconseillé de débarquer au siège de la Police nationale dans un véhicule roulant à deux cents kilomètres-heure. Ne serait-ce qu'en raison de la barrière de sécurité et des flics armés de fusils d'assaut à l'entrée. Ils rongent donc leur frein dans la file. Pendant ce temps, Antonia cherche quelque chose sur Internet, qu'elle lit et stocke dans sa mémoire. Puis elle appelle Aguado au cas où il y aurait du nouveau.

Rien.

Le suivant sur sa liste est Mentor. Qui n'a pas grand-chose à leur apprendre non plus, hormis une mauvaise nouvelle.

— C'est l'écuyer de Hollande. On l'a retrouvé mort dans sa cellule il y a quelques heures. Il s'est pendu.

Antonia ne réagit pas. Elle ne coupe pas la communication non plus. Elle fixe un point quelque part entre le pare-brise de l'Audi, l'interminable file de voitures et la barrière de sécurité.

— Avant que tu me raccroches au nez... commence Mentor.

Antonia s'attend à ce qu'il lui reparle de l'écuyer, mais ce n'est pas le cas.

— Il y a des années, je t'ai dit que je t'enviais, poursuit-il d'une voix très basse, presque dans un murmure – on dirait qu'il va se mettre à pleurer. J'allais te demander si tu t'en souvenais, mais bien sûr que tu t'en souviens. Tu n'oublies rien.

— Je m'en souviens, répond Antonia. Tu me l'as dit juste avant de m'injecter ce que tu m'as injecté.

— Eh bien, plus maintenant.

Il raccroche.

Sans bien savoir pourquoi, Antonia a l'impression qu'il vient de lui demander pardon.

Il leur faut six précieuses minutes pour atteindre la porte du bâtiment. Antonia prend quelques renseignements à l'accueil, puis traîne Jon dans les couloirs jusqu'à une salle de formation dans l'aile ouest du complexe. Ce qui leur prend encore trois minutes.

Il reste treize minutes.

Ils font irruption dans la salle – couleur vert vomi, avec posters de motivation au mur –, pour trouver trente-quatre flics stupéfaits en survêtement. Et un autre, en uniforme, sur l'estrade – tableau noir couvert de schémas, drapeau espagnol, portraits du roi en titre et du roi en fuite –, encore plus stupéfait.

La stupéfaction se transforme en malaise quand Jon annonce :

— Allez, les enfants, tout le monde en récréation. On doit parler au prof.

Les élèves se lèvent, hésitants, tandis que le professeur se tourne vers eux, indigné. Il fait trois pas, se penche et chuchote :

— Ça ne se fait pas, Antonia.

— Inspecteur Gutiérrez, je te présente l'inspecteur-chef Raúl Covas, dit-elle.

Jon ne répond pas. Pour l'instant, il est – en partie à cause du stress – sous l'effet du syndrome de Stendhal. Ou de son équivalent sexuel, plus exactement. L'inspecteur-chef Raúl Covas, ex-équipier d'Antonia, son premier écuyer. La cinquantaine, un mètre quatre-vingts, cheveux acajou, yeux gris et épaules exquises. Jon contemple le corps du flic, les yeux écarquillés, comme un gosse à Disneyland qui ne sait pas où donner de la tête.

Voilà une raison de vivre, pense Jon.

— Je crois me rappeler que la dernière fois que nous nous sommes vus, tu m'as dit que c'était la dernière fois.

Covas ignore Jon et s'adresse à Antonia d'une voix où la rancune perce à peine.

— Nous sommes pressés, Raúl. La vie d'un collègue en dépend. Il faut que je te parle.

En entendant ces mots, le front de Covas se détend légèrement.

— Qu'est-ce que vous voulez ?

— Il y a quatre ans, je t'ai confié une mission. La dernière. Je veux que tu me dises tout ce dont tu te souviens.

13

Une attente

Elle n'a jamais aimé attendre.

Qui aime ça ?

Évidemment, si, dans la sphère comportementale, votre diagnostic psychopathique indique « impulsive, besoin de sensations fortes, instable, tendance à enfreindre les règles et à négliger ses responsabilités et ses obligations », ça signifie que vous aimez ça encore un peu moins que la normale. L'attente la rend irritable, la piégeant dans une étrange zone grise entre la pause et l'action.

Comme toujours, elle se ronge les cuticules des ongles. Et comme toujours, ça lui fait mal. Elle sait bien que c'est une mauvaise habitude.

Assise dans sa voiture, dans une rue déserte, la musique à fond dans ses AirPods, Sandra se dit qu'elle n'a pratiquement fait qu'attendre depuis que White l'a libérée de l'asile.

C'est curieux comme le bonheur pur et sans mélange ne laisse aucune trace dans nos cœurs, tandis que les eaux troubles de la tristesse salissent tout. Chaque jour que Sandra a passé à attendre ce moment a été un jour d'angoisse, un jour perdu. Il est vrai qu'elle a beaucoup appris à ses côtés. De nouvelles compétences, qui ne figuraient pas dans le manuel de Mentor. Par exemple, poignarder quelqu'un à la base du crâne à l'aide d'une fourchette – l'enfoncer dans la chair molle jusqu'au manche pour atteindre le bulbe rachidien et provoquer une mort instantanée. Une technique qu'elle a déjà pu mettre en pratique à deux reprises ; deux moments précieux qu'elle chérit et se remémore de temps en temps avec délectation. La première fois, à l'aube, dans une station-service. Aucun défi, à part se débarrasser des caméras et autres désagréments de la modernité. La seconde fois, dans une maison isolée choisie au hasard, dans un village choisi au hasard. Des meurtres sans autre objectif que son édification personnelle.

Elle a aussi appris l'art de manipuler des explosifs. Certes moins intimes et familiers que les objets tranchants, mais néanmoins passionnants. Son professeur était un vieux Hongrois barbant, des dimensions et la forme d'un mètre cube. Il manquait au Hongrois la moitié du bras gauche – qu'il avait perdue, contre toute attente, en sortant le bras au mauvais moment alors qu'il conduisait, plus alcoolisé qu'un Mon Chéri –, ce qui avait réduit ses opportunités de carrière dans l'enseignement.

Le Hongrois lui avait transmis ses astuces les plus inavouables, les incroyables secrets de ceux qui utilisent la physique et la chimie pour causer un maximum de dégâts. Elle avait mis chaque petite découverte à profit, avec la subtilité et l'absence d'émotion inhérentes au métier. La cerise sur le gâteau fut bien sûr de faire sauter le Hongrois lui-même au terme de sa formation. Le vieux schnock avait pris la chose avec un étonnant fair-play. Ligoté à une chaise, entre deux gémissements, il s'était même fendu d'un ou deux commentaires sur le détonateur et le bâton de dynamite qu'elle avait accroché à son cou.

Il y avait aussi eu de vraies missions, évidemment. Pas autant qu'elle l'aurait souhaité. Elle avait constamment l'impression d'être tenue en laisse et s'étonnait presque que White ne la fasse pas dormir dans un panier la nuit.

Mais l'homme exerçait sur elle une étrange sorcellerie. Sandra cherchait régulièrement la confrontation avec lui, à tester ses limites, à le pousser à bout. Dans un moment d'intense excitation, elle avait même cru pouvoir le mettre dans son lit. Aucune de ses tentatives, de ses provocations, de ses outrances n'avait donné le moindre résultat. Parfois, il essayait de l'amadouer sur le ton doucereux qu'on emploie pour attirer un chat par le trou d'une clôture. Mais la plupart du temps, il se contentait de rester de marbre.

L'indifférence est une technique de contrôle redoutable, Sandra l'a découvert à ses dépens. Mais elle a appris autre chose sur White, après lui avoir demandé à maintes reprises pourquoi il l'aidait.

« J'ai une raison égoïste, ce dont tu devrais te réjouir puisque ce sont les seules auxquelles tu puisses te fier », avait-il répondu.

L'égoïsme est une notion que Sandra peut assimiler. Quand White a finalement commencé à exécuter le plan initié avec Ezequiel, Sandra a adopté le nom qu'elle porte aujourd'hui.

Elle a aussi compris que sa vengeance, son objectif personnel, n'était qu'accessoire. Un simple ajout au sein d'un plan plus vaste.

Elle est prête à continuer de jouer le jeu. Tant que ça l'arrange.

Et ensuite…

Ensuite, il y aura des changements.

Spotify interrompt la musique pour laisser place à un appel entrant. Elle décroche en tapotant sur l'écouteur sans fil.

— Exécute mes instructions, ordonne White.

— Le délai que tu leur as donné n'est pas expiré.

— Je change les règles.

Ça ne peut signifier qu'une seule chose, pense Sandra.

— Elle l'a trouvée ?

— C'est une question de minutes. Ensuite, elle viendra droit vers toi. Scott est plus brillante que je ne l'imaginais. (Après une pause, il ajoute :) Je ne m'attendais pas à ce qu'elle aille aussi loin si vite.

Sandra sait pourquoi il dit cela. White ne prononce jamais aucun mot au hasard. Elle sait pourquoi il encense sa rivale, la femme qu'elle hait par-dessus tout. C'est sa façon de la provoquer, de la stimuler, d'éveiller en elle des sentiments de colère et de frustration.

Il ignore que ce n'est pas nécessaire. Qu'elle possède une réserve infinie de ces deux carburants.

C'est mon petit secret.

White est diaboliquement intelligent. Mais elle ne l'est pas moins. Alors qu'il croit la contrôler, elle joue avec ses propres cartes. Alors qu'il croit agiter un chiffon rouge devant elle, il ne se rend pas compte qu'il révèle aussi quelque chose sur lui-même.

Je ne m'attendais pas à ce qu'elle aille aussi loin si vite.

C'est vrai. Le plan que Sandra s'apprête à mettre en œuvre figure en quatrième position sur une liste comprenant diverses options. Des mois plus tôt, alors qu'elle mettait tout en place pour faire sortir Scott de son grenier, alors qu'elle disposait ses pièces pour jouer son premier coup, elle ne l'avait même pas envisagé.

Ce qui signifie que l'esprit humain est faillible.

C'est le problème avec le contrôle : il fonctionne dans les deux sens. Pour tirer les ficelles d'une marionnette, il faut les attacher à ses doigts.

Et il se peut qu'un beau jour la marionnette se mette à tirer à son tour.

Sandra sourit et se tait. Elle choisit de lui laisser croire que l'éloge de Scott l'a mise en colère, comme il le pensait. Et elle attend qu'il parle. Un petit coup sur la ficelle.

— Tu ferais mieux de te dépêcher. Ce n'est pas ce que tu voulais ?

— Compte sur moi, dit Sandra sans cesser de sourire.

Elle raccroche. Elle vérifie ses deux pistolets une dernière fois, ajuste son imperméable et descend de la voiture. Elle monte le volume dans ses écouteurs et se dirige vers le bout de la rue.

L'endroit n'a rien de spécial.

De l'extérieur, ce n'est qu'un entrepôt anonyme, avec un parking clôturé, un nom respectable d'entreprise de fabrication de granulats, un bâtiment d'aluminium en haut et de béton en bas.

14

Une liste de conseils

Revoir un ex, même sans enjeu sentimental, est toujours une expérience troublante. Qui devient franchement perturbante quand il ne reste que treize minutes avant qu'une bombe n'explose dans la nuque de votre nouveau mec.

C'est pourquoi, pendant qu'ils attendaient dans la file de voitures, Antonia s'est permis de prendre quelques renseignements préliminaires. Une recherche sur Google l'a rapidement menée à une liste de conseils du magazine *Telva* – « Revoir votre ex : comment ne pas passer pour une dinde » – particulièrement adaptés à la situation.

Conseil n° 1 : faites comme si vous le croisiez par hasard.

Cette partie-là a été réglée avec l'irruption dans la salle de cours et les dix-huit appels en absence. Antonia passe donc au suivant.

Conseil n° 2 : agissez avec naturel.

— Les empreintes que je t'ai confiées pour identifier le type qui m'a suivie quand j'étais avec Marcos. De quoi est-ce que tu te souviens ?

L'inspecteur-chef se redresse légèrement, leur tourne le dos et remet à leur place trois ou quatre cheveux rebelles.

— Pas grand-chose. Je t'ai donné le dossier, n'est-ce pas ?

Conseil n° 3 : ne montrez pas que vous êtes stressée.

325

— Tu me l'as donné, oui. Mais j'ai besoin de savoir ce dont tu te souviens, toi. C'est très important, Raúl.

Covas sourit – une petite ride de condescendance se creuse sur sa pommette – et regarde Antonia de haut en bas. Avec leur différence de taille plus l'estrade, on dirait qu'il est un étage au-dessus d'elle.

— Je croyais que tu n'oubliais jamais rien.

Antonia a démenti cette légende à de nombreuses reprises, si souvent qu'elle en a assez de le répéter. Encore plus vu les circonstances dans lesquelles elle lui avait confié cette mission. Elle était seule dans sa chambre d'hôpital, Marcos dans le coma. Une semaine s'était écoulée depuis leur agression. Raúl était passé la voir, et elle lui avait demandé d'aller récupérer la bouteille d'eau (aujourd'hui dans un sachet en plastique, au fond d'un tiroir de son bureau) et de vérifier les empreintes.

Raúl n'était revenu qu'une semaine plus tard. À ce moment-là, Antonia était quasiment mutique. Le chagrin et la culpabilité croissaient en elle comme des mauvaises herbes qui envahissaient tout. Elle ne pouvait pas bouger le bras droit et était bourrée de calmants. Des fragments de la balle étaient restées logés en elle, dans l'attente d'une deuxième opération, la détruisant de l'intérieur.

Et en effet, oui, Raúl lui avait tendu un papier, donné une ou deux précisions, et ça s'était arrêté là. Mais Antonia n'avait à peu près rien retenu du rapport. À ce moment-là, elle avait déjà entamé sa descente dans l'enfer de la dépression et des pensées suicidaires.

Cependant, Antonia s'en tient au :

Conseil n° 4 : ne tombez pas dans le mélo.

Et se contente de dire :

— Raúl, s'il te plaît. C'est très grave.

— D'accord, finit-il par répondre. Il n'y avait pas grand-chose. J'ai vérifié les empreintes, comme tu me l'avais demandé. L'homme s'appelait Enrique Pardo. C'était un employé de banque au chômage. Il s'est jeté sous un métro la veille de l'agression de ton mari. Donc je l'ai tout de suite retiré de la liste des suspects.

Le conseil suivant se révèle particulièrement pertinent.

Conseil n° 5 : évitez les reproches.

Antonia pourrait se sentir légèrement trahie que Raúl l'ait abandonné dans sa chambre d'hôpital comme un cas désespéré et qu'il ait poursuivi sa carrière. Peut-être que ça lui pèse, peut-être qu'il a ses propres griefs, bien entendu. Égoïstes, simplistes, puérils – à l'image des hommes. Antonia fait donc de son mieux pour ne pas laisser transparaître ses émotions et rester dans un registre purement professionnel.

— Dans ce cas, comment tu expliques qu'il ait été assassiné cette nuit ?

— Quoi ? C'est... c'est impossible, réplique Covas, abasourdi.

— Peut-être que le métro avançait aussi lentement que cette conversation, ironise Jon en pointant sa montre, désespéré.

— Il ne s'appelait pas Enrique Pardo et il ne s'est pas jeté sous le métro. Il s'appelait Jaume Soler, c'était un consultant en informatique qui pourrait être lié au projet Reine rouge. D'où sortaient tes informations ?

— Tu insinues que j'ai mal fait mon travail ?

— Ça n'aurait pas été la première fois.

— Tu te trompes. Je suis allé vérifier moi-même à la morgue.

Jon ne peut en supporter davantage. Il regarde sa montre. Plus que huit minutes. Il a l'impression d'étouffer. Il ôte son pardessus et sa veste, et ouvre la fenêtre près du bureau. Le drapeau espagnol flotte à peine, mais la brise ténue redonne quelques couleurs au visage décomposé de Jon. Il appuie ses énormes bras sur le rebord de celle-ci et tend son cou de taureau en quête d'oxygène. La suture de la plaie est bien visible.

Antonia regarde son équipier, éprouvant sa tension, son angoisse et son désespoir.

— Tu es allé en personne à la mor...

Antonia se fige.

Le monde aussi.

Ce que j'ai pu être aveugle, pense-t-elle.

Karışkırkira.

En kirghize, langue parlée par trois millions de personnes en Asie centrale, « le loup déguisé en fauteuil sur lequel vous êtes assis à votre insu ». Le sentiment de bêtise qui vous envahit quand ce que vous cherchez est sous votre nez depuis le début.

Elle tourne lentement les yeux vers la blessure de Jon. Plus visible, maintenant que la tuméfaction a diminué et que les résidus de sang ont disparu. Elle regarde attentivement la couture. Longitudinale. Réalisée avec une aiguille droite. Avec deux points d'appui proximaux et deux distaux. Une suture remarquable, presque sans défaut. Connue en chirurgie sous le nom de « point de matelassier ».

Et, à l'une des extrémités, une suture en papillon.

Si petite et si parfaite qu'elle est extrêmement difficile à exécuter.

Antonia Scott n'a vu qu'une seule personne la réaliser. Avec une époustouflante maestria.

Ce que j'ai pu être aveugle.

— Qui t'a reçu à la morgue ?

L'inspecteur-chef Covas ne se rappelle pas son nom. En revanche, il se souvient de son visage. Pour ce qui est des jolies femmes, il a toujours eu bonne mémoire.

INTERLUDE

Un chronomètre

Jon montre à Antonia le chronomètre avec le compte à rebours, quelques secondes avant que tout se termine.

Avant que tout se termine, pense Jon.

Ils se serrent fort la main.

Quelle mort merdique et pitoyable.

Il veut regarder Antonia dans les yeux ; il veut lui dire adieu.

Mais il regarde le chronomètre.

Il ne peut pas s'en empêcher.

Six secondes.

Cinq secondes.

Quelle mort merdique.

Quatre secondes.

Trois secondes.

Mourir en regardant un chronomètre.

Deux secondes.

Une seconde.

Rien.

Jon lâche la main d'Antonia lorsque, après quelques secondes où le monde semble s'arrêter, il comprend – avec une inexplicable déception – que le compte à rebours n'a jamais été pour eux.

QUATRIÈME PARTIE

WHITE

L'enfer, c'est la vérité perçue trop tard.

Thomas Hobbes

1

Un visage aimable

Le policier à l'accueil sourit. À contrecœur, mais il sourit. Après tout, la femme a un visage aimable.

Personne ne se méfierait d'un visage aussi aimable que celui-là.

Il ne voit aucune raison de poser la main sur l'arme sous le comptoir – un Glock 17 de quatrième génération –, car la femme a l'air inoffensive. De fines gouttes de pluie recouvrent son imperméable et ses cheveux sont mouillés. C'est sans doute pour cela qu'elle a la tête rentrée dans les épaules et les mains dans les poches.

Elle n'est pas la première personne perdue à entrer demander des renseignements, voire par simple curiosité. Il en voit une ou deux par semaine, au moins. Devant lui – à côté de son portable et d'un vieux clavier abîmé – se trouve une feuille cornée dans une pochette en plastique, avec une série de phrases destinées à décourager les curieux. Il n'a pas eu à s'en servir bien souvent. Généralement, « aucune idée », « c'est mon premier jour » ou « il n'y a personne ici » suffisent.

Le policier est à ce poste depuis moins de deux mois. Il vient de sortir de l'école et avait des choses nettement plus excitantes en tête quand il a décroché son diplôme. Comme pratiquement tout le staff externe du projet Reine rouge, il n'en sait pas plus sur cet endroit que ce qu'on lui a dit. Que c'est une unité sous couverture de la Police nationale, et qu'après une courte période de service, il repartirait avec d'excellentes recommandations.

On lui a ordonné d'être discret, de ne parler de son travail à personne et de tenir les fouineurs à l'écart. En plus de ses homologues policiers, il n'a affaire qu'aux quatre personnes munies d'un badge bordé de rouge. Impossible de se tromper : l'espèce de fonctionnaire grisâtre de cinquante balais qui passe ses journées à cloper, c'est le patron. Ensuite, il y a la petite bonne femme qui est venue ici une ou deux fois, et qui doit être un genre de scientifique ou un truc comme ça. Le troisième, c'est le gros inspecteur basque, enfin balèze plutôt. Celui-là, il l'aime bien. Parce qu'il est gentil, et qu'il fait gaffe à ne pas montrer qu'il est pédé.

La dernière personne à qui il a affaire est à côté de lui, en train de chercher quelque chose dans son sac. Elle est sympa, la légiste. Et canon, avec ses longs cheveux blonds et ce piercing qui l'excite un peu. Il lui a proposé deux ou trois fois de prendre un verre, mais elle a toujours poliment refusé. Le policier commence à soupçonner qu'elle n'est pas du même bord, mais il est prêt à retenter le coup. Peut-être ce week-end, s'il y a un bon film au ciné. À vingt-trois ans, son immense expérience du sexe opposé lui dit qu'aucune femme ne peut résister à une soirée ciné et pizza chez Gino's.

L'inconnue n'est plus qu'à quelques pas du comptoir, mais elle n'a toujours pas ouvert la bouche. Pas un bonjour, rien. Elle se contente de sourire et de bouger la tête au rythme d'une musique qu'elle seule peut entendre.

Maintenant que le policier la voit de plus près, son visage n'a plus l'air aussi aimable.

— Je peux vous aider ? dit-il.

La femme vient se placer près du comptoir et sort les mains de ses poches, dont chacune tient un pistolet. Le policier ignore qu'il s'agit de Sig Sauer P226, car sa connaissance des armes est limitée, mais à leur vue, son estomac se retourne de surprise et de frayeur. Il porte la main à son propre pistolet, sans le trouver. La balle n'arrive pas de face, mais il ne s'en aperçoit pas.

Pour une raison ou un autre, le monde a changé d'axe. Le comptoir – qui est son unique horizon huit heures par jour – passe à la verticale, s'élève sur sa droite, tout comme le sol.

Comme c'est curieux, se dit-il avant que tout devienne noir.

Le Dr Aguado remet le pistolet encore fumant dans son sac. Près d'une décennie et demie à côtoyer des cadavres lui a appris une triste vérité. Il faut toute une vie de travail acharné pour faire un homme. Et une légère pression sur la détente suffit pour l'éliminer.

C'est la première fois qu'elle recrute elle-même un client potentiel. Elle redoutait ce moment depuis plusieurs semaines, craignant de ne pas pouvoir le faire. De se débiner. Ou tout simplement, que les mécanismes de défense que la société nous inculque – conscience, religion, empathie – ne prennent le dessus et l'empêchent de mettre une balle dans la tête du petit flic pendant qu'il serait occupé à regarder Sandra.

Ça n'a pas été le cas.

Durant les brefs instants qui suivent la détonation, l'odeur de cordite imprégnant encore l'espace d'accueil, la légiste procède à un autoexamen et ne constate aucun changement majeur. Elle est nerveuse, évidemment, et a envie de faire pipi, mais elle ne trouve pas trace du considérable déchirement de l'âme attendu. Le meurtre ferme une porte et en ouvre d'autres. Une vision fugace de la réalité de Dieu, de sa véritable nature, traverse l'esprit du Dr Aguado. Sa face visible, son infinie créativité, il n'y a pas besoin de forceps ni de microscope pour la découvrir. Il suffit de se promener dans les bois ou de regarder nager un ornithorynque.

Son autre face, l'infinie et criminelle indifférence du Créateur envers ses créatures, est plus difficile à percevoir. On peut l'appréhender en contemplant une photo d'Auschwitz ou de Mauthausen, mais on n'en retire qu'une compréhension indirecte, un témoignage de seconde main. Mieux vaut poser le canon d'un pistolet sur la tempe gauche d'un jeune homme en pleine santé, innocent et un peu limité, et appuyer sur la détente. Dans la seconde qui suit, vous vous attendez à ce que la terre s'ouvre, que s'élèvent les flammes de l'enfer, qu'un feu purificateur s'abatte du ciel pour réduire en cendres votre chair pécheresse.

Ça n'arrive pas.

C'est alors que vous voyez réellement la face cachée de Dieu, et à quel point il se fout de tout.

— Bien joué, docteur, dit Sandra en s'approchant et en ôtant l'écouteur de son oreille.

La main d'Aguado tremble.

— Du calme, docteur. Ce n'est pas le moment d'avoir peur. Réservez ça pour plus tard.

La légiste met la main dans sa poche.

— Les bombonnes sont en place dans le système de ventilation, prévient-elle. J'ai demandé à tout le monde de m'attendre en salle de réunion.

Sandra approuve avec un grand sourire.

— Et... lui ?

— Dans son bureau.

— Bien joué, répète Sandra, remettant l'écouteur dans son oreille. Vous pouvez y aller. Et n'oubliez pas de passer le coup de fil.

D'un mouvement gracieux, elle lui tourne le dos et se dirige vers l'entrée des locaux.

2

Une bombonne

Tout le monde sait que la mémoire garde souvent un souvenir déformé des lieux qui ont compté. Il suffit de revoir la chambre de notre enfance ou la cour de notre ancien lycée pour constater que l'endroit est bien plus petit et plus ordinaire que dans nos souvenirs. Que nous ayons grandi ou non, le lieu, lui, aura irrémédiablement rétréci.

Il en va de même pour l'endroit où l'on a été torturé sans relâche, comme le découvre Sandra en entrant. La menace, la peur, l'obscurité ont disparu. Elles se sont fondues en elle.

Sur le chemin de la salle de réunion, Sandra passe devant le module d'entraînement sans lui accorder un regard. Au lieu de contourner le MobLab garé devant le laboratoire d'Aguado, elle se glisse entre le véhicule et le mur pour ne pas être vue. Sans perdre le rythme et en fredonnant une chanson tout bas, se contentant presque de former les mots sur ses lèvres.

Lorsqu'elle atteint son objectif, elle s'accroupit près du mécanisme qui sert de climatiseur. Dedans, il y a en effet deux bombonnes de couleur verte, avec les mentions d'avertissement et la tête de mort noire sur fond jaune de rigueur. Aguado a fait sa part du boulot. Sandra n'a plus qu'à tourner le robinet.

Elle revient sur ses pas en faisant cette fois le tour du module et s'approche de la salle de réunion. Elle regarde par le hublot de la porte. À l'intérieur, onze personnes ont l'air de s'ennuyer à mourir autour de la table. Aucune d'entre elles ne s'aperçoit que Sandra est en train d'enrouler une chaîne autour de la poignée, qu'elle ferme à l'aide d'un gros cadenas. Elles ne semblent pas non plus remarquer qu'une fine brume orangée s'échappe de la grille d'aération. Un mélange de bromacétone et de gaz moutarde, une recette du Hongrois. Il n'en était pourtant pas fier. « Si ça ne pète pas, en quoi c'est marrant ? » disait-il avec son accent rempli de voyelles douces et de consonnes traînantes.

Sandra adore s'amuser, mais c'est avant tout une pragmatique. Quand on joue à domicile et qu'on a plusieurs mois pour planifier un attentat contre les forces de l'ordre, on peut se permettre de fignoler les détails, comme lorsqu'elle a préparé la double explosion qui a anéanti l'équipe venue porter secours à Carla Ortiz.

Cette fois-ci, en territoire ennemi et avec un délai court, il faudra sacrifier les détails et se contenter de faire le boulot.

Adossée à la porte, elle continue de fredonner.

À l'intérieur, elle entend un premier cri d'effroi.

Elle éprouve le désir – physique, pressant, impérieux – de regarder par le hublot pour voir de ses yeux le résultat de son travail, mais c'est encore un peu tôt. Il n'est pas exclu que certains individus soient armés, et elle ne se fie pas à la robustesse du verre. Elle patiente donc quelques instants, imaginant la scène.

Le cri ne doit pas venir d'une personne proche de la grille d'aération, puisque les symptômes commencent par la langue. Elle enfle, devient deux fois plus volumineuse que la normale. Vous sentez un drôle goût dans la bouche.

La surprise laisse place à la panique lorsque vous constatez que votre respiration se fait de plus en plus difficile à mesure que le gaz comprime vos voies respiratoires en s'acheminant vers les poumons. Au moment où les yeux commencent à vous brûler et que le taux d'oxygène dans votre cerveau diminue, vous ne pouvez déjà plus crier.

Ceux qui crient sont plus loin ; ils voient que votre visage a pris une curieuse teinte orange et que vous tirez sur votre chemise pour chercher de l'air par tous les moyens. Dans les cas les plus aigus, le système nerveux prend le relais et vous amène à vous griffer littéralement la gorge, tandis que vous perdez totalement la vue et que vous vous effondrez sur le sol.

À ce moment-là, les personnes les plus proches des premières victimes se précipitent pour leur porter secours, leur demander ce qui se passe, s'accroupir près d'elles. Le gaz étant plus lourd que l'air, c'est la pire décision à prendre. Ceux-là sont les suivants à tomber. Ils s'écroulent sur les premiers, écrasant leur corps convulsé sous leur poids, précipitant leur mort.

Les plus éloignés, ceux qui se trouvaient près de la porte, disposent de quelques précieuses secondes supplémentaires pour réagir, surtout s'ils étaient debout.

C'est d'ailleurs ce qu'ils font.

Sandra sent quelqu'un pousser la porte, d'abord avec force, puis désespérément. Un coup, deux, trois. La chaîne résiste, même si Sandra a mal calculé la longueur de la chaîne, et que celui qui pousse doit être un homme assez costaud.

La porte s'entrouvre de quelques millimètres.

La quantité de gaz qui s'échappe est insuffisante pour constituer un danger dans un espace ouvert de six mètres de haut. Malgré tout, Sandra perçoit une faible odeur.

Acide, métallique, corrosive.

Ça lui rappelle l'odeur du liquide qu'on utilise pour nettoyer les armes. Quand le nitrobenzène descend dans le canon, dissolvant les résidus de carbone, de poudre et de cuivre. Sandra s'éloigne de quelques mètres, à contrecœur.

Ses yeux pleurent un peu. Rien de grave, comparé à sa déception de ne pouvoir profiter du spectacle. Il est exclu de regarder par le hublot, elle garde donc un œil sur la porte et un autre sur la playlist de son téléphone. Elle passe la même chanson en boucle – la piste 11 du disque –, qui lui paraît une bande-son de circonstance.

Dans la salle de réunion, les coups à la porte ont cessé. À ce stade, ils doivent être tous morts ou agonisants, une écume rose jaillissant de leurs lèvres tuméfiées. Cette écume est constituée du tissu muqueux de leurs propres poumons. Une image qu'elle aimerait contempler en direct, mais ce n'est plus possible, à cause du plaisantin toujours à la porte – et de sa propre erreur de calcul, mais ce n'est pas le moment de faire son autocritique.

Au son du dialogue entre guitare et batterie qui ouvre le morceau, Sandra retourne vers les bombonnes de gaz. Elle ferme les robinets, s'assurant de pouvoir jeter au moins un coup d'œil rapide à l'intérieur au retour. Une maigre consolation, mais on ne peut pas tout avoir.

Elle se relève juste à temps.

Le coup de fusil fait exploser le climatiseur, à l'endroit précis où sa tête se trouvait une seconde plus tôt. Au lieu de traverser son crâne, la balle réduit l'ourlet de son imperméable Burberry en charpie. Une édition spéciale, en cachemire et soie, quatre mille euros et des poussières.

La rage envahit Sandra, davantage que si le tir lui avait arraché la tête. En fin de compte, si ç'avait été le cas, elle n'aurait même pas été au courant des dégâts. Elle réagit instantanément, se jette au sol et riposte.

3

Quelques péchés

Mentor se cache derrière le MobLab. C'est l'avant du fourgon qui prend. Les balles de 9 mm démolissent le pare-brise, la roue avant droite et l'un des phares. Mentor sait qu'il est foutu. Parce qu'il n'a pratiquement aucune expérience des armes, qu'il a perdu l'effet de surprise...

Et que cette putain de salope givrée sait exactement ce qu'elle fait. Au bout du compte, c'est moi qui lui ai tout appris.

Recroquevillé de peur, il se maudit pour sa bêtise.

Moins de deux minutes plus tôt, il sortait de son bureau en direction du distributeur de sandwichs quand il a aperçu Sandra devant la porte de la salle de réunion. En voyant la chaîne, il a tout de suite compris. Rasant les murs, il s'est éclipsé pour récupérer le fusil posé sur le siège passager de sa voiture.

À ce moment, il a éprouvé la tentation – physique, pressante, impérieuse – de courir jusqu'à la sortie et de prendre le large. Rien ne l'en empêchait. Puis il a jeté un coup d'œil vers l'intérieur du bâtiment. Où, en train d'assassiner la quasi-totalité de son équipe, se trouvait le fruit de ses péchés. Celui qu'il avait balayé sous le tapis, et qui était revenu en rampant jusqu'à lui, plus fort que jamais.

Il a armé le fusil.

Après tout, on sait ce que disait Tchekhov au sujet des fusils, a-t-il pensé avant de se ruer tête baissée vers le module.

À présent, retranché derrière le fourgon, Mentor regrette de ne pas avoir couru vers la sortie. Il regrette d'avoir manqué sa cible, facile et de dos. Il regrette un tas de choses, mais plus que tout, il regrette d'avoir laissé ses cigarettes dans son manteau. Il est tellement persuadé qu'il va mourir dans les cinquante prochaines secondes que, ce qui l'emmerde le plus, c'est de ne pas pouvoir en griller une dernière.

D'un autre côté, je vais définitivement arrêter de fumer, pense-t-il en faisant le tour du MobLab dans le sens inverse des aiguilles d'une montre.

Partir en courant est exclu. De sa position, Sandra a une vue dégagée sur l'entrée et le chemin du parking. Sa seule chance est de la piéger, de l'acculer.

Entre le fourgon et le laboratoire d'Aguado – *pourvu qu'elle ne soit pas à l'intérieur, pourvu qu'elle ait pu s'enfuir* –, il y a un espace assez large – légèrement plus large que l'énorme rétroviseur latéral – pour qu'une personne puisse passer de profil. S'il s'y glisse, il aura une chance. Même si elle décide de faire le tour du fourgon par le même chemin, elle se retrouvera avec le canon du fusil braqué droit sur son répugnant visage aimable.

Même moi, je ne pourrai pas la manquer.

Le canon pointé vers l'avant, Mentor s'introduit dans l'espace entre le mur et le véhicule. C'est un pari sur la vie et la mort, à cinquante-cinquante. Du moins si on ne compte que les possibilités auxquelles il a pensé. Il n'a même pas envisagé qu'elle pourrait lui tirer dans les chevilles sous le châssis. Ça lui traverse vaguement l'esprit alors qu'il est engagé dans l'étroit espace entre le métal de la carrosserie et le béton du mur, mais il est déjà trop tard. Il ne lui reste qu'à avancer. Un mètre. Deux mètres.

Lorsqu'il est à mi-chemin, si près du rétroviseur qu'il peut presque le toucher du bout du canon, il entend un rire.

Un rire aigu, tranchant comme une lame de couteau.

Sandra continue de glousser, comme si elle ne pouvait pas contrôler son hilarité. Le genre d'hilarité qui provient d'un lieu très lointain et peut vous mener à la folie.

Mentor sent un poing glacial lui triturer les entrailles, agripper ses tripes, se bloquer dans son œsophage. Elle est juste derrière lui et fredonne tout bas d'un air moqueur.

— Je t'en prie... dit-il, fermant les yeux.

Une goutte de sueur, ou peut-être une larme, glisse sur sa joue jusqu'à la commissure de ses lèvres. Il sent un délicat goût salé sur sa langue et déglutit avec difficulté.

— Imagine, lance Sandra dans une imitation assez potable du ton de Mentor pendant les séances d'entraînement. Tu es dans un lieu très étroit, avec une longue arme pointée vers l'avant. Tu n'as pas l'espace suffisant pour la retourner, et l'ennemi est juste derrière toi. Que fais-tu ?

Il ne répond pas, évidemment. Elle avance d'un pas et lui enfonce son pistolet dans l'aisselle. Il sent le métal froid à travers sa chemise trempée de sueur.

— Je ne peux rien faire, répond-il.

— Trop facile et trop lent, juge Sandra.

Elle appuie le canon de l'arme sur le nerf axillaire. Une intolérable douleur parcourt le corps de Mentor, provoquant la contraction de son bras gauche et la chute du fusil de sa main droite. Une chaleur humide inonde son entrejambe. Pas seulement à cause de la douleur.

— Allez, tire, bon sang.

Sandra fait claquer sa langue d'un air désapprobateur. Comme si la simple idée qu'il croie pouvoir s'en tirer aussi facilement était offensante.

— Tu sais quoi ? Tout ce que je voulais, c'était que tu m'aimes. Mais tu ne m'as jamais vraiment vue. Tu n'as jamais compris qui j'étais.

— Tu es une erreur. C'est ça que tu es. Une erreur du passé.

Elle se remet à rire.

C'est un rire différent du premier.

Moins affecté.

Presque enfantin.

Elle s'approche de lui jusqu'à ce que leurs visages se touchent presque et baisse la voix.

— Oui, tu as raison. Mais une erreur plus ancienne que ce que tu crois.

Avant de lui tirer une balle dans la tête, elle lui chante, doucement, le refrain de la chanson.

Après lui avoir tiré une balle dans la tête, elle lisse ses cheveux clairsemés sur son front.

— J'aurais fait n'importe quoi pour toi.

4

Sept instantanés

Ni Jon ni Antonia ne se rappelleront clairement les heures qui suivent, au-delà d'une collection d'instantanés, moments figés dans le temps, sans continuité.

1. Jon appuie frénétiquement sur le bouton d'appel du téléphone de la voiture. Antonia roule sur la bande d'arrêt d'urgence à la sortie de la M40. Le rétroviseur gauche pulvérise le rétroviseur droit d'une voiture qui s'était approchée de trop près. Une pluie de fragments de verre, de plastique et de câbles reste suspendue en l'air.

2. Jon connecte la radio de la police – dissimulée sous le tableau de bord –, juste à temps pour entendre l'appel à toutes les unités à proximité. Ses mains forment un triangle équilatéral incrédule autour de ses tempes. C'est le genre de détail que remarquerait habituellement Antonia, mais pas cette fois.

3. Deux fourgons de la Police nationale et une voiture de pompiers stationnent à la sortie du quartier général. Ils attendent des instructions qui ne viennent pas. Les lumières bleues des gyrophares nimbent le bâtiment anonyme d'un éclat surnaturel. Antonia pénètre à l'intérieur, suivie de Jon, sous les cris des policiers.

4. Un pompier, portant un masque à oxygène, abat sa hache sur la chaîne qui bloque la porte de la salle de réunion. Les maillons volent en éclats, et une fine brume orangée s'échappe de la pièce. Les corps, à l'intérieur, ont cessé depuis longtemps de convulser, mais plus d'un a le regard tourné vers la porte. Comme s'ils n'avaient pas encore perdu espoir.

5. Antonia se baisse pour fermer les yeux du cadavre de Mentor. Ses doigts effleurent ses paupières. Les médecins du Samu ont laissé sa chemise ouverte après avoir constaté son décès. À quelques mètres de là, l'un d'eux parle avec Jon. Le visage de Jon est décomposé. Les lèvres de l'agent sont tendues vers l'avant – comme s'il se préparait à l'embrasser. En réalité, elles forment la quatrième lettre du mot *impossible*.

6. Antonia pleure, l'avant-bras appuyé contre la vitre de la voiture, sa main gauche agrippant le bras de Jon, qui tente de la réconforter, quoique sans la regarder. Jon suit des yeux le brancard qui emporte le corps de son patron. Il commence à pleuvoir, et ses roues provoquent de petites éclaboussures en brinquebalant sur les irrégularités de la chaussée.

7. Le téléphone sonne. Antonia renifle et sort l'appareil de sa poche. Jon regarde toujours ailleurs et met un certain temps à se retourner. Antonia sèche ses larmes du dos de sa main, incrédule quand elle voit qui l'appelle.

5

Un appel

Antonia décroche.

— Vous appelez pour demander pardon ?

— Non. Je sais que je ne l'obtiendrai pas, dit Aguado. Du moins pas dans cette vie. J'appelle pour dire au revoir.

Quand vous êtes incapable d'analyser vos propres sentiments et de les exprimer, comme c'est le cas d'Antonia, quand ce qui va de soi pour les autres vous donne des maux de tête, vous développez des mécanismes d'adaptation. Cependant, il n'existe aucun mécanisme capable d'assimiler et de traiter le mélange étourdissant d'émotions qu'elle éprouve en ce moment.

— Comment avez-vous pu… ? Comment ?

— Je n'avais pas le choix. Il m'avait piégée, comme vous.

Antonia ne peut se contenir et éclate, laissant libre cours à tout ce qu'elle a accumulé pendant ces horribles minutes. Les conclusions qui s'additionnent, les minuscules pièces de l'énorme machinerie qui se mettent enfin en place.

— Ça fait longtemps que ça dure, hein ? C'est vous qui avez donné à Covas le faux rapport qui confirmait la mort de Soler. C'est aussi vous qui avez parlé de White à Sandra, ou c'est l'inverse ? Vous avez aussi trafiqué les preuves dans l'affaire Trueba, le premier crime de Sandra ?

— Vous n'êtes pas loin, j'en ai bien peur.

— Quand j'étais prête à tout pour la retrouver, pour atteindre White à travers elle, qu'avez-vous fait ? Vous avez sorti les gélules rouges de la chambre froide pour « m'aider ». Et je suis sûre que c'est encore vous qui avez suggéré à Mentor de nous envoyer enquêter à Malaga. Ça vous laissait le champ libre pour préparer votre grand coup...

Antonia ne se tait que lorsqu'elle sent la main de Jon sur son épaule. Elle est appuyée contre la voiture, sous la pluie battante. Elle a les cheveux trempés et le cœur déchiré. La main de Jon est un baume, un léger réconfort qui lui permet de se raccrocher à la réalité.

— Je ne peux pas vous en dire plus. Je regrette.

— Alors pourquoi appelez-vous ? C'est lui qui vous l'a demandé ? Ça fait partie de son jeu, je suppose.

Au bout du fil, la légiste garde le silence. Antonia peut presque l'entendre laisser tomber les excuses et les justifications. Les balayer d'un revers de la main, sans autre forme de procès. Quelqu'un qui est allé aussi loin qu'Aguado ne doit pas avoir tellement de scrupules.

— Je l'ai fait parce qu'il me l'a demandé.

— Et donc vous avez tué douze personnes aujourd'hui.

— J'en tuerais deux cents s'il me l'ordonnait. Sans hésiter.

— Par quoi est-ce qu'il vous tient, Aguado ? Comment il vous a fait plier ? demande Antonia, tentant désespérément d'obtenir une information, même minime.

— Je ne vous le dirai pas. Mais vous pouvez probablement l'imaginer.

Oui, Antonia l'imagine.

En fait, les détails n'ont guère d'importance. Une petite amie, un frère, une mère. Quel que soit l'objet du chantage de White, cela ne fait que confirmer ce qu'Antonia savait déjà : on serait tous capables de faire n'importe quoi, même le pire, par amour. L'amour est le moteur le plus puissant qui soit.

— Vous auriez pu m'en parler. Je vous aurais aidée.

— En utilisant... comment disait l'inspecteur, déjà ? Votre cerveau configuré pour analyser les indices ?

— Ensemble...

Aguado l'interrompt.

— Vous ne savez pas ce dont il est capable. Il peut tout anticiper. Quoi que vous fassiez, il aura toujours un coup d'avance sur vous. Personne ne peut le vaincre, Scott. Pas même vous.

Antonia frissonne, pas uniquement à cause de la pluie qui ruisselle sur ses cheveux, s'insinue dans l'encolure de sa chemise, trempe son dos, son soutien-gorge, coule sur sa fine peau pâle jusqu'à sa taille. Non, le froid qu'elle ressent vient de l'intérieur.

— Je n'ai jamais eu la moindre chance de gagner, n'est-ce pas ?

— Il vous a seulement fait croire que vous pourriez. Vous n'êtes qu'un cerf-volant au milieu d'une tempête.

— Et vous ? Vous croyez qu'il vous laissera vous en tirer comme ça ? Avec ce que vous savez ?

— C'était notre marché.

— Il vous tuera, l'avertit Antonia.

— C'est possible.

Antonia baisse la voix jusqu'à ce qu'elle ne soit plus qu'un murmure.

— Priez pour qu'il en soit ainsi. Parce que si ce n'est pas lui, ce sera moi. Je vous retrouverai, Aguado. Vous paierez pour ce que vous avez fait.

Un doux murmure émis par un petit bout de femme à moitié brisée. Un minuscule grain de poussière dans un univers indifférent.

La pluie et le vent de mars n'en sont pas affectés.

La pluie et le vent de mars ne savent rien. Aguado, si. C'est pourquoi un frisson glacé parcourt sa colonne vertébrale. Elle devra vivre jusqu'à la fin de ses jours en se sachant destinataire de cette promesse.

— Je n'en doute pas. Adieu, Antonia.

6

Un carambolage

Quand Aguado raccroche, Antonia explose.

N'importe qui d'autre – mettons l'inspecteur Gutiérrez, qui est la personne la plus proche d'Antonia à cet instant –, confronté aux mêmes émotions, les exprimerait probablement par un pétage de plombs. En arrachant une poubelle d'un réverbère, par exemple, puis en la piétinant en hurlant jusqu'à la réduire en un petit tas de plastique.

Pour Antonia, ce n'est pas aussi simple.

Elle est à la fois accablée de tristesse et mortifiée par son propre aveuglement. Mais le pire de tout est que l'on ait trahi sa confiance.

Quand les gens se rapprochent, c'est pour une bonne raison. Parfois, cela se fait de manière progressive, presque imperceptiblement. Mais aussi lent le rapprochement soit-il, il y a toujours un tournant. Et que ce soit avec un collègue, un voisin, une personne croisée sur les réseaux sociaux, il y a toujours un déclic. Un geste, un regard, un mot. Un sourire partagé, un moment de compréhension mutuelle. Nous n'en gardons pas forcément un souvenir net et conscient. Mais avec un petit effort, nous sommes capables de retrouver le jour, l'heure et la minute précise où la personne passe de « connaissance » à « ami ».

Pour Antonia, quelqu'un qui a très peu de connaissances et encore moins d'amis, quelqu'un qui possède une mémoire d'éléphant et une monstrueuse capacité d'analyse, ces moments-là constituent des jalons indélébiles.

Avec Mentor, c'était après une séance d'entraînement, tout au début. Elle était exténuée et en sueur, doutant de ses propres capacités. Souffrant, comme tous les gens véritablement intelligents, d'un sentiment d'imposture. Il s'était approché d'elle, une serviette à la main, et lui avait dit :

« Je t'envie. »

C'est tout. Une seule phrase. Sincère et authentique. Déroutante, comme seule la vérité peut l'être. Dans la vie, il y a des troupeaux de crétins persuadés de tout savoir sur tout, et mieux que tout le monde. Qui se croient capables d'entraîner l'équipe nationale de football, d'opérer à cœur ouvert ou de régler le problème de l'immigration. Et qui balancent des jugements définitifs sur toutes ces questions en trois minutes chrono. Les gens véritablement intelligents doutent de tout et de tous, mais surtout d'eux-mêmes.

Avec cette petite phrase, Mentor avait changé de statut. Antonia avait continué de le détester – elle le déteste toujours, pour tous ses mensonges –, mais comme on déteste quelqu'un qui nous est proche.

Et l'inspecteur Gutiérrez ? Oh, c'est bien simple.

En sortant du bureau de Laura Trueba, après qu'Antonia avait vu dans le chagrin d'une mère le reflet du sien, Jon avait été là. Il l'avait accompagnée à l'école de Jorge, sans poser trop de questions maladroites – ce qui pour Jon relève de l'exploit. Puis il lui avait préparé une tortilla. Antonia lui avait même pardonné d'avoir mis de l'oignon. Non pas que le goût lui déplaise – ça a un goût de carton, comme tout le reste –, mais ça laisse des petits bouts entre les dents.

Antonia, qui ne saurait pas se faire cuire un œuf même si sa vie en dépendait, est très sensible aux petites marques d'amour. À la valeur d'un geste en apparence aussi anodin que cuisiner pour quelqu'un.

Avec cette tortilla, Jon a changé de statut, lui aussi. Et il ne s'est pas arrêté là. Il a franchi toutes les étapes – connaissance, collègue, ami, famille – avant d'arriver au sommet. Un sommet qui tient en trois lettres : un J, un O, un N. Pour Antonia, on ne peut pas être plus que cela.

Et le Dr Aguado ?

Elle repense à leur première rencontre, chez Laura Trueba. À l'époque, Aguado était un membre lambda de la police scientifique, intriguée par le dossier d'Antonia. Curieuse de rencontrer la petite surdouée responsable des événements de Valence. Respectée, du moins d'après ce que Jon lui avait dit par la suite.

Le statut d'Aguado avait quant à lui changé quelques jours plus tard, alors qu'Antonia traversait une période particulièrement sombre. Ezequiel avait réussi à s'échapper après une course poursuite exténuante. Antonia se débattait avec elle-même, avec les incohérences de l'affaire. Pour elle, il était clair que le tueur était un autre genre d'animal que ceux qu'elle connaissait. Elle voyait juste, bien sûr, mais pour les mauvaises raisons.

Ce moment de doute l'avait surprise pendant une nuit d'insomnie, au chevet de Marcos. Cramponnée à sa main droite, comme durant les pires nuits, le regard fixé sur le mur, concentrée sur le son de l'électrocardiogramme, dans l'épais silence de l'hôpital. Les larmes aux yeux, désespérée, découragée, vaincue. Déterminée à rendre au centuple les souffrances qu'on leur avait infligées.

Dans cet état de fragilité, elle avait appelé Aguado. La voix de la légiste – cassée par le tabac, enrouée par la fatigue, ou vice versa – avait été comme un phare dans la nuit, une bouée à laquelle s'accrocher au milieu du tumulte des vagues.

Aguado lui avait menti, alors qu'Antonia tenait la main inerte de son mari dans le coma. Pire, en étant complice de ceux qui avaient mis Marcos dans cet état.

D'une certaine façon, c'était la pire des insultes.

Toutes ces pensées traversent l'esprit d'Antonia Scott entre le moment où Aguado raccroche et celui où elle éloigne le téléphone de son oreille.

Quand Aguado raccroche, Antonia explose, disions-nous. Accablée de tristesse, mortifiée par son propre aveuglement, trahie dans sa confiance. Il n'y a aucun mot dans aucune langue qui puisse résumer ce carambolage d'émotions dans le cerveau et le cœur d'Antonia.

Son corps décide à sa place. Son estomac se contracte une fois, deux fois. Au troisième spasme, Antonia vomit le peu qu'elle a dans le ventre sur la vitre de l'Audi.

Jon, sur le point de piétiner une poubelle, troque la violence contre la gentillesse – il prend un mouchoir propre dans sa poche et le tend à Antonia – et la fureur contre le regret – regret, concrètement, d'avoir laissé la vitre ouverte.

— Salope, lâche Antonia, entre deux haut-le-cœur.

Elle crache, mais elle a toujours le même goût dans la bouche. De tristesse, d'aveuglement et de trahison. Dans cet océan de bile, elle trouve enfin un mot.

Désespoir.

Elle accepte le mouchoir de Jon, se nettoie les lèvres et le menton.

— Tu peux le garder, chérie, dit-il quand Antonia fait mine de le lui rendre.

— Salope, répète-t-elle, refermant son poing sur le mouchoir et cognant le toit de la voiture.

— C'est pas une raison pour te mettre à parler comme un charretier, trésor, la taquine Jon. Il y a un juste milieu.

— Comment tu peux plaisanter dans un moment pareil ? dit-elle en se retournant pour frapper Jon de son poing serré.

Elle martèle sa poitrine de toutes les forces qui lui restent, avec le résultat attendu. Jon accueille les coups les bras ouverts, avec patience et générosité. Lorsqu'elle est enfin prête, lorsqu'il n'y a plus de colère en elle, mais simplement de la tristesse, il se contente de la rattraper quand elle s'effondre sur son torse. Alors, seulement, il ose l'entourer de ses bras pour la laisser sangloter, renifler, et ruiner sa chemise pour de bon.

7

Une fuite en avant

— Ils t'attendent à l'intérieur, annonce Jon, quand Antonia se détache de son étreinte.

Elle sèche ses larmes, renifle et se mouche dans le mouchoir déjà souillé. Puis elle ouvre la portière du passager, constate les dégâts sur le revêtement du siège, réfléchit un instant et s'installe à l'arrière.

Jon toque doucement à la vitre.

Antonia la baisse.

Jon s'appuie contre la portière.

— La scène est propre. Il faut...

— On ne retournera pas là-dedans, répond-elle sans le regarder.

— Antonia...

— Non. On sait déjà qui a fait ça.

— Antonia...

— Qui dirige les opérations sur la scène de crime ?

Jon regarde par-dessus son épaule et se rend compte qu'il n'en sait rien.

— J'en sais rien. Il y avait un gars de la police, mais il s'engueulait avec quelqu'un des services secrets. Un juge devrait arriver aussi...

— Exact.

Jon comprend soudain ce qu'Antonia veut dire. Normalement, ils débarquaient sur n'importe quelle scène de crime par la porte de derrière, sans demander l'autorisation à personne. En cas de problème, ils n'avaient qu'un coup de fil à passer. Dans la minute, comme par miracle, toutes les portes s'ouvraient, toutes les barrières tombaient, tous les obstacles s'aplanissaient.

Le problème, c'est que leur unique interlocuteur gît maintenant dans une mare de sang, sur le sol en béton du QG.

— On ne peut pas le laisser là, Antonia.

Elle regarde autour d'elle, voit des étrangers entrer et sortir du bâtiment, des visages inconnus, des lumières stroboscopiques. Le chaos qui les dévorera irrémédiablement s'ils ne jouent pas les bonnes cartes.

— Sur cette scène de crime, nous ne sommes pas des enquêteurs, Jon. Nous connaissons les victimes, nous savons qui sont les tueurs. Maintenant, nous sommes des personnes dignes d'intérêt, susceptibles d'apporter des informations utiles à l'enquête.

— Mais...

— Si on entre, on ne ressortira pas. Ils nous mettront dans une salle d'interrogatoire, et ce n'est pas comme si on avait du temps à perdre, dit-elle en désignant la nuque de son équipier.

— Alors tu proposes quoi ?

— De faire profil bas. Pendant un certain temps. J'ai besoin de réfléchir.

L'inspecteur Gutiérrez tambourine du bout des doigts sur sa poitrine, méditant sur les paroles d'Antonia. Malheureusement, elle a raison. Sans leur parapluie habituel, ils ne sont qu'un humble flic officiellement suspendu et une linguiste au chômage.

— Ils nous chercheront de toute façon.

— On va devoir être des fugitifs, pendant quelques heures. Ce ne sera pas la première fois.

Jon sourit, malgré la fatigue, et fait le tour de la voiture. Il s'installe au volant et regarde vers la banquette arrière.

— On va où, miss Daisy ?

Antonia lui rend son regard, avec une perplexité proche de la détresse.

— Laisse tomber, dit Jon. Je connais l'endroit idéal pour une fille dans ton genre.

8

Un Toblerone

La station-service Repsol de l'avenue d'Aragón, en face d'un centre de contrôle technique, ne figure peut-être pas dans le *Michelin* et n'a aucune étoile sur TripAdvisor, mais on y trouve les meilleures marques de cholestérol en barre. Y compris le nouveau Toblerone fourré au Funduk – le Nutella russe qui fait un tabac.

Antonia prend les vingt euros que lui tend Jon et achète tout le chocolat qu'elle peut. Elle mange, assise sur le banc près des toilettes, si près qu'elle entend le bruit de la chasse d'eau.

Pendant ce temps, Jon nettoie la voiture. Il passe l'aspirateur, brique le siège et vaporise du désodorisant jusqu'à ce que l'habitacle sente le vomi à la vanille au lieu du vomi tout court.

Quand il a fini, il entre dans la boutique à la recherche de quelque chose d'à peu près comestible. Un coup d'œil lui confirme ce qu'il craignait : la nourriture est tellement immonde qu'il peut voir les streptocoques grouiller sur le comptoir. Résigné, il se rabat sur un vieux sandwich au jambon, le mets le moins répugnant qu'offre l'impressionnante carte de l'établissement.

— Si Mentor te voyait manger ça… dit Antonia.

Jon retire un bout de jambon coincé entre ses dents avant de répondre.

— S'il ne s'était pas bêtement laissé zigouiller, on n'en serait pas là.

— Tu recommences, reprend-elle après un long silence.

— Quoi ?

— Ce truc que tu fais. Ce n'est pas drôle.

— Chérie, tu ne reconnaîtrais pas l'humour même si tu glissais sur une peau de banane. Et les blagues sont un moyen de faire face au chagrin.

Antonia enfourne le dernier triangle de Toblerone et le mâche lentement, réfléchissant très sérieusement à ce que Jon vient de dire.

— Tu crois que tu pourrais m'apprendre ?

— Non.

Jon froisse l'emballage rouge et blanc du sandwich, tente un panier dans la poubelle la plus proche, le loupe, se baisse pour ramasser l'emballage, secoue les miettes sur sa veste, retourne près d'Antonia qui attend toujours, pleine d'espoir.

— Ne me regarde pas comme ça. C'est non.

— Tu m'as bien appris à jurer, non ?

— C'est pas pareil.

— Pourquoi ?

— Parce que c'est pas pareil. Parce que le chagrin, c'est personnel, et l'humour aussi. Dans un cas comme dans l'autre, ça n'appartient qu'à toi.

— Je ne comprends pas. Si je mourais, tu ferais des blagues ?

Jon, qui a passé des nuits blanches à envisager cette éventualité. Qui a dû la pousser hors de la trajectoire d'un 4 x 4. Qui a essuyé plus d'un tir par sa faute. Qui a sauté d'un toit pour la sauver, et diverses autres broutilles qui ne valent pas la peine d'être mentionnées. Jon pense à quel point son cœur se briserait si cette toute petite chose mal peignée disparaissait de la surface de la Terre.

— T'aurais pas eu le temps de refroidir que je rigolerais déjà, déclare-t-il avec le plus grand sérieux.

Antonia éclate de rire. Ce qui est un phénomène plus rare que le passage de la comète de Halley. Elle a un joli rire, cristallin, musical. Contagieux, même. Malgré tout, Jon considère comme son devoir sacré de garder les lèvres droites et la mâchoire serrée.

— Qu'est-ce que ça a de si drôle ? dit-il entre ses dents.

— L'*Algor mortis*. La diminution de la température du corps après la mort. On la mesure par l'équation de Glaister. D'une manière bien précise.

— À savoir ?

— Un thermomètre dans le rectum.

Le devoir sacré de Jon part en fumée.

Il rit.

Il rit de toutes ses forces de la fragilité de l'existence, des thermomètres dans le cul et de sa propre impuissance.

Il rit, et Antonia se joint à lui jusqu'à ce qu'ils en aient tous deux les larmes aux yeux.

— Je ne veux pas me retrouver encore plus seule, dit-elle.

— Je sais.

— Non, Jon, tu ne sais pas. Il y a quelque chose que je ne t'ai pas dit.

Et Antonia lui explique ce qu'elle faisait le soir de sa disparition. Ce qu'elle allait lui raconter quand Sandra l'a drogué, mis dans une voiture et enlevé.

Comment elle a pris la décision la plus dure de sa vie. Débrancher la machine qui maintenait Marcos en vie.

Elle lui raconte que le corps de son mari s'était encore détérioré au cours des mois précédents. Ses membres s'étaient atrophiés, sa peau était devenue fine et flasque. Rendant le diagnostic flagrant. Les médecins l'avaient condamné depuis longtemps. « Aucun espoir », avaient-ils dit. Et Antonia ne les avait pas crus. Elle avait tourné le dos à la raison, parce qu'elle était trop fière pour admettre une erreur irréparable.

— Puis je t'ai rencontré, et tout a changé, ajoute-t-elle.

Elle lui raconte comment il lui a redonné le goût à la vie. Et le droit à l'erreur qui va avec. Elle ne lui parle pas de son rituel quotidien, de son désir de mort, de ses trois minutes. De ce qui la maintient saine d'esprit. Car il est des territoires de l'âme qui ne peuvent être partagés, quels que soient l'amour et la confiance que l'on porte à l'autre.

Elle lui raconte ce que signifie se sentir revivre, pour voir anéantir ou menacer tous ceux qu'elle aime.

— D'abord Marcos, ensuite Jorge, puis Mentor. Et maintenant toi.

Jon écoute son récit en silence.

Quand elle a fini de parler, il lui raconte une histoire à son tour.

— Je sais ce que c'est de se sentir responsable de tous les malheurs du monde. J'ai un copain qui a fait une fugue dans les bois quand il avait huit ans. Il avait pris deux tranches de chorizo, une demi-baguette et une bouteille de Fanta orange à moitié pleine. Tout ça parce qu'un gars de l'école disait à mon copain que son père s'était tiré à cause de lui. Le deuxième soir, les gendarmes l'ont sorti d'une bergerie par la peau des fesses. S'ils n'avaient pas été là, crois-moi, il y serait encore.

Antonia réfléchit un instant et regarde Jon tendrement, sans rien dire.

— Bon, je vais te le dire. Ce copain, c'était moi.

— J'avais deviné.

— Tu es vraiment la femme la plus intelligente du monde, ironise Jon, avant de reprendre son sérieux. Mais ça ne veut pas dire que tu dois être la plus seule.

Elle se lève, un timide sourire de gratitude sur son visage.

— Je peux savoir pourquoi tu me racontes tout ça maintenant ? demande Jon.

— Parce que tu as laissé ton téléphone dans la voiture.

L'inspecteur Gutiérrez palpe sa poche avec étonnement. Puis il regarde Antonia, qui n'a pas sa besace non plus. Il regarde la voiture, garée près de la station de lavage, à une dizaine de mètres.

— Je ne comprends pas.

— Ce que je t'ai dit était très personnel. Je ne voulais pas qu'il l'entende.

Alors, Jon rembobine. Jusqu'à l'instant où il s'est réveillé sans téléphone, dans un fauteuil roulant. Il avance rapidement de quelques épisodes. Jusqu'au moment où Aguado lui a donné un nouveau téléphone, avec le même numéro.

Il additionne ces deux moments et leur ajoute la certitude diffuse et nébuleuse que White semble toujours savoir où ils se trouvent, à chaque seconde.

Qu'il a toujours deux longueurs d'avance sur eux.

Comme si…

— Meeerde…

— Exact.

— Il nous écoute depuis le début ?

Antonia acquiesce lentement. Lui laissant l'espace pour qu'il tire ses propres conclusions. Elle est parfois prévenante. Pas souvent.

— En utilisant le micro de mon portable ?

Nouvel acquiescement.

— Et peut-être aussi le mien. L'iPad, le téléphone, la montre. J'ai tout laissé dans la voiture.

Jon secoue la tête, incrédule.

— Tu le sais depuis quand ?

— Je m'en doutais depuis le début. Parce que c'est exactement ce que j'aurais fait. Mais depuis tout à l'heure, j'en suis sûre.

— Comment ?

— Aguado a répété un truc que tu m'as dit chez Soler : « Cerveau configuré pour analyser les indices. »

— Toi et moi, on était dans une autre pièce. Elle ne pouvait pas nous entendre, objecte Jon.

— Je pense qu'elle l'a fait volontairement, pour nous avertir à l'insu de White.

Jon prend une profonde inspiration puis expire avec un soupir qui ferait tourbillonner les feuilles mortes.

— Ça ne la dédouane absolument pas.

— Non. Mais je pense qu'à la fin, elle a voulu nous aider.

— Attends une seconde, réplique Jon, qui continue d'assimiler petit à petit les nouvelles informations. Ça veut dire que... si tu sais depuis le début qu'il nous écoute...

— Je ne te l'ai pas dit, parce que tu te serais trahi immédiatement, Jon.

— Chérie, tu ne sais pas mentir, dit l'inspecteur, les joues en feu. Tu es la pire menteuse que j'aie jamais vue.

— Et toi, tu ne sais pas camoufler tes émotions.

Échec et mat.

La petite garce.

Jon doit admettre que s'il l'avait su, après tout ce qu'ils ont traversé, après tout ce qu'ils ont subi, et vu ses antécédents de confrontation – de baston, pour dire les choses clairement – avec quiconque se met en travers de son chemin, il est effectivement possible qu'il se serait trahi.

— Donc... quand tu disais que tu ne savais pas où aller, ou quoi faire, tout ça, c'était...

— Vrai, pour l'essentiel.

— Pour l'essentiel, répète-t-il d'un ton sinistre.

— Je crois deviner ce qui se passe. En partie, en tout cas.

— Et tu ne vas pas me le dire, hein ?

— Si tu le sais, pourquoi tu poses la question ? demande Antonia avec un regard de pure innocence.

9

Un message

Antonia s'installe dans la voiture, cette fois sur le siège passager, désormais raisonnablement propre. Ce n'est pas non plus comme si l'odeur allait la déranger.

Avant de s'asseoir à ses côtés, Jon doit récupérer son téléphone posé sur le siège du conducteur. En le remettant dans sa poche, il éprouve un mélange de peur et de dégoût envers cet appareil qui semble ne lui apporter que des malheurs.

Bon, il y a bien quelques avantages. Grindr, par exemple.

L'inspecteur Gutiérrez se rend compte qu'elle avait raison depuis le début. Il est impossible d'oublier qu'il y a une troisième personne avec eux dans la voiture, une autre paire d'oreilles. C'est le même principe qu'avec la télé-réalité : rien n'est réel, tout est surjoué. Il décide donc de parler le moins possible.

Parce que la bombe dans sa nuque est évidemment impossible à oublier.

— Tu crois qu'il va se passer quoi, maintenant ? demande-t-il à Antonia en s'efforçant d'avoir l'air naturel, c'est-à-dire accablé, crevé et mort de trouille.

— Il va nous envoyer un message. Il doit encore nous donner la troisième adresse. Le troisième crime à résoudre.

— Tu crois que ce putain de malade...

Antonia roule des yeux et lui fait signe.

Jon essaie de se modérer. Il n'a pas oublié non plus que le malade en question n'a qu'à appuyer sur un bouton pour le tuer.

— … peut nous donner la solution, maintenant ?

— Comment ça ?

— Quand on a voulu résoudre le meurtre de Raquel Planas, tu n'as pas trouvé le coupable. Quand on a cherché l'assassin de Soler, tu as trouvé l'assassin de Planas, à savoir Soler lui-même.

— Tu n'as pas tort, admet Antonia après un instant de réflexion.

— C'est peut-être toi qui avais raison. Peut-être qu'on ne peut pas gagner à ce jeu-là.

— Jon, on savait que les dés étaient pipés. C'est un tueur psychopathe, pas les Nations unies.

— Non, ce que je veux dire, c'est qu'il n'a jamais eu l'intention d'appuyer sur ce bouton, affirme Jon en désignant sa nuque. Pas pour l'instant, en tout cas. Je ne peux pas prédire ce qui va se passer maintenant, mais je suis convaincu qu'il a fait tout ça pour nous emmener jusqu'ici.

— Peut-être. Je ne sais pas, dit Antonia. Pour le moment, je suis trop fatiguée, trop vidée pour y penser. Tant que tu auras ce truc, je ferai ce qu'il dira. On n'a pas le choix. Et toi, tu feras ce que je dirai.

L'inspecteur Gutiérrez l'écoute avec méfiance. Il ne sait pas comment interpréter ses paroles.

Visiblement, M. White le sait mieux que lui.

Jon ne peut réprimer un sourire. L'omnipotent White a soudain perdu un peu de sa force, de son pouvoir d'intimidation. Car s'il n'avait pas su que son téléphone était sur écoute, Jon se serait littéralement fait dessus en entendant le message arriver.

Deux bips, une vibration sur le portable d'Antonia, à la seconde où elle termine sa phrase.

Aussi synchrone qu'un monteur hollywoodien.

Jon, qui a une passion immodérée pour le cinéma, a vu un reportage fascinant sur Skip Lievsay, le monteur son du *Silence des agneaux*. Sur la façon dont il avait mixé les voix pour faire en sorte que les dialogues démarrent légèrement avant le début d'une scène, comme si un narrateur omniscient anticipait les événements, suscitant une sensation de menace chez le spectateur.

Le fait que White puisse les écouter n'effraie pas spécialement Jon. Sa véritable crainte, c'était qu'il soit omniscient.

Et il ne l'est pas. C'est juste un bonhomme avec un micro.

Il est peut-être très intelligent. Il est peut-être même plus intelligent qu'Antonia. Peut-être qu'il a tout prévu depuis longtemps.

Mais quand ce sera lui ou moi, s'il ne doit en rester qu'un, on verra bien qui est le plus fort, pense Jon.

Pendant ce temps, Antonia prend le téléphone et regarde le message.

Son visage s'assombrit.

Elle tend l'écran du portable vers Jon.

Son visage s'assombrit aussi.

Cette fois, ils n'ont pas besoin de chercher sur Heimdall quel crime a été commis à l'adresse indiquée. Ni de programmer le GPS pour trouver le chemin.

Parce qu'elle ne sait que trop bien quel crime a été commis à cette adresse.

Parce qu'elle pourrait s'y rendre les yeux fermés.

Melancolía, 7.

L'adresse d'Antonia Scott.

10

Un appartement sous les toits

Au dernier étage se trouve la porte des combles.
Verte. Vieille. Écaillée.
Ouverte. En grand.

Jon sort son arme avec précaution et se positionne devant Antonia. Il s'est pourtant donné du mal pour lui faire perdre la fâcheuse habitude de laisser sa porte ouverte.

Non que ça change grand-chose. L'appartement est toujours aussi nu. Il n'y a pratiquement rien à voler. À part un ravissant ficus en plastique dans l'entrée.

Jon avance dans le couloir, tenant son arme à deux mains. La cuisine est sombre et déserte. Tout comme l'ancien atelier de Marcos.

De la chambre principale, la seule chose qui dépasse est le canon d'un pistolet, directement pointé sur sa tempe droite. Jon rend la politesse en braquant le sien dans le noir.

Deux pas plus loin, le visage souriant de Sandra émerge de l'obscurité. Un visage qui inspire la même confiance que de la mort-aux-rats.

— Inspecteur, le salue-t-elle.
— Putain de tarée, la salue-t-il.
— Vous feriez mieux de ranger votre arme.
— Toi d'abord, chérie.

Le sourire de Sandra s'élargit en une hideuse grimace.

— Avec grand plaisir, dit-elle, dissimulant le pistolet dans son imperméable.

Elle ressort ses mains et les lui montre, comme un prestidigitateur qui vient de faire disparaître une colombe dans son chapeau.

— Jon.

Antonia lui lance un avertissement, depuis l'entrée. Pour autant, Jon ne baisse pas son arme. Le canon n'est qu'à quelques centimètres du visage de Sandra.

Une légère pression, c'est tout.

Une légère pression sur la détente pour effacer une vermine de la surface de la Terre, pense Jon. *Une tueuse de flics.*

La tentation – physique, pressante, impérieuse – contracte chaque muscle de son corps. Son bras droit est aussi rigide qu'une barre de traction. L'extrémité du pistolet tressaute, distinctement, au rythme des battements de son cœur.

Sandra s'en aperçoit, mais son sourire ne s'efface pas. Tout au plus change-t-il de nature. Il devient pervers, presque sensuel. Elle avance d'un pas et se penche légèrement vers l'arme. L'espace d'un instant, Jon pense – à son regard, ce regard qui clame qu'il lui manque une case – que Sandra va lui tirer la langue et se mettre à lécher le canon. Au lieu de cela, elle y pose le front.

L'inspecteur Gutiérrez sent une vibration circuler de la pointe de l'arme jusque dans son poignet. Pendant une seconde, il peut sentir sa folie à travers le métal.

— Tu n'oses pas, murmure Sandra dans un sifflement. Alors que je viens de tuer ton patron et tous tes collègues. Tu n'oses pas. Pourquoi, mon gros ?

Ah ! tu veux la jouer comme ça.

Il n'appuie pas sur la détente, car une petite main pâle se pose sur l'acier graisseux. Très doucement, très lentement, elle le force à baisser son arme.

373

Jon détourne la vue du sourire vénéneux de Sandra et suit le regard d'Antonia qui, tremblant de rage, regarde par-delà le couloir, en direction du salon.

Dehors, le soleil se couche.

Dedans, White est assis par terre, au milieu de la pièce, en position du lotus. Quarante ans et quelque. Vêtu d'un pantalon noir et d'un tee-shirt blanc. Il a les pieds nus. Face à lui se trouve un dossier marron, en cuir, fermé par un cordon en feutre rouge.

— Allez, madame Scott, l'encourage-t-il en anglais. Entrez donc et fermez derrière vous.

— Non, dit Jon en s'avançant.

— Inspecteur, votre subconscient est tellement près de la surface que je vois le périscope qui dépasse, lâche White dans un espagnol maladroit et traînant.

Il lui montre le petit dispositif qu'il tient à la main. De la taille et de la forme d'une télécommande de garage. Jon se fait une idée très concrète de ce à quoi sert l'appareil. Une forte démangeaison dans la nuque accompagne son intuition.

— Je vous demande de rester dehors, ajoute White, devant l'indécision de Jon.

— Il ne va rien m'arriver, dit Antonia en le contournant.

Avant de refermer la porte, elle lui fait une dernière recommandation, avec un signe de tête en direction de Sandra.

— Essaie de ne pas la tuer, Jon.

— Je ne te promets rien.

Antonia se tourne et fait face à White.

— C'est ma place, dit-elle en anglais, pointant du doigt l'endroit précis du parquet où elle a coutume de s'asseoir.

Faisant mine de ne pas entendre, White désigne à son tour un point au sol devant lui.

— Asseyez-vous, je vous en prie. Faites comme chez vous.

Antonia sent une vague de colère l'envahir. La dernière fois qu'elle a affronté White, elle est passée par un processus similaire. Calmer les singes, contenir sa rage, choisir une stratégie.

La dernière fois, elle n'était pas armée. Cette fois, elle porte son P290 dans un petit étui, dissimulé sous sa veste.

Elle approche son bras du pistolet. Juste un peu.

— Qu'est-ce qui est le plus rapide ? Une balle ou ceci ? demande-t-il en levant la main qui tient la télécommande.

Elle connaît parfaitement la réponse. Elle ne se fatigue pas à faire le calcul, même si les chiffres apparaissent sous ses yeux, avec tous leurs zéros. Mais il lui est humainement impossible de dégainer son arme et de lui mettre une balle dans la tête avant qu'il n'appuie sur le bouton qui tuera Jon. Prise entre la colère et la raison, elle n'a d'autre choix que de remettre les mains devant elle.

White observe son mouvement avorté d'un air appréciateur, comme s'il regardait un chien bien dressé.

Dans l'ensemble, les animaux ont l'air mieux en cage, pense-t-elle, songeant à ses singes.

Laborieusement, elle s'assied face à White.

La pièce paraît étrange, vue d'ici.

C'est exactement l'objectif de White.

En parlant de singes, les voici justement qui reviennent. Ils crient, attirent son attention sur l'homme assis devant elle.

Les détails la submergent, imposent leurs lourdes exigences.

— Respirez un grand coup, dit White. Nous sommes face à notre dernier problème, vous et moi. Et personne n'aime les dénouements précipités.

Antonia perçoit pleinement la menace dans la voix de son interlocuteur. Au lieu d'augmenter sa nervosité, cela produit l'effet inverse.

— Qu'est-ce que vous faites chez moi ?

— Je me suis dit qu'il était temps qu'on se rencontre, répond-il en haussant les épaules.

— En dehors de votre trouble au cortex préfrontal, vous souffrez d'amnésie ?

White secoue la tête d'un air réprobateur.

— Toujours la vieille antienne. Une faille dans mon système limbique, dans mon cortex préfrontal, a fait de moi un psychopathe. Pervers dès le berceau. Sans empathie. C'est ce que vous pensez ?

— Je n'en doute pas une seule seconde.

— Je n'ai aucune envie d'en débattre avec vous, madame Scott. Voyez-vous, à vrai dire, je me réjouis que vous ayez abordé le sujet. Quelqu'un, il y a de nombreuses années, s'est adressé à moi dans ces termes. Le seul qui s'y soit risqué. Ça ne s'est pas très bien terminé.

— Qu'est-ce que vous voulez, White ?

— Dans le cas du médecin… c'était un médecin, le saviez-vous ? Dans le cas du médecin, donc, une petite leçon a suffi. J'ai enlevé sa fille et je lui ai laissé le corps de la nourrice à la cave. Il a vite compris.

Antonia se rappelle – ce n'est ni la première fois ni la dernière – son angoisse et sa terreur dans le tunnel, quand Jorge était entre les mains de Sandra.

— Vous ne toucherez pas un seul de ses cheveux cette fois.

— Eh bien, cela reste à voir, dit White en ouvrant le dossier qui se trouve par terre, entre eux.

Il en sort une photo qu'il dépose devant Antonia.

Non.

C'est impossible.

11

Une théorie

Antonia regarde la photo pendant quelques secondes. Prise de la rue, au téléobjectif. Malgré la distance et le manque de netteté, les visages sont clairement reconnaissables. Une vieille dame en fauteuil roulant, une femme, un enfant.

— Hôtel Las Flores, San Salvador. Une oasis de paix dans un pays extrêmement dangereux, où la vie n'a pas grande valeur. J'ai un contact dans la Mara Salvatrucha. Pour tuer l'enfant, ils me prendraient six mille dollars. Pour les deux autres, probablement rien. En fin de compte, dans tous les services, ce qui coûte le plus cher, c'est le déplacement. *Quand y en a pour un y en a pour trois, frangin*, conclut-il en espagnol.

Son imitation de l'accent salvadorien est entre passable et affreuse.

Mais cela suffit pour qu'Antonia déglutisse avec difficulté.

— Nous avons fait tout ce que vous nous avez demandé.

White joint le bout de ses doigts pour former un triangle.

— Ce n'est pas tout à fait vrai, n'est-ce pas ? Vous n'êtes pas parvenus à résoudre le premier crime dans les temps. Ni le deuxième, d'ailleurs. Et petit à petit, votre dette a augmenté, madame Scott.

— Vous avez tué douze personnes, dit Antonia, tentant, vainement, de ne pas laisser la peur percer dans sa voix.

— Une initiative de mon assistante, je le crains. Voyez-vous, elle avait un petit compte à régler avec votre patron. Les différends professionnels, vous savez ce que c'est.

Les émotions, dans le corps d'Antonia, tournoient comme une boule à facettes. La peur, la colère, la haine, le chagrin. Elle éprouve à nouveau le besoin de tendre la main vers son arme. Il est là, face à elle, vulnérable. Cela sauvera peut-être la vie de Jorge, de Carla, de grand-maman Scott.

Au prix de la vie de Jon. Une vie contre trois.

Pourtant, le compte n'y est pas.

— Comme je vous le disais, dans votre cas, la leçon a pris un peu plus de temps qu'avec le médecin. Mais vous êtes un spécimen exceptionnel, madame Scott. Vous m'avez fait remettre toutes mes certitudes en question, vraiment.

— Qu'est-ce que vous voulez ? murmure Antonia.

— Je ne vous ennuie pas, j'espère ? Si c'est le cas, n'hésitez pas à me le faire savoir. Voyez-vous, j'ai une théorie. Une petite idée qui m'est venue il y a bien longtemps, lorsque j'étais étudiant. Un jour, l'un de nos professeurs nous a expliqué que les émotions étaient des changements qui préparent l'individu à l'action. Alors, je me suis dit... Si nous parvenons à susciter les émotions adéquates chez un sujet, nous pourrions diriger ses actions de l'extérieur. Comme...

Il brandit de nouveau la télécommande.

— C'est une abomination, dit Antonia, écœurée.

Avec, simultanément, même si elle ne l'admettra jamais, une pointe de fascination.

White perçoit l'inflexion. Il a remarqué que la voix d'Antonia est montée d'une octave. Que ses pupilles se sont légèrement dilatées.

Cela l'incite à poursuivre sa démonstration. C'est le talon d'Achille du génie : il a besoin d'un public.

— Mon professeur était également de cet avis. Onze jours plus tard, il s'est suicidé devant sa femme et ses enfants. Ça m'a demandé quelques efforts. C'était une première tentative un peu laborieuse. Mais ça a été aussi mon « moment eurêka ». J'y repense souvent avec émotion.

— Archimède a utilisé son savoir pour sauver Syracuse. Vous l'avez fait pour vous enrichir.

— Je vous l'ai déjà dit, vous confondez les moyens et la fin. Je n'ai pas réalisé mes recherches pour m'enrichir. Je me suis enrichi pour financer mes recherches.

— Qu'importe. Ce qui compte, c'est que vous avez conçu une méthode pour faire le mal, dit Antonia, qui n'ose pas poser directement la question, mais a besoin de savoir.

— Plusieurs méthodes, en réalité. J'ai découvert qu'il existe des modèles de personnalités. En nombre limité. Et qui vont aux êtres humains comme un gant.

— Les gens ne sont pas des vêtements.

— Votre ami, là, dehors, par exemple. Un type trois, indiscutablement. Si je lui ordonnais d'entrer, j'obtiendrais qu'il se fasse sauter la cervelle en environ... (Il consulte sa montre d'un geste grandiloquent.) Disons soixante-quatorze secondes.

— Oh, à votre place, je ne parierais pas sur Jon Gutiérrez, monsieur White, dit-elle, les yeux mi-clos.

— Pourtant vous l'avez fait, madame Scott. Je ne voudrais pas paraître présomptueux, mais j'ai l'impression que vous avez apprécié notre petite conversation.

Antonia cligne plusieurs fois des yeux, incrédule.

— Vous croyez vraiment me connaître ?

— Non. À vrai dire, non. Madame Scott, tout cela aurait dû se terminer il y a huit mois, quand nous avons enlevé votre fils. L'idée était simple comme bonjour, bien sûr.

— Simple ? Cette histoire rocambolesque de tueur en série, d'Ezequiel, vous appelez ça simple ?

— L'idée, pas sa mise en pratique, reconnaît White. Il s'est révélé que vous ne correspondiez à aucun modèle.

Qui aurait cru que vous risqueriez la vie de votre fils pour sauver une inconnue ?

Antonia ne peut pas, ne doit pas, répondre à cela. Parce que c'est la question qui alimente encore ses cauchemars qui la consument de l'intérieur. Et pas seulement la nuit. Des rêves incroyablement lucides, dans lesquels elle arrive trop tard pour sauver Jorge.

Elle voit clair dans son jeu : il cherche à manipuler ses émotions pour lui rappeler qu'elle est une mère. C'est vrai. Mais elle est aussi bien d'autres choses.

— Vous avez fait le choix du devoir. Et vous vous en êtes bien tirée, je dois l'admettre. Vous avez remporté cette bataille avec brio.

— J'ai l'intention de remporter celle-là aussi, dit-elle, un léger tremblement dans la voix.

White observe Antonia quelques instants. D'abord authentiquement intrigué, puis pensif.

Finalement, il secoue la tête.

— Non, madame Scott. Au fond de vous, vous savez que vous avez perdu, rétorque-t-il. Votre orgueil est presque à la hauteur de votre intelligence, mais pas au point d'aveugler votre discernement.

— Qu'est-ce que vous voulez, White ?

— Je vous l'ai dit. Je veux que vous enquêtiez sur le meurtre qui a été commis à cette adresse.

— Vous savez parfaitement qui en est l'auteur, réplique Antonia entre ses dents.

— En effet. C'est vous, madame Scott, qui ne le savez pas. À ces mots, Antonia se fige.

— Je sais que vous m'en tenez pour responsable depuis toutes ces années. Maintenant, je veux que vous creusiez dans cette extraordinaire mémoire dont la nature vous a dotée.

Elle n'a aucun mal à faire resurgir le cauchemar.

12

Un cauchemar

Marcos travaille dans son petit atelier. Le ciseau arrache à la pierre sablonneuse des sons secs, syncopés. Elle est douloureusement consciente de ce qui va se passer, puisque c'est déjà arrivé mille fois. Elle n'est pas dans le salon, face à une montagne de documents, de rapports, de photographies. Antonia est à ses côtés, regardant par-dessus son épaule la sculpture sur laquelle il travaille. C'est une femme, assise. Ses mains reposent paisiblement sur ses cuisses, son dos est incliné vers l'avant, dans une posture agressive qui contraste avec la quiétude de son visage. Il y a quelque chose, face à la femme, qui la pousse à vouloir se lever, mais ses jambes sont prisonnières de la pierre, le ciseau n'est pas encore parvenu à les libérer. Il n'y arrivera jamais.

La sonnette de la porte retentit. Antonia voudrait arrêter Marcos, lui dire de continuer à travailler, de continuer à vivre cette vie, mais sa gorge est aussi sèche que les extraits de rapports qui jonchent le sol de l'atelier. Elle s'entend – elle entend cette autre femme, cette idiote ignorante qui monte le son de la musique dans son casque – crier quelque chose, et Marcos abandonne son marteau sur la table, près de la sculpture inachevée. Il range le ciseau dans la poche de sa blouse blanche et va ouvrir. Antonia, la vraie Antonia, l'Antonia qui regarde, l'Antonia qui sait ce qui va se passer, veut le suivre, et elle le fait, mais lentement, très lentement, si bien qu'elle ne le voit pas ouvrir la porte, qu'elle ne voit pas l'inconnu en costume élégant et Marcos en venir aux mains. Quand elle atteint le couloir, Marcos et l'inconnu sont déjà sur le sol. Le ciseau dépasse déjà de la clavicule de l'inconnu, dont le sang tache la blouse de Marcos ; l'homme se dégage, mais parvient à tirer deux fois. L'une des balles traverse Antonia, la vraie Antonia, qui attend dans le couloir, et atteint aussi cette femme ignorante qui se trouve dans le salon, casque sur les oreilles, musique à fond, les yeux rivés sur les papiers devant elle. La balle frôle le coin du berceau de bois où Jorge dort, la déviant suffisamment pour qu'au lieu de venir se loger dans le crâne d'Antonia, elle se contente d'entrer par son dos avant de ressortir par son épaule. Une trajectoire plutôt clémente. Sans grandes conséquences. Quelques mois de convalescence seulement. Un peu de vernis sur le berceau.

La deuxième balle est moins magnanime. La deuxième balle atteint Marcos dans l'os frontal, dont les médecins devront par la suite ôter une bonne partie pour éviter que son cerveau ne se comprime. Ils disent que la balle a ricoché sur le mur. Ils disent que Marcos s'est jeté sur l'inconnu.

Le cauchemar ne le précise jamais. Le cauchemar se termine toujours sur la déflagration du second coup de feu, résonnant à ses oreilles.

13

Un mot bulgare

Antonia ouvre les yeux.

White l'observe attentivement. Aussi immobile qu'elle.

— Que savez-vous de l'intrus qui a fait irruption chez vous, madame Scott ? demande-t-il d'une voix douce.

— Il a sonné à la porte. Il avait un pistolet. Marcos l'a attaqué avec son ciseau.

— Il y avait du sang sur la blouse de votre mari, n'est-ce pas ?

— Quelques gouttes. Mais aucun échantillon d'ADN exploitable. À cause des résidus chimiques sur la blouse, d'après ce qu'on m'a dit.

— Qui vous l'a dit ? Qui a réalisé ces analyses ?

Antonia se fige, réfléchissant aux implications de ce que White insinue.

— Je...

— Vous ne savez pas utiliser un séquenceur d'ADN. C'est normal. Moi non plus. Ce genre de besogne incombe aux esprits inférieurs. Votre tâche consiste à savoir à qui vous fier. Encore une fois, qui a réalisé ces analyses ?

— Un membre de l'équipe de Mentor.

— C'est lui qui vous a remis le rapport, qui vous a dit que c'était une impasse. N'est-ce pas ?

Ses émotions la submergent à nouveau. Et c'est reparti pour un tour gratuit des lieux les plus remarquables de son esprit. En bus panoramique à deux étages. Le circuit comprend le rond-point de la Perplexité, le monument de la Colère, la place de la Trahison. Les sièges du bus sont occupés par des personnages de sa vie qui profitent de la vue, pointent les sites intéressants du doigt, font des selfies.

Quand elle reprend ses esprits – le pouls plus rapide que jamais, le sang affluant à ses tempes, la respiration haletante –, elle sent la main de White sur son avant-bras. Une main froide comme de la glace.

Curieusement, Antonia ne retire pas son bras. Elle est trop désorientée pour cela.

— Voulez-vous que je demande à l'inspecteur Gutiérrez d'entrer ? Je crois bien qu'il lui reste quelques-unes de ces pilules qui vous aident dans des moments comme celui-ci, suggère White d'un ton narquois.

Antonia éprouve le besoin – physique, pressant, impérieux – d'accepter sa proposition. Mais il y a des limites qu'elle n'est pas prête à franchir.

— Vous m'avez déjà fait le coup. Je ne commettrai pas la même erreur deux fois.

— Ah oui, le Dr Aguado. Un élément des plus précieux. Je n'ai jamais rencontré un seul légiste qui croie en Dieu ou en l'immortalité de l'âme. Ce sont des pions faciles à manipuler. Fiables.

À ces mots, Antonia se ressaisit un peu. Elle repousse brutalement la main de White.

— Vous avez peut-être manipulé Aguado, empêché l'analyse ADN et trafiqué les empreintes de Soler. Mais ça ne prouve pas que vous n'avez pas tué mon mari.

White renifle et secoue la tête, comme un père désespéré de voir que son enfant ne sait toujours pas aller sur le pot.

— Corrigez-moi si je me trompe, madame Scott, mais la charge de la preuve n'incombe-t-elle pas à l'accusation ? Que faites-vous de la présomption d'innocence ?

Antonia se penche vers l'avant et pointe son index sur le visage de White.

— Vous étiez à Madrid en train de harceler Soler quand c'est arrivé. Vous voulez me faire croire que c'est une coïncidence ?

— Vous brûlez, madame Scott, et pourtant, vous êtes incapable d'arriver à la bonne conclusion. Peut-être ai-je choisi la mauvaise Reine rouge... dit-il en haussant les épaules.

— J'ai souvent regretté que cette balle ne m'ait pas tuée, White. J'en viendrais à souhaiter que vous m'éliminiez comme les autres.

— Et voilà. Une fois de plus, vous tournez autour de la solution. Une fois encore, en oubliant ma personnalité et mes motivations.

— Vos motivations... murmure Antonia.

Le monde se fige.

Antonia aussi.

Kuklenlĕva.

En bulgare, « celui qui lance des lions au marionnettiste ».

Antonia ferme les yeux et se retire quelques instants dans son monde intérieur. Devant elle apparaissent soudainement toutes les pièces du puzzle. Les singes hurlent désespérément en les montrant du doigt. Antonia crie intérieurement pour les faire taire.

Et, pour la première fois, elle parvient à poser les pièces dans l'ordre.

– Jaume Soler, consultant informatique de haut vol, lui demande de l'aide pour mettre fin au harcèlement de White.

– Raquel Planas, maîtresse de Soler, est assassinée *avant* que Soler ne contacte Antonia. Son petit ami est inculpé à tort.

– Marcos et elle sont ciblés par des tirs à leur domicile.

– Jaume Soler commence à recevoir des virements importants provenant d'une mystérieuse société *offshore* installée dans un paradis fiscal.

– Quelqu'un dissimule des preuves dans l'agression de Marcos et fait croire à une Antonia au trente-sixième dessous que Soler est mort.

– Trois ans plus tard, Ezequiel apparaît. Première tentative de White de la mettre à genoux, qui échoue.

Et les voici de nouveau face à face. Dans une deuxième partie d'échecs, puisque la première s'est soldée par un match nul. Avec trois crimes liés entre eux, qui les ramènent à la case départ. À l'endroit précis où tout a commencé.

Kuklenlĕva.

La seule pièce du puzzle à laquelle elle n'a jamais pensé, la seule qu'elle n'a même jamais imaginée, apparaît devant elle, au centre de l'image. Un énorme trou vers lequel toutes les autres pièces convergent inexorablement.

Kuklenlĕva.

L'image qui prend forme devant Antonia, dans son étrange et complexe monde intérieur, est une figurine de jeu d'échecs. Une figurine incomplète, de couleur blanche. À laquelle il ne manque qu'une seule pièce.

C'est ce qui est fascinant, dans les puzzles. Lorsqu'il ne manque plus qu'une pièce, les autres vous indiquent sa forme exacte.

La forme de celle-ci est arrondie, surmontée d'une croix.

Le roi blanc.

Kuklenlĕva.

En bulgare, « celui qui lance des lions au marionnettiste ». Sachant que les Bulgares appellent leur monnaie nationale le *lev* – qui signifie également « lion » –, cela se passe d'explications.

Le processus n'a duré que quelques secondes. Une éternité, pour Antonia Scott. Mais quand elle revient, quelque chose a changé. La composition de l'air n'est plus la même. Sa densité huileuse semble s'être dissipée. Le jour a laissé place à la nuit et, bien que White n'ait pas éclairé la pièce, ils peuvent se voir distinctement dans la pénombre.

Peut-être pour la première fois.

White sourit. D'une manière étrange. Presque respectueuse.

— Ce fut un privilège d'avoir été témoin de cela.

Antonia laisse échapper un profond soupir et détourne le regard. Elle le hait toujours, de toutes les fibres de son être. Rien ne pourra changer cela. Pourtant, entre eux, quelque chose s'est modifié.

— Pendant tout ce temps...

Il hoche la tête.

Quand Marcos était tombé dans le coma, Antonia avait décrété que le mystérieux tueur à gages était l'unique responsable de la tragédie, l'homme qui avait détruit sa vie.

White détache les trois premiers boutons de sa chemise et en écarte le pan gauche. Sa peau est lisse, ses pectoraux dessinés, son cou puissant forme un triangle parfait avec ses épaules musclées.

Sur son épaule gauche, cependant, il y a une cicatrice. Une étoile irrégulière à cinq branches, tordue là où la peau s'est refermée.

Une cicatrice, là où Marcos a planté son ciseau, juste avant que White ne lui tire dessus.

Une cicatrice plus petite, mais guère différente de celle qu'Antonia a elle aussi à l'épaule gauche, conséquence du tir de White.

— La reine est la pièce la plus puissante de l'échiquier, dit-il. Mais aussi puissante une pièce d'échecs soit-elle, il faut...

— ... toujours une main pour la déplacer, complète Antonia.

— Précisément. Maintenant, vous vous rapprochez de la solution, n'est-ce pas ?

Le regard de White se durcit à nouveau. Même si sa relative douceur lui a compliqué la tâche pendant quelques minutes, à aucun moment Antonia n'a oublié à qui elle s'adresse.

La trêve est terminée.

— Vous avez remporté toutes les victoires depuis le début, White. Je n'ai fait que courir dans la direction que vous vouliez.

Nous épuiser, miner notre confiance. Assassiner tous les collègues. Couper nos liens avec la police. Faire exploser le projet Reine rouge.

— Pourquoi tous ces efforts ? demande-t-elle.

— Pour parfaire votre éducation. Et maintenant, allez finir le travail. Résolvez le crime.

— Ce serait plus simple si vous me disiez qui est votre commanditaire.

— Peut-être. Mais ce serait moins intéressant. Au lieu de cela, j'ai décidé de répondre à la question que vous m'avez posée dans l'ascenseur. La réponse est devant vous.

Antonia tend le bras et ouvre le dossier en cuir d'où White avait tiré la photo de sa famille prise à San Salvador.

À l'intérieur, il y a une autre photographie, en noir et blanc. Format 21 x 28.

Malgré l'obscurité, Antonia reconnaît la rue et la maison des Soler. Si le cliché était cadré un peu plus à droite, on verrait la fenêtre de la chambre parentale. Et peut-être même Jon Gutiérrez sur le point de s'y pencher.

Ce qu'on voit en revanche, c'est un homme près d'une moto de grosse cylindrée, garée derrière une benne à ordures, à une trentaine de mètres de la maison. Vêtu d'un jean et d'un blouson de cuir noir. Il a son casque à la main, et son visage est légèrement tourné vers l'objectif.

— Notre Sandra ferait une excellente *paparazza*. Ce n'était pas une image facile à obtenir, avec si peu de lumière et un sujet en mouvement. Vous l'avez manqué de très peu, dit White en écartant le pouce et l'index de quelques centimètres.

Antonia ignore son geste moqueur. Son attention est entièrement focalisée sur la photo, sur l'homme dont le visage, bien que dans la pénombre, est pourtant clairement reconnaissable.

Elle essaie de parler, mais sa gorge est trop sèche.

— Je suis sûr que vous auriez pu le comprendre par vous-même depuis longtemps. Si les cartes n'avaient pas été truquées, naturellement.

Antonia secoue la tête, sans pouvoir croire à ce qu'elle voit.

— Non.

— Mes tarifs ne sont pas bon marché, madame Scott. Loin de là. Très peu de gens peuvent s'offrir mes services.

— Vous mentez.

— Je suppose qu'il n'y a qu'une seule façon de le vérifier, n'est-ce pas ? Allez, au travail.

Antonia se lève et lui tourne le dos, mais la voix de White résonne avant qu'elle ait atteint la porte.

— Nous allons faire monter les enchères. Pas de police. Aucune aide extérieure. Uniquement vous deux. C'est bien compris ?

Antonia hoche la tête, sans se retourner.

— Parfait. Ah, j'oubliais. J'ai bien noté que vous aviez apprécié les deux comptes à rebours précédents, donc...

Deux bips, une vibration.

Un message arrive sur le téléphone portable d'Antonia.

Vous avez trois heures.

14

Une première erreur

C'est Jon qui conduit. Antonia est trop nerveuse, trop bouleversée. Son esprit est un champ de bataille, son corps réclame une gélule rouge. Si White ne l'attendait pas au tournant, elle se jetterait sur Jon et arracherait la boîte de sa poche, où elle forme une petite bosse clairement visible.

Savoir les gélules à portée de main devrait la mettre au supplice. Comme un gosse au régime qui bave devant une pâtisserie. Pourtant, c'est le contraire qui se produit.

— Tu vas me dire ce qui s'est passé ?

Antonia ne répond pas. Elle sort son iPad et effectue une courte recherche sur Heimdall. Du coin de l'œil, Jon aperçoit une carte marquée de plusieurs repères.

L'inspecteur Gutiérrez sait très bien que, quand sa collègue est comme ça, il doit lui laisser de l'espace.

— Enfin. Il a enfin commis sa première erreur, dit-elle au bout d'un moment.

— Sa deuxième erreur.

— Quelle était la première ? demande Antonia, étonnée.

— Sa première erreur, déclame Jon en haussant les sourcils, a été de nous chercher la merde.

Antonia le regarde, les yeux plissés.

— Tu répètes ça depuis combien de temps ?

— Tu as passé combien de temps avec ton copain White ?

— Une vingtaine de minutes.

— Alors dix minutes, disons. Mentalement. J'ai passé le reste à réfléchir à la meilleure façon de buter cette connasse.

— La violence ne résout rien, dit Antonia, remettant le nez sur son iPad.

— Tu dis ça parce ce que tu n'as jamais essayé, chérie. Elle a passé son temps à me mater sans rien dire. On dirait un second rôle flippant de film d'horreur, ta copine.

— Ce n'est pas ma copine. Et réjouis-toi. À l'heure qu'il est, elle pourrait très bien être assise à ma place.

Jon attend de s'arrêter au feu suivant, qui se trouve à vingt mètres, pour se tourner vers Antonia avec l'air de dire « mais c'est quoi ces conneries ».

— Je t'expliquerai. L'important, c'est qu'on a enfin une chance, Jon.

L'inspecteur Gutiérrez n'a pas oublié qu'il a toujours le téléphone dans sa poche. Il doit faire un énorme effort pour répondre avec naturel.

— J'aimerais bien savoir où on va et ce qu'on fabrique.

Le visage d'Antonia s'assombrit.

— On va au pire endroit de la Terre. Je t'explique dans une seconde. Mais d'abord, je dois faire un petit arrêt quelque part. Tourne à droite au bout d'Atocha.

Puis, sans plus d'explications, elle se met à fouiller dans la boîte à gants.

À vos ordres, princesse.

15

Un policier municipal

Ruano est garé en face du bar El Brillante, quand le ciel lui envoie un cadeau.

Une minute plus tôt, rien ne laissait présager cela. Son nouvel équipier est un type sympa et pas causant. Encore moins expérimenté que lui. Ruano lui explique l'astuce pour atteindre son quota de PV. Il suffit d'attendre qu'un petit malin se gare en double file pour aller se chercher un casse-dalle, et bingo.

— C'est trop facile, dit le nouveau après leur troisième victime.

Un gugusse en Mini verte qui, en prime, n'était pas assuré ni à jour de son contrôle technique. La fourrière vient d'embarquer la voiture.

— Fallait voir ce que c'était avant qu'ils installent les nouveaux panneaux. À côté…

À peine a-t-il prononcé ces mots qu'il se rend compte de quoi il a l'air. D'un vieux con nostalgique.

Les médecins n'étaient pas favorables à ce qu'il reprenne le travail si tôt, mais Ruano leur a dit qu'il était prêt. Que s'il restait plus longtemps seul chez lui, il deviendrait fou ou finirait par se tirer une balle. Le voici donc, quelques jours seulement après la mort d'Osorio, en train de patrouiller avec un nouveau collègue.

Cacher aux autres les symptômes du stress post-traumatique, ce n'est pas un problème. Ruano a toujours été un garçon calme, réservé. Se les cacher à lui-même, en revanche, c'est une autre paire de manches. Chaque fois qu'il ferme les yeux, il revit la fusillade. Il revoit la portière de la Mercedes Vito s'ouvrir, les balles pleuvoir sur la carrosserie. Il s'entend annoncer la nouvelle à l'épouse d'Osorio, qui refuse d'y croire, qui le secoue comme un prunier en le traitant de menteur, car comment son mari aurait-il pu mourir alors qu'elle est enceinte, ça ne se fait pas.

Ça n'a pas été le meilleur jour de la vie de Ruano. Et Dieu sait s'il en a bavé dans son ancien boulot. Deux missions en Afghanistan et une en Somalie. Avant d'intégrer directement la Police municipale, grâce aux postes réservés aux vétérans de l'armée. Un travail simple, avec un bon salaire et une bonne retraite. Zéro complication.

Pourtant, chaque fois qu'il ferme les yeux, il sent le plomb s'abattre sur la carrosserie, l'odeur de l'huile et de la graisse du moteur, criblé de balles, l'air qui entre par la portière ouverte côté passager, les fragments de verre qui tombent sur sa tête. Il voit le corps sans vie d'Osorio effondré sur la portière ouverte.

Il ne ferme donc pas souvent les yeux.

Non pas qu'il aurait pu faire grand-chose dans cette histoire. On est à Madrid, pas dans un film avec Liam Neeson. Lui-même s'en est sorti indemne, à part quelques égratignures causées par les éclats de verre, qui n'ont laissé aucune trace – il ne peut même pas prétendre à l'indemnité pour blessure dans l'exercice de ses fonctions.

Ce que l'agent Ruano ne s'imagine pas, lorsqu'il voit l'Audi A8 noire s'arrêter près d'eux, c'est le cadeau que le ciel s'apprête à lui faire.

— Vous ne pouvez pas vous garer ici, dit-il par la vitre entrouverte.

Il leur fait le geste d'avancer qui hérisse tous les conducteurs du monde.

La vitre de l'Audi s'abaisse et le visage d'une jolie femme apparaît. Ce n'est pas non plus une beauté, calmons-nous. Mais elle a quelque chose. Malgré ses cernes qui forment deux hamacs violets sous ses yeux et ses cheveux en piteux état.

— Collègue, lance la femme en montrant un insigne de la Police nationale, imitée par le conducteur. Inspecteurs Scott et Gutiérrez.

— Salut, collègues. Qu'est-ce qu'on peut faire pour vous ?

— On aurait un service à vous demander. Il faudrait envoyer deux unités à l'adresse que je vais vous indiquer.

— Cette demande doit passer par le central, dit Ruano, dubitatif.

La femme le regarde de ses étranges yeux verts. « Tranchants » est le mot qui vient à l'esprit de Ruano, mais évidemment, c'est impossible.

— C'est en rapport avec Osorio, collègue. Vous me comprenez, je suppose.

La petite trentaine, Ruano appartient à la dernière génération « j'hallucine » avant l'ère « WTF ». Mais aucune des deux expressions ne permet de traduire ce qu'il ressent à cet instant.

— Que... Qu'est-ce que je dois faire ?

— Nous avons identifié deux suspects. Un homme d'une quarantaine d'années, cheveux blonds ondulés, costume sur mesure. Il est accompagné d'une femme d'une trentaine d'années, blonde aussi, qui porte un imperméable. Nous pensons qu'ils seront à cette adresse dans deux heures et demie, dit-elle en lui tendant un morceau de papier par la vitre.

Ruano prend la feuille, lit ce qui y est inscrit et regarde la femme, qui incline brièvement la tête.

— Nous aurons besoin de deux unités à la porte. Vu la configuration de l'endroit, vous ne pourrez pas les rater. Si vous les voyez entrer, n'intervenez pas, compris ? Ils sont extrêmement dangereux tous les deux. Ne faites rien jusqu'à ce qu'ils sortent.

— Je... il faut qu'on en parle au central. Je vais les prévenir par radio...

— Non. Si vous faites ça, ils ne viendront pas. Vous devez faire exactement ce que je vous ai demandé. C'est notre seule chance de les arrêter.

Ruano pense à Osorio. Il pense aux cauchemars qui le hantent même lorsqu'il est éveillé. Il pense à l'enfant à naître d'Osorio.

— Je ferai ce que vous m'avez demandé.

— Avec discrétion, insiste-t-elle.

— Avec discrétion.

Ruano contemple les feux arrière de l'Audi, qui s'insère dans le rond-point pour se diriger vers le nord, et se met à faire une liste. Il n'a pas de temps à perdre.

La vie est trop précieuse pour être confiée au hasard, pense Antonia en regardant l'agent Ruano rapetisser dans le rétroviseur.

Quoiqu'un message de soixante-dix-huit mots écrit au crayon ne vaille pas tellement mieux.

16

Une tour

Évidemment, tout ça devait se finir dans un phallus géant, pense Jon en levant les yeux.

— Il n'y aura pas de feux d'artifice, cette fois, dit Antonia, qui regarde elle aussi vers le ciel.

— Ça reste à voir, réplique Jon, passant les doigts sur sa nuque.

Les points de suture tirent plus que jamais. Jon voudrait soudain avoir la crème hydratante de sa maman à portée de main.

Face à eux se dresse la Torre Espacio. L'une des quatre tours de l'avenue de la Castellana. Deux cent vingt-quatre mètres de haut. Cinquante-six étages. Le quatrième plus haut gratte-ciel d'Espagne. Une monstruosité d'acier, de verre et de béton, qui se dresse à côté des trois autres bâtiments les plus élevés du pays. Un monument à une époque révolue, un mausolée, une aberration, selon à qui vous en parlez.

Pour Jon, elle ressemble tout simplement à une bite géante.

Non dénuée de certains avantages. Par exemple, il n'y a qu'une entrée. Extraordinairement sécurisée. Sans accès latéraux ni parking. Une véritable souricière.

— Tu es sûre que White va venir ?

— Certaine. Il veut célébrer sa victoire. Ce pour quoi il a travaillé depuis toutes ces années. Me faire plier, moi aussi ; prouver que sa théorie est infaillible.

Jon regarde une nouvelle fois l'entrée du bâtiment et la rue, pleine de voitures officielles. Mercedes, BMW, Audi, noires ou grises, certaines ornées de drapeaux. Presque toutes ont un numéro d'immatriculation inscrit en blanc sur fond rouge.

— On devrait remplir cet endroit de flics, dit-il, plus pour lui-même que pour elle.

— Je ne peux pas prendre le risque, répond Antonia en secouant la tête.

La question suivante de Jon aurait pu sembler sarcastique deux jours plus tôt. Elle aurait pu être teintée de reproche, de mélodrame, voire de méchanceté gratuite. Maintenant, après tout ce qu'ils ont traversé, sa question prend une tonalité différente. Presque tendre.

— De perdre la partie ?

— Non, Jon. De te perdre, toi.

Jon pince les lèvres de surprise. Il ne s'attendait pas à cette réponse. Il n'est même pas sûr qu'Antonia ait envisagé la possibilité de perdre, avant aujourd'hui. Ou de ne pas tout faire pour remporter la victoire, ce qui revient à peu près au même.

On est complètement d'accord là-dessus, chérie.

Cependant, l'horloge continue de tourner et le plan d'Antonia ne le convainc toujours pas.

— Redis-moi ce qu'on va faire.

— On monte. On lui parle. Et on le fait avouer.

— Et ce sera fini. Avec ça, White considérera que tu as accompli ta mission.

Dit comme ça, ça paraît bête comme chou. Une simple formalité.

Jon regarde Antonia en se demandant ce qui se passe dans sa tête en ce moment. Dans quelles décisions, avec quels dilemmes elle se débat. Il faut un immense courage pour affronter une vérité qui va bouleverser tout ce qu'elle croyait savoir sur elle-même.

Pas ce qu'elle est, évidemment. Parce que ça, Jon le sait, les agissements des autres n'y pourront rien changer.

Il aimerait lui dire tout cela, pouvoir la réconforter d'une manière ou d'une autre, mais il n'est pas très doué avec les mots. Choisir les mots justes, ceux qui soignent, donner de la force en quelques syllabes, ce n'est pas le style de Jon Gutiérrez. Au fil des années, il n'a jamais appris.

— Merci d'être là, Jon, déclare Antonia en le regardant dans les yeux.

Et Jon sourit, car au bout du compte, c'est le plus important dans la vie. Quatre-vingt-dix pour cent du boulot consiste à trouver le partenaire idéal. Les dix pour cent qui restent, on les improvise en chemin.

— Y avait rien de bien à la télé. On se bouge ?

Antonia retire son sac à bandoulière et le balance dans le coffre de l'Audi. Elle se débarrasse aussi de sa montre et de son téléphone.

Jon l'imite. Il vide ses poches, et ne conserve que son insigne et son arme. Alors qu'il s'apprête à poser son téléphone, Antonia lui fait signe de le garder.

Jon ne comprend pas. Cet engin est toujours l'oreille de White. Le laisser dans la voiture serait un bon moyen de déstabiliser l'adversaire dans la dernière période de la partie. Mais il ne compte pas discuter les ordres d'Antonia. Elle doit avoir ses raisons.

Faute de pouvoir faire plus, il essaie au moins de la protéger. Il sort le gilet pare-balles et le lui tend.

— Enfile ça, trésor.

— Si on porte ton truc, ils ne nous laisseront pas entrer.

Jon regarde tour à tour Antonia, le gilet et l'entrée du gratte-ciel. Il se mord la lèvre inférieure. Il répète le processus deux ou trois fois. Puis il conclut qu'elle a raison et remet le gilet à sa place.

— Ne t'inquiète pas, ça ne se terminera pas en fusillade, ajoute-t-elle. Ce n'est pas la même histoire.

J'espère que tu as raison, chérie, pense Jon en refermant le coffre.

17

Une soirée

L'accueil se trouve à l'autre bout de l'immense hall carrelé de travertin. Un comptoir en verre de dix mètres de large aux formes futuristes. Derrière, une demi-douzaine de (incidemment) jeunes et séduisants réceptionnistes des deux sexes (il y a un garçon).

C'est justement vers ce dernier que se dirige (incidemment) Jon Gutiérrez.

— Nous devons aller au dix-septième étage, dit-il en montrant son insigne.

— Vous êtes sur la liste ?

— Ça concerne une enquête de police.

Le beau jeune homme bat de ses très longs cils.

— Malheureusement, ce ne sera pas possible sans autorisation, monsieur. Comme vous le savez sans doute, il y a un événement important aujourd'hui, réplique-t-il, pointant son stylo vers l'entrée, où plusieurs retardataires en tenue de soirée passent leur badge dans le lecteur.

— Vérifiez mon nom, dit Antonia, tendant son insigne.

Le beau jeune homme est assis sur un tabouret haut qui offre (incidemment) aux visiteurs une vue sur les jambes du personnel d'accueil. Depuis sa position stratégique, le réceptionniste les scanne de la tête aux pieds.

400

Jon est douloureusement conscient de leur apparence déplorable. Lui-même, dans son abominable costume bleu canard froissé. Antonia, avec sa veste noire où les taches de vomi sont encore visibles, malgré tous ses efforts pour la nettoyer au lavabo de la station-service. Ils n'incarnent pas l'image même du glamour.

— Comme je vous l'ai dit, il s'agit d'un événement privé, répète le jeune homme.

— Je suis sur la liste permanente, insiste Antonia.

Les yeux de biche se froncent d'incrédulité, mais le réceptionniste joue le jeu, soucieux de remettre ce duo de clodos à leur place.

Jon et Antonia ne peuvent voir le résultat qui s'affiche sur l'écran, mais ce n'est pas nécessaire. Les yeux de biche s'ouvrent comme des soucoupes.

— Toutes mes excuses, madame Scott. Voici votre laissez-passer, dit le réceptionniste en lui tendant un rectangle en plastique.

— Et un pour mon collègue, demande Antonia.

Lorsqu'ils s'éloignent de l'accueil en direction des tourniquets, Jon savoure encore son quart d'heure « tu sais pas à qui tu as affaire ».

— Parfois, la vie t'offre de petits moments de grâce, lance-t-il à Antonia tandis qu'ils rejoignent la file de smokings et de robes de cocktail.

— Profite tant qu'il en reste, répond Antonia en regardant l'horloge derrière le tourniquet.

Bien que l'ascenseur soit bondé, ils ont toute la place nécessaire. Les autres passagers s'entassent devant la porte, essayant de se tenir le plus loin possible d'eux, et d'elle en particulier. Principalement à cause de l'odeur de vomi.

L'ascenseur monte en un éclair et s'arrête en souplesse au dix-septième étage, leur laissant une légère sensation de vide dans l'estomac.

— Bonne soirée, messieurs-dames, lance Jon, savourant les regards désapprobateurs des passagers qui rivalisent pour quitter la cabine en premier.

Ils sortent de l'ascenseur et attendent que les autres invités franchissent le second tourniquet. Un flot de musique jaillit par les portes intérieures. Jon reconnaît la mélodie et les paroles :

They will not force us
They will stop degrading us
They will not control us

d'*Uprising*, de Muse, au-dessus du brouhaha des conversations.

— De toutes les soirées, il fallait qu'il choisisse celle-ci, dit Jon en regardant la porte automatique gardée par deux hôtesses au sourire figé.

— Ce n'est pas un hasard. Avec White, rien n'est accidentel.

Jon hausse stoïquement les épaules. Ce n'est pas le moment de se plaindre.

— Allons-y.

Sans plus de cérémonie, ils se dirigent vers les tourniquets, vers les hôtesses au sourire figé, vers la porte qu'elles gardent. Une porte surmontée d'une banderole en tissu où l'on peut lire, en deux langues :

64e CÉLÉBRATION DE LA JOURNÉE DU COMMONWEALTH

Juste au-dessus de l'inscription, en lettres dorées :

AMBASSADE DU ROYAUME-UNI

18

Une soirée

Antonia Scott n'aime pas les fêtes.

Ce n'est pas une question d'esthétique. Cette fête se déroule dans la salle de réception de l'ambassade, un espace ouvert et moderne – rénové il y a cinq ans par l'unique architecte d'intérieur britannique ayant un minimum de goût. Elle est ornée, pour l'occasion, des drapeaux de tous les pays du Commonwealth et du Royaume-Uni en particulier. Mais ce n'est pas le moment de faire la fine bouche.

Il fait sombre, et les LED rouges et bleues disposées un peu partout ne font que transformer les convives en fantômes aux formes indéfinies et aux visages uniformes. Ce qui n'est pas plus mal, car la plupart d'entre eux se trouvent dans cet âge d'or entre la maturité et la liquéfaction. Après tout, nous sommes dans une ambassade, à une réception annuelle réservée à une poignée d'invités *select*, ce qui en anglais signifie « riches et snobs ».

Rien de tout ça ne dérange particulièrement Antonia, pour la bonne raison qu'elle a l'habitude d'avoir affaire à de gros poissons (c'est la fille de l'ambassadeur du Royaume-Uni), à des personnes proches de la liquéfaction (elle appelle fréquemment sa grand-mère) et à un patriotisme exacerbé (elle est fonctionnaire).

Non, ce qui dérange Antonia Scott dans les fêtes, c'est qu'il y a trop de monde.

Le cerveau d'Antonia est accoutumé à tracer des lignes invisibles – et presque inconscientes – entre l'endroit où elle se trouve et celui où elle veut aller. Ces lignes invisibles évitent les obstacles qui représentent une grave menace selon ses critères personnels : objets malpropres, nuisibles, dangereux… Cette liste comprend les réverbères arrosés par des chiens, les poubelles et l'espèce humaine.

Dans une salle pleine à craquer, se déplacer d'un point A à un point B sans frôler aucun être humain constitue une opération délicate – a fortiori quand la personne que l'on cherche est noyée dans la foule, comme c'est le cas ici. Antonia essaie et perd ainsi quelques précieuses secondes. Mentalement, elle trace un itinéraire parmi les corps en mouvement, les conversations futiles, les sourires de façade et les smokings de location. Esquivant au passage les (incidemment) jeunes et jolies serveuses, qui jonglent avec des plateaux garnis des fleurons de la « cuisine » anglaise.

Antonia essaie, Antonia échoue, Antonia change de stratégie. D'un pas décidé, elle se dirige vers la table des cocktails – assiégée par une horde d'invités pas encore assez ivres – et en fait le tour, suivie par un inspecteur Gutiérrez quelque peu dépassé.

— Excusez-moi, dit Antonia en bousculant l'une des serveuses.

Elle pose un pied sur une caisse de bière, l'autre sur deux cartons de vin et atteint le haut de la table d'un troisième pas, renversant au passage une rangée de verres à moitié remplis. L'effet domino provoque la formation d'un petit raz-de-marée, qui déferle sur la nappe pour atterrir sur la robe blanche d'une dame. L'horreur ne se lit pas sur son visage, car le botox lui a ôté depuis belle lurette la capacité d'exprimer des émotions. En revanche, ses cordes vocales fonctionnent encore parfaitement.

— De toute façon, cette robe était beaucoup trop courte pour une soirée de gala, lance Jon à la mégère botoxée, histoire de lui clouer le bec.

Ignorant le drame qu'elle a causé, Antonia se tient maintenant cinquante centimètres au-dessus des têtes. Vues d'en haut, toutes les soirées sont un peu déprimantes. Ce qui à la hauteur des yeux semblait festif se transforme en un océan de crânes chauves et d'onéreux brushings. Qui tous se tournent vers la folle debout sur la table.

Antonia repère l'homme qu'elle cherche au fond de la salle, près d'une petite scène où un DJ en costard à paillettes tente de mettre de l'animation avec des résultats mitigés.

— Allons-y, dit-elle en prenant appui sur Jon pour redescendre.

L'inspecteur Gutiérrez joue les brise-glace humains et leur fraye un chemin jusqu'à la scène. Les énormes enceintes et quelques mange-debout ménagent un petit espace à l'écart de la foule. Au centre duquel sir Peter Scott, ambassadeur de Grande-Bretagne en Espagne, écoute – légèrement voûté et très peu concerné – le bla-bla d'un monsieur grassouillet qui gesticule beaucoup.

— Antonia ? dit sir Peter en voyant apparaître sa fille derrière le torse considérable de l'inspecteur Gutiérrez. Qu'est-ce que tu fais là ? Jorge est rentré ?

Antonia avance dans sa direction.

— Papa, le salue-t-elle d'un signe de tête…

… puis le dépasse et s'adresse à l'homme qui se tient quelques pas en retrait, immobile, les mains jointes devant lui. Un mètre quatre-vingt-dix, quatre-vingt-sept kilos, et une sympathie modérée pour Antonia. Un mur de briques en costume-cravate, entraînement d'élite, officier du SAS, garde du corps personnel de sir Peter et chef de la sécurité de l'ambassade.

— Noah Chase ! crie Antonia en levant les yeux, essayant de se faire entendre par-dessus le son des enceintes. Vous êtes en état d'arrestation pour le meurtre de Jaume Soler et pour la tentative de meurtre sur la personne d'Aura Reyes.

L'immense Anglais regarde avec stupéfaction Antonia, puis Jon, puis la sortie. Sa mâchoire carrée tremble légèrement, signe que son inébranlable assurance vient de s'effondrer comme un château de cartes.

— Je...

Il lève la main droite vers le renflement du côté gauche de sa veste, mais se heurte aussitôt au bras de l'inspecteur Gutiérrez, qui saisit son poignet. Le garde du corps tente de se dégager du flic, ce qui revient à vouloir se libérer d'un piège à ours.

— Si j'étais toi, ma poule, je ne ferais pas de scandale, dit Jon en introduisant son autre main sous l'encolure de la veste du gorille.

Puis il sort le pistolet de son étui et le glisse discrètement dans le dos de Chase.

— Bon Dieu, mais qu'est-ce qui se passe ici, Antonia ? demande l'ambassadeur après s'être débarrassé de son encombrant interlocuteur.

— Je n'ai pas le temps de t'expliquer, papa. Nous devons arrêter cet homme.

L'ambassadeur regarde sa fille comme si elle lui parlait dans un jargon incompréhensible. Il ne réagit que lorsque Jon attrape son garde du corps sous l'aisselle et le pousse vers la sortie.

— Antonia, je te rappelle que vous êtes sur le territoire souverain du Royaume-Uni. Vous n'avez pas autorité ici.

— Il est très possible que l'arrestation soit jugée illégale, dit Antonia en haussant les épaules. Et même que ton gouvernement ne lève pas l'immunité diplomatique de M. Chase, conformément aux accords entre nos deux pays. Mais d'ici là, il nous aura dit ce que nous voulons savoir. Et ça fera la une de tous les journaux.

Sir Peter regarde Chase qui, malgré tous ses muscles de soldat d'élite, ressemble à une peluche entre les mains de Jon Gutiérrez.

— Tu ne peux pas faire ça.

— J'ai quelqu'un qui me protège, rétorque Antonia en désignant son collègue. Pas toi.

L'ambassadeur pince les lèvres devant la pique de sa fille.

— Nous devrions peut-être aller discuter dans un endroit plus tranquille.

19

Un bureau

Il y a près de quinze ans, le gouvernement britannique décidait de vendre, pour cinquante millions d'euros, l'immense bâtiment du quartier d'Almagro qui avait abrité son ambassade pendant quatre décennies, et de déménager celle-ci dans des bureaux ultramodernes situés entre le dix-septième et le vingt et unième étage de la Torre Espacio. L'achat des nouveaux locaux et leur aménagement furent supervisés par sir Peter en personne, avec la promesse – en pleine récession économique – que l'opération ne coûterait pas une livre au gouvernement de Sa Majesté.

À cette époque – pas si différente de celles qui suivraient, à l'exception d'une éphémère accalmie –, une telle décision avait éveillé bien des soupçons. L'ambassadeur, un homme si intègre et si droit qu'il utilisait ses stylos Bic jusqu'à la dernière goutte d'encre, n'était pas prêt à tolérer le moindre doute sur la probité de sa gestion. Il invita trois médias – la BBC, *The Sun* et *The Guardian* – à vérifier les détails de la transaction. Manque de chance, les comptes présentaient un déficit de quatre-vingt-cinq mille deux cent soixante-quatorze livres, imputable à une erreur dans le budget alloué au mobilier.

Le diplomate réunit les représentants des médias concernés et signa devant eux, d'un geste altier, un chèque personnel du montant exact représentant la différence avec l'estimation initiale.

Tel est le père d'Antonia.

Le bureau de sir Peter se trouve au dix-huitième étage, dans la partie noble de l'ambassade. L'étage d'en dessous accueille les réceptions, et ceux d'au-dessus, les bureaux administratifs et comptables. Au dix-huitième étage, les épais tapis et les meubles de style colonial sont là pour rappeler au visiteur le glorieux empire que fut jadis l'Angleterre.

Antonia suit son père jusqu'à son immense bureau, qui occupe un angle du bâtiment. L'inspecteur Gutiérrez leur emboîte le pas, tenant fermement Noah Chase. Loin de la foule, le garde du corps a partiellement recouvré son assurance et ne facilite pas la tâche de Jon, qui consiste à guider celui-ci dans le couloir désert.

En pénétrant dans le bureau, Antonia ressent un coup au cœur. Elle n'y est venue que rarement, jamais sans une bonne raison. La dernière fois, c'était après l'agression de Marcos, pour tenter d'exposer à son père sa théorie de l'assassin invisible. En réponse, son père lui avait retiré la garde de Jorge.

Mais le coup au cœur n'est pas dû – uniquement – aux circonstances de sa dernière visite.

C'est à cause du décor.

Pas à cause des fauteuils ou de l'authentique bureau Chippendale. Ni des murs lambrissés de teck ou de l'immense baie vitrée. Ni du guéridon en marbre, légèrement bancal depuis qu'Antonia, petite, l'a renversé en jouant à cache-cache.

Non, ce n'est pas à cause de ces détails, bien qu'il n'échappe guère à Antonia que le seul meuble que l'ambassadeur a conservé de son mandat de consul à Barcelone est précisément celui qu'elle a accidentellement endommagé. Bien sûr, son père a toujours été maître dans l'art de faire passer les messages idoines.

C'est à cause du tableau.

Antonia ne se rappelle pas le nom du peintre et ne croit pas l'avoir jamais su. Elle se souvient en revanche très bien des longues heures qu'elle a dû passer debout à poser pour lui. Un homme sec et hautain, qui n'a pas décroché un sourire.

Le tableau montre sir Peter, assis dans un canapé à deux places. À ses côtés, une belle femme, les jambes serrées, adresse un sourire tendre et énigmatique au spectateur. Paula Garrido a les yeux tournés vers sa fille. La petite Antonia a six ans, les cheveux aux épaules, et les yeux bien plus verts et lumineux qu'aujourd'hui. Cependant, elle ne sourit pas. Sur son visage se lit une tristesse, un présage de ce qui arrivera l'année suivante, la maladie qui consume déjà Paula sans qu'aucun d'eux ne le sache. Trois êtres humains, figés dans ce qui fut sans doute le dernier moment heureux de leur vie, immortalisés à la peinture à l'huile par un artiste sans talent, dans une palette de couleurs médiocres. Pourtant, Antonia reçoit un coup au cœur en entrant dans le bureau, bien qu'elle ait su ce qu'elle allait y voir, bien qu'elle s'y soit préparée.

— C'est toi ? demande Jon en poussant Chase sur l'une des chaises.

Le plateau en marbre du guéridon vacille sur ses pieds, la chaise grince sous le poids du garde du corps.

— Attention aux meubles, inspecteur. Je peux vous assurer que la réparation n'est pas dans vos moyens.

Jon s'apprête à répliquer, mais le hochement de tête d'Antonia lui en coupe l'envie.

— Avant de commencer, déclare sir Peter, je vous informe que mon bureau est protégé contre tout dispositif de surveillance électronique. Il en va de la sécurité nationale.

410

— Nous n'allons pas enregistrer cette conversation, papa. Nous voulons seulement que tu saches ce que cet homme a fait dans ton dos.

— Noah ? C'est ridicule. Vous n'avez aucune preuve de ce que...

Antonia sort une photo de la poche de sa veste et la balance sur le bureau XVIIIᵉ. Malgré l'obscurité, les éclaboussures de sang sont bien visibles sur le visage du garde du corps. Comme le constate sir Peter lui-même en dépliant le cliché.

— Prise deux minutes après qu'il a tué Jaume Soler, un consultant en informatique, et poignardé son épouse. La femme est grièvement blessée, mais dans un état stable. Elle l'a identifié comme étant son agresseur.

Sa dernière phrase est un coup de bluff, mais elle n'est pas loin de la vérité, comme Antonia peut le constater en voyant Chase blêmir à nouveau.

— Noah ? Est-ce vrai ? demande l'ambassadeur, alarmé.

Le garde du corps s'agite sur sa chaise, puis croise les bras, évitant de regarder son patron.

— C'était la seule solution, avoue-t-il, se tournant enfin vers lui, la culpabilité peinte sur son visage. Il fallait l'empêcher de nous atteindre, monsieur.

20

Un crime

L'ambassadeur fixe son garde du corps pendant de longues secondes, puis finit par détourner lui aussi le regard. Mais le répit est de courte durée. De l'autre côté, c'est sa fille qui l'attend. Il essaie de la sonder, mais ses pensées sont comme des poissons sous la glace : inaccessibles.

— Je ne sais pas ce que tu crois savoir, Antonia, mais je t'assure…

— Non, dit-elle.

C'est un non catégorique, mais doux en même temps, presque tendre. Elle secoue la tête et sourit en le prononçant. C'est un refus chargé de ras-le-bol, de nostalgie. Rien n'est pire que la nostalgie de ce qui n'a jamais existé.

— Ce n'est pas ce que je crois savoir. C'est ce que je sais.

— Antonia…

Elle l'ignore et continue de parler. Alors qu'elle déroule son histoire, les lumières de la pièce semblent se tamiser, et seul son visage ressort dans l'obscurité.

— Il y a quatre ans, un consultant en informatique du nom de Jaume Soler a été approché par une personne se faisant appeler M. White. White l'a fait chanter en menaçant de révéler à l'épouse de cet homme qu'il avait une liaison.

Comme Soler refusait de lui donner ce qu'il voulait, White a assassiné sa maîtresse.

Elle pousse un profond soupir. Sa voix se brise légèrement.

De chagrin.

De colère.

— Pour notre malheur, Soler s'est tourné vers moi pour tenter de se débarrasser de White. Avec pour seul résultat d'amener White à s'en prendre à Marcos et moi pour effacer les preuves de son chantage. Alors, Soler a cédé. Il a donné à White ce qu'il voulait. Mais quelque chose ne s'est pas déroulé comme prévu. Je ne sais pas ce qui s'est passé. Comme White était blessé, il a probablement baissé la garde. L'un de ses employeurs a profité de l'occasion pour s'emparer du butin. Mon intuition me dit qu'il s'agit de Chase. Après tout, il travaille pour toi depuis très longtemps, n'est-ce pas, papa ?

— Antonia…

Elle ignore la voix surgie des ténèbres.

À présent, il n'y a plus qu'elle.

Il n'y a plus que son récit.

La vérité irréfutable, la somme de toutes les preuves, de tous les indices, des fils qui se sont démêlés ces dernières heures.

— Qu'est-ce que Soler pouvait bien détenir de si précieux ? Et comment était-il au courant de l'existence du projet Reine rouge ? La réponse est simple : Soler était l'un des développeurs de Heimdall.

Elle secoue lentement la tête. Même à ce stade, Antonia continue de reconstituer l'histoire.

— Pas le développeur principal, il n'avait pas le talent pour ça. Mais il était suffisamment introduit pour pouvoir obtenir une copie du code source. C'est tout le génie du programme : sans le code source, celui-ci est inutilisable.

Même si un agent ennemi mettait la main sur un terminal où le programme est installé, sans connexion à l'ordinateur central, il ne pourrait pas s'en servir.

L'ambassadeur recule sa chaise de bureau et s'assied, les jambes tremblantes. Antonia ne bronche pas et poursuit son récit.

— Ce n'est pas bien sorcier de voir la main du MI6 dans tout ça. Qui d'autre aurait les moyens de se payer les tarifs exorbitants de White ? Qui d'autre aurait besoin d'engager une personne extérieure pour qu'aucun de ses agents ne soit impliqué dans une opération en territoire étranger, et contre ses propres alliés ?

— Le temps presse, Antonia, intervient Jon.

Elle regarde l'énorme horloge murale – une Bennet qui a toujours ses aiguilles d'origine – et se résigne à accélérer.

— Les services secrets de Sa Majesté ont financé l'opération. Mais ils n'ont jamais obtenu ce qu'ils cherchaient. Quelqu'un les a devancés.

— Crois-le ou non, nous voulons tous le meilleur, dit sir Peter, d'une voix chargée d'amertume. Le grand drame de ce monde, c'est que personne ne s'accorde sur ce que c'est.

— Manifestement non. Tu t'es débrouillé pour faire disparaître discrètement ce que voulait ton gouvernement. Mais les services secrets étaient déterminés à mettre la main dessus. Pendant tout ce temps, ils ont continué de payer Soler pour obtenir une copie propre et utilisable de Heimdall.

— Ce programme peut pénétrer dans n'importe quel ordinateur. Il peut forcer presque toutes les mesures de sécurité. Avec Heimdall, la confidentialité n'existe plus. C'est un outil trop puissant pour être laissé entre les mains d'un petit nombre de personnes, Antonia, explique l'ambassadeur, qui s'efforce de rester droit sur sa chaise et de ne pas perdre sa dignité.

— Vous voulez dire trop puissant pour ne pas le garder pour vous tout seul, souligne Jon.

— Ils voulaient leur propre copie de Heimdall. Par pré-caution. Et pour leur seul bénéfice. Sans que leurs parte-naires européens, qui le sont de moins en moins, ne sachent ce qu'ils en faisaient, dit Antonia en avançant vers son père.

Sir Peter recule sur sa chaise lorsque Antonia se penche vers lui, les mains posées sur le bureau.

— Depuis quand le sais-tu ?

— Ce que veut White ? Depuis qu'on est allés chez Soler.

De l'autre côté de la pièce, on entend un grognement furieux suivi d'un juron en basque, qu'Antonia ne saisit pas tout à fait.

— Ce que j'ignorais jusqu'à aujourd'hui, c'est à quel point tu étais impliqué dans tout ça.

— Je devais obéir aux ordres, fait remarquer sir Peter en baissant les yeux.

Antonia a déjà entendu ça. C'est bien pratique d'avoir un bouc émissaire sur qui rejeter tous les torts.

— Le libre arbitre, ça existe. Prends ton garde du corps, par exemple. Quand il a vu qu'on était près du but, il a tenté de nous tuer. Il n'obéissait pas à tes ordres, évidem-ment. C'était autre chose. Le sens du devoir, j'imagine. Ou le besoin de se protéger.

L'ambassadeur ne répond rien à cela. Il ne regarde pas son subordonné ; il n'explose pas d'indignation en apprenant ce que celui-ci a fait. Parce qu'en réalité, ce dont parle Antonia, ce n'est pas de ce que Chase a fait.

— Comme ça n'a pas fonctionné, il a décidé de tuer Soler.

Son père garde le silence.

Antonia regarde l'horloge.

Le temps est presque écoulé.

— Il y a quatre ans, Soler a livré le code source à White, poursuit-elle. Chase l'a intercepté et te l'a donné. Mais tu ne l'as jamais remis au MI6. Cet ordre-là, tu ne l'as pas suivi.

L'ambassadeur se redresse un peu. Ses yeux sont humides et sa voix tremble.

— Après ce qui est arrivé à ton mari... je n'ai pas pu.

— Ce qui est arrivé, répète Antonia d'une voix sans émotion.

— Je ne savais pas que White s'en prendrait à toi, Antonia. Tu dois me croire.

Antonia sourit à nouveau. Il n'y a ni bonheur ni gaieté dans son sourire. C'est un sourire aussi triste que la larme solitaire qui roule sur sa joue gauche.

— Tu as fait entrer un assassin dans nos vies. Un homme cruel et sans scrupule. Il a tué mon mari. Quand je t'ai parlé de lui, au lieu de me soutenir, tu as prétendu que j'étais folle. Tu m'as enlevé la garde de mon fils.

— Tu n'étais pas la cible ! se défend l'ambassadeur, serrant les poings.

— Quelqu'un l'était. Que ta fille ait souffert à la place d'un autre ne change rien à ce que tu as fait, rétorque Antonia. Ça rend juste les choses un peu plus douloureuses. Mais le plus intolérable, c'est que tu savais tout. Que, pour ne pas reconnaître tes torts, tu m'as fait passer pour une folle. Que tu m'as pris la garde de mon fils.

— Je ne pouvais pas savoir...

— Donne-le-moi.

À ces mots, sir Peter lève les yeux.

— Quoi ?

— Tu le sais. On a assez perdu de temps. Donne-le-moi. Il va arriver. Je peux nous sortir de ce pétrin, mais il faut que tu me le donnes. Maintenant.

L'ambassadeur bouge les lèvres pour répondre, mais n'en a pas le temps. Parce que la porte du bureau s'ouvre à cet instant.

Un homme en costume-cravate apparaît sur le seuil.

416

C'est un membre du service de sécurité de l'ambassade. Antonia le reconnaît. Crâne rasé, oreillette. Expression indéchiffrable.

Maintenant, son expression est tout autre.

— Merci pour la visite guidée, dit une voix féminine derrière lui.

L'homme fait un pas en avant, chancelant.

Avant qu'il ne pose l'autre pied, un coup de feu retentit.

L'homme s'effondre sur le sol. À sa place apparaît Sandra. Avec un sourire plus dément que jamais, elle entre dans le bureau.

White la suit d'un pas souple et altier.

— Vous avez entendu votre fille, monsieur l'ambassadeur, dit-il, pointant son arme sur la tête d'Antonia. Je vous prie instamment de l'écouter et de lui remettre ce qu'elle vous a demandé.

21

Un mot yagan

Pendant un instant, tout le monde se regarde, pétrifié.

Mamihlapinatapai, pense Antonia.

En yagan, langue parlée par un peuple nomade de la Terre de Feu, « le regard partagé entre des personnes dont chacune espère que les autres prendront l'initiative d'une action que toutes désirent, mais qu'aucune n'ose effectuer ».

Alors, le charme se rompt.

22

Deux tableaux

— Il y a trop de monde ici, dit Sandra.

Elle pointe l'arme sur Chase et presse à nouveau la détente. La détonation résonne contre les murs en teck, et une fleur rouge s'ouvre au centre de la poitrine du garde du corps, qui tombe à la renverse sur sa chaise. Jon tente de dégainer son arme, mais se retrouve nez à nez avec le canon de Sandra.

— Faites, inspecteur, je vous en prie. Tout doucement, et juste du bout des doigts.

Jon déglutit et obéit en serrant les dents. Il déboutonne sa veste et tend le pistolet à Sandra, qui le fait disparaître dans la poche intérieure de son imperméable.

— Où en étions-nous ? demande White en se rapprochant d'Antonia. Ah oui. Monsieur l'ambassadeur, c'est quand vous voulez.

— Je ne peux pas, dit sir Peter.

Sa voix manque visiblement de conviction pour White, qui fait un pas de plus vers Antonia et pose le canon de son arme sur sa tempe.

— Vous avez parfaitement le droit de refuser, bien entendu. Cependant, je crains que les conséquences ne soient assez évidentes.

— Ne fais pas ça, papa, dit Antonia.

Le métal du Glock ne semble pas bouger ; il n'y a qu'un léger sifflement et un choc sourd. La tête d'Antonia tressaute et un rectangle rouge apparaît sur son front, là où la crosse de White l'a frappée. Un filet de sang coule sur son visage, accélère dans son orbite et finit par suivre le chemin humide qu'a tracé sa larme un peu plus tôt.

— Je vous suggérerais le contraire, intervient White en jetant un regard glacial.

Sir Peter se lève avec difficulté.

— Qu'allez-vous en faire ?

— Cela ne vous regarde pas, monsieur l'ambassadeur. Cependant, en témoignage de notre relation d'affaires de longue date, je peux vous informer qu'un certain nombre d'acheteurs sont d'ores et déjà intéressés. Des gens peu recommandables. Pour faire court, je vais devenir extraordinairement riche. Je peux prendre une retraite méritée.

— En fin de compte, vous n'êtes rien de plus qu'un vulgaire voleur, dit Antonia en tournant les yeux vers White.

Celui-ci la contourne et vient se placer de l'autre côté du bureau, près de l'immense baie vitrée, d'où il continue de la tenir en joue.

— Ça me fait de la peine, madame Scott. Ça me fait beaucoup de peine, je dois l'avouer. Ça me chagrine profondément qu'il ne vous vienne pas à l'esprit que j'aurai ma propre copie de ce joujou. À une modeste échelle, comparée à ce que Pékin ou Moscou en feront. Mais bien assez pour continuer de m'adonner à ma véritable passion.

White écarquille ses yeux froids et morts, savourant à l'avance sa victoire.

— Et maintenant, sir Peter, si vous le voulez bien...

L'ambassadeur se tourne vers le tableau placé derrière son bureau. Il mesure un mètre de haut sur soixante-dix centimètres de large, et représente deux arbres morts, avec une cascade brumeuse en arrière-plan. Une reproduction, évidemment. L'aquarelle originale se trouve à la Tate Britain, à moins de dix kilomètres de l'endroit où Turner l'a peinte.

C'est une chance, car cette reproduction n'est autre qu'une porte, montée sur deux charnières ingénieusement dissimulées. Qui, en tournant, laissent apparaître un coffre-fort.

— Un classique indémodable. Ouvrez-le avec précaution, monsieur l'ambassadeur.

Sir Peter compose la combinaison de chiffres, puis pose le doigt sur un capteur rouge sur le côté de la porte, qui s'ouvre avec un déclic métallique.

— Pardonne-moi, ma fille, dit-il en introduisant le bras dans le coffre.

Dans la seconde et demie qui suit, il se passe sept choses.

Sir Peter se retourne, brandissant le pistolet qui se trouvait dans le coffre-fort. Son visage tendu exprime une calme détermination.

Sandra, qui avait une meilleure vue sur le coffre-fort, tourne l'arme auparavant pointée sur Jon vers l'ambassadeur. Un cri sauvage, animal, monte de sa gorge.

Jon Gutiérrez en profite pour tendre la main dans son dos, où il a toujours l'arme qu'il a prise au garde du corps. Dans sa mâchoire, ses dents grincent furieusement.

Sandra tente de changer la trajectoire de l'arme et la dirige vers la tête de Jon, pressant la détente. Son bras est trop lent, et sur son visage se lit l'incrédulité d'avoir commis l'erreur de ne pas avoir vérifié que l'inspecteur était désarmé.

M. White fait feu, atteignant sir Peter sur le côté du crâne. Son regard ne trahit pas la moindre émotion.

Jon Gutiérrez n'a pas le temps de lever son arme, mais il appuie sur la détente trois fois, au hasard. Le coup de feu de Sandra provoque un tremblement de terre dans son oreille interne, lui faisant perdre l'équilibre.

Antonia Scott hurle et se jette en avant pour tenter d'amortir la chute de Jon, dont la tête heurte le guéridon. Dans son cerveau privilégié, Antonia se réjouit de l'avoir endommagé il y a une éternité, car grâce à cela, le plateau en marbre se renverse, accompagnant le mouvement de Jon au lieu de lui briser la nuque.

23

Un dernier problème

Antonia regarde autour d'elle et analyse le résultat de la seconde et demie qui vient de s'écouler. Elle doit gérer trois émotions bien distinctes en même temps :

    – Une tristesse atroce, à la vue de son père étendu entre le mur et son bureau, le crâne fracassé.

    – Une joie malsaine, à la vue de Sandra, dans son imperméable ensanglanté, qui agonise avec un regard d'incrédulité.

    – Une immense inquiétude, à la vue de Jon allongé sur le sol, les yeux fermés, des bips menaçants provenant de sa nuque.

    — Nous voici seul à seul, madame Scott, dit White.

Antonia l'ignore et palpe le pouls de Jon. L'inspecteur Gutiérrez est inconscient, mais son rythme cardiaque est fort et régulier.

    — Je vous conjure de résister à la tentation de prendre l'arme de l'inspecteur ou celle de feu votre père, l'avertit White. Rappelez-vous que je ne fais pas que pointer un pistolet sur vous.

Antonia se tourne vers lui.

White agite le petit appareil qu'il tient dans sa main gauche. De la taille et de la forme d'une télécommande de garage.

— Ça ne fonctionnera pas ici. Le bureau de mon père est protégé par des brouilleurs de signal, dit Antonia.

— Quelle riche idée j'ai eue d'y ajouter une connexion Bluetooth. Qui fonctionne sur une autre fréquence.

Il presse l'un des boutons de la télécommande. La nuque de Jon émet tout à coup un sifflement constant.

Antonia se lève, la défaite peinte sur son visage. White l'observe avec un sourire triomphant. Il a toujours su qu'elle ne supportait pas l'échec. Mais quel plaisir y aurait-il à vaincre quelqu'un qui aime ça ?

— Si vous pouviez avoir la gentillesse de sortir le disque dur du coffre-fort, je vous en serais reconnaissant, ordonne White en pointant l'objet avec son arme.

Antonia fait le tour du bureau et plonge la main dans le coffre. Derrière des piles de papiers et de dossiers, elle tombe sur un objet rectangulaire dans un étui en silicone rouge.

Elle le montre à White de la main gauche.

De la droite, elle sort son pistolet de derrière son dos.

— Voyez-vous ça, Antonia Scott avec une arme. C'est une nouveauté, ironise White en souriant.

— Je ne vous laisserai pas repartir avec le code, dit Antonia. Même si vous devez nous tuer. Des millions de personnes en souffriraient.

White regarde le bras de son adversaire, amusé.

— Vous n'êtes pas une tireuse d'élite, madame Scott. Si vous appuyez maintenant sur la détente…

Antonia appuie. Plusieurs fois de suite, jusqu'à vider le chargeur. Les six balles de 9 mm atteignent la baie vitrée, perçant six trous dans le verre à plus d'un mètre cinquante de White, qui n'a pas bougé d'un pouce.

— … vous manquerez votre cible, c'est certain.

La glissière du P290 s'est verrouillée en position arrière, indiquant qu'il n'est plus qu'un morceau de ferraille inutile. Antonia lâche l'arme et fait de nouveau le tour du bureau.

— Vous ne sortirez pas d'ici, White, dit-elle. Pourquoi vous ne vous rendez pas ?

— Me rendre ? Avec tous les atouts en main ?

White tend le bras, réclamant le disque dur. Antonia regarde Jon, inconscient sur le sol, dont la nuque émet toujours ce sifflement mortifère. Elle n'avait pas prévu qu'à ce stade de la partie, il se retrouve hors jeu. Il ne lui reste donc plus qu'à s'en remettre à l'agent Ruano.

— Pas tous, non, dit-elle.

White éclate d'un sinistre rire métallique.

— Vous n'avez pas encore compris que j'ai toujours quatre coups d'avance sur vous, madame Scott ? Je sais qu'un certain nombre de policiers municipaux m'attendent en bas. De fait, je sais tout ce dont vous avez parlé avec l'inspecteur depuis le début, déclare-t-il, inclinant la tête vers elle et désignant l'écouteur dans son oreille.

Elle ne répond pas. Elle ne bouge pas. Elle se contente de le regarder, le disque dur dans sa main tendue. À trois mètres de lui.

— Comme c'est commode que cet immeuble n'ait qu'une seule entrée, poursuit White. Mais vous n'avez pas tenu compte de la taille du toit. Il est assez grand pour qu'un hélicoptère puisse s'y poser.

Antonia hoche la tête et se met à rire.

Ah.

C'est un rire sarcastique. Bref, mais assez puissant pour traverser la peine, la colère et la peur qui lui serraient la gorge.

— Qu'est-ce qui vous fait rire ?

Antonia hausse les épaules.

— Vous avez perdu, mais vous ne le savez pas encore.

White hausse les sourcils.

— Et pourquoi aurais-je perdu, si je puis me permettre ?

— Parce que je passe trois minutes par jour à penser au suicide, répond Antonia.

Avant de finir sa phrase, elle lui lance le disque dur au visage. White recule instinctivement et son dos vient heurter la baie vitrée.

En verre ultra-épais, conçu pour être incassable.

Mais pas pour résister à l'impact de six balles de 9 mm, plus celui d'un corps de quatre-vingts kilos. D'énormes fissures se forment au centre de la vitre.

Insuffisantes pour la briser.

Du moins jusqu'à ce qu'Antonia se jette de tout son poids sur White et s'accroche à sa taille alors qu'elle bascule en avant.

Le verre se brise avec un craquement.

White lâche son arme, tentant de garder l'équilibre et de se débarrasser du poids d'Antonia, mais il est trop tard. La baie vitrée cède, tandis que leurs corps enlacés tombent dans le vide.

24

Un refus

Lorsqu'on chute du dix-huitième étage d'un immeuble, il faut environ quatre secondes pour toucher le sol.

Pour la plupart des gens, quatre secondes représenteraient un infime intervalle de temps.

Mais pas pour Antonia Scott.

En quatre secondes – les yeux fermés, solidement arrimée à la ceinture de White alors qu'elle tombe dans le vide –, Antonia Scott est capable de :

— calculer la vitesse à laquelle ils se déplacent (quadratique, qui dépend du carré du temps de chute). À chaque seconde qui passe, ils tombent de deux fois plus d'étages qu'à la seconde précédente, en raison de l'accélération que provoque la seule véritable religion : la loi de la gravité ;

— constater que White presse le bouton qui active la bombe dans la nuque de Jon, en oubliant que le Bluetooth a une portée très réduite, de moins de quinze mètres, et que la chute l'a trop éloigné de sa cible ;

— éprouver une étrange sensation de paix en sachant que quoi qu'il arrive elle aura sauvé son ami.

C'est tout ce qu'elle fait, car même Antonia Scott a ses limites.

Sa volonté inébranlable, en revanche, n'en connaît aucune. Elle n'abandonne pas, même quand la route se termine. Même quand elle tombe de la falaise. Et même pendant qu'elle tombe, Antonia refuse tout simplement de s'écraser au sol.

Au dernier moment, elle ouvre les yeux.

Elle ne voit rien.

Tout n'est qu'un flou accéléré. Il n'y a que le vent, les ténèbres, le néant vers lequel elle se dirige.

Mais, lorsqu'elle tombe, Antonia Scott refuse tout simplement de s'écraser au sol.

Ce que White et elle percutent, c'est le coussin gonflable géant de la caserne des pompiers n° 11 du quartier d'Hortaleza. Conformément aux instructions qu'elle a données à Ruano par écrit trois heures plus tôt :

```
Oubliez tout ce que je viens de vous dire. Allez
à la caserne des pompiers n° 11 d'Hortaleza, et
demandez le coussin gonflable de sauvetage et des
hommes pour vous aider. Dites-leur de l'étaler par
terre à l'angle de la Torre Espacio le plus proche
du kiosque à journaux. À précisément deux mètres du
mur. Pourcentage de fermeté : 92 %. Dans deux heures
et cinquante minutes exactement, pas avant. Alors
vous pourrez arrêter l'assassin de votre collègue.
```

Ruano a suivi les instructions d'Antonia à la lettre. Soixante-dix-huit mots seulement, pas si facile pour autant. Il aura fallu parlementer plus d'une heure avec le commandant de la caserne n° 11 avant qu'il se laisse convaincre de sortir son coûteux matériel pour ce qui avait tout l'air d'une plaisanterie. Ruano avait non seulement besoin du matelas, mais aussi de huit pompiers, pour transporter, déplier et gonfler les trois cent soixante et onze kilos de nylon et de mousse, ce qui prend du temps et nécessite l'intervention d'un spécialiste afin de calibrer le pourcentage de fermeté. Ils sont finalement parvenus à tout mettre en place quelques minutes avant que deux corps tombent dans le vide du dix-huitième étage du gratte-ciel, sous les yeux médusés du commandant des pompiers et de ses hommes.

Pour Antonia, ce n'est pas facile non plus.

Même avec le coussin de sauvetage.

Même fermement agrippée à White afin de minimiser l'impact.

Même après toutes les séances de trois minutes où elle a anticipé un moment comme celui-ci.

Rien ne l'a préparée à une chose pareille.

Le choc est brutal, terrifiant.

Au premier rebond, le ventre de White heurte son visage de plein fouet, lui brisant le nez. Sa bouche se remplit de sang, projetant de minuscules gouttes écarlates dans toutes les directions.

La force de l'impact les propulse à une hauteur de près de six mètres.

Leurs corps se séparent.

Ils se croisent en l'air.

L'avant-bras droit d'Antonia cogne le visage de White, se disloquant et fracturant la pommette du tueur, qui perd connaissance au même instant.

Lorsqu'ils retombent, le second rebond les envoie valser l'un contre l'autre et rouler ensemble pour finir leur course au centre du coussin.

Mal en point, mais vivants.

Avant de s'évanouir à son tour, Antonia voit les menottes de l'agent Ruano se refermer sur les poignets de White.

Elle voudrait lui donner toutes sortes de mises en garde, de conseils, d'avertissements.

Peine perdue.

L'obscurité l'envahit.

ÉPILOGUE

Une convalescence

À partir de là, ce fut le calme plat.

Antonia fut transférée à l'hôpital. Il fallut l'opérer d'urgence le soir même pour remettre l'os de son bras à sa place. Il apparut qu'elle avait aussi trois côtes cassées, qui lui causaient des douleurs intolérables. Malgré l'insistance des médecins, elle n'accepta aucun analgésique.

Au lieu de cela, aussitôt réveillée, elle passa plusieurs coups de fil. Les premiers appels – visant à retrouver Aguado – ne donnèrent rien. La légiste semblait avoir disparu de la surface de la Terre. Elle décida de remettre ses recherches à plus tard.

La deuxième affaire était plus urgente.

Elle aurait préféré s'en charger elle-même, mais un policier était posté à sa porte, précisément pour l'en empêcher. L'absence de Mentor compliqua considérablement l'opération, mais Antonia n'est pas femme à baisser les bras.

L'objectif de ces appels – longs et exténuants pour tous ses interlocuteurs – était d'établir un protocole spécifique pour garder White sous les verrous.

« Je vous assure que… » C'est ainsi que commençaient toutes les conversations.

« Je vous assure que, si vous ne suivez pas mes instructions à la lettre, vous et votre famille serez en danger. »

En cas de refus d'obtempérer, Antonia faisait planer le spectre d'un contrôle fiscal. Aucun réfractaire, pas même le plus honnête, ne résistait à cette menace.

— Vous êtes une personne très cruelle. Mais je ferai ce que vous me demandez.

— Vous m'en voyez ravie, parce que j'ai une autre suggestion. Déposez ses repas, une fois par jour, dans la pièce attenante à sa cellule. La porte de la cellule ne doit s'ouvrir que quand la première porte est fermée. Aucun gardien ne doit directement entrer en contact avec le prisonnier, à aucun moment, c'est compris ?

— Très bien, madame. Doux Jésus, quel caractère !

— Avec un peu de chance, vous devriez pouvoir le retenir cinq semaines comme ça, dit Antonia, après un rapide calcul. En attendant de trouver une solution définitive.

— Comment ça définiti… ?

Antonia raccrocha sans dire au revoir. Elle avait un autre appel, qu'elle attendait avec impatience.

— Bonjour.

— J'avais un message à la réception me disant de rappeler ce numéro, répondit Carla Ortiz.

— Comment tu as su que ce n'était pas un piège ?

Antonia n'avait pas osé convenir avec Carla d'un mode de communication entre elles, pas même d'un code. Aucun moyen ne lui paraissait assez sûr. Elle lui avait dit « je te trouverai », et elle y croyait sincèrement. Mais sans avoir la moindre idée de la manière dont elle s'y prendrait.

Après que White lui avait dit que Carla, sa grand-mère et Jorge se trouvaient à San Salvador, la tâche était devenue bien plus facile. Vu l'heure tardive, elle s'était contentée de laisser un message à la réception. Mais en ajoutant un indice qui rappellerait à Carla la funeste nuit dans le tunnel.

— Apparemment, la personne qui a laissé le message a demandé au réceptionniste de dessiner un canard sous le numéro.

— Il est réussi ? La plupart des gens ne savent pas dessiner.

— Pas mal, à part qu'il avait une cigarette dans le bec, s'esclaffa Carla. Je crois qu'il y a deux personnes qui aimeraient te parler. Mais d'abord, donne-moi de bonnes nouvelles.

— Vous rentrez à la maison.

— C'est terminé ?

— C'est terminé.

Carla poussa un soupir de soulagement et passa le téléphone à Jorge.

— Maman, j'ai pris l'avion ! On a regardé un film. Maintenant, c'est mon film préféré. Tu sais ce que c'est ?

Antonia ne le savait pas. Mais elle serait ravie de l'apprendre.

Et Jon ?

L'inspecteur Jon Gutiérrez se réveilla à l'hôpital, en proie à l'incertitude et à la faim plus qu'au mal de tête. La première chose qu'il fit fut de s'enquérir d'Antonia et de Sandra. Dès qu'on lui confirma que l'une était vivante et l'autre morte, l'appétit prit le dessus. Il fallut plusieurs infirmiers pour l'empêcher de descendre à la cafétéria se chercher un sandwich aux cris de « Je vais très bien, c'était juste une petite chute de rien du tout ». Il refusa d'avaler une bouchée des plats insipides et incolores qu'on lui présentait, se nourrissant exclusivement de pommes et de yaourts, les seuls aliments qui lui inspiraient à peu près confiance.

En fin de compte, ce fut Antonia elle-même – avec un bras en écharpe et vêtue d'une chemise d'hôpital laissant voir sa culotte – qui se rendit dans un restaurant voisin pour lui rapporter quelque chose de décent à manger.

— Cinq œufs frits et trois chorizos, constata Jon d'une voix neutre en ouvrant le récipient en plastique du restaurant.

— Ça m'a paru adapté. Si tu veux, je peux descendre te chercher autre…

Antonia s'interrompit en voyant Jon se jeter sur les œufs, les larmes aux yeux.

L'intervention destinée à extraire les deux engins explosifs de sa colonne vertébrale fut facilitée par le fait que White se trouvait hors d'état de nuire, mais Antonia fit malgré tout venir un neurochirurgien des États-Unis en renfort. Sept personnes étaient présentes au bloc opératoire, connectées en ligne avec neuf autres spécialistes du monde entier. Quand la dernière vis tomba dans le seau en acier avec un satisfaisant claquement métallique, il y eut un soupir de soulagement général dont Jon ne sut jamais rien.

Tout comme il ne retint pas grand-chose de sa conversation ultérieure avec le chirurgien. Entre les effets résiduels de l'anesthésie et le fait que l'homme ne parlait pas espagnol, Jon n'en saisit que quelques phrases. Comme quoi il était allé en prison, et que maintenant il finissait d'écrire un livre qui sortirait bientôt, ou un truc comme ça. Jon supposa que le type se foutait de lui, mais il le remercia très chaleureusement, dans son meilleur anglais de Santutxu. À part *zankiou, zankiou very much*, il douta que le chirurgien ait pigé grand-chose non plus.

Il passa quelques jours supplémentaires à l'hôpital, où il reçut une visite inattendue. Rien de moins que sa maman en personne, qui avait rompu sa promesse de ne jamais franchir la frontière invisible du Douro et apparut ici même, à Madrid. En entrant dans la chambre de son fils, elle jeta à Antonia un coup d'œil soupçonneux et la renvoya chez elle, sur l'air de « tu m'as l'air fatiguée, ma petite fille, je m'en occupe, va donc me soigner ce bras ». Elle sortit de son sac un Tupperware de *kokotxas* et une miche de pain de la boulangerie de Gorka, mais si, tu sais, le cousin par alliance de Maider. Un petit gars épatant, je crois bien qu'il est célibataire... Au cas où tu te déciderais à quitter ton travail formidablement important à la capitale pour rentrer à la maison. Lui : tu as une photo de Gorka ? Elle : tiens, regarde, ça tombe bien. Pendant de longues minutes, Jon contempla la page Facebook de la boulangerie Gorria, à côté du métro Basarrate. Et le boulanger, souriant à l'appareil, une énorme baguette dans chaque main.

Et Jon fut soudain pris d'un intense mal du pays, que rien ne pouvait apaiser. Et il prit la main de sa mère, l'attira à lui, posa un baiser sur son front et lui dit quelque chose.

Et sa mère fut très heureuse d'entendre cela.

Et ils fondirent tous les deux en larmes.

Un début

Antonia Scott ne s'autorise à penser au suicide que trois minutes par jour.

Pour la plupart des gens, trois minutes représenteraient un infime intervalle de temps.

Mais pas pour Antonia.

Les trois minutes durant lesquelles Antonia pense aux diverses façons de se tuer sont ses trois minutes à elle.

Elles sont sacrées.

Avant, elles étaient ce qui la maintenait saine d'esprit ; maintenant, elles sont sa touche « Échap ». Elles lui permettent de mettre de l'ordre dans ses pensées. Elles lui rappellent que, si le jeu tourne mal, elle peut y mettre fin. Qu'il y aura toujours une porte de sortie. Qu'elle peut tout oser.

Maintenant, elle prend ces trois minutes avec un certain optimisme. Elles lui ont sauvé la vie.

Elle spécule à leur propos comme le possesseur d'un billet de Loto qui dépense le gros lot dans sa tête la veille du tirage. Comme un ado qui s'imagine fébrilement son premier baiser.

Elles sont sacrées. Elles lui rappellent qu'aussi dure soit la chute, pour tomber de haut, il faut d'abord avoir escaladé des sommets.

C'est pourquoi elle est contrariée, extrêmement contrariée, quand des pas qu'elle ne connaît que trop bien, un étage plus bas, interrompent son rituel.

Antonia est persuadée qu'il vient faire ses adieux.

Et ça la contrarie encore plus.

Jon Gutiérrez n'aime pas les escaliers.

Il décide donc de prendre l'ascenseur pour se rendre chez Antonia.

Mais il descend à l'étage du dessous. Pour respecter la tradition. Pour faire un peu d'exercice. Pour ne pas la surprendre.

Il monte les quatre dernières marches sans se presser, à cause de la frénésie de la semaine précédente, de l'épuisement et du manque d'habitude. Non pas qu'il soit gros.

Il franchit la porte de l'appartement – verte, écaillée, vieille – ouverte en grand, et avance jusqu'au bout du couloir.

Antonia Scott est assise par terre, au milieu de la pièce, en position du lotus. Elle le regarde avec étonnement.

— Tu es venu dire au revoir ?

— Je suis venu te dire qu'il y a deux jours j'ai reçu un coup de fil. On m'a proposé un boulot.

— Ah, réplique Antonia.

Jon fait durer le plaisir. C'est agréable, pour une fois, de voir le malaise changer de camp.

— On a eu un peu de mal à se comprendre. Ils parlaient un espagnol épouvantable, et moi, je ne parle pas un mot de français.

Elle le regarde, attendant la suite. Elle n'y comprend rien. Encore une nouveauté dans une période décidément riche en surprises.

— Tu déménages en France ?

— Trésor, enfin. Ce n'est pas le seul pays où on parle français.

Rien. Pas un éclair de compréhension. Juste ce visage neutre, dans l'expectative. Qu'avec quelques efforts et un peu de bienveillance on pourrait qualifier d'humain.

— Ils appelaient de Bruxelles.

— Ah, dit Antonia, guère moins perplexe.

— Les autres chefs d'équipe relancent le projet. Il y aura moins de moyens. Moins de personnel. Moins de pays participants. Mais ils considèrent toujours Reine rouge comme un projet stratégique.

— Je suis contente pour toi. Bruxelles est une très belle ville.

Jon sourit intérieurement. Une intelligence pareille, et elle n'a toujours pas compris ce qui se passe.

Ça prendra sûrement du temps.

— J'ai accepté, évidemment. En contrepartie, je me suis juste permis de suggérer un candidat pour un autre poste qu'il restait à pourvoir.

— Jon, si tu ne m'expliques pas ce que…

— Ça n'a pas été facile, l'interrompt-il. Il fallait une personne avec des capacités de management, qui connaisse bien le projet et qui ait passé les vérifications de sécurité. Et tout d'un coup je me suis dit, mais bien sûr, je connais quelqu'un comme ça.

Jon s'écarte.

Derrière lui, dans le couloir, se trouve Raúl Covas. La cinquantaine, un mètre quatre-vingts, cheveux acajou, yeux gris, épaules exquises. Avec le costume, on les remarque moins qu'avec l'uniforme, mais quand même.

— Scott, dit-il, inclinant la tête.

— Inspecteur Covas, marmonne-t-elle, comme si elle invoquait un démon.

— Plus maintenant. Tu peux l'appeler Mentor.

Dans la tête d'Antonia apparaît clairement le conseil le plus important de la liste du magazine *Telva*.

Conseil nº 6 : ne ressortez jamais avec votre ex.
Ne vous faites pas d'illusions, ça se passera mal de toute façon.

Antonia se lève, fait le tour de la pièce deux ou trois fois, et s'arrête à l'autre bout du salon, sous le vasistas.

— Tu peux venir une seconde, Jon ?

Jon s'approche d'un pas innocent.

— Oui, trésor ?

— Tu te rends compte que c'est un crétin ?

— Tu as dit qu'il était très intelligent.

— Ce n'est pas ce que je veux dire par « crétin ».

— Bruxelles l'approuve.

— D'accord, mais moi pas.

— C'est un autre problème, chérie. En parlant de Bruxelles, ils sont satisfaits de tes résultats. Mais ils sont un peu (il bouge la main droite, parallèlement au sol, les doigts bien écartés) comme ci comme ça à propos de tes initiatives, ou plutôt de ton excès d'initiatives, plus précisément. Et aussi d'un truc qui s'appelle *budyé véicoul espéciaux*.

— Ce n'est pas juste, se plaint Antonia. On en est à deux contre un. Et cette fois, on n'en a endommagé aucun.

Mentor sort une feuille de la poche de sa veste et se met à réciter :

— Seize mille euros de dégâts sur la carrosserie, les rétroviseurs, une barrière de supermarché…

Antonia regarde Jon et secoue la tête, résignée.

— Il y a un truc que je dois te reconnaître. Ils cherchaient un lèche-cul et un fayot professionnel. Tu n'aurais pas pu faire un meilleur choix.

— J'ai un œil formidable pour ça, chérie.

— Et toi ?

— Moi ?

— Tu n'as pas vu assez de sang, de meurtres, de violence ?

— Assez pour toute une vie, confirme Jon.

— Et tu en veux encore ?

— Bon Dieu, oui.

Antonia sourit.

Son sourire dix mille watts, marque déposée.

Mentor leur tend un dossier, avec quelques documents. Un nouveau mystère, évidemment.

— Eh bien, qu'est-ce qu'on attend ?

Jon sourit à son tour et tend la main. Antonia va lui remettre le dossier, mais Jon fait non de la tête. Sa maman n'a pas élevé un idiot, ah ça non.

— Tu croyais quoi ? Donne-moi les clés de la voiture, trésor.

Remerciements

Il m'a fallu douze ans pour arriver jusque-là, et je ne l'ai pas fait tout seul. C'est pourquoi je tiens à exprimer ici toute ma gratitude.

Tout d'abord, je vous remercie vous, lecteurs, de me lire et d'avoir fait de mon travail un succès dans quarante pays. Merci du fond du cœur. C'est une fierté et un honneur de partager mes histoires avec vous.

Vous l'aurez compris, cette histoire a commencé bien avant la publication de *Reine rouge*. Si vous ne l'avez pas encore fait, je vous invite à relire la pentalogie dans l'ordre chronologique : *El Paciente*, *Cicatriz*[1], *Reine rouge*, *Louve noire* et *Roi blanc*. Vous verrez l'intrigue évoluer au fil de votre lecture.

Merci à Antonia Kerrigan et toute son équipe : Hilde Gersen, Claudia Calva, Tonya Gates et les autres, vous êtes les meilleurs.

À Carmen Romero, Berta Noy et Juan Díaz, qui ont cru en Antonia Scott et en Jon Gutiérrez.

À toute l'équipe de Penguin Random House, en particulier les représentants qui ont sué sang et eau sur la route pour promouvoir mes livres. À Eva Armengol, Irene Pérez et

---

1. Non traduits en français.

Nuria Alonso, qui m'ont aidé jour après jour à faire connaître Antonia et Jon. À Raffaella Coia et Bettina Meyer, qui ont corrigé et maquetté le livre. À Clara Rasero, qui a un calendrier dans la tête.

Au studio de création graphique de Penguin Random House, qui a réalisé plus de cinquante versions différentes de la couverture de *Reine rouge*, jusqu'à ce que nous trouvions la bonne. Sans râler une seule fois.

À Juanjo Ginés, poète qui vit à la Cueva de los Locos et se détend dans le Jardín del Turco, qui est toujours là, après toutes ces années.

À Manuel Soutiño, qui relit manuscrit après manuscrit depuis le début.

À Alberto Chicote et Inmaculada Núñez, parce que je vous aime énormément, et pour les meilleures boulettes de viande jamais cuisinées de toute l'histoire de l'humanité.

À Dani Rovira, Mónica Carrillo, Alex O'Dogherty, Agustín Jiménez, Berta Collado, Ángel Martín, María Gómez, Manel Loureiro, Clara Lago, Raquel Martos, Roberto Leal, Carme Chaparro, Luis Piedrahita, Miguel Lago, Goyo Jiménez et Berto Romero. Vous êtes les amis les plus talentueux, les plus adorables, les plus fidèles qui soient. Votre amitié m'honore.

À Gorka Rojo, qui calcule mieux que personne le temps que mettent les gens à tomber.

À Arturo González-Campos, mon ami, mon associé. Quel dommage que tu sois si vieux et que je ne puisse pas profiter de toi plus longtemps.

À Rodrigo Cortés, qui est parfois aussi insupportablement intelligent qu'Antonia. Et aussi fidèle en amitié que Jon le reste du temps.

À Javier Cansado : qu'il ne mette jamais sa menace de prendre sa retraite à exécution.

À Emil Cioran, Fernando Savater et Alberto Domínguez Torres, de qui j'ai beaucoup appris sur le sommeil et l'insomnie.

À Joaquín Sabina et Pancho Varona, ma bande-son.

À Bárbara Montes, mon épouse, mon amante, ma meilleure amie. Chaque matin, c'est un privilège de m'éveiller à tes côtés et de voir que tu n'es pas partie en courant, ce qui serait le plus sensé. Merci infiniment pour tes conseils, pour ton sourire dix mille watts. Tu es mon Antonia Scott. Je t'aime.

Une dernière chose. Vous vous demandez peut-être ce qui va se passer, maintenant que la première aventure de Jon Gutiérrez et d'Antonia Scott est terminée. Affronteront-ils de nouveaux défis ? Vivront-ils de nouvelles aventures ?

La réponse courte est : je ne sais pas.

La réponse longue est : ça dépend de vous.

Un jour, Michael Connelly – l'un des meilleurs dans la partie – m'a dit qu'une lectrice ou un lecteur motivé était capable de générer au moins dix nouveaux lecteurs. De les convaincre de vivre la même histoire qu'elle ou lui. Je peux donc dire, avec une immense joie et une reconnaissance infinie, que Jon et Antonia ne m'appartiennent plus. Ils sont à vous.

Alors, c'est à vous de répondre.

Est-ce qu'Antonia et Jon reviendront ?

À toutes et tous, un grand merci.

Juan Gómez-Jurado

Composition et mise en pages
Nord Compo à Villeneuve-d'Ascq

Pour plus d'information :

www.lisez.com

Imprimé sur du papier issu de forêts gérées durablement.

CET OUVRAGE
A ÉTÉ ACHEVÉ D'IMPRIMER
SUR ROTO-PAGE
PAR L'IMPRIMERIE FLOCH
À MAYENNE EN FÉVRIER 2024

N° d'impression : 104232
R15536/01
Imprimé en France